PETER RÜHMKORF · AUS DER FASSUNG

PETER RÜHMKORF

SELBST III/88

AUS DER FASSUNG

HAFFMANS VERLAG
BEI ZWEITAUSENDEINS

MIT DEN JAHREN…
SELBST III/88

Mit den Jahren auch nicht mehr ganz in dem Zustand,
daß man sich
seine Liebhaberinnen noch persönlich aussuchen kann –
Wahrlich, so ist es, Freunde, keine widerspricht.

Noch Seher oder schon Spanner, das ist die Frage.
Von meinem Augenhintergrund her steh ich
unseren Herrenmagazinen
eigentlich doch etwas näher
als den Zielen der Frauenbewegung
(Phosphoreszierende Strumpfbänder – Arschzeigehosen –
Tittenspitzen steif wie Radiergummis)
Na, mal abwarten erst
wenn der Kopf gegen Mittag endgültig durch die Tabletten bricht . . .

Ich will da ja gar kein Dings, kein Drama draus machen.
Die richtigen Dramen gehn sowieso immer aus
wie der britische Bergarbeiterstreik 84:
Die Helden müssen zu Kreuze kriechen –
Ich will damit nur sagen,
wer sein Gedächtnis schon soweit verloren hat,
daß er grad noch paar alte Meister wiedererkennt,
muß nach vorne durch.
Also los, solange die Koffergriffe noch halten,
und dann gleich mit'm Intercity Max Stirner
durch die halbe Republik!

Draufzu! Draufzu! gefeiert kann später im Himmel werden,
Patient braucht keine Ruhe, Patient braucht Reize;
dafür haben wir uns doch extra
diesen raumaufzehrenden Lebensstil zugelegt,
um der Welt auf Teilstrecken nahezukommen:
Hamburg-Altona – Bremen – Münster –
Dortmund – Bochum – Essen –

Duisburg –
Düsseldorf –
Köln –
und in jeder vorüberrauschenden Stadt
eine Frau wie ein aufgeschlagenes Buch.

Bahnhof Rolandseck, na du weißt schon,
diese frühvollendete Dahlie im Kieselbeton –

Bad Godesberg/Bonn:
nur nicht aufhören darf man,
nicht solange noch die guten Jugendsäfte fließen –
Nebenbei: wer sich nicht ruiniert,
aus dem wird nichts –

Aachen, oh Aachen, ach,
mit seinen ungezählten Wassern aus der Tiefe sprudelnd,
in die Höhe steigend, Weite strömend,
aber die Wahrheit dann seltsamerweise wieder ganz einfach
und deutlich aus einem Guß.

Bis das alles nur noch ein Gemurmel ist, ein Gerücht,
und du gar nicht mehr weißt,
wo dein Tagebuch aufhört und deine Memos zu sprechen beginnen,
Hagen, der introvertierte Stadtwald zur Nacht
und der Reflex eines zitternden Buttermessers
morgens auf der Frühstücksbacke –
Ja so soll es sein, Signorina,
meinetwegen bleiben,
allen Ernstes und für ewig.

Obwohl wir die Dinge und die D-Züge hier
auf die Dauer natürlich gar nicht anhalten können,
und die Versuchsperson
immer wieder mal das Medium wechseln muß,
um zum Anfang zurückzugelangen:
Paderborn – Hannover – Braunschweig – Hildesheim – Wolfsburg –
Es ist der scharfe schöne Schein,
der uns zu erkennen ermöglicht!

. . . .

Meine, ziehen tut das natürlich schon son bißchen mit der Zeit
und in den Gelenken knirschen.

. . . .

Manchmal auch seufzen.
Ächzen vor Alter und Entbehrung.

. . . .

Eigentlich hinschwinden.

. . . .

Als ich neulich mal kurz nach Süden runtermußte,
Marbach – Kornwestheim – Bietigheim – Schwäbisch Gmünd –
wie lag das doch alles da in irgendeiner Form
zu Füßen mir,
mit einem einzigen Geloder von Sonnenblumen
soweit das Auge sich ausließ –
Nun längst verdorrt und hingeflackert,
blicklos nach Osten starrend,
schwarze Fechtermasken,
leergepickt.

. . . .

Frankfurt – Wiesbaden – Idar Oberstein – Sankt Wendel:
die erloschnen Lupinen am Hang –

. . . .

Kaiserslautern – Saarbrücken:
Goldrute – verrostet –

. . . .

Bahnhof Rolandseck – Godesberg – Aachen,
na, du weißt schon –
Traurig fallen deine zwei Groschen

zurück in die Schüssel des Münzers,
eine Phantomliebe läßt nicht mit sich reden;
paar abgerissene Ahornhände an den Bodenrost geklammert –

. . . .

Keine Angst, der Verfasser lebt noch,
kann inzwischen aber schon mal ne kleine Erfrischung vertragen,
Wittingen – Warstein – Jever – Augsburg – Kulmbach –
Einbeck – Flensburg – Kölsch –
Was meinen Sie, was durch uns schon alles durchgeflossen ist –
Ganze Ströme !
(aneinandergereiht kann das stimmen)

Aneinandergereiht stimmt überhaupt so manches,
beispielsweise: Adelsheim – Blödesheim – Düdelsheim.

Aneinandergereiht können sieben verwackelte Momentaufnahmen
doch sofort eine eigene Reisegruppe bilden:
Einöd – Zweibrücken – Dreilinden – Vierkirchen – Fünfbronn –
Sechshelden – Siebeneichen.

Wo schon das ganze Dingsda unaufhaltsam
auf die – – zusaust,
und du merkst, wie deine Kräfte verfallen,
ja, langsam, leider,
und es tröpfelt auch nur nochmal so,
bescheiden,
ungenau wie die Gnade Gottes –
ist doch immerhin was, wenn in dem Wahnsinnsriesendurcheinander
wenigstens drei Frösche akkordieren:
Accum – Beccum – Loccum
Accum – Beccum – Loccum
Accum – Beccum – Loccum

Letzten Durchgang – wer weiß – vielleicht sogar ruhig
unter nochmals reduzierten Vortragsbedingungen:
Achtung – Achtung,
unser lyrischer Ich-Darsteller,
der Doyen der deutschen Drogenszene
betritt den hinteren Bühneneingang unauffällig

und verkündet auf dem oberbimbacher Dorftanzboden
eine vollkommen neue Republik:

Wiepenkathen – Rockshausen – Frauwüllesheim – Strümpfelbrunn –
Beinigen – Leibi

Hinterzarten – Fleischwangen – Büchsenschinken – Gesäß

Oberbusenbach – Tüttendorf – Tettenborn – Mammendorf – Titisee
Zizishausen – Tittmoning – Titting – Tittling – Titz

Niederhosenbach – Schambach – Wald Amorbach

Oberreitzbach – Ritzhausen – Gailbach – Kerben – Voitze

Feigenhofen – Wald Angelloch – Pflaumenloch – Datteln – Pflummern
Vorderhindelang – Ritzisried – Muschenheim – Strotzbüschel –
Strubbel

Niederbettingen – Tummelheim – Fümmelse

Ober-Werbe – Kissing – Petting

Kleinenkneten – Helpup – Schleckheim – Leckingsen – Leck
Mitterfecking – Fickmühlen – Vögelsen – Hymendorf – Vorderriß
Niederlangen – Rammelsbach – Hackstedt – Puderbach – Bürstel
Schweppenhausen – Freutsmoos – Waldfeucht
Oberschwappach – Schlückingen – Lustnau
Semenhusen – Mönchsambach – Tröstau
Paradiese – Laßrönne – Sexau
Himmelpforten – Neukloster – Au

5227 Au
7551 Au
8701 Au
7919 Au
8201 Au
8301 Au
8441 Au
8901 Au

Ja, und hier sollte die Musik dann eigentlich schon
schon mit dem Thema dasein:
Au – Aach – Asch – Ayl – Besch – Bonn
(Honky-Tonk-Train-Blues bittschön,
immer straight und ergreifend der Schiene nach)
Boms – Brest – Caan – Calw – Dens – Daun

Ensch – Eich – Elz – Echtz – Erb – Falz
Gars – Gern – Geich – Gosch – Gnutz – Hals

Hau – Holm – Holt – Horb – Irl – Kaaks
Kelz – Kirn – Kirf – Konz – Laar – Laak

Maar – Marl – Merl – Moers – Narf – Norb
Noer – Ohr – Ob – Oed – Oy – Orb

Paar – Pang – Poing – Puch – Post – Prex
Quaal – Queek – Quint – Rot – Rott – Rex

Saal – Saas – Schuld – Schlatt
Schulp – Schier
Soest – Sinn – Thomm – Twist
Tarp – Trier

Ulm – Usch
Vach – Verl
Vorst-Weil

Yach – Zips
Zorn – Zell
Zons – Zeil

. . . .

(Womit wir, liebe Oldtimerfreunde, auch schon wieder am Schluß von unserem heutigen »Musikexpress« wären. Ich sage Bye-bye für heute. Ich grüße ganz besonders noch einmal unsere treuen Hörerinnen Gina, Tina, Stina und Angelina, zur Zeit in Taormina. Aber bevor wir jetzt gleich an die Nachrichten weitergeben, noch kurz eine Suchmeldung der Bahnhofsmission in Owschlag, Kreis Rendsburg/Eckernförde. Vermißt wird seit dem 24. Oktober der Übergangsreisende Leo Doletzki. Er ist neunundfünfzig Jahre alt, einmetereinundachtzig groß, schlank, und trug zuletzt einen cognacfarbenen Wildledermantel und eine karierte Schirmmütze. Der alte Herr ist vermutlich geistesgestört und irrt orientierungslos in der Gegend umher. Hinweise nimmt jede Polizeidienststelle entgegen.)

AUS DER FASSUNG

Notizen: Italienreise 4. - 16. Seot .84

bluffst - womit du dir Respekt verschaffst

Lüneburger Heide: Hünengräber xxx Heidschnu cken
und Wachholder angezeigt

Heideblüte : heidefarben - wie diese Streusel auf Weihnachts-
schokokringeln - heideblütenfarben

die Heide: nicht totzukriegen - im ganz großen Reklameeinsatz

riecht nach Gülle aus dem Mund

Schweiß und Fritten

Der "Frau-im-Spiegel"-Fahrer

Dämonisierung und Differenciation: z. B. Hardekopf

Labskaus-Container

Im Himmel: "Sie hätten diesen Langholzfahrer ja auch
wirklich nicht überholen müssen"

Einen Karpfenteich überholen/überrunden - eine Palme ausstechen

" Wir fahren Klaviere"

Nistplätze und Container

Brauner (gelber) Schaum am Wehr (Seiber)

die Susi aus Chiusi

Zukunftsforscher im Himmel

Hameln: Rattenfängersilhoutette - als Kundefänger
(kinderfreundliche Stadt)

5 kilo Mikrochips (fiches)

bayrischer Name: "Kreuzpaintner"

"entschwefeln und entsticken" (Entsorgungsjargone)

"Beamtenernennungsausschuß"

erloschene Lupinen

Wie der Mensch das (überhaupt) aushält: die Aussicht,
zu enden -
Axel Eggebrecht: so kurz vor der Grube (paar Meter vor)
klärt noch auf (bißchen) - kehrt noch Mist

sein Haus bestellen - sein Fertighaus

gestreifte Luftrüssel -(im Wind) Windbeutel

Die Scheiße schon vergilbt, gebleicht (in der Natur)

"informationelle Selbstbestimmung" (in Sendung über Datenschutz)

"Sprachverzögerungsgerät" z. Heilung d. Stotterns

Aber der Mensch langweilt sich auf der Erde (in) -

sich auf dem rasenden Erdball auch noch zu überholen

Der Kriegsheld hat noch etwas Sperma hinterlassen -
eiserne Reserve - das Ejakulat

Auf der Straße, wenn der Rush raus ist, und du düst
über die menschenleere Autobahn Kassel-Würzburg

Stück Welt rausgeschnitten : Scheinwerfer -
astrale Tortenstücke -

entweder du hast diesen metaphyysischen Ansatz o d e r

bis auf den Grund erstaunt

Zwiebeltürme: zum Himmel gezwiebelt - Knofel-Türme
Kirchen wie die Frühlingszwiebeln -

Tomatenbacken - Zwiebelbacken

Zwergschulwitze

etwas werden und vergehn -

Da steckt der Mond dahinter - was zum Kucken: immer interessant - Was zum Kucken Interessantes

"Ich - essä - hierä - Königinpastetäe -
Bier: "Und für mich noch ein Kleines zum Essen - ja?"
(dicke fein~~e Frau~~ [illegible], die in Autobahnraststätte Essen bestellt)

rein statistisch bin ich dran

das will zuerst einmal erinnert sein

Die Eitelkeit als Mittel zum Überleben: gegen die Nichtigkeitsanwehungen, Vanitas - Anwandlungen)

1 2 3 4 5 6 7 7
- durch ein triefendes Tirol -

- vieler
1! - die Kölner und die Kieler
(die kölner sind keine Kieler)

Das Gewitter unterquert (Wolkenballen - Schlechtwetter)

Berge in Wolken: hier schlagen andrer Leute Herzen höher
- nicht meins/ nicht Deins -

Wolkenwische
Berg: Wolkenmagnet - ewige Wolkendeponie (Schnee- Eis)

Berge: die großen Hocker - von B. umhockt -

"Der Vorsitzende der Land sgruppe der CSU Waigel hatvdie FDP davor gewarnt - wie er es ausdrückte - . . . . "

Berge , versetzte, Fanken eine immercdurchsichtiger als die andre (Weichzeichner: als Ausdruck nicht mehr z. verwenden)

Berge mit verschwimmen nden Flanken , entfernten . dreifaltigen

Der Inn: wie erstarrte Olivensalbe (grüne Seife) - Paste - drahtüberspannt -

kunstgepreßte Lärmschutzwände

Autobahn (A I o.ä) , von Brücken überstiegen -

Und der Blumen-Camion kommt vorbei

froh, wenn du auf dieser (verwehenden) Welt dein Schlupfloch wieder findest (deine Autoklappe_

für'n paar Schillinge gepinkelt (hundert?)

Leichenwagen: Ein Herz für Kinder (Aufkleber)

immer zartere Flanken, ver schwindend

diese ganze Landschaft, untern Tannenbaum zu stellen (als Ensemble - Set)

Mutters/ Natters/ Stubaital: die Brennerschleife

Igls/Patsch: abwinkende Windbeutel - Säcke - Schläuche-rüssel
Armel -

Pissoir: weißer gekalkter Windfang voller Nachtfalter - prächtige
Mettalikkörper der Käfer in der Pißrinne -

verregnete Matten
vor Trient: Kleine Wolken, rosig unterhaucht

Alto Adige: auf ihren verfrorenen Burgen /Schlössern

NDR-Gneuss (von dem Rino sich geschäftlichen Gewinn
erwartete und der sich dort ‚bei dem Armen, nur
durchfraß - (E:"Da hat doch ganz Hamburg drüber gelacht")

Ohropaxfarben - Ohropaxpink - (Kalma)

Belebte Landzungen -

Zypressenkompanie - Schwadron, im Sturmangriff erstarrt
(den Hang genommen) erobert -

Heilandsschmuck

Halbtoten -Insel -(Toten-Halbinsel)

geöltes Fleisch - Surfboote mit Dreieckssegel (wie delaunay
darstellen, Schlemmer)

majestätische Zypressenleichen

wie sich unter dem Einfluß von Sonne das Gesicht zum
Lachen verzieht -Sonnenzwangslachen (Sonnenmuskeln -Nerven)

wir sind vermutlich weiter über unseren Stern hinausgeschossen
als jede andere Spezies (Weltraum-Genossen / -Wesen)

Einzel-Unfäller

Überlebensgelaber

reizt - geizt - spreizt : Messer und Gabel gekreuzt
(Piktogramme)

Zoo: Saurier-Steinmetze

Das ergrünte Po-Gelände (saftig - Mais - Gülle)

- um die Welt zu fetzen
um sich unter fremden Sternen
einer andern Sonne auszusetzen

In Geschäften auf der Erde: "Was haben Sie da getrieben
Ihr ganzes (schönes) Leben lang? - Kabeltrommeln gefahren -
Buchungen vorgenommen -
(Ich habe da diese Buchungen vorgenommen, ja?)

Es gibt nur einen Gedanken, der alles Wahrgenommene
(während der Wahrnehmung) anspitzt/ anschärft: den der
Sinnlosigkeit - bei krampfhaft wahrgenommenen Terminen -
(auf den Penning kucken/ angesichts des Nichts)

Die Wiederkehr des Gleichen - aber der genaue Blick für
Neuerungen - Modernisierung

Auf diesem ins Nichts sausenden Stern - wo wir noch
die Zigaretten (die Grüfte) zugeteilt bekommen -
Vanitas - (Rationierung: wie Eitelkeit als Schutz
vor dem Wahnsinn)

Wahn=Vanitas-Sinn

ein geschäftiges Geschlecht

Rekonvaleszenz: für was - worauf zu?

Motive wachsen nach (dir blüht kein M. mehr)

Erst die langgestereckten Zypressen, dann: Poe-Ebene
die asthenischen Pappeln

der beruhigende ~~Kxxxxxxx~~ Kubismus - Scherben zur Ruhe gebracht
(Fetzen in Balance) (verkantet in Ruhe)

die unruhigen (umtriebigen) Menschen: von weit her müssen
ihre Kürbisse und Rasierapparate kommen
(Kameras um den Erdball geschifft)

Auch der ital. Futurismus sorgt für Aufregung und schafft
Beruhigung -

Parkplätze: Kultstätten der Flüchtigkeit - hingegossener Zement
Rohrabschnitte als Kunst - zu Kunst gestapelt
(im pfeffergrauen Staub)

die bewegten Fluten, lehmoliv

Sonnenblumen-Feld: engepferchte Königinnen (schon graue
Gesichter - schwarze Masken - bis sie als Spelzen weggespuckt
werden) eisern nach Osten starrend (Deprimiert nach
Osten abgewinkelt) (mohammedanische Prinzessinnen)
morgenländische Schönheiten)

jemanden
"Auf den Topf setzen ": deutscher Zwang von außen gegen
den Drang von innen -

frauenfreundliche Bidets

von ferne die Grillen und die Schnellstraße

sein eigener Eckermann sein

so ein kleiner gelber (safranfarbener) Landschmetterling

wenn der Grashüpfer sich rot im Fluge entfaltet

das Publikum: kannibalisch, blutdurstig, raubgierig: du mußt es mit Attrappen absepisen (täuschen - mit Schein abspeisen) - in effigie - (gespeist)

Italien: das Land des Krachs und der Musik

Das Auge der Liebe entkrümmt

"Wanderer, wenn du hier anlangst, bedenke, daß dies ein Gräberfeld ist" - Trasimenischer See, Schlacht bei Tuoro - 16000 wurden zerfetzt, damit sich Hunderttausende suhlen können - (vom Sinn und Nutzen der Geschichte) - Wo:... eine Müllgru

Wesen mit Augen, die herumsitzen (aus denen es herauskuckt) (A)

Weil sie dies Leben nicht erraffen: Fliegen mit Gewalt etwas errasen - errennen -

Surfing: die Lady, ein stattlicher (feister) Mast -

als Möwe im chinesischen Meer -

Es war die eigene Nacktheit früher wohl bloß in der
Ehe zu ertragen -

ein nackter Rumpf - Stumpf

Wie die Empfindsamkeit - schön - Vorwände aufbauen hilft

Auf Urteile, Lobpreisungen angewiesen (von der Gliebten,
der eigenen Frau etc) , die objektiv nichts wert sind
Lob- und Beglaubigunssysteme
(Preis- , Wert-, Währung)

in meinem Elefanten-Alter (dein Elfenalter)

ein Bauch der beim Vorübergehen (nein nicht wackelt, sondern)
flimmert -

Aufsehen erregen oder wegtauchen (unter-)

Urlauber mit Metallsonden, den ganzen Tag bis zur Blase
im Wasser, um vielleicht eine alte Lira zu finden (teure
Ausrüstungen, die sich niemals amortisieren)

Sonnenblumen: leergepickte schwarze Fressen - Futtermasken

Ölbaumpärchen: alternde Hamadryaden -

Sonnenblumen: mit (im) Schador
persische Schönheiten, blicklos
leer wie eine Fechtermaske

Vorsicht, Vorsicht,
auch in der Badewanne sind schon Legionen ertrunken

Das ist mein liebes Frauchen,
die gefürchtete Emanzipationsvorkämpferin

Diese etwas hohen etwas flachen Häuser

Heuhaufenhäuser

Umbrien: weite geschwungene Blicke (ausladende)
Im Alpenland: Horizont verkeilt
verzwängte Visionen - gepreßte Utopien

eine geordnete Schafherde - Schlachtformation
wollige Kristallisationen -
(ein Schaf auf einen Hügel gepreßt, darauf ein Obelisk)

Falter an der Scheibe: regenbogenfarbige Kleckse
Taschismus - Todes-T.

1 2 - die Enttäuschungstour

Auge - Hand - Erinnerungen

1 2 - ein sympathisches System (Etruskerlehm) Tuff

SPD und Grüne in Allianz: ich meine, falls man auf
dieser erde überhaupt noch mitreden will

Karneval im Bömser-Tal

Im Traum muß man immer schön die Augen aufmachen

Sich von seinen Träumen was vormachen lassen

Halbstark = mezzoforte

verdorrte Blicke nach Osten : gefangene morgenländische Prinzessinnen

der Wein, ganz dunkelgrün gespritzt (vitriol -)

Die frauen hocken am Straßenrand und stricken Strümpfe,
die Männer sitzen in der Kneipe, besser als umgekehrt

Überall Angeber, Laffen ,Wichtigtuerer

E.: "Der Lionardo ist so berühmt, daß man gar nicht
glaubt, daß es den wirklich gegeben hat -

10 000 gefangene morgenländische Schöne (Sc önheiten)

geknickte - herbst - verwertung - Ernte - bis zum Ausspucken

Vor Civita-Castellana: "Etruscar": Ford-Automobil-Ausstellung

alles dies, was sich loslassen muß, um allein in den
Himmel zu kommen -
Ja, wenn wir wie ein Bienenschwarm zum Himmel aufführen - (stöben)
Vogel-Schwardron

Menschen: wenn sie fröhlich aufeinander zukämen wie
junge Hunde - begeistert und mit Geiß~~zwang~~ hemmung

Geräusche: und das schöne Gefühl, es sind Esel und nicht
die Feuerwehr

die Lira: daß der Tourist bei wechselnden Kursen und rasneden
Nullen die Übesicht verliert

Nicht recht Fuß fassen mehr auf der Erde

Der Prete mit Schinn auf der Soutane

Was einem gar nicht mehr auffällt, wenn man das Haus nicht
verläßt: diese Myriaden Kitzler, triefend - die strammen
Eicheln - das gerammel - die sich im gehen auftuenden
Schöße - Verkleidungen: rechtfertigungen des geschöechts

Montage-Collage-Kirchen (innen) - Heiligherzkirch v. ONANO
(Via Castrense)

relikte der Vergangenheit (Zeugen) - des Vorübergehens

Man kann - natürlich - warum nicht? über die Nasenlöcher
der Pferde des Pierro della Francesca promovieren -
und wer das fertigbringt, ist sein Diplom wert -

Severini, Cortona: diese alternden Futuristen sind ganz
schön zum Kotzen (1883 - 1966 einfach zu alt geworden -
die kunstgewerblichen Evangelisten)

Barock: die gemeißelten Vorhänge (Portieren), wem soll
man Glauben schenken?

Wie sich die Jahrtausende rumkegeln - und du mit deinem
kleinen Piephahn dazwischen - (misch ich mich doch gar nicht ein)

Madonna und Herakles als Motiv - warum nicht ?

Mit all deiner Bildung kopfüber in die Grube

Kunst in Kirchen: Embleme der Macht: eins übers andere -
aufgepappt - Barock: alle Strukturen zugeballert

die Bakschisch-generation (aber die nächste Generation
nimmt schon wieder Bakschisch)

Manchmal, wenn dir die Kraft fehlt, dich geordnet zu
Bett zu begeben - nur noch hinrollen sich - vor die
Füße der Madonna -

Ganzheitlich empfinden wie der letzte Dorfdepp

ein Verdauungssystem mit was drumrum

Überall ein Lust von geschichten : man müßte Epiker sein
(lauter kleine geschichtchen - Aneck-doten)

die Kirche als ewige Baustelle (San Francesco in Arezzo z.B)
keine Erbauungsstätte, Ruhestätte - die Bilder z. T.
rettungslos ruiniert - oder in Restauration: man ist
eigentlich mit keiner Lösung zufrieden
Man soll das Alte einfach friedlich verblassen lassen
Gegen die Autoabgase anarbeiten ist auch nicht ehrlich

Gedanken beim Rauschen der Fernstraße

steigen sie aus ihren lackroten Lamborghinis mit ihren
jungen Gelibeten - der Prete als Spanner -

Die Heiligen, die ihre Marterwerkzeuge wie Warenzeichen bei sich
führen - Insignien - die Augen der Santa Lucia auf dem
Teller - der Heilige Laurentius auf seinen Bratrost
gestützt wie auf eine Egge (Santo arrosto)

In den Kirchen der Märtyrer-Mumienschrein, die Barockplastiken, die Wachsfiguren - Altar- und Kanzelschnitzereien - ein übergangsloses Gemengsel von Kunst und Votiven - (der Unsinn der Heiligsprechung gebundener Bilder als autonomer Kunst) - wie mitreißend dagegen ein Liebermann - (ob die Franzosen andere als ihre und gar spätere Impressionisten überhauüt auf der Rechnung haben?)

Die Grillen: wirklich einen ganzen Sommer und herbst lang mit Hochzeitsmusik beschäftigt

Rudimente von Sternen - die ellenlange Milchstraße

Am Trasimenischen See die Wanderungen durch die Mark Brandenburg zu lesen - dann: Fontane-Briefe, auch ein seltsamer Set, die Mutter, die Tochter, Lepel, Friedländer, Hertz pp - alle schon abgeräumt (durch diesen Dichter zusammengehalten und überhaupt zu einem sinnvollen Ensemble ~~aufeinander~~ bezogen) - was ein Individuum alles gesellen kann (als gesellt erscheinen läßt)

Heis- Mais:
lauter - kleine - farbige Details

Titel: Die Tränen des Laurentius

Bild: 1 2 3 4 5 noch halb verhüllt

Strand: wie Verliebte aneinander herumschmieren

Kiste - Piste - post cenam omne animal triste

nur etwas zu verbergen nichts mehr herzuzeigen haben
- haste noch was herzuzeigen -

vom ewigen Frieden:
Menschen zusammenzuschmieden

Balkon - Bong ' Nachsaison '-

Aber der Irrtümer sind wahrscheinlich mehr als der gewißheiten

diese mageren Heiligen - einschließli. d. Herr am Kreuz

Das richtige Leben ist immer in weiter Ferne

Die Deutschen mit ihren kleidsamen SPAR-Tüten am Strand

Das Lauern ist ja nicht langweilig (man versteht die Katzen)

Das Fleisch, zeitweilig flimmernd

Der Heilige Sebastian mit Darts: erschwerte Disziplinen f. beide
Seiten - Märtyrer und Olympion iken -

Die Vermutung, daß Mädchen/Damen jede auffällige Verbrämung
des Sexus als seine Verklärung empfinden : zum Beispiel
Gladiolentüten über den Itiphallus gestüplt

nicht i c h : verwechseln Sie mich (nur) nicht mit meinen Schriften

das Protektive als Protektoratsdenken

Fontanes Briefe an Wilhelm von Merckel im Juli 1858:
Auch F. hat gelitten bis zur totalen Verstumpfung der Sinne- das Vorbeihören an der Sprache , das Nichthaftenwollen der Blicke (mehr)

Die Psychoanalyse laß ich doch gar nicht an mich rankommen

Etrurien: eine bunte Kultur

Wir armer Schweinetransport ins Nichts

zu Pott:Komplott - der Affengott/ der Schweinegott

auch solche krumme Kurve

ein Futurist von gestern (altbackene F.)

nach der Natur arbeiten: ein lyrischer Landschafter

von klassischer Frische

die Erde ein strudelnder Scheißkloß im Spülbecken des Himmels - Kloschüssel -

1x

Eine Un-Nummer

Klausner, zur Besichtigung freigegeben (Klausner und Touristen: auf beiden Seiten des Gitters) pst! pst! der Schweigemönch schläft meditiert - touristisch erschlossen
Der Hilige (Einsiedler) läßt bitten

Der leidende Christus : aus e i n e m Elefantenzahn geschnitzt: was gilt vorm Himmel nun?: der gute Glaube oder die gute Arbeit?

Senhsuchtsvolle Blicke der Inhaberin der Bar "Belvedere " auf das gefüllte "mira valle" (Prinzip Gute Aussicht)

ital. Sprahce: alles läutet albern: Vicolo S. Niccolo"

etwas ist unscheinbar - anderes scheinbar - ([illegible])

wenn der Maler sagt: mach mal eben so - oder: bleib mal kurz so stehen -

Nach Grauensschilderungen: "aber der Grappa schmeckt natürlich immer noch und -

Überm Augapfel geht die Sonne auf - ziehen die Sterne - ihre Bahn -

Der Selbshaß der Deutschen als Deutsche: der Edeldeutsche reißt Sottisen über seine Landsleute im Ausland -

lang wallendes Nasenhaar

in Nacktheit sich zanken --

Kreuzabnahme v. Luca Signorelli in Arezzo: Es ist doch ein nettes Mädchen, das diesen nackten Leib . . .

San Francesco: sonntags, die Jäger: vormittags in die Franziskus -Messe (spricht mit den Vögeln), nachmittags auf die Vogeljagd

Die Welt, in der Marmorplatte gespiegelt (der Olivenhain, der Feigenbusch) graugläsern, olivgrau -

reden lernen (in fremder Sprache), um sich mühsam zu verständigen ODER : in den Kosmos der Literatur Eingang/Einlaß gewährt zu bekommen

Die Frauenbefreiung, die die Frauen gerade in dem Moment erreichte (die Botschaft), wo sie auch nichts anderes wollten als die Sammler, die Penner, die Bakschischgenration

ihr Bild in Marmor gespiegelt (saubere Küche)

Terror-/Horror-_Öko-Tourismus

das muß noch ein paar Mal wachsen

Märchenörter: Falschwaag - Halbgar - Goldenschein pp

Kieswerke und Schlösser -

Siehe das breite Po-Bett, bewaldet ,

die stinkende Po-Ebene (des [illegible])

Alto Adige: gepreßte Visionen (eingeengte) diese verengten
gelbgraue Wände, wie Parmegiano-Stravecchio

Tirol: die kalten (nassen) grünen Matten

neu altdeutsche Burgen

auf anderen Sternen: Kirchen?

albauf- albab -

was die Zehen ergreifen - und ergriffen hat

Glamourmythen - Marktmythen , merkantil

Die le zte Säkularisierung: der Klatsch und die Verpackung

Diese Jugend ist Geld gewohnt (gewöhnt) (Bakschisch)
erwartet -

Nach den Revolutionären (Studentenrevolte: Die Dandies, Popper

1

Da war allmählich heraus
mehr in den Jahren, wenn
sie
die Liebhaberin [illegible]
[illegible],
[illegible], [illegible], [illegible],
die Liebesperlen –

Abends [illegible] die Welt
[illegible] Bett + morgens
[illegible] 2 [illegible]
kleine
([illegible])
(so als [illegible] – –
([illegible])
[illegible]
([illegible])
[illegible]
+ [illegible]
[illegible] alles

Von [illegible] [illegible]

[illegible] [illegible] [illegible] + [illegible]

Tabletten

[illegible] alle,

[illegible] [illegible] [illegible] [illegible] [illegible]

[illegible] [illegible] [illegible] [illegible]

[illegible],

[illegible] [illegible] [illegible] [illegible] [illegible]

[illegible] [illegible])

[illegible] [illegible] [illegible] [illegible] [illegible]

[illegible] [illegible] [illegible] [illegible]

[illegible] [illegible] Postkartengeschichte

[illegible] – [illegible] [illegible]

[illegible] [illegible] [illegible] [illegible],

[illegible] [illegible] [illegible] [illegible]!

(ich) am Fenster sehe ich
den nackten Tag,
wie er jetzt so lieblos
(heute)
verschwindet –

Nun, solange ich
Kopfschütteln noch halt

Noch so'n Ruck, und ich bin wirklich alt,
ja-leider, Scheiße.

Leider auch nicht mehr in den Jahren,
wo man sich seine Liebhaberinnen noch selber aussuchen kann.

kann man nur hoffen, solange die Koffergriffe noch
halten und

Auch schon nicht mehr in diesen Jahren,
wo man sich seine Liebhaberinnen noch aussuchen kann.

Wollnwir nur hoffen, solange die Koffergriffe noch
halten und

Auch schon nicht mehr in den Jahren, wo man sich
siene Liebhaberinnen noch persönlich aussuchen kann.

Noch so'n Ruck, und ich bin wirklich alt,
so muß man das wohl - - -

Kann man nur hoffen solange die Koffergriffe noch halten
und

Noch - noch - und noch - aber heute endlich einmal
mit den Blumen zu Bett
und Morgen mit den Wolken wider raus
- - - - - -

Noch - noch - und noch - aber im Abwinken
noch einmal ganz wir

Auch schon nicht mehr in den Jahren, wo man sich
seine Liebhaberinnen (persönlich)
noch selber aussuchen kann,
ja-leider, Scheiße.

Noch so'n Ruck, und ich bin endgültig alt,
so muß es es wohl sehen,
keine widerspricht.

Gestern früh mit den Blumen zu Bett
und heute zeitig mit den Wolken wieder hoch,
aber das nährt natürlich keinen . . .

Auch schon nicht mehr in den Jahren, wo man sich
seine Liebhaberinnen noch persönlich
aussuchen kann,
so leider ist es,
keine widerspricht.

Noch so'n Ruck, und man ist wohl
endgültig alt;
wenn der Druck der Liebe raus ist,
ziehen gleich die Gespenster ein.

Auch schon nicht mehr in den Jahren,
wo man sich seine liebhaberinnen
noch persönlich aussuchen kann, so leider ist es,
keine widerspricht.

Auch schon nicht mehr in den Jahren, wo man sich
seine Liebhaberinnen noch persönlich aussuchenkann,
so leider ist es, keine widerspricht

Abends zeitig mit den Blumen zu Bett und morgens
früh mit den Wolken wieder hoch,
das bringt es leider auch nicht -

(Leider) schon nicht mehr in den Jahren, wo man sich
seine Liebhaberinnen noch persönlich aussuchen kann,
leider so ist es, keine widersprich.

wahrlich so ist es, (Brüder,)
keine wiederspricht

wahrlich so ist es, keine widerspricht

Auch schon nicht mehr in den Jahren, wo man sich
seine Liebhaberinnen noch persönlich aussuchen kann.
Leider so ist es, Freunde, keine widerspricht.

Dagegen wenn man sieht: so viele . . .

Warum sieht man für Geld darüber hinweg, ich frag mich,
in unsern zahlreichen Puffs und sonstigen - -

[illegible]

So allmählich auch schon nicht mehr in den Jahren,

wo man sich

seine Liebhaberinnen noch persönlich aussuchen kann.

Wahrlich, so ist es, Freunde,

keine widerspricht.

Mit den Jahren ja auch nicht mehr ganz in dem Zustand,

daß man sich . . . .

Wie du ja auch - - -

Rückblickend Einfahrt, ja -

. . . . . .

ah, das sieht nur von außen so aus,

und fühlt sich von innen ganz anders an -

Bäume mit Angsttrieben -

Mit den Jahren schon nicht mehr (ganz) in dem Zustand,

daß man sich

seine Liebhaberinnen noch persönlich aussuchen kann.

Leider, so ist es Leute, keine widerspricht.

Noch wachsen oder schon welken,

das ist die Frage ...

Na, mal abwarten erst,

wenn der Kopf heute richtig durch die Tabletten dringt:

S. 26 + 56

S. 50

Notizen zu "Hochstapler"

Kleine Dinge, aber innerhalb deiner Richtung (Sytsems)
Haikus mit Pfiff !

Menschen: ein krabbeliges Geschlecht

Das Vogelgezwitscher, das eigentlich gar nicht
für uns bestimmt ist

rechthaberisch bis zum Sargdeckel

wenn (bis) wir richtig ausgereift im Himmel
sitzen (durchgeglüht)
(oder lustig hängen wie Birnen Backe an Backe)

wo die faulen Stellen heiligkesprochen werden

Einsinken in die Erde, wo die Größten von uns ruhen
(unter uns) - hinzutreten
erst auflösen müssen sich

im Himmel , wo umgekehrte Verhältnisse herrschen
(Nietzsche die Nazis miterleben muß)

Eine Welt, in der Spuk was normales ist

Vielleicht ist dieser Schmerz zu groß
für dies belanglose Leben - -

ein Gesicht, das über einem Buch
wie eine Blume (Name) aufgeht -

Nichts groß dramatisches.
Die richtigen Dramen gehen sowieso aus wie der Britische
Bergarbeiterstreik Fünfundadhtzig:
Die Helden müssen zu Kreuze kriechen
(Für Haltung/dauernde/Würde - kein Geld in der Streikkasse)

kein Altersheim - (sondern in unseren besten Eigenschaften -

(und ein Schicksal, das dich nichts angeht,
fällt von dir ab)

Nietzsche: Ewigge Wiederkehr des Gleichen -
eine ganze Ewigkeit lang Backe an Backe mit dem Lama
(sie mit ihrem Fritzen)
Da hat er sich ja (mal) was Schönes heranphilosophiert

Auch nach deinem Ableben gehen die Nachrichten weiter
(Erfolgsmeldungen)

Die Hoffnung aufs Jenseits (mit) im genetischen Gepäck

an diesen Christengott haben schon zu viele Schweinehunde geglaubt
- damit ist bei uns Schluß -

Ob hier auf der Erde noch paar Fahrräder quietschen,
ist von dort aus (schon) völlig einerlei -

Es sei denn - warum nicht? - doch! -
der Held entscheidet sich unvorhergesehenermaßen
für seine lichtlose Kohlenkiste
und malt sich seinen Himmel selbst. // H

Absolutnurmalsozumbeispiel:

Ganz kleine Dinge - aber innerhalb seiner Richtung. alles #

Spiralarm ausgezogen - - -

wenn du im Himmel in die große Chinesenecke kommst
(III. Welt) aber - - - - - - vor!

muskulöse Zöpfe und Tittenspitzen wie Radiergummis
(auch das!)

. . . wenn sie ihren Sondermüll (unten)
hin und her karren #

Glitzergreis - Emanzenlila

Bäume mit Angsttrieben (das sieht nur so aus als ob)

klebrig und gewunden wie ein Fliegenfänger

wenn unten , die Wichtigtuer mit Blaulicht und Siren e
(hinter deinem Kadaver her sind) abzukarren

und du hast endlich mal Zeit,
dir in Ruhe 'n paar Filme anzukucken,
die du schon immer sehen wolltest - -

Noch was zu erledigen haben auf diesem absausenden Stern

Das sieht vielleicht von außen so aus
aber fühlt sich von innen vollkommen anders an

Die Welt als ~~Demolierkugel~~ (unter dir)

sich entwickeln - klar - aber so daß man noch zu erkennen ist

dies ganze unpositive Gesindel

Diese Welt schließlich nur noch durch ein paar Sammler
zusammengehalten - Getty - Gulbenkian -

Und nochmal Replay das ganze: (Zeitlupe)

Und die Zukunft der Welt in die Hände gelegt (meinen Segen)
von diesen vor Wut blau angelaufenen Kleinkindern -

als Seher oder als Spanner, egal

daß das Leben zu kurz ist, sagt dir schließlich jeder
kleine Friedhofsangestellte (Schlachthaus-)

Blätter mit nasser (feuchter) Aura

Alles was hier vorgeht, du a h n s t es nicht!
Und vom - - bis zum letzten Schimmelpilz so wahnsinnig intressant

Es muß ein gewisses Ersterben stattfinden

Phosphoreszierende Strumpfbänder,
Archzeigehosen,
selbsttragende Titten
(So besehen sind mir Herrenmagazine immer noch näher
als die ganze Frauenbewegung)

aber das Loch der Geliebten verstopft
(Paradieshosen)
blockiert - weil irgendein Schwanz dazischengekommen ist
(getreten)

an der Liebe wie flüssig(es) Blei (leiden)
während jemand (Unbefugtes) auf dich einquatscht
und dir Richtlienen für - - (beipulen will)

Eine Ordensbrust vielleicht oder ein Künstlerjabot
Maltesermatel - - Jacke -

Na, wenn der Mosche Atzmon (dirigiert Sinfonie-Orchester NDR)
nur unbedingt den (Nazi) Richard Strauß
dirigieren muß
(wegen dem Till Eulenspiegel seinen lustigen Streichen)

1 Werden

Gegen: Völlig sinnlose Kritik,
die man alle Jahre
'n Buch habe –
(anscheinend zu machen,

Nebenbuhler,
Konkurrenz

Jetzt nimm ich den Blein –
(abends)
zu Bett
+ heute früh (schon)
ist die Woche wieder um,

abends ... bis zum Kopf
(wieder die Tabletten bringen)

---

abends ist die (Tom) Blein zu Bett
+ morgens (früh)
ist die ... Woche wieder um

...

(+ morgens: [illegible]
bis zum Kopf [illegible] – –
die Tabletten bringen –

([illegible]
[illegible])

2 (Erklärung)

Äußern nach 1 2 3
Streit [illegible] nur [illegible]

oder – das Verhalten –

---

erstmal abwarten, [illegible]
Kopf 1 2 3 [illegible]
Tabletten [illegible]

[illegible] abwarten, [illegible]
oder – .

(Klaus)
[illegible]
[illegible]

[illegible]
[illegible]

Bibern! – [illegible] Bibern!

nur Bibern – – oder Bibern [illegible]?

gestern abend ins Bett [illegible]
(heut)
+ am morgen ins [illegible]
bisschen [illegible] —
(10.51)
[illegible] abnehmen, [illegible] Kopf[illegible]
(und) so [illegible] bis die Tabletten
(allmählich) [illegible]

Abends ins Bett [illegible]
+ morgens
gleich ins [illegible]
[illegible] abnehmen, [illegible] (oder) [illegible] Kopf[illegible]
ins [illegible] bis die Tabletten
[illegible].

Vom Spazieren oder [illegible] Sehen

(Vom Sehen oder vom Spazieren:
[illegible] die gleiche Frage:

Bewusstsein [illegible]
[illegible] + ~~[illegible]~~ [illegible]
[illegible] [illegible] Andersseins:
(Kommandieren [illegible] Hose / [illegible] [illegible]
[illegible],

I

Ewiger Streif
wie an Brotkante
gleich der Papierkorb-[illegible]
(Kommission — — .)

(Kommissionsbefehls
1. Dezember)

Ach — wie so weit
Süßigkeit die junge Dame,
Härter auswechseln selbst keins

5

Erde
Musik aus dem Schmerz der Welt

+ immer der gleiche
aus dem Rücken dieser Leere,
der zerrissen ... ~ .
(Tränen ..
Vollmacht, dass der Anfang
allmählich durch die Probleme
begrenzt!

---

war
Nahen Anmerkungen
Das Begreifen?
Na, glauben, nicht (sofort)
(aber)

6

absolut los! Jetzt — –

---

ganz klein Schwarzweißkino,
aber das sollte ich unter
[illegible] endgültig tun
([illegible])

Für [illegible] + die
[illegible]

[illegible] [illegible] [illegible] [illegible]
[illegible] [illegible] [illegible] [illegible]
[illegible]
[illegible] [illegible] [illegible] [illegible] [illegible]
[illegible] [illegible] [illegible] –

—

[illegible] [illegible] [illegible]
[illegible] [illegible],
[illegible] [illegible] [illegible]
, [illegible] [illegible] [illegible] —
Kann ja [illegible], daß(?)
er(?) [illegible] [illegible]
normal
— [illegible] [illegible]
[illegible] [illegible] —
[illegible] fallen(?) —

1)

Nun aber
bin ich so weit
daß ich in die Ferne –

Na, mal sehn,
wenn der Kopf sich
endgültig dann die
[illegible] braucht,
Wenn ich dann
los – !

Na sehen Sie
Kopfhörer aus
halt
Wellnesser!

Kann man die doch
[illegible] Zeppelin
[illegible] [illegible]
[illegible]

---

was soll eigentlich
alles ja [vielleicht
[illegible] [illegible]]
[hoffe]
möglicherweise

ach, was sehn,
wie die Welle sich
ansieht,
wenn der Kranz
[illegible]
[illegible] der [illegible]
[illegible]

Dem Spanner des
[illegible],
es ist (natürlich) die
Frage –
obwohl [illegible]
[illegible] –
[illegible], als [illegible]
F. [illegible]

I Frage. (ernst)

Das war also das,
bis der Krampf kam,
richtig [illegible]
Tabletten braucht —

So — nun mit allen
Sinnen + Kräften:
[illegible]
Schritt gegen [illegible]

Wolle ein [illegible]

Lage, Lage

die [illegible] [illegible] (als)

gleich(mit ein,

Sinfonie (+) [illegible]

losgehen —

~~(Sprungschanze)~~

[illegible] [illegible],

wie [illegible] [illegible] viele

verschiedene Position

einnehmen

gestellt —

Letzte Nacht mit den Eulen zu bett und heute
schon gleich mit den Tulpen wider hoch ,
dann abwarten mal
daß der Kopf so allmählich durch die Tabletten dringt:
wenn der Morgen schon mit der "Morgenstimmung"
aus Peer Gynt anfängt,
ist sowieso . . . .
(Klassik zum Mitpfeifen . . (sind wir selbst)

Verarbeitet oder Verlebt,
(immer)
auf die Mitwelt (Publikum) macht das leider den gleichen Eindruck:

Abends mit den Wolken zu Bett undmorgens
gleich mit den Rosen wieder hoch
(dazwischen Träume von . . . . .

(wollnmalsehn, wann heute der Kopf
endgültig durch die Tabletten bricht)

Noch wachsen oder schon welken,
das ist leider - - - (Frage)
Wollnmalhoffen, daß vom Schluß her noch etwas
Licht auf eine trübe Geschichte fällt -

Eulen
Gestern noch mit den Wolken zu Bett und heute
gleich mit den Rosen wieder hoch
dann abwarten, eisern,
daß der Kopf allmählich durch die Tabletten bricht
Immer blöd, wenn der Tag schon mitKlassik zum Mitpfeifen anfängt
(Die dibische Elster, dririgiert von Willi Steiner)

Immer blöd, wenn der Tag schon mit der "Diebischen Elster" anfängt
(Klassik zum Mitpfeifen, dirigiert von Willi Steiner)

Gestern früh mit den Rosen zu Bett
und heute gleich mit dem Norddeutschen Rundfunk wieder hoch
Immerblöd, wenn der Tag dann mit der "Diebischen Elster " angängt
(Klassik zum Mitpfeifen - dirigiert von Willi Steiner)

Mit den Jahren auch schon nicht mehr in dem Zustand,
daß man sich
seine Liebhaberinnen noch persönlich aussuchen kann -
Wahrlich, so ist es Freunde,
keine widerspricht.

Noch son Ruck wie damals im letzten Mai (herbst)
und man ist wirklich alt x,
so mauß man das wohl sehen-

Abends mit den Eulen zu Bett und morgens
mit den Rosen gleich wieder hoch:
dann abwarten bis der Kopf so allmählich
durch die Tabletten bricht:

Gestern abend mit den Eulen zu Bett
und heute
gleich mit den Tulpen wieder hoch,
dann so ganz langsam abwarten, daß der Kopf
allmählich durch die Tabletten dringt,
Hauptsache . . . .
Nochson 1 2 3 Ruck durch die Knochen wie damals im letzten Jahr
und man ist endgültig alt.

Noch wachsen oder schon welken,
das ist wohl weiter die Frage -
Kann ja sein, daß vom Schluß xxx noch mal
bßchen Licht auf eine 1 2 3 4 Geschichte fällt :

Noch wachsen oder schon welken,
das ist (wohl immer) die Frage - (so etwas wie Licht)
Kann ja sein , daß vom Schluß her nochmal etwas Licht
auf eine 1 2 3 4 Geschichte fällt - (ein bißchen Licht)
nur nicht aufhören darf man,
(nur)nicht - - - (vorzeitig den Korn in die Flinte gießen)
(nicht solange noch die - - -)
Na, so lange der - - - und die Koffergriffe noch hlten ! . . .

Wenn ~~Spannung~~ Sehn[illegible] dich so
Spannung,
so ist die Frage,
(erklären)
Von den Strukturbildern her
steht in (d.) Strukturbiologie [illegible] bekommen
ergeben etwas daß [illegible]
als de --- frühen Begegnung, [illegible]
~~abgetrennte~~ Tiere
paradigmatischen
Phasenspannungen der Anspannung
Nur, was abwarten war,
wenn der Kampf vollständig
bis die Dialektik beginnt

Mit den Jahren auch nicht mehr ganz in dem Zustand,
daß man sich seine Liebhaberinnen
noch persönlich aussuchen kann -
Wahrlich, so ist es, Freunde, keine widerspricht.

Noch Seher oder schon Spanner,
das ist die Frage.
Na, mal abwarten heut,
wenn der Kopf erst richtig durch die Tabletten bricht.
Von meinen existentiellen Interessen her,
selbsttragende Titten,
Arschzeigehosen,
phosphoreszierende Strumpfbänder,
sind mir die Herrenmagazine immer noch [ein bißchen] näher
als die ganze Frauenbewegung.

Mit den Jahren auch nicht mehr ganz in dem Zustand,
daß man sich seine Liebhaberinnen
noch persönlich aussuchen kann –
Wahrlich, so ist es, Freunde, keine widerspricht.

Noch Seher oder schon Spanner, das ist die Frage.
Na, mal abwarten erst,
bis der Kopf vollgültig durch die Tabletten bricht.
Von meinem Augenhintergrund her
häng ich ja eher mit bekannten Herrenmagazinen
als der Frauenbewegung zusammen:
Wichswaren aus Dänemark
muskulöse Zöpfe, Arschzeigehosen, phosphoreszierende Strumpfbänder

Patient braucht keine Ruhe, Patient braucht Reize.

Da das Leben zu kurz ist, sagt dir schließlich jeder
kleine Friedhofsangestellte.

Noch Seher oder schon Spanner,

das ist ~~natürlich~~ die Frage.

Na, mal abwarten erst, wenn der Kopf gegen Mittag

richtig durch die Tabletten bricht . . .

Von meinem ganz persönlichen Augenhintergrund her

häng ich ja eher ~~an~~ auf diesen Herrenmagazinen

als ~~an~~ den Zielen der Frauenbewegung zu sehen /

(Tittenspitzen wie Radiergummis, Arschzeigehosen,

phosphoreszierende Strumpfbänder)

[illegible]

[illegible]

[illegible]

[illegible]

[illegible]

[illegible]

[illegible]

[illegible] ?

[illegible]

[illegible]

[illegible]

[illegible]

[illegible] Tube)

([illegible] 31 [illegible]) ([illegible])

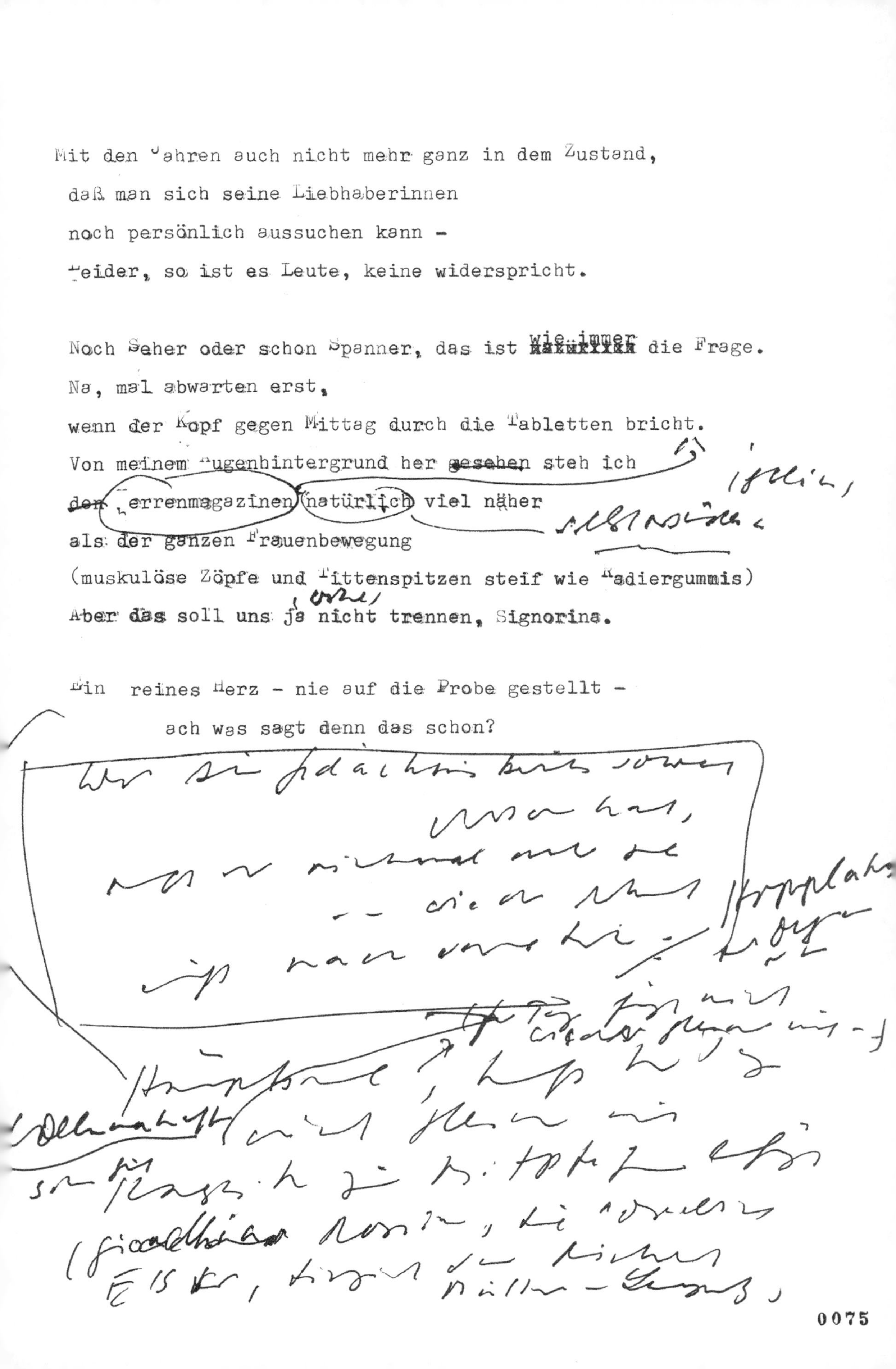

Mit den Jahren auch nicht mehr ganz in dem Zustand,
daß man sich seine Liebhaberinnen
noch persönlich aussuchen kann -
Leider, so ist es Leute, keine widerspricht.

Noch Seher oder schon Spanner, das ist wie immer die Frage.
Na, mal abwarten erst,
wenn der Kopf gegen Mittag durch die Tabletten bricht.
Von meinem Augenhintergrund her ~~gesehen~~ steh ich
~~den~~ Herrenmagazinen natürlich viel näher
als der ganzen Frauenbewegung
(muskulöse Zöpfe und Tittenspitzen steif wie Radiergummis)
Aber das soll uns ja nicht trennen, Signorina.

Ein reines Herz - nie auf die Probe gestellt -
ach was sagt denn das schon?

Wer sein gedächtnis schon so weit verloren hat,
da+ er grad noch paar alte Meister wiedererkennt,
muß nach vorne durch -
Also los . . . .

(wenn eine Hoffnung sich umkuckt,
angstvoll,
ob jemand ihr folge . . .)

auch diese jungen Körper . - - bis die weg sind!

Ein reines Herz - nie auf die Probe gestellt -

was wiegt das schon?!

Wer sein Gedächtnis schon so weit verloren hat,

daß er grad noch paar alte Meister wiedererkennt,

muß nach vorne durch:

Civeli! der Doyen der deutschen Drogenszene

betritt den Lieferanteneingang:

Noch Seher oder schon Spanner, das ist die Frage.

Na, mal abwarten erst

wenn der Kopf vollgültig durch die Tabletten bricht -

Von meinem wahren Augenhintergrund her steh ich

unseren Herrenmagazinen

~~eigentlich~~ doch etwas näher als dee ~~ganzen~~ Frauenbewegung

(phosphoreszierende Strumpfbänder -

Arschzeigehosen - Tittenspitzen steif wie Radiergummis)

~~was uns nicht trennen soll, Signorina,~~

aber das soll uns wohl nicht trennen, Signorina.

~~wollen wir jeden falls hoffen~~

Ein reines Herz - nie auf die Probe gestellt -

was wiegt das schon?!

Auch wär gut, wenn der Tag nicht gleichsofort

mit Klassik zum Mitpfeifen anfängt

("Die diebische Elster" ~~oder so~~,

dirigiert von Richard Müller-Lampertz

Ein reines Herz - nie auf die Probe gestellt -

was wiegt das schon?!

Aber nun : Der Doyan der deutschen Drogenszene

betritt (unmerklich)den Liferanteneingang:

Die Tür mit
[illegible] [illegible]
[illegible] :
[illegible] [illegible] Schwung[illegible]
aber :

Mit den Jahren auch nicht mehr ganz in dem Zustand,
daß man sich
seine Liebhaberinnen noch persönlich aussuchen kann.
Wahrlich, so ist es Freunde, keine widerspricht.

Noch Seher oder schon Spanner, das ist die Frage.
Na, mal abwarten erst,
wenn der Kopf gegen Mittag durch die Tabletten bricht.
Von meinem Augenhintergrund her steh ich unsern
sogenannten Herrenmagazinen
sicher näher als der ganzen Frauenbewegung:
Tittenspitzen wie Radiergummis,
Arschzeigehosen, phosphoreszierende Strumpfbänden . . .
Aber das soll uns ja nicht trennen, Signorina.

Ein reines Herz - nie auf die Probe gestellt -
was wiegt das schon? -
Fast ~~Ic~~ schon gut, wenn der Morgen nicht gleich (sofort)
mit Klassik zum Mitpfeifen anfängt
(Gioacchino Rossini, "Die diebische Elster",
dirigiert von Richard Müller-Lampertz)
~~Deine Nummer sieht vollkommen anders aus.~~

[illegible]

Mit den Jahren auch nicht mehr ganz in dem Zustand,
daß man sich
seine Liebhaberinnen noch persönlich aussuchen kann.
Wahrlich, so ist es , Freunde,
keine widerspricht.

Noch Seher oder schon Süpanner, das ist die Frage.
Na, mal abwarten erst
wenn der Kopf gegen Mittag durch die Tabletten bricht -
Von meinen wirklichen Augenhintergründen her
steh ich unseren ~~mißkannten~~ Herrenmagazinen
sicher näher als der ganzen Freuenbewegung.
(phosphoreszierende Strumpfbänder, +
Arschzeigehosen ~~aus der Trumpf-Vollection~~,
Tittenspitzen steif wie Radiergummis) . .
~~Was~~ uns ~~bitte~~ nicht trennen sollte,
o d e r Signorina?!

Ein reines Herz - nie auf die Probe gestellt -
was sagt (wiegt) das schon? -
Hauptsache, daß der Morgen nicht gleichsofort
mit Klassik zum Mitpfeifen anfängt
(Gioacchino Rossini, "Die diebische Elster,
dirigiert von Richard Müller-Lampertz)
Hier werden doch, wie ich das einschätze,
nur noch völlig veraltete Positionen aufrecht erhalten.
Deine 1 2 3 Nummer sieht völlig anders aus.
Wir züchten hier keine Zierkartoffeln,
sagen Sie das weiter!.

Mit den Jahren auch nicht mehr ganz in dem Zustand,
daß man sich seine Liebhaberinnen
noch persönlich aussuchen kann -
Wahrlich, so ist es Freunde, keine widerspricht.

Noch Seher oder schon Spanner, das ist die Frage.
Na, mal abwarten erst
wenn der Kopf gegen Mittag durch die Tabletten bricht.
Von meinem ~~persönlichen~~ Augenhintergrund her steh ich
~~xxxxxx~~ unsern Herrenmagazinen ~~vermutlich~~ viel näher
als der ganzen Frauenbewegung
(phosphoreszierende Strumpfbänder ,
Arschzeigehosen, Tittenspitzen steif wie Radiergummis),
aber das soll uns ja nicht trennen, ~~Signorina~~.

Ein reines Herz - nie auf die Probe gestellt -
was sagt das schon? -
Hauptsache, daß ~~Wär schon gut, wenn~~ der Morgen nicht gleich mit
Klassik zum Mitpfeifen anfängt
(Gioacchino Rossini, "Die diebische Elster",
dirigiert von Richard Müller-Lampertz)
Für Perspektiven muß man was tun,

Noch Seher oder schon Spanner, das ist die Frage.

Na mal abwarten erst,

wenn der Kopf gegen Mittag richtig durch die Tabletten bricht -

Von meinem Augenhintergrund her betrachtet steh ich

unsern Herrenmagazinen nämlich doch sehr viel näher

als der neuen Frauenbewegung

(phosphoreszierende Strumpfbänder,

Arschzeigehosen, Tittenspitzen wie Radiergummis) -

~~Aber das soll uns wohl nicht trennen,~~ Signorina.

Ein reines Herz - nie auf die Probe gestellt

was wiegt das schon??!

Hier werden doch völlig veralteten

Maßstäbe in die Länge gezogen.

Klassik zum Mitpfeifen:

dirigiert von Richard Müller-Lampetz oder Willi Steiner,

da mußt du ganz unbeschadet dürberwegschreiten aber.

da mußt du - - - - -

\- - - - - -

Hier werden nach meiner Meinung
(doch)
völlig veraltete Maßstäbe aufrecht erhalten,

Klassik zum Mitpfeifen,

dirigiret von Willi Reichert oder Richard Müller Lampertzt -

[illegible]

Noch Seher oder schon Spanner, das ist die Frage.
Von meinem realen Augenhintergrund her steh ich
unsern Herrnmagazinen nämlich viel näher
als der ~~gesamten~~ Frauenbewegung
(phosphoreszierende Strumpfbänder -
Arschzeigehosen - Tittenspitzen steif wie Radiergummis)
Na, mal abwerten erst,
wenn der Kopf vollinhaltlich durch die Tabletten bricht.

Ein reines Herz - nie auf die Probe gestellt -
was wiegt das schon?!
Offen gesagt, hier werden doch völlig veraltete
Positionen aufrecht erhalten,
Klassik zum Mitpfeifen,
dirigiert von Willi Reichert oder Richard Müller-Lampertz -

Noch Seher oder schon Spanner, das ist die Frage.
(persönlichen)
Von meinem Augenhintergrund her

steh ich den Herrenmagazinen

eigentlich näher als der ganzen Frauenbewegung -

Selbsttragende Titten,

Arschzeigehosen,

phosphoreszierende Strumpfbänder -

Na, mal abwarten erst,
(vollgültig)
bis der Kopf vollinhaltlich durch die Tabletten bricht.

Wehmütig hinter sich sehen wie auf die Haare beim Friseur,

soweit kommts!

Patient braucht keine Ruhe, Patient braucht Reize.

Wer sein Gedächtnis schon so weit eingebüßt hat wie'! -

muß nach vorne durch.

allezhopp, gefeiert kann später im Himmel werden

Selig , wer nichts von sich merkt,

aber so weit sind wir noch nicht.

Patient braucht keine Ruhe, Patient braucht Reize

Selbstporträt III (87)

Mit den Jahren auch nicht mehr ganz in dem Zustand,
daß man sich
seine Liebhaberinnen noch persönlich aussuchen kann.
Wahrlich, so ist es Freunde, keine widerspricht.

Noch Seher oder schon Spanner,
das ist die Frage.
Von meinem (wahren) Augenhintergrund her steh ich
unsern Herren magazinen eben doch ein bißchen näher
als den Zielen der Frauenbewegung:
Phosphoreszierende Strumpfbänder,
Arschzeigehosen, Tittenspitzen steif wie Radiergummis :
– na mal abwwarten heut,
wenn der Kopf gegen Mittag richtig durch die Tabletten bricht.

Ein reines Herz – nie auf die Probe gestellt –
was wiegt das schon?!
Hier werden doch (auch nur wieder)
Maßstäbe in die Länge gezogen,
die sich praktisch gar nicht (mehr) aufrechterhalten lassen
(Klassik zum Mitpfeifen, dirigiert von Willi Steiner
oder Richard Müller-Lampertz)
Da mußt du mit deinen Gichtküppeln aber
einfach drüberwegschreiten können.

Gedächtnis
schon so weit
eingebüsst
hat,
daß er
hier nur
paar
alte Meister
wiedererkennt,
häupt
vor durch!
nach
von sein
für Johannes
alten [illegible]
KS. d. 24. Juni 87

Sonntag

Mit dem Inhalt ...

Einpassen der Wegpfosten.

1 2 3 4 5 6 7 7
88 99 10 – 12 – 13

Eine Schwarzamsel
auf d. Servierwagen ...

2

Birne, wie jetzt jetzt von
die Lüneburger Heide
Moshe Lipman
Krug

---

x I p p

Ein schönes Kopfkissen
am Ende des Balkons
von Kronnick –
(das schönste Träumen
im Kissen holen)

---

3 Schildchen
(...) 17
e...

viel zu schlapp aber

1 x die Vernissage machen

zur Ausstellungsmission
in Sorreso:

gesamt war sei
der 3. Februar 88

zu Unbestimmbarkeiten,
sozialistischen Kampfes,
Leslie Reier,

(Musik: Mata-Emme -
ich - Ente - Michael,

ort: Elektrische Lieder, und
Sport-Lieder - ~~Eine~~
Emme,

4

Da alles [illegible] ist
Vermittlungsprozess
+ insgesamt [illegible]los
[illegible]

— — — —

[illegible]
polizeiliche [illegible] –

[illegible] hinaus
[illegible]
[illegible]

4 (Bergen schon darüber
hinaus) o.ä.
(Kaum noch vorstellbar
mit der Zeit) o.ä.

Tief genug

Von hier bis Geschlechts-
teile [illegible]

[illegible] bis Geschlechts-
teile hinabreichend -
aus —

wie die Frauen

Nase vom Anfang
+ [illegible] 182 [illegible] 234
[illegible] alle,

[illegible]

selbst wir – –

Nur – solange die [illegible]
[illegible] halten +

– –

Frühe [illegible] + [illegible] [illegible]
[illegible] [illegible] Tor
[illegible] [illegible] [illegible]
[illegible] ([illegible], [illegible] [illegible])

Bild ergeben
Bezug bei [illegible]
[illegible]

– –

([illegible])

Ressentiments bis hin
aktiven Hass
Klasse
von Vorwürfen
Typen
Rückweisung,
Empörung, Ablehnung
Abgrenzung.

Ach, der Musik –

[illegible] 75 –

völlig [illegible]
[illegible]
[illegible]
([illegible])

[illegible] – [illegible]
+ [illegible] [illegible]
+ [illegible] [illegible] +
[illegible] – –

[illegible]

[illegible]

[illegible]

[illegible]

[illegible]

[illegible]

[illegible]

[illegible]

[illegible]

[illegible]

Nelken

Seine Erregung [illegible]

alles [illegible] –

112 – [illegible]

[illegible]

wie im [illegible],

[illegible] –

[illegible],

wie ich [illegible],

Mit den Jahren auch nicht mehr ganz in dem Zustand,
daß man sich
seine Liebhaberinnen noch persönlich aussuchen kann.
Wahrlich, so ist es Freunde, keine widerspricht.

Noch Seher oder schon Spanner, das ist die Frage.
Von meinem wirklichen Augenhintergrund her steh ich
unseren Herrenmagazinen
doch ein näher als der modernen Frauenbewegung -
(phosphoreszierende Strumpfbänder,
Arschzeigehosen, Tittenspitzen steif wie Radiergummis)
Na mal abwarten erst,
wenn der Kopf gegen Mittag durch die Tabletten bricht.

Ein reines Herz - nie auf die Probe gestellt -
was wiegt das schon?!
Hier werden doch auch nur Maßstäbe in die Länge gezogen,
die sich öffentlich gar nicht aufrecht halten lassen
(Klassik zum Mitpfeifen,
dirgiert von Richard Müller-Lampertz oder Willi Steiner)
Da mußt du aber ganz unbefangen
drüber hinwegschreiten können.
Das kann doch nicht . . .

(Titel?)

Wer sein Gedächtnis schon soweit verloren hat,
daß er gerade noch ein paar bleibende Kunstwerke wiedererkennt,
muß nach vorne durch!
Hopplahopp, der Doyen der Deutschen Drogenszene
betritt den Lieferanteneingang,
und (tadam - tadadadam - tadam) -

Ein reines Herz – nie auf die Probe gestellt –
was wiegt das schon?!

Hier werden doch Maßstäbe in die Länge gezogen
(mehr oder weniger)
die sich praktisch gar nicht aufrecht erhalten lassen
(Klassik zum Mitfeifen, dirigiert von Willi Steiner
oder Richard Müller Lampertz)
Da muß du aber
völlig unbefangen drüber wegschreiten können . . .

Die Welt, zum soundsovielten Male , morgens, wie sieht wie dich
Wenn der Moment scon ein bißchen her ist
und nicht mehr richtig glänzt?! –
Ich will das ja gar kein Dings,
kein Bumms, kein Drama draus machen
(Die richtigen Dramen gehen sowieso immmer aus wider
englische Hafenarbeiterstreik 84:
Die Helden müssen zu Kreuze kreichen)
Ich will damit nur sagen:

Die Welt zum soundsovielten Male morgens, wie sieht sie dich an?
Ich meine, ich will da bestimmt kein Dings,
kein Drama draus machen
(die richtigen Dramen gehen sowieso immer aus
wie der britische Hafenarbeiterstreik im Sommer 84:
Die Helden müssen zu Kreuze kriechen) –
Ich will damit nur sagen

3

Vielleicht daß von

dieser [illegible] komme –

besonders [illegible]

ich – ich kein [illegible] fällt –

4/ Hier?
Mir?
Vollkommen egal in
[illegible] [illegible]!

4

Ich stell da die
Grenzkontrolle –
für [illegible] [illegible]
jeden [illegible] [illegible]

wie der [illegible] [illegible]
[illegible] 84
Die Helden [illegible]
[illegible] –

[illegible] [illegible] / [illegible] 84

(+ [illegible] [illegible] [illegible]
[illegible] [illegible] [illegible] [illegible])

3

Ovs Fortsetzung: Musik – Hirne – Papier – Holz op

↓

3 a: [illegible]

papier – [illegible]

– [illegible] –

:

[illegible]

[illegible]

[illegible]:

↓

Dann:

Nichts! Nichts!
Ich sag ja nichts –
ich seh ja nix – .

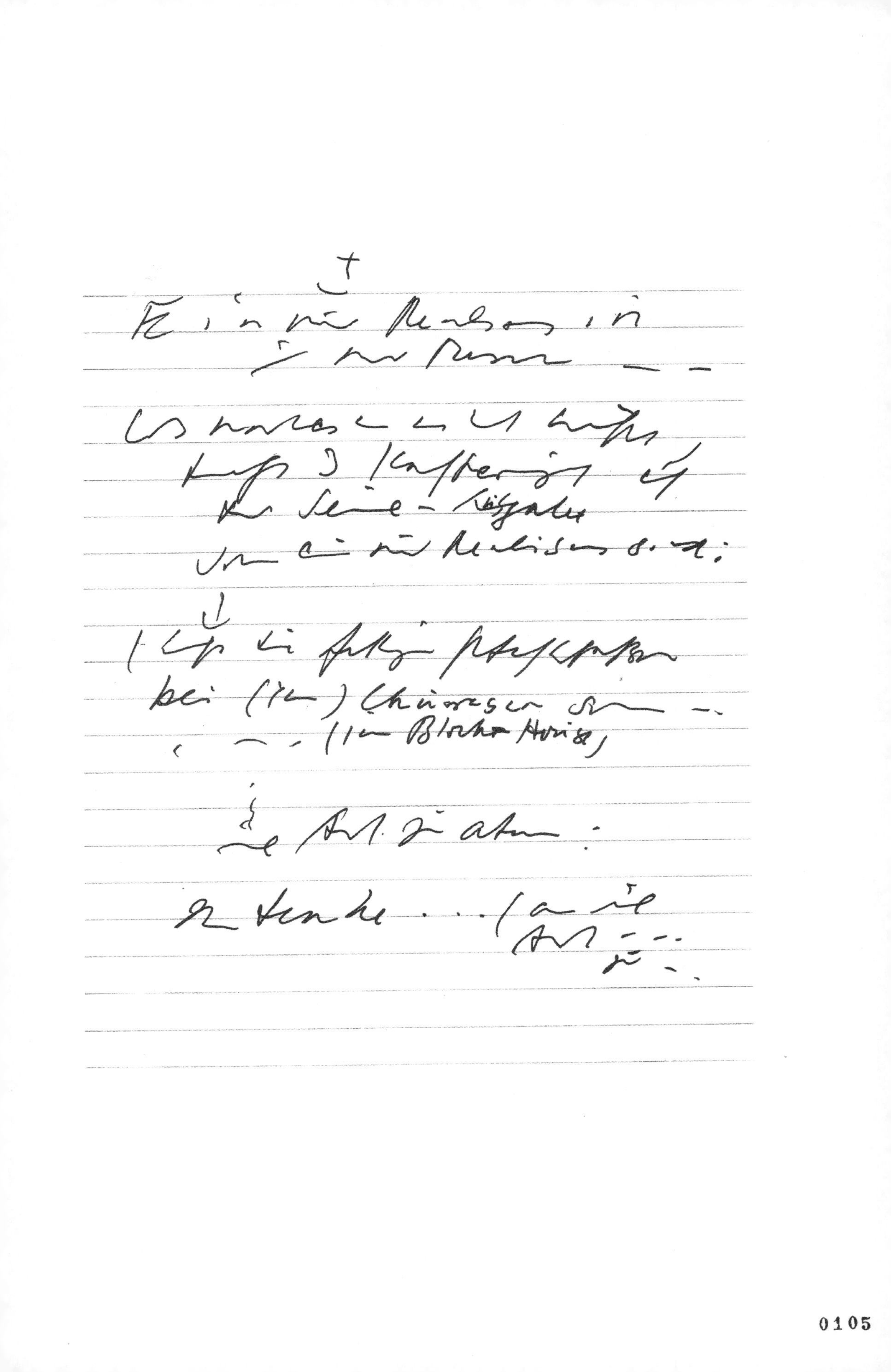

[illegible]
[illegible]

[illegible]
[illegible]
[illegible]
[illegible]

[illegible]
bei ([illegible]) Chirurgen [illegible] – .
([illegible] Blocher Haus)

[illegible]

Ich denke … ([illegible]
[illegible]

5

für das eigene Sein, das
bringt nichts;

—

Wie in allen pessimistischen
Phasen
viel abzuwarten hier ⌞
Die Gärten der Welt ist
erschöpft, ich habe ewig
den Schwefel gesammelt;)
Da muss man noch
hinzugehen!
Da muss (an/)kommen etwas (/hat) Unvorhergesehenes
hinzukommen!
Jetzt was lieber hier —
absolut — + — ~

1.

Ich will da kein Drama draus machen,
die richtigen Dramen gehen sowieso xaus
wie der Britische Hafenarbeiterstreik Ende 84 Anfang 85:
D i e H e l d e n müssen zu Kreuze kriechen !
(für Haltung, Würde ceterapeepee kein Geld in der Streikkasse)

Und nun nochmal unter verschärften Bedingungen
das ganze: die Fingernägelraus, den Skalp ab,
Hoden am Hackklotz festgenagelt, mit Bezin übergossen,
a n g e s t e c k t . . . (nun lauf los!)

Nichts, nichts! ich sag ja nichts, ich seh ja nur!

Ein neuer Realismus ist ein neuer Mensch!
(Was natürlich nicht heißt, daß drei fettigen Pefferfäßchen im Churrasco
schon ein neuer realismus sind - :) - :
Da muß (schon - noch - etwas Entscheidendes hinzukommen)

Deine zappelnde Seele absolut mit - - - -

Eine neue Art-zu-atmen-absolut, aber . . . . . .

Nur dasitzen so, das bringt (auch) nichts!

Wie eine alte pessimistische Puppe mit weg!-
werfenden Augen(der Zucker der Welt ist erschöpft,
jetzt kommt endgültig der Scheißgeschmack -) (Schwefelgeschmac k
(Da muß noch was völlig Unvorhergesehenes -/ hinzukommen) (treten)

Aus weg!-werfendem Augen betrachtet die Welt
das bringt (auch) nichts! [illegible]

Wie eine alte pessimistische Puppe (nur dasitzen so)
(Der Zucker der Welt ist erschöpft, jetzt kommt endültig der Sche
schmec

Die Reaktion geht heute seltsame Wege

Die Reaktion geht heute vom Feuilleton aus -

und irgendwie wissen ~~wir~~ überhaupt nicht mehr,
was wir wollen

Ich will da ja gar kein Ding(s) draus machen,

(kein Bums,) kein Drama –

Die richtigen Dramen gehen sowieso immer aus

wie der britische Transportarbeiterstreik 84:

D i e H e l d e n m ü s s e n z u K r e u z e k r i e c h e n .

Ich will nur sagen: Man muß seine Hosen manchmal einfach

so lange hängen lassen,

bis sie wieder in Mode kommen –

Ich will damit nur sagen, man muß nach vorn ausschreiten,

wenn man hinten ein Rückenleiden hat.

Ein neuer ~~rea~~ Realismus ist ein neuer Mensch.

Was natürlich nicht heißt, daß ein Klacks Majonäse auf Rouge

schon ein neuer realismus ist :

S e l b s t p o r t r ä t I I I (8 7)

Mit den Jahren auch nicht mehr ganz in dem Zustand,
daß man sich
seine Liebhaberinnen noch persönlich ausuchen kann.
Wahrlich, so ist es, Freunde, keine widerspricht.

Noch Seher oder schon Spanner,
das ist ~~wie immer~~ die Frage.
Von meinem ~~wahren~~ Augenhintergrund ~~her~~ steh ich ~~nämlich~~
~~unsern Herrenmagazinen doch~~ ein bißchen näher
als den Zielen der Frauenbewegung -
(Phosphorszierende Strumpfbänder -
Arschzeigehosen - Tittenspitzen steif wie Radiergummis)
Na mal abwarten erst,
wenn der Kopf gegen Mittag durch die Tabletten bricht.

Ein reines Herz - nie ~~auf~~ die Probe gestellt -
was wiegt das schon ?!
Hier werden doch wieder nur ~~wieder~~ Maßstäbe
in die Länge gezogen,
die sich praktisch gar nicht aufrechterhalten lassen
(Klassik zum Mitpfeifen, ~~bitte nicht gleich morgens,~~
dirigiert von Willi Steiner oder Richard Müller-Lampertz):
Da mußt du mit deinen Gichtknüppeln
einfach drüberwegschreiten können!

Ich will da bestimmt kein Dings -
Ich will da kein Bumms, kein Drama draus machen
- Die richtigen Dramen gehn sowieso immer aus wie der Britische Bergarbeiterstreik 84:
Die Helden müssen zu Kreuze kreichen -
Ich will damit nur sagen, daß hier objektiv ne Uhr tickt.
Wer sein Gedächtnis schon insoweit verloren hat,
daß er nur nur paar alte Meister wiedererkennt,
muß nach vorne durch!
- - - - - - - - - - - - -

Vielleicht sogar nochmal unter erschwerten Bedingungen das ganze:
(also)
aufgepaßt! der Doyen der deutschen Drogenszene
betritt den Bühneneingang,
fragt sich nach vorne durch,
krenpelt sein Innenfutter nach außen,
schwankt,
steht nicht völlig sicher,
doch! &dafür hab ich doch extra diesen besonderen Stil entwickelt,
daß ich jederzeit von einer Rolle in die andere springen kann:

Ich will da bestimmt kein Dings draus machen,
kein Bums, kein Drama –
Die richtigen Dramen gehen sowieso immer aus
wi der Britische Bergarbeiterstreik 84:
Die Helden müssen zu Kreuze kriechen
ceterapipi/
und für Aufrechterhaltung von Würde ist kein Geld in der Streikkasse –

Die Helden müssen zu Kreuze kriehcen.
Ich will damit nur sagen: Vorsicht ist besser als Tragik!
und für Aufrechterhaltung von Anmut, Würde etceterapipi
muß erstmal das genügende Geld
in der Streikkasse sein.

Was will denn der Glitzergreis
mit diesen Jungen Geliebten ?!
(Gehören alle den gleichen Vollidioten selbstverständlich!)

für den geschmolzenen Prozentsatz, der überhaupt noch liest:
Das sieht nur von außen so aus
und fühlt sich von innen ganz anders an!

Muß ich denn das gutfinden, daß sie (Telefonzellen)
(Hafenstraße)

Ein reines Herz - nie auf die Probe gestellt

was wiegt das schon?!

Wer sein Gedächtnis bereits insoweit verloren hat,

daß er grad noch die alten Meister wiederekennt,

muß nach vorne durch!

Bloß nicht noch hinter sich geblickt wie auf

die Haare beim Friseur .....

Daß das Leben zu kurz ist, sagt dir schließlich

jeder kleine Friedhofsangestellte.

Ich will da ja gar kein Drama draus machen.

Die richtigen Dramen gehen sowieso immer aus wie der

britische Bergarbeiterstreit 84:

Die Helden müssen zu Kreuze kriechen

(und für Anmut und Würde

dann kein Geld in der Streikkasse) -

Ich will damit nur sagen

(Deine Nummer sieht etwas anders aus - ganz kleiner

Schweinezirkus pp)

Sagen wir mal ein verhangener Tag - -

Achtung, der Doyen der deutschen Drogenszene

betritt den Lieferanteneingang,

bißchen hinüber wie s so scheint,

das sieht aber nur von außen so aus und fühlt sich von innen

ganz anders an - -

Ein reines Herz – nie auf die Probe gestellt –
was wiegt das schon?
Ich meine, ich will da bestimmt kein Dings,
kein Drama draus machen
(Die richtigen Dramen gehen sowieso immer aus
wie der britische Bergarbeiterstreik 84:
Die Helden müssen zu Kreuze kriechen) –
Ich will damit nur sagen, deine Tour sieht absolut anders aus:
g a n z k l e i n e r S c h w e i n e z i r k u s –

(bestimmt)

Ich will da (ja gar) kein Dings, keine Drama draus machen.

- Die richtigen Dramen gehn sowieso immer aus

wie der britische Bergarbeiterstreik 84:

Die Helden müssen zu Kreuze kriechen -

Ich will damit nur sagen, deine Nummer sieht objektiv anders aus

Wer sein Gedächtnis ~~schon~~ bereits soweit verloren hat,

daß er grad noch paar alte Meister wiedererkennt,

(~~muß~~ kann sich ~~ehern~~

einen Bühnen~~ausgang~~öffnung nach vorne erkämpfen.)

Mit den Jahren ~~auch~~ nicht mehr ~~ganz~~ in dem Zustand,
daß man sich
seine Liebhaberinnen noch persönlich aussuchen kann -
Wahrlich, so ist es, Freunde, keine widerspricht.

Noch Seher oder schon Spanner, das ist die Frage.
Von meinem Augenhintergrund her steh ich unsern Herrenmagazinen
eigentlich immer noch etwas näher
als den Zielen der Frauenbewegung -
(Phosphoreszierende Arschzeigehosen,
Strumpfbandtypen, Tittenspitzen steif wie Radiergummis)
Ma mal abwarten heut,
wenn der Kopf gegen Mittag richtig durch die Tabletten bricht . . .

Ich will da ~~bestimmt~~ kein Dings -
~~Ich will da kein Bumms,~~ kein Drama draus machen
- Die richtigen Dramen gehn sowieso immer [redacted] aus
wie der Britische Bergarbeiterstreik 84:
Die Helden müssen zu Kreuze kriechen -
Ich will damit nur sagen,
wer sein Gedächtnis bereits insoweit eingebüßt hat,
daß er nur noch paar alte Meister wiedererkennt,
muß sich einen Ausgang definitiv nach vorn erkämpfen.

Ein reines Herz, nie auf die Probe gestellt -
was wiegt das schon?!
Ich will da ja gar kein Dings, kein Drama draus machen
(Die richtigen Dramen gehn sowieso immer aus
wie der britische Bergarbeiterstreik 84:
Die Helden müssen zu Kreuze kriechen)
Ich will damit nur sagen,
wer sein gedächtnis bereits insoweit eingebüßt hat,
daß er nur noch paar alte Meister wiedererkennt,
muß wohl oder übel nach vorne durch -

gewidmet
Georg Lukács
Franz Kafka
Karl Liebknecht
Ernst Busch
Kurt Eisner -
Magnus Hirschfeld
Carl Einstein
Paul Fleming

2

. nix vom vorn hier;

auf – ab / salzig
die Katastrophe von heute

+ den andern fehlen [illegible] minder

[illegible] [illegible] [illegible] [illegible] von
Gestern

hier die halbe Republik!

Abgesehen davon, dass, die
– – –

Umsteigen – – –
in die Olympia/Vorhallen

2

b. s. bis alles (Vollen)

gestattet [illegible] – [illegible]

1 8?

wie der Entwicklung der Begri[illegible]

wie das . . –

wie der Gründlichkeit Ve[illegible]

[illegible]

Verhältnis

– bekannt verkannt –

3

Also los! sagte
die Kaffeegäste nun halt
+ das gleiche ...
(ahnen) (alle [illegible])
ist das [illegible] ...

über die halbe Republik

[illegible]-Sieg, [illegible] ...
war die [illegible] [illegible]

Bonn-Bad Godesberg
. . . .

4

[illegible]: Verse als
Stationen

(Aufzählung)

[illegible]
Hamburg – Altona – –

([illegible] [illegible], –
[illegible] [illegible] .. –

bis der alles – –

wie das [illegible] [illegible]
[illegible]

wie [illegible] ...

wie das [illegible]
von [illegible]

5

Mainz: Hotel Hammer

Mainz — neues! —

Alma – Kirschbarthy

Die ~~Versammlungen~~ Sitzungen
in Kiesselbetrieb:

mit d. Schwaig
(in Immenwald,
Wolffi o.ä —
– Athanasius Kirchers –
(Barockdinge? o.ä)

6

Die Stadt durch —

Hagen

—

mit Frau [illegible] —

auf gesenktem Blick!

(+ in jeder Stadt)

Bahnhof – Altona

Bahnhof [illegible] 4

Das schwarze [illegible]

im Kursbuch [illegible]

war, die [illegible] [illegible] –

0124

7

Einlass:
[illegible]

(Stalin/Lied Straßen
[illegible] ([illegible]))

Brief Abtei

(7 Uhr 16, Fleiss 6,)
[illegible],
[illegible]
[illegible]

Bravo, das Kaffee-~~Haus~~-
Haus

. . .

---

aber [illegible]
[illegible] Station
[illegible]

8

Köln — Paris —

Bonn — Aachen —

Hagen — ·

in jener Stadt — ?

Tunesien — ? [illegible]

Berlin —

4 Sie [illegible]
um [illegible]
zu [illegible]

[illegible] – [illegible] –
platzend brennt im Regen,
platzend brennt [illegible],
[illegible], [illegible]
[illegible]
[illegible]
[illegible] 1234 [illegible]

Drüben! drüben! [illegible]
[illegible] spitze in [illegible] –
[illegible], [illegible]
[illegible]
[illegible]
[illegible] –
platzend brennt die Kälte,
platzt brennt Auge

[illegible] Stadt [illegible]
[illegible] Öffnungen [illegible] –

Bahnhof Altona, Bahnsteig 6,
[illegible] Türme in [illegible]
[illegible], [illegible] –

2

Bremen – [illegible] – Köln
Bonn [illegible]

Sie [illegible] [illegible] [illegible]
[illegible] + [illegible]

1 2 3 4 5

[illegible] beginnt [illegible] [illegible]
[illegible] beginnt Reise –

[illegible] [illegible] [illegible], [illegible] [illegible]
[illegible] [illegible] [illegible] [illegible] [illegible]
[illegible] [illegible] [illegible] [illegible] [illegible]

(+ in jeder Stadt [illegible]
[illegible] [illegible] [illegible] [illegible] [illegible])

Absolut los + Spaß!

Draußen, drinnen – plötzlich
bricht die Kälte, plötzlich bricht
Regen,

Kein Licht, [illegible] und
im Fenster nur [illegible] alles
Licht ich [illegible] habe [illegible]
[illegible]

+

Sie ist [illegible] die [illegible]
normal,

Sehr normal – [illegible]
Bleistift [illegible] –

Draußen – drinnen, plötzlich
die Spitze im [illegible]
plötzlich bricht die Mine,
plötzlich bricht die
[illegible],

[illegible] nicht [illegible]
[illegible]

I

Kurzwellen
Von Leipzig in den Städten,
auch als [illegible] –

Landsberg – Iden Oberste

.... am Ende:

Roter Krieg – – : [illegible]

Zu "Krise des Jahres"

[illegible]

... Ostens Paris, zwar der
die halbe Republik

[illegible]

[illegible] Anzeige! [illegible] brennen
die Mitte,
[illegible] brennt die Reise –

[illegible] – [illegible] –
[illegible] in [illegible]
wo [illegible]

+

[illegible] die [illegible] in der
Kälte [illegible]
die [illegible]
der [illegible] –

[illegible]
[illegible] –

2

[illegible] ~~[illegible]~~,
[illegible] [illegible] spielen, — [illegible]
[illegible]

— patient bewundert die [illegible],
patient bewundert Regen —

[illegible] [illegible] [illegible]
von Station zu Station;
und in seiner Stadt
[illegible] [illegible] [illegible] aufgesprungene
Bett — —
(Büchner)

— — —

patient [illegible] [illegible]
[illegible] [illegible] — —
von [illegible] Station zu
~~[illegible]~~ —
+ [illegible] [illegible] [illegible] [illegible]
[illegible]
wie [illegible] [illegible] Bett — —

([illegible]) —

3

Fenster für 2 Personen
(Bankstelle)

Gruppe! [illegible]!
[illegible]

[illegible]

[illegible] ein [illegible]

Fensterstelle für 2 Personen

+ [illegible]

[illegible]

1 Woche – 2 Personen +

[illegible]
[illegible],

[illegible],
[illegible] –
[illegible]
[illegible]

+ [illegible]
[illegible] –
[illegible]

[illegible], [illegible] 6
[illegible],
[illegible]
[illegible]

Fernsehen I

Holt – Jünger – die Stelle

[illegible] in der Sonne X

(+ die Schaffender – –

6

[illegible], – [illegible],
[illegible] [illegible] [illegible] [illegible] [illegible] [illegible]-
[illegible] [illegible] [illegible] Ruhe,
[illegible] [illegible] Ruhe —

([illegible] [illegible] wir es nun
[illegible] [illegible] Stil zu sagen,
nun – –)

(als die Zerstörung ist ein
[illegible] Schöpfung [illegible]
[illegible] [illegible] 181)

(sind [illegible] [illegible] die [illegible]
wohl nicht haben,
eine Lehre [illegible] [illegible] E. S
– [illegible] [illegible] zu [illegible]
– [illegible] –

1

ich habe Sie [illegible]

[illegible] + [illegible]

+ [illegible] Hand, [illegible]

[illegible]

[illegible]

Sie [illegible]

normal,

ich [illegible]

[illegible]

[illegible]

sollte in [illegible], sie wollte
[illegible] zu denken, jetzt es den
als [illegible] [illegible] ... [illegible].

[illegible] [illegible] [illegible], [illegible],
[illegible] [illegible] [illegible]

Nicht ganz abwarten usw.,
wie die [illegible] liegt ist
[illegible] ...

Aber [illegible] [illegible] [illegible]? [illegible] hätte
[illegible] [illegible] in [illegible] [illegible]
an die Bettwäsche [illegible] ab

Aber ich [illegible] [illegible]
[illegible] ...

9

Wer leidet, sieht auch nur Leiden

+ irgendwo im [illegible]

Fensterrahmen in den [illegible]

angelegt –

Man [illegible] nicht 2x in den gleichen Spiegel, ✗

Ich war nie [illegible] – – ✗

+ in Anfangs[illegible] [illegible] (17)

Wer denkt, wo ich [illegible] in Berlin, ✗

der [illegible] [illegible] nur [illegible] (8)

(1) (17)

Um von eigenen Reisen, die
abenteuerlich, [illegible],
— gibt Eindrücke zu machen
X ([illegible] [illegible] nicht [illegible],

die Reisen, die nicht [illegible] Liebe [illegible]

Sie normal zu [illegible]
Beispiele —

Mit den Jahren auch nicht mehr ganz in dem Zustand,
daß man sich
seine Liebhaberinnen noch persönlich aussuchen kann –
Wahrlich, so ist es , Freunde, keine widerspricht.

Noch Seher oder schon Spanner, das ist die Frage.
Von meinem Augenhintergrund her steh ich
unsern Herrenmagazinen ~~xxxxx~~ eigentlich doch etwas näher
als den Zielen der Frauenbewegung
(Phosphoreszierende Arschzeigehosen,
muskulöse Zöpfe, Tittenspitzen steif wie Radiergummis)
Na, mal abwarten erst,
wenn der Kopf gegen Mittag gültig durch die Tabletten bricht.

Ich will da ja gar kein Dings, kein Drama draus machen.
Die richtigen Dramen gehn sowieso immer aus
wie der britische Bergarbeiterstreik 84:
D i e H e l d e n m ü s s e n z u K r e u z e k r i e c h e
ich will damit nur sagen,
wer sein Gedächtnis schon soweit verloren hat,
daß er grad noch paar alte Meister wiederekennt,
muß nach vorne durch:
darufzu-draufzu! solange die Koffergriffe noch halten,
und dann absolut ziellos mit dem Intercity Oscar Panizza
d u r c h d i e h a l b e R e p u b l i k . . .

(zielstrebig) / (planvoll)
(instinktsicher) / (sinn–)
(absichtlich)

Mit den Jahren auch nicht mehr ganz in dem Zustand,
daß man sich
seine Liebhaberinnen noch persönlich aussuchen kann -
Wahrlich, so ist es, Freunde, keine widerspricht.

Noch Seher oder schon Spanner, das ist die Frage.
Von meinem Augenhintergrund her steh ich unseren H e r r e n -
magazinen eigentlich doch etwas näher
als den Zielen der ~~Frauenbewegung~~
(~~Phosphoreszierende Strumpfbänder~~,
Arschzeigehosen, Tittenspitzen steif wie Radiergummis)
Na, mal abwarten erst,
wenn der Kopf gegen Mittag endgültig durch die Tabletten bricht.

Ich will da ja gar kein Dings, kein Drama draus machen.
- Die richtigen Dramen gehn sowieso immer aus
wie der britische Bergarbeiterstreik 84 :
Die Helden müssen zu Kreuze kriechen -
Ich will damit nur sagen,
wer sein Gedächtnis schon so weit verloren hat,
daß er ~~nur~~ noch paar alte Meister wiedererkennt,
muß nach vorne durch.
Also los, solange die Koffergriffe noch halten,
und dann gleich mit'm Intercity Max Stirner durch die halbe Republik!

Obwohl manche Dinge und D-Züge einfach nicht
aufzuhalten sind -

Eine Amsel auf Eis -
zartes, fast zierliches Gedärm auf schmelzenden Trauerkissen

und Du mit deinen Komlexen wieder rausgejagt auf die Bühne

alter Knochen mann - Totentänzchen

die Sünden als Harngreis schon - so deutlich - chemisch

leckende Gestrüppe - grüne Seife

da bleibt doch dem Auge die Spucke weg -

Die reden doch alles schon so - - wie die Fahrdienstleiter
von Sonderzügen

wie sie die Cracks an ihre jungen Titten ziehen

Nihilismus ist nicht der letzte Blick -

paar vertrocknete Arschlöcher zu beglücken

und nun in dieser Schweinescheiße rumwühlen noch

Die beste Witwe ist kein Ersatz für ein lustiges Leben

Die Umlegeleute schon unterwegs

wie ne Schnecke beruflich viel unterwegs, blattauf, blattab -

Abend: goldener Zirkelschluß

Nana, wie d e r schon seinen Bosche lutscht,
mit nach innen gezogenen Backentaschen

graues Blut

abwinkend auftreten

Ein Gesicht zertritt sich leicht,
eine Bedeutung verliert sich

daß die von dir beschriebenen Bäume
noch lange nachwedeln in der Erinnerung -

vergeistigt oder verwahrlost - na egal -
der gleich Eindruck

und es ringen miteinander Säuernis und Finsternis

Greisengeplapper - ohne Publikum vor sich hinsabbeln -
schimpfen - Spucken - Lätzchen besabbern
nichts will sich bessern hier
selbst der Schnee nicht mehr schön

wenn der Krokus sich Bahn bricht

Kräne im Winterwasser - Eisklumpen im Kanal

Eine starke Konzentration von Geiern in der Luft

wenn der Vater sein sternenbesätes Kind
in die eisige Fastnacht hinausführt

Die Kalypsos (Lustobjekte) unsere Jugend
richtig alte Omas jetzt mit Dutt und Butter -

wenn der Zug schon mit qualemnedn Aschbern ankommt
und du findest in der ganzen rasenden Galaxis
kein paasssendes Mauseloch für deinen
1 2 3 Schniepel

Ein erfrorener Friedhof zur rechten - Eisstäube -

Kaffeknoblauch kein neuer Stil

ein leergefegtes Haarburg

gewienerte Schienenstränge

Gleißende Blechhümpel im Frost - Sonnenschmisse

ermüdete Matten

Eis und Gummi -

und du stehst nur noch rum wie ein leerer Kofferkuli am
Ende des Bahnsteigs

und du kannst dich mit deinen Wünschen
schon gar nicht mehr identifiezieren

wenn de Schnee von den Bäumen wie Blüten fällt

Liebe nach dem Gießkannenprinzip

Und keine "musikalische Schlttenfahrt" wie von
Leopald Mozart,
sone Super-Programmmusik mit Pferde Gewieher und Kettengerassel

Schneeflocken groß wie Fledermäuse

Paar rosa Engel über der Verrücktenanstalt

ausgekotzte Gebisse: sonst noch was?

Vom Dreck ergriffen steht die Menge da -

bis am Schluß die große Hauskotze kommt

ich sitze kalt in meiner Maske und - - -

Wie sich Kultur an eine Flüßchen lagert
um einen Teich gruppiert -

In der Natur ist Schönheit nun mal nicht die allererste Größe

(kommt vieles auch ganz ohne Schönheit aus)
anthropozentrisch gedacht
aber wir können die Welt ja nicht immer aus dem Blickwinkel
der - - anvisieren

da hat der Herr an Schönheit nicht gespart

Nun weiß ich zwar nicht, ob ich mich hier
übervorsichtig ausgedrückt hab
oder nur unscharf verstanden worden bin

Frauen, die nichte gelernt haben
außer für ihre Rechte zu keifen -

eine Nymphe mit Schäferhund

Neurose: das schwächste Organ übernimmt die Führung

und du merkst, daß du gar nicht dieser große Wildschweinjäger
sondern nur eine kleine Knack- Currywurst warst
-(denken Sie sich Ihren Senf dazu -

"Es ist alles ganz eitel" - gelesen von Elmar Guntsch

die Wallfahrt des Kaffeeduftes durch die Mauerritzen am Morgen
(unter der Tür durch?)

ganz niedlich - aber nachgemacht

und die wissen genau:
Skunk geht nicht wieder raus

Daß wir aus dem Freßsektor diese Sprechanlage entwickelt haben,
um uns über ungastgemäße Bedienung zu beschweren

Bis das alles mal abfällt von Dir, Zeitungen, Briefe,
Hüllen, Banderolen, 1 2 3 4
und du mit Engelsaugen rauskuckst
aus deiner - (Hundehütte)

bis sie dich in die Wichserecke stellen

Mäuse in Macho-Stiefeln

der Tag ne Hühnerbouillon (gold-gelb-Braun)

Lieber putzen Sie sich mal die Zähne richtig
vor so einem langen Monolog -

Zerrissen oder ausgeleiert - na was ist

so unbesorgt essen, pissen, scheißen -
na, ihr führt mir vielleicht ein Herrenleben!

was sich natürlich leicht vertuscht -

Bis so ein top-spin-lop des Schicksals
überhaupt keine Chance mehr, dranzukommen -

Und du sagst: ich will wirklich nur Ihre Geschlechtsteile
berühren , aber bitter nur ' -

und bei der Sprache bildet sich jeder ein, mitreden zu können

und das ist nun schon wirklich
vpllkommen am Bildschirm vorbei -

Auch noch denkanstöße geben - soweit kommts -
der dichter ist doch kein Zickenbock!

und we n der Stoff ausgeht ,
nehmen sie sich der Wahrheit an - sich aussabbeln

zwischen Glücksrad und Tretmühle

wie ne übermüdete Stubenfliege

seinen eigenen Gedanken zuvorkommen (vorausreisen)

dieser völlig veraltete Tripper

riecht wie der Duftstein der Pißrinne

und sie haben sich daran gewöhnt,
ihre Ungarkeiten für inere Stimen zu nehmen

der Traurige findet alles banal

der Depressive dünkt sich den tiefsten Menschen

Die nur noch Alibis sammeln - wie Pluspunkte -
bis schließlich überhaupt nichts mehr passiert

spät angekommen heißt ja noch nicht zurückgeblieben

und du hättest auch andere Leben führen können
- die Angebote lagen ja vor -

letzte Hand an sich legen

die Quadratur des Mondes

bis eines ernsthaften Herbsttages -
wer - (was?) an dich herantritt

sentimentale Mädchen, die hinter verstorbenen Dichtern her sind

Wecle Kleinheit, wieviel Mikro da überall

ja, das sieht vielleicht von außen so aus,
aber fühlt sich von innen ganz anders an

Niemandsland - Niemitzland -

und du sagst gerade noch:
hier hast du viel Geld, aber verfriß es langsam

ein Nichts an Nachricht schlägt ein wie ein Meteor

wenn sie aus Milch und Geist bestünden, wie schön

so gut sein technisch, daß die Mitwelt
nichts mehr davon mitkriegt
und von Station zu Station immer blöder aus der Tasche kuckt

Vögel: Vergnügungsreisende des Himmels

stinkende Arschlochscheiße

in einen Mund geflüstert (den Mund zugeflüstert - mit was)

Joggenig - titt-titt / titt-titt -
dahinter das Meer aufgezogen -
(auf der Bank n älterer junger Mann,
Sonne von unten rein in den eisgrauen Bart) wiederkehrende Bilder

Hat ja völlig Recht gehabt, van Gogh
mit allen seinen Farben (Tannenquirl)

all solch verfaulter Scheiß

die Farben aus der richtigen Welt (zu) nehmen
- aus welchem Topf ?

eigentlich um weise zu werden,
brauchst du deinen Balkon ja gar nicht zu verlassen -

Zuspruch aus zahlosen Mäulern

woher du dein Licht beziehst, ist doch gleich

weil die Jugend die Jugend doch gar nicht
richtig würdigen kann

Meisterschaft ist ein Irrweg -
aber was soll man machen, wenn man nichts anderes gelernt hat

Rübenmieten mit weißen Planen wie Schneewehen
mit Autoreifen beschwert -

völlig überalterte Maßstäbe mit sich herumschleppen

paar Parasolpilze auf dem Friedhof gestochen

wir haben das doch alles
heiligsprechen wollen mal

s ene inneren Stimmen auf die Bretter bringen

alles eng, dreckig, schattig, laut (leer und laut)

oder nur noch - - - wie ein Geist
seine paar verbliebenen Kilometer runterreißen

un d - manchmal - kommt sogar - die Weltwiesie-sein-könnte
über dich -

nicht deine größte Stimme gerade
aber vielleicht deine eigentliche

wie rücksichtslose Verliebte dir den gehweg versperren
mit ihren ausladenden Schlenkern

ein erleuchtetes Schlüsselloch finden irgendwo
mit Blick auf (die Ewigkeit)

Weitspucker in u n s e r m System

ne Weichholzaue: Erlen Weiden, Pappeln im Verein:
noch bißchen Wind im Silber

sich paradigmatisch krummlegen

Aus der Entsagung nochmal ne Piece machen - ich nicht!-

armes geknicktes Primelchen,
abwehrend die Blütenblätter gehoben (zur Faust geballt)

und - ah - eine Zubettgefrau - für jedes Alter
und jeden 1 2 3 4 5 Geschmack

daß hier jedes freundliche Wort
gleich auf Ausplünderung ausgeht -

Man soll die Welt vielleicht auch gar nicht zu wörtlich nehmen
(ein Schicksal, das dich nicht mehr angeht)
(Verheißungen -Köder)

aus abgestandenen Augen

fühlt sich klöterig

achgott ja Liebe -
und wie soll die ausgehn?

das Nihil: eine Schnapsidee

und es ist dieser Fluß aus Silber und Blaubasalt
paar Grünspanhütchen
(Kultur angelagert - ans Flüßchen)

der Wecker hat immer Recht

(Les 88)

das hat als Antiquität dann schon seine Ruhe gefunden

die Wahrheit - eine Ansichtskarte

Eine Absprache der Uhren (neue Musik)

Man kommt ja praktisch rum wie n Reporter,
aber , natürlich, fragt sich

(Les 88)

daß der Held kein Kartoffelsack war

dieser Held: ein Kapitel für sich

ja, vielleicht (13) +

hinterm Abendrot herlaufen,
noch eine halbe Stunde lang

F s. S. 12

wo Dunst schon rot sich löst

über

Vier Farben Phlox vorm Haus

Ja, aber wenn dies veröffentlicht wird,
ist das zu erwartende Blut
schon wieder abgeflossen - (Die Wahrheit' eine Sensation)

14.-

und du hast schon gar nicht mehr die Kraft
für ein Ultimatum -

das ist alles wahr - meine Liebe -
jedes einzelne Wort

aber ehe dich das nicht wirklich offenbart,
in aller Ausführlichkeit,
kann man -- - nicht über - ' sprechen

Blumenfriedhof neben dem Gräberfeld
auch schon dahinfaulend das -

auch die fleißige Flecknessel, der mutige - - -
~~der irrende Knöterich~~

und es ist alle - - -
und 1 2 3 4 5 6
wie das Zuklappen der Augen
wie das Absinken der Ohren
wie das Drüberwachsen von Gras (drüberfallen von Sand
. . . . . . l . . .

~~(Dann Schlußsequenz: - - gesucht wird)~~

m ä c h t i g , als schluckte das Herz
(und ver!schluckte sich)

schreiende Zeugen - sprechende Dokumente - plärrende - - - -

und du siehst nochmal sowas wie den unbekannten Soldaten
und die unbefleckte Empfängnis

was schon vom Ansatz her erhaben ist

Die haben diesen Gedanken der Oberfläche
doch alle nicht tief genug gedacht

da ist doch grundsätzlich Bodensatz dabei

wirklich viel Erkenntnis aufm Haufen

Cool Jazz : wenn die Tenorsaxophone
wie Fahnen knattern gülden in der Brise

aus diesem Ei wird kein Held hervorkriechen

Weltendecke fällt -
lieber:/ paar Tage an einem Fenster rumkitten wie schön,
bis es dicht ist (absolut)

im Hafen der Ehe gescheitert (so viele)

zu Punkmädchen: 20 Pfennig willste haben? -
Kannst du! - wenn du dich da unten schon mal auseinandermachst -

Etwas schnell Hingehendes,
wo die Natur sich den Schmerz erspart hat

ad infinitum undsoweiter etcterapipi

und dein Inneres hält Ausschau

wie dies vorzeitige sinnlose Schlüsselgeschlenkre der Menschen
bevor sie ihr Auto ansteuern

wo die Schönheit ihre Zöpfe flicht
und Entsagung ihre Zeilen -

immer nur diesem kleinen Pint nachlaufen

schuldbefleckt

Kultur: Die Dinge, um die dann das Geschnatter anhebt

alles zu Füßen liegend dir in irgendeiner Form
(wann war das noch?)

wir können das auch nur von uns aus denken
(wie die Libelle an ihre Larven)

und an der Hasel-oh!
sind schon wieder ganz dicke lichtgrüne Nüsse dran

Vom realitätsprinzip her
lacht man natürlich über die ganze Romantik

Wolkige Karyatiden - sieh das - mit aufgerissenem Maul
graue Häupter, lichtumrissen
(Wind meißelt an ihnen herum)

Schönheit für 5 Minuten

Schönheit muß immer wieder neu sein

na, so überzüchtet wie die Korkenzieherhasel
sind wir natürlich nicht

da schreite ich doch verschwenderisch drüberweg

wenn dich nichts Irdisches mehr ärgert (anficht)

nichts Wirkliches, nichts Ernstliches

warten bis Ruhe eintritt richtig

Noch'n Buonanotte-Bonbon im Holyday Inn

einen Gedanken wie eine angerauchte Zigarette weiterqueseln lassen

daß die ganze Welt uns was angeht (anginge)

bis deine inneren Stimmen mit einer öffentlichen Strömung
zusammenfallen

und die Zukunft riecht bereits nach Gülle aus dem Maul

Naja, die Helden lavieren sich so durch,
Schmeling, Rühmann, Karajan

jede Stimmung gilt (ist gültig)

oder wie Christus mit Bachtrompete aufm Ölberg,
geblasen von Adolf Scherbaum
und gemalt von Ernst Fuchs -

Inter! - essant-essant!

diese Gedanken sind ja alle echt

als gelte es Liebe zu vergüten?!
Na , du bist mir vielleicht ne steife Motte!

ein frischgeteerter Zaun : eine Hoffnung

durch Schönheit gerchtfertigt '(aber doch nicht wir)

durchkonstruiert wie ein Grashüpfer
und gesamtheitlich empfinden wie ein Floh -

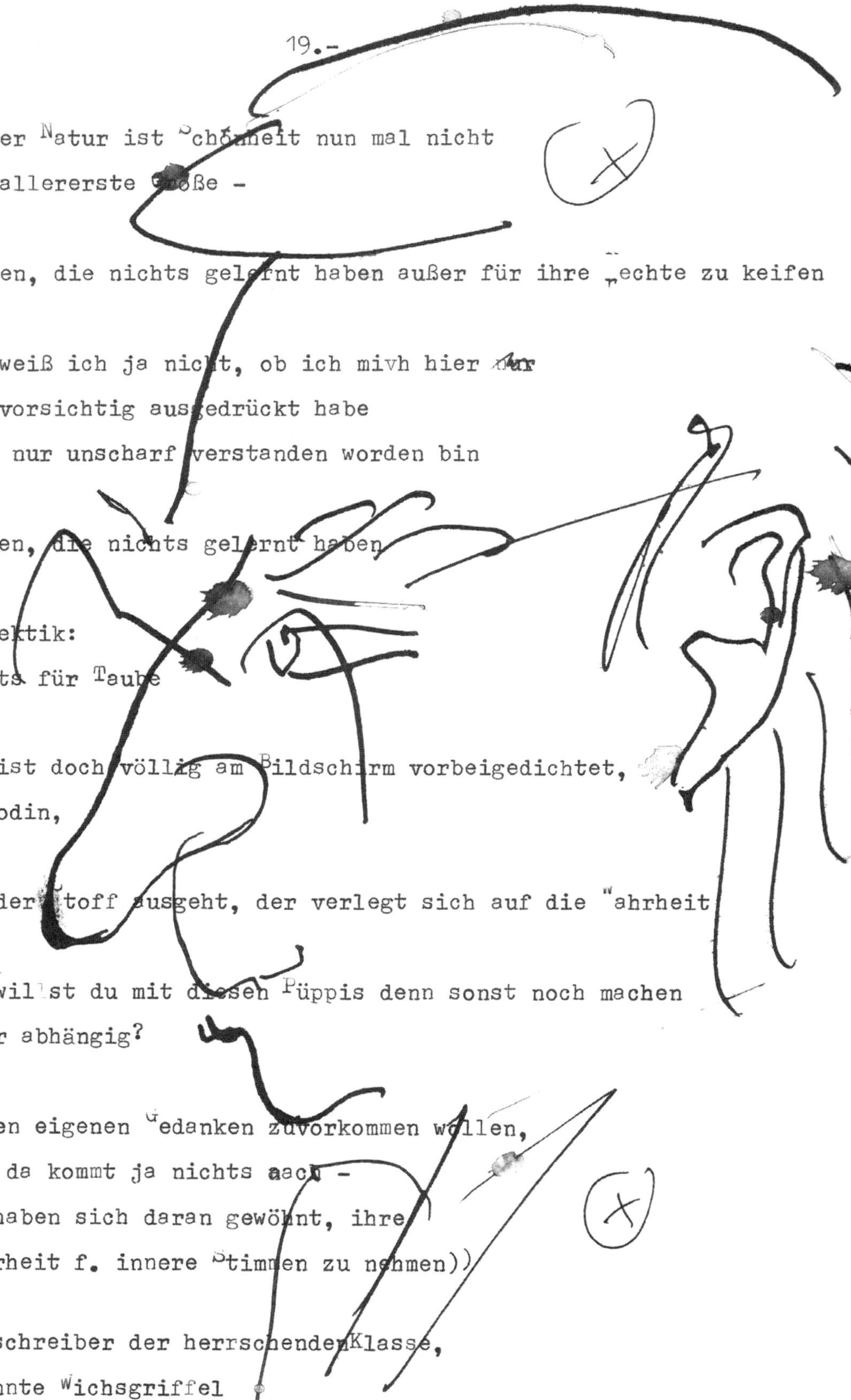

In der Natur ist Schönheit nun mal nicht
die allererste Größe -

Frauen, die nichts gelernt haben außer für ihre Rechte zu keifen

Nun weiß ich ja nicht, ob ich mivh hier nur
übervorsichtig ausgedrückt habe
oder nur unscharf verstanden worden bin

Helden, die nichts gelernt haben

Dialektik:
nichts für Taube

Das ist doch völlig am Bildschirm vorbeigedichtet,
Gospodin,

wem der Stoff ausgeht, der verlegt sich auf die Wahrheit

was willst du mit diesen Püppis denn sonst noch machen
außer abhängig?

seinen eigenen Gedanken zuvorkommen wollen,
bloß da kommt ja nichts nach -
(sie haben sich daran gewöhnt, ihre
Ungarheit f. innere Stimmen zu nehmen))

Lohnschreiber der herrschendenKlasse,
bekannte Wichsgriffel

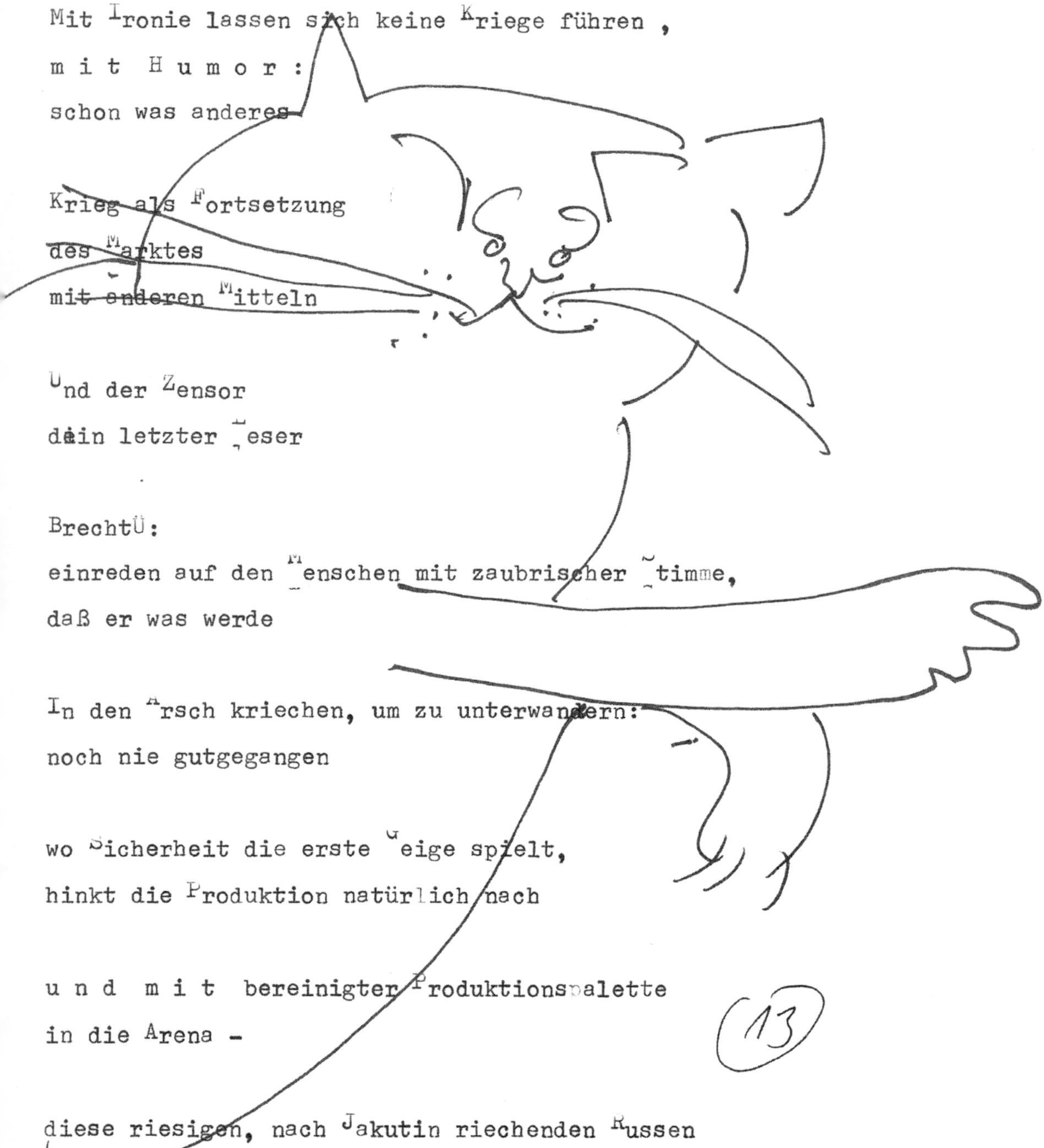

Mit Ironie lassen sich keine Kriege führen ,
m i t H u m o r :
schon was anderes

Krieg als Fortsetzung
des Marktes
mit anderen Mitteln

Und der Zensor
dein letzter Leser

BrechtÜ:
einreden auf den Menschen mit zaubrischer Stimme,
daß er was werde

In den Arsch kriechen, um zu unterwandern:
noch nie gutgegangen

wo Sicherheit die erste Geige spielt,
hinkt die Produktion natürlich nach

u n d m i t bereinigter Produktionspalette
in die Arena - (13)

diese riesigen, nach Jakutin riechenden Russen

wo unentwegt Scheiße nachdrückt von hinten,
und du mußt schon die Regale räumen . . . (13)

Babies: wenn die schon für das Fressen belobigt werden
und für das Scheißen auch,
wie soll da . . .

wie das Schlagen
der Nacht
wie das Absinken
der Ohren
wie das Brückenbauen
von Sorge

— Sonnen
Brückenbrand
von Sand

Bahnhof Altona, Bahnsteigs 11, na du weißt schon:
das erfrorene Tännchen im Kieselbeton -

Ein reines Herz, nie auf die Probe gestellt,
nein, das bist du nicht - (Glitzergreis)

Draufzu!- draufzu! -

u Uhr 15, Bahnhof Altona

Draufzu! - draufzu' und bloß nicht hinter dich geblickt
wie auf die Haare beim Friseur -
im Gegenteil, Patient braucht keine Ruhe , sondern Reize -

Absolut los! und 1 2 3 4 / 5 6 7 8 9 9

absolut hier! die Fahrt - (Rh)

Ein reines Herz, nie auf die Probe gestellt,
nein das bist du nicht -
Draufzu-draufzu, Patient bruacht keine Ruhe,
Patient braucht Reize -

Abseits Liebe!
+ lag
spricht die Sprache
[illegible]

Hauptsache, daß
[illegible] [illegible] [illegible]
[illegible]
[illegible] [illegible] [illegible]
[illegible] [illegible] [illegible]
[illegible] [illegible] [illegible]
hältst!
bei [illegible]
[illegible]
[illegible] ...

1

[illegible] [illegible] Sicht [illegible]
[illegible]
in [illegible] die [illegible] [illegible]
(absolut los!)
[illegible]! [illegible]!
[illegible] [illegible] [illegible] [illegible]
[illegible] [illegible] –

Absolut los – (+ Gas
+ Speed)

(…) (…)
[illegible] [illegible] [illegible] [illegible] [illegible],
als ob sie [illegible]
[illegible] [illegible] [illegible] [illegible]
[illegible], [illegible] –

(Sonic) der Bahnsteig – +
[illegible] [illegible]
[illegible] –

Sich zum Anfang durcharbeiten nochmal,

aber nicht erst (1 2 3 / 4 5 6 6)

Patient braucht keine Ruhe, Patient braucht Reize -

drauf zu , drauf zu, gefaiert kann später im Himmel werden

1

Im Buch der [illegible]
[illegible] [illegible] [illegible] [illegible]
als Begleiterin –
wenn es jedenfalls insoweit
abhanden kommen ist
([illegible] [illegible] [illegible] [illegible] [illegible] [illegible])
[illegible] [illegible] [illegible] dich:
– 1. Liebe –

---

passend braucht sie Ruhe,
passend braucht sie Regen.

---

ich zeig dir die Welt
(Italien)

[illegible] Bartmann [illegible],
im Steinbruch im [illegible]
im Bild

im Frühstück, [illegible] [illegible]
Eisprinzessin [illegible] –

Mamas "Seestern"

Albanien: Lot + seine
Töchter –
[illegible], im Glas [illegible] [illegible]
kleine Farbe [illegible]
wie 2 Wellen [illegible]

0169

Meine Angst, daß ich Sie
nicht's [illegible] –
wäre:

(Hochzeitsmacher – [illegible] u. [illegible]
[illegible] –
[illegible] für [illegible] die
[illegible] ~~[illegible]~~
in Stefan ~~[illegible]~~ Kürschki – X
(Residenz,

(Erdenstern – [illegible] war
stehen,

Palast beginnt die Küche,
Palast beginnt Berge[illegible]

Wenn das [illegible] ~~[illegible]~~
als [illegible] abends [illegible],
[illegible] die 1. 2. + 3. Lektion
nicht wiederholt,
iß nachher wenn für –

3

Absolut prüf! + los!
(massiv!)

---

auch Eiliges (Express)
Express
von Eilpost + Ermunterung
ist dann schon bei ganz
Züglein vorbei —

Alles Druckgesicht —
von Elfdaumen + Befleg

alles ... (Kat-Orel)
Spitzbub,
(Trottelbuch)

79/: Die Welt ist vor Un-
= paar Sinnen für Sachhalt

– ist von der Nähe
so das normal alles ...
(Ortzü: Stil entwickelt) ...

 [illegible]

[illegible] ... [illegible] (absolut)
[illegible] –

[illegible]
Das Leben [illegible]
[illegible] als Rezept –

[illegible]
[illegible]

[illegible] – – –
Die [illegible] absolut
[illegible] –

[illegible] Kritiken

Wenn bedenke, daß
die [illegible]
[illegible],
[illegible]
als [illegible] –
([illegible])!

0172

C

ich folgte mit in die
Dinge gezogen

X

Wir [illegible] auf 2
[illegible] [illegible] —

X

[illegible] —
[illegible] [illegible] [illegible] [illegible]

X

Sie lachte so laut die
Nase,
daß sie ins Bücherkeller
[illegible] und sie
selber lachte —

X

Wer nicht früh verwandelt ist,
[illegible] sie [illegible] — —

X

— die Passion, die
— [illegible] wie im Telefon[illegible]
[illegible] [illegible] [illegible] [illegible]
… (als [illegible]) [illegible]
[illegible]

0174

2

an den sein [illegible] Beispiel

---

die [illegible] Scheinung der Nacht

---

oder Ausspielsweise des [illegible] - der Starken Freundin

- - die Moderne Beispiel am Himmel -

Weltbild -

Sein Eis im Neonlicht schmelzt)

Nacht: wie großen [illegible] nicht die Liebe haben -

---

daß die Lyrik [illegible] der Welt [illegible] [illegible] [illegible] - -

3.

... der Unterhändler [illegible]
[illegible] Vollstreckungs[illegible],
der Unterhändler ...

[illegible] der Tiefe [illegible] bis
zu Oberfläche [illegible] -

[illegible] X

Die Lieblings[illegible] X

---

abgebrannte Kisten X
dürftiges Grün

Die Kameliendame [illegible] und die
[illegible] zu schnell [illegible] X
(bei zu viel [illegible] +
[illegible] sie die
[illegible])

[illegible] X
[illegible] für [illegible]
~~[illegible]~~ X
[illegible] 2 [illegible]
[illegible] + [illegible]

Was sie die Liebe nennt, der
Lebenszeit dient,
dient ihr immer [illegible] —

Wenn die Zärtlichkeit —
bereits [illegible] [illegible] —

— die Dichtung ist die Prozess
des Erinnerns (des [illegible],
(des [illegible])

Die [illegible] der Welt aus
ihren [illegible].
Nur — — —

~~[illegible]~~

Keine einzige Form die gerade,
die nicht bloß ein
Abwarten bedeutet —

Das Schicksal ist nur
[illegible] [illegible] in [illegible] —

5

– – : die Ästhetik des [illegible] –

---

die Unvollendete; die [illegible]

– –

Es ist immer wieder die [illegible] Position –

Das Gesicht im Raum – [illegible] + Tiefe

Vom aufgemalten Engel –

+ ein Baum voller Bäume

Ausdruck der Erinnerung

Eine neue Sensation + ein großes [illegible] (allemal) [illegible] was [illegible] – [illegible] Narzissmus [illegible] + (– – –) Schweigens, [illegible] Trauer + [illegible]

[illegible] jeder [illegible] (– [illegible]) + X / [illegible]

6

gezeichnet (von) ich die Nashörner
Der mag ja die mal
Vorsichtig sein: ×

---

das Gesicht + die Brüste

..., ein Bild, ich
die mir wieder herstellen –

Für ein Andenken ins blaue
Hütten:

---

diese letzten Fensterchen – – ×

---

das ist der Gesammelte
von früher protestiert ×

..., Leiter als ...
Kriegs-Japs bestellt + ...
für meine Augen,
ordentlich ...
Wortsucher – –)

wo die Prügel [illegible]
bis [illegible] –

---

die philosophische Hand

[illegible] in
[illegible] –

... Feine [illegible]
[illegible] ...

[illegible] alle
von 2 Psalmen [illegible] ...

Na, du bist im [illegible]
die Schrift Rolle

---

die Ahornblätter (Ulm)
wie aus einer Rinde.
[illegible] –

8

[illegible] zu [illegible] (prächtig!)
[illegible] [illegible] aß in so
[illegible] geschaukelt –

abgerissene [illegible] an
die Passionskirche gekommen

Und der seine [illegible]
Lindenreihe

Dann: die Liebe, in
ihrer letzten großen Form –

bis in die seine
besorgt –

aber die goldene Christuskinder
wollte ich in die
Augen nicht retten –

mit vielen Commandeusen
so in der Passion gemälde hat –

ich bin umsonst (Du) sehen,
daß die eine Liebe [illegible]
zu [illegible] bist

Die Kunsttheorie: die voll [illegible]
der Seele hergeben –
(das Versprechen damals)

Persönlichkeit – wie bei
[illegible] in Stücken –

Ein Schlüssel ist der Begriff
(der Begriffsbildung [illegible] in [illegible]).

Pappel – [illegible] ins Bild –
(blättert über die Bilder)
zeigt die Unterwelt auf

Pappel auf Welle,
die selbe Unterwelt [illegible]

Und in jeder bedeutenden Stadt

eine Hoffnung von hinten gesehen . . .

Und in jeder bedeutenden Stadt

eine Erinnerung an - na, du weißt schon -

die Erinnerung an -

eine (1 2 3 4) Naturerscheinung -

Eine Erinnerung, die die Mähne schüttelt - -

eine Erinnerung wie eine Verheißung -

[illegible]

Draufzu! draufzu! Gefeiert kann später im Himmel werden! -

Patient braucht keine Ruhe, Patient braucht Reize.

Dafür haben wir uns doch extra (raumaufzehrenden)
(aufreibenden - fleischverzehrenden) (zeitverzehrenden)
diesen - - - - Lebensstil zugelegt,

umd . . . . teilhaftig zu werden.
(einigermaßen verantwortungsvollen)
Und in jeder bedeutenden Stadt eine Frau wie ein aufgeschlagenes

Bahnhof Altona, Bahnsteig 6,

Bahnhof Altona, 6 Uhr 15, Bahnsteig 11,
das erfrorene Tämächen im Kieselbeton,
na du weißt schon - - -

Bremen-West: Nur nicht aufhören darf man,
nicht solange noch guten ~~xxxxx~~ Jugensäfte fließen -

Münster/Westfalen:

aber diese - im ganzen - 1 2 3 4 5 Stadt
hat mir unwiderruflich imponiert
(absolut 1 2 3 -)

[illegible]

Hamburg – Altona
Bremen – Koblenz [illegible]
Münster [illegible]
Hagen [illegible]
Essen
Aachen
Mülheim – Dinslaken –
Bonn –
Mainz
Offenbach
Giessen
Marburg
Frankfurt –
Marbach
Coburg –
Würzburg
Ingolstadt

Rolandseck
Velbert
Soest
Saarbrücken
Konstanz
Heidelberg
Kaiserslautern
[illegible]
[illegible]
Erlangen [illegible]
Braunschweig
Erlangen

Ah, Amor – Humor!
Sandal – (Sorosiso)

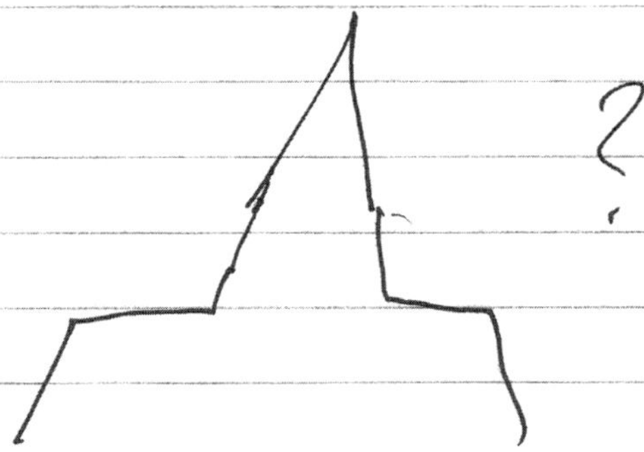

Anbargsinken – Bindsber –
geläute –

Plein – Bingkedy –

Esselte Dymo
die Unbekannte Basilika

Hämmer – Baisäge
jiles L joras ? –

1+ – Bismarckov – Steinsiße (?)
Adler

Windmühle (in der Mitte)
Thomas – i – Prinzip

eine in sehr bedeutenden
Stunde
das Gefühl,
schon und [illegible] für die

[illegible]

[illegible]

[illegible]

[illegible]

+ – [illegible]

[illegible]

[illegible] – Schnell –)

+ ([illegible]) ([illegible])

– 1/4 [illegible]

[illegible]

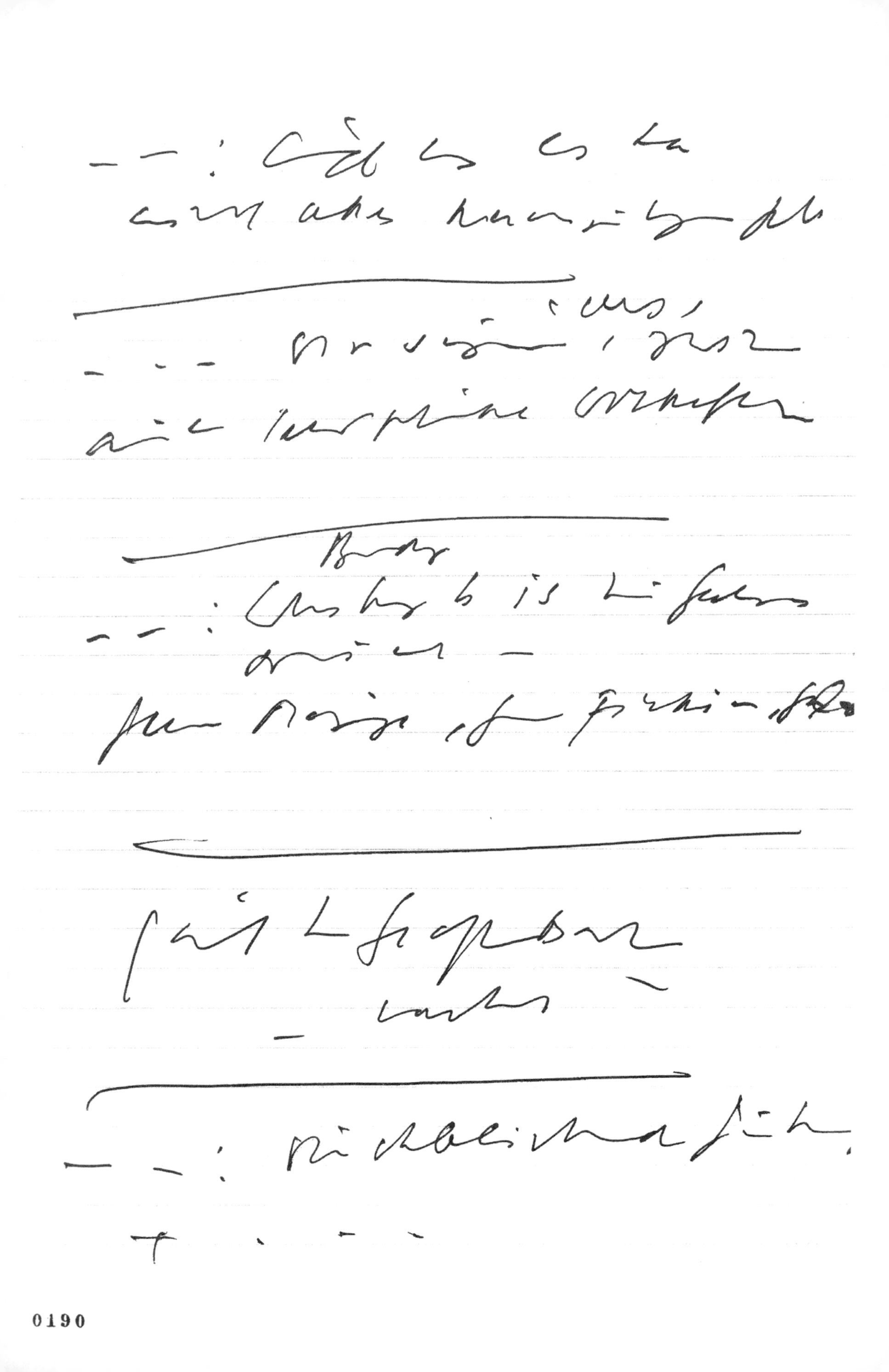

— — : [illegible]
[illegible]

— — — [illegible]
[illegible]

— — : [illegible]
[illegible]
[illegible]

[illegible]
[illegible]

— — : [illegible]

— . — —

Ja, so soll sie, [illegible]
[illegible] bleiben;

[illegible] Einfalt
[illegible]

– – : Die [illegible]
[illegible],
[illegible]!

Augenblick: Eine [illegible] so
[illegible] die [illegible],
[illegible] Wirklichkeit
[illegible] (Krise
[illegible]
[illegible]?
Egal ... [illegible]
[illegible]
Weiter: – – – |:

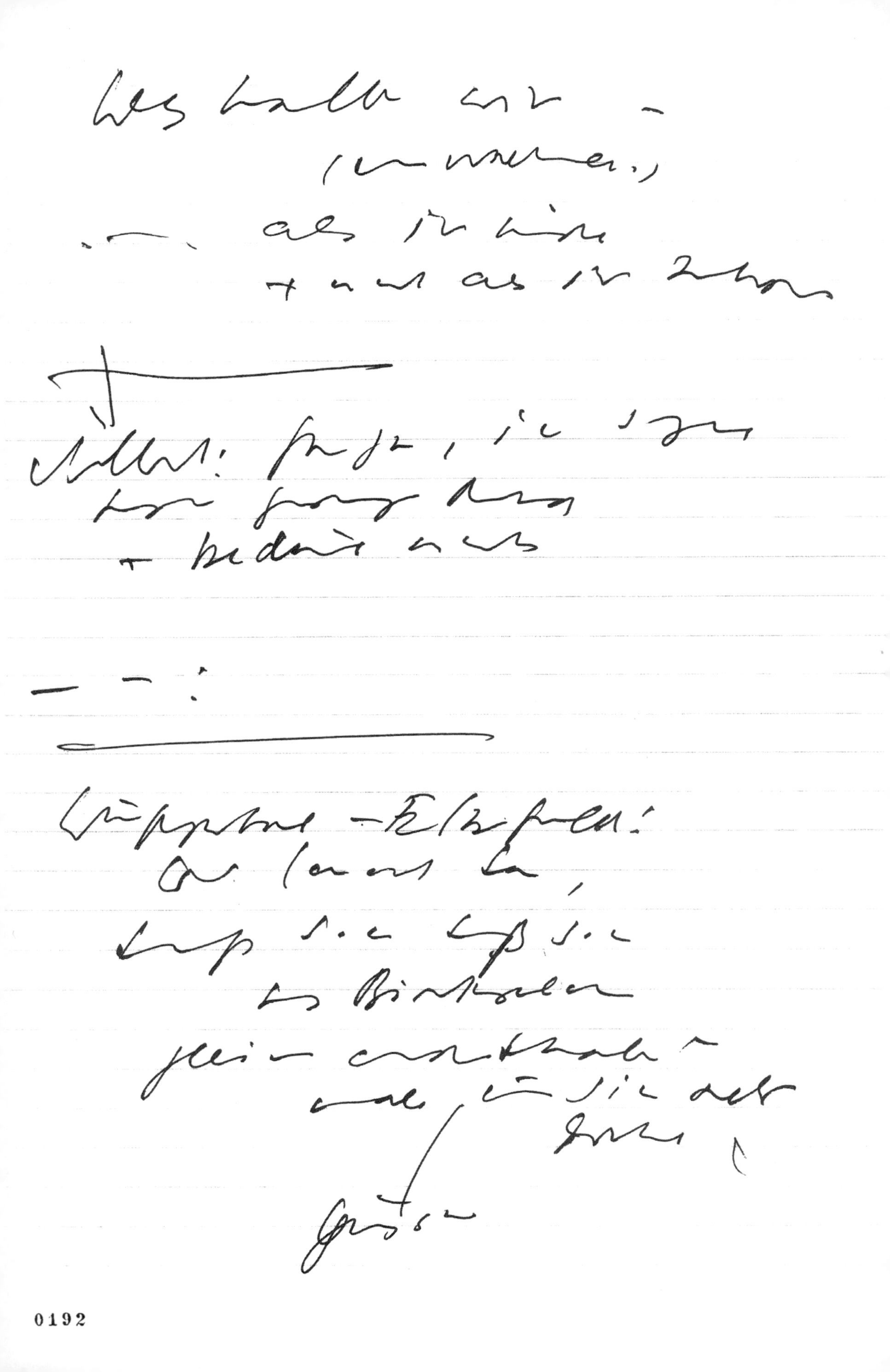

[illegible]

[illegible]

[illegible]

[illegible]

[illegible]

[illegible]

[illegible]

— — :

[illegible]

[illegible]

[illegible]

[illegible]

[illegible]

[illegible]

[illegible]

[illegible]

IHR ZUG-BEGLEITER

November 1987

IC 609 Heinrich Heine

Hamburg - Köln (- Frankfurt [Main])

Ankunft	km	Abfahrt	Anschlüsse

17.37 **Osnabrück** Hbf 17.39

km			Abfahrt	Anschlüsse	
✈	✕		17.44	in Richtung Münster (Westf) Hbf	(100)
		D	18.03	Rheine 18.36 Bad Bentheim 18.50 Hengelo 19.22	(270)
50				Amersfoort 20.52 Amsterdam CS 21.32 Schiphol 21.58	
				🚌 Utrecht CS 21.18 Hoek van Holland 22.22	
	†		18.11	in Richtung Münster (Westf) Hbf	(100)

18.01 **Münster**(Westf) Hbf **18.03**

km			Abfahrt	Anschlüsse	
✈	✕		18.07	Hamm (Westf) 18.36 Bönen 18.45 Unna 18.51	(280)
				Holzwickede 18.57 Schwerte (Ruhr) 19.03	
56				Ennepetal (Gevelsberg) 19.31, weiter in Richtung Köln Hbf	
		D	18.08	Recklinghausen Hbf 18.40 Wanne-Eickel Hbf 18.48	(320)
				Gelsenkirchen Hbf 18.55	
	5 Ⓑ	E	18.12	Havixbeck 18.30 Billerbeck 18.40	(284)
				Lutum 18.45 Coesfeld (Westf) 18.52	
	4		18.12	Burgsteinfurt 18.48 Gronau (Westf) 19.10	(285)
				(hält nicht in Kinderhaus)	
	7 Ⓑ		18.15	Warendorf 18.53 (hält nicht in Handorf [Westf]	(207)
		E	18.18	Bösensell 18.25 Appelhülsen 18.29 Buldern 18.33	(320)
				Dülmen 18.38 Haltern (Westf) 18.46 Marl-Sinsen 18.53	
	8 ▲	🚌	18.18	Neubeckum Bf 19.23 Beckum Bf 19.36	(2976)
			18.26	Capelle (Westf) 18.50 Werne a d Lippe 18.56	(288)
				Lünen Hbf 19.02, weiter in Richtung Dortmund Hbf	
	10 Ⓢ		18.39	in Richtung Haltern (Westf)	(320)
	4 ✕		18.43	in Richtung Rheine	(280)

▲ = ab Busbahnhof
4 = nicht 24., 31. XII.
5 = nicht 24., 31. XII., auch 26. XII.
7 = nicht 24., 25., 31. XII., auch 26. XII.
8 = nicht 24. XII.
10 = auch 17. XI., 22., 29. XII., 31. III., 11. V.,
nicht 25. XII., 1. I., 1. IV., 13. V.

18.31 **Dortmund** Hbf 18.33

km			Abfahrt	Anschlüsse	
✈	4		18.37	Castrop-Rauxel Hbf 18.48 Herne 18.54,	(300)
				weiter in Richtung Oberhausen Hbf	
19		IC	18.43	**„Schwabenpfeil"**	(300)
				Mannheim Hbf 22.25 Heidelberg Hbf 22.41	
				Mühlacker 23.20 Bietigheim-Bissingen 23.36	
				Stuttgart Hbf 23.54	
		IC	18.47	**„Westfalen"**	(330)
				Hagen Hbf 19.08 Wuppertal-Elberfeld 19.24	
				Mainz Hbf 21.39 Frankfurt (Main) Flughafen 21.57	
				Aschaffenburg Hbf 22.48 Würzburg Hbf 23.39	
				Fürth (Bay) hbf 0.29 Nürnberg Hbf 0.36	
	8		18.50	Dortmund-Hörde 18.59 Dortmund-Sölde 19.06	(342)
				Soest 19.45	
	4		18.52	Witten Hbf 19.08	(330)
	5 Ⓑ	E	18.55	Dortmund-Aplerbeck Süd 19.09	(351)
				Schwerte (Ruhr) 19.15 Fröndenberg 19.34	
				Neheim-Hüsten 19.49 Arnsberg (Westf) 19.56	
				Meschede 20.16 Bestwig 20.24 (hält auf allen Bahnhöfen)	
	4 Ⓐ		18.55	in Richtung Hamm (Westf)	(300)
	4 Ⓐ		18.57	Castrop-Rauxel Süd 19.24	(308)
	8	Ⓢ *1*	18.57	in Richtung Bochum Hbf	(391)

4 = nicht 24., 31. XII.
5 = nicht 24., 31. XII., auch 26. XII.
8 = nicht 24. XII.

18.44 **Bochum** Hbf 18.45

km			Abfahrt	Anschlüsse	
✈	12 Ⓒ	Ⓢ *1*	18.49	in Richtung Essen Hbf	(391)
	11 Ⓢ		18.55	Wattenscheid Hbf 19.01 Essen-Kray Süd 19.05	(300)
15	4 Ⓐ	Ⓢ *1*	18.59	in Richtung Essen Hbf	(391)

4 = nicht 24., 31. XII.
11 = nicht 25. XII., 1. I., 1. IV., 13. V.,
auch 30. XII., 31. III., 11. IV.
12 = auch 31. XII.

1.-

gestreckte Augenblicke, - -

aber der Rinnstein ist kein Entschluß

Ducrhkämpfen nochmal - eine Stunde sich - bis zum Ja-Wort,
ach wer dazu die Zeit und die - - hätte. 8. 5. 41

das ist ziemlich ne bunte Suppe

auch dies unter völlig unangemessenen Mühen erkaufte Glück

die Liebenswürdigkeit eines Klappentextes

Discjocheys, vollkommen abgebrühte Gestalten,
die Ekstase imitieren -

es hat sein müssen und nicht anders können

Gelegenheiten in die Länge ziehen

wie ein Kätzchen sich seinen Notizblock umhängen,
zum Absabbern - (Spuren) (Geklecker)

(die laufende Gesch hte)
aber es läuft bereits in die Erinnerung über
und auf die Vergangenheit zu

wir signieren auch ausgesoffene Bierflaschen

und du hast da ne neue Liebe laufen 0195

Vorne wird noch gekämpft, aber hinten ist die Schlacht schon verloren

eine blindgeborene Mickymaus

Die Menschheit küßt (knutscht) sich voran - vielleicht

Es hätte niemals über diese Pflanzen hinausgehen dürfen

daß wir überhaupt noch da sind ,
haben wir mit Sicherheit nicht der Presse zu verdanken

Erstes Frühlingsgrün: ein Eukalyptuspapier

Weil deine Freunde leider ziemlich machtlos sind
und - / weil -

kann aber gar - in Einzelheiten nicht -
mehr richtig verstanden werden

kühl - kühn -

Keine Angst, die paar Sünden werden dir schon vergeben werden

Wie ein Marktschreier, der
seine Erdbeeren nicht gern ins Wochenende mitnehmen will,
wie ein -

- - von Welt keine Ahnung

Sich auch noch verantwortlich fühlen für das,
was einem so unterlaufen ist,
nein-nein -

weil doch das völlige Dahinfahren uns alle betrifft
und das kleine Beschissenwerden auch

irgendwelche Stellungen eingenommen und
schon wieder vergessen

dieser völlige Blödsinn des Opernlebens
(Ludmilla - Dvorak)
absolut am Ernst des Lebens vorbei

meine mehreren Leben

Sie wissen wohl nicht, wen Sie hinter sich haben

redundant wie'n Besoffener (oder eine vergiftete Fliege)

daß so schöne Musik sich an solcher Scheiße entzünden konnte
(Opern)

die Verursacher von Allergien müssen nicht unbedingt
die Stoffe unseres Widerwillens sein -

und du denkst, was so süß schmeckt,
das kann doch nicht völlig vergiftet sein -

Langsam rauswehn aus der Arena - die alle -
Grizimek- Romy Schneider pp - pp

Und sie lachte so stark durch die Nase
daß sich das Bierdeckelchen eineinhalbmal
um den Glasstiel drehte,
aber das war (natürlich noch) kein Versprechen

sinnvoll besoffen -

bis wir eines nicht mehr fernen Todes - -

als ob da jeman d dauernd falsch sänge
mit einem gewissen emphatischen Ausdruck

und auf einmal die Wahrheit! : -

um als gleichberechtigtes Raubtier -

und du hast schon nicht mehr die Kraft,
ein Ultimatum zu stellen -

der Imponierschritt der Dammhirsche

Das Gesamtkunstwerk: eine kunstgewerbliche Idee

dieses wendige und immer elegante Drüberhin
gewisser Literaturarten (Schreibweisen)

ach das bißchen Szene damals

sagen Sie mal, das sieht ja fast puffig aus,
aber mir gefällts

wer nicht frühvollendet ist, muß sich rühren -

wenn ich sterbe, will ich auch nicht aufm ganzen Haufen
Ko serven (Witze - Briefmarken) sitzenblieben (kleben-)

bis endgültig alles wieder von Gästen gereinigt ist

Der Gepeitschte (Gehetzte) hat keinen Sinn für Landschaft,
er muß da hindurch!

Die Ruhe eines Lagerplatzes - Bretterschuppen - im Sommer
- Sägeplatzes - Kantholzlagers - Bohlen -
von Fern nur das Sirren der Kreissäge -

Die alte Mutter in ihrem kleinen gehäuse

Krach schlagend wie eine gestürzte Königin

Die Hand, die du grade noch geben wolltest, greift ins Leere,
der Mann ist tot -

einer der beim Gehen von hinten seine schmalen Sohlen zeigt
(oder wer bist du?)

erhitzt aus dem Schnee in die Stube kommen
und nach kaltem Tee verlangen

so dirty girls - fängt beim Nägelkauen an und -

ein gealtertes Halbblut - in der Jugend oft anonaniert

wenn welche wie wir paar mehr wären

und Du wärest auch gern eine Hirsauer Ulme,
um deren Ableben eine ganze Stadt bangt
- 300 Jahre alt - schon von Uhland besungen
(Touristik geht zurück)

und wir malen ja nicht wie Lenbach nochmal Fotos über

Und du haßt den Kapitalismus - ~~aber nur hier~~ kriegst du
alle deine Drogen _

irgendwann kommen welche wie wir

mit zerlaufener Aura

und du kehrst erstaml die Asche von gestern raus

Bis kurz vor Feierabend die Schlachter
nochmal unmißverständlich über dich herfallen und
dich auseinandernehmen, das Raucherbein, die - Vehe - -

Irrsinnige Piepmätze (das alles), die sich die Natur
so ausgedacht hat, den Schweifhahn, den Brillensperling,
aber wir haben schließlich die Oberhand
behalten

Cezanne: so grüne Äpfel gemalt,
daß sich der Blick davor ganz sauer zusammenzieht
(Aneignung oder Abneigung vor den Dingen)

Milchstraßen und Andromedanebel: "unsere lokale Gruppe"

Massada: auch son touristenanziehender Mythos -

ich will das alles noch auf ~~dieser~~ Welt (zu meiner Zeit)
gesegnet sehen -

mach da bloß kein Dauerdings draus

wenn die Leute schon anklopfen, als ob sie ne Landplage wären -

was kostet mich diese Haltung?
'n Cognac kost sie'

irgendwo ist doch mal Szene zuende und fängt dann Gosse an

und die Seele ist eine Sache wie irgendwas
(reizbar - verfügbar -)

Sinn - Sinn (in der Sache)
subjektiv ja wohl, aber objektiv nicht mehr lange

Diese Typen, die die Welt mit einem Telefonfinger
auseinandernehmen und zusammenrufen,
dies seid ihr ja nicht

der du von Berufswegen diesen Druck (einfach) auf dich nehmen mußt

und die Kritiker wollen wieder mal klüger sein
als die Kunst -

auch son ungelerntes Original, najagut (immerhin)

dumm wie ein Mullah mit seinen paar Reflexen -

und er klammert sich an seinen Schädel
als wärs ein Luftballon

also wenn ich mal ganz etwas Süchtiges dazu sagen darf

wenn vor diesem tiefen Blick
die Welt schon wieder ganz flach wird
wenn die Seele schon abgefallen ist und der Body noch anhängt
wie Kaugummi auf dem Pflaster

Liebedienerisch vor der Dummheit knien (krichen - gekrochen)

Von der Fortpflanzung ist uns ja auch nur noch dies
- - - Weiter-weiter geblieben (Versprech ich (so) nicht mehr viel)

dafür hab ich mir doch extra diesen Altersstil zugelebt,
um unterm Dach (Schutz) des Einundfünfziger
arbeiten zu können (Irrenmalerei)

Aber über die Seele führt ja gottseidank
auch immer nochn Weg.

irgendwolsch eine blindgeborene Mickymaus
wird sich doch wohl noch auftreiben lassen,
die deine - --würdigt

Mit auf den Waeg geben was- aber nicht zu viel

die vorübergehende Schwärze der Nacht

Das sind Geschichten, die wir nicht gern erzählen

auch nicht die Ruhe selbst wie der alte Picasso

warum soll ich denn lieben das,
diesen ganzen Bus voll- - -

will zur Vollendung kommen in soundsoviel Exemplaren

Artistik nur, soweit es wirklich geht (eben geht)
aber es darf natürlich nicht wie Gewichthaben aussehen

soll sich Gedanken machen wer will,
ich habe lange genug gesprochen
(man hätte hinhören können)

Noch son Ruck und ich bin wirklich alt -
Ja - leider Scheiße -
kann man nur hoffen -

wenn der alte Herrgottsschnitzer

Also sich auszumalen, daß die alle richtig
wirklich gefickt haben, Schiller, - - -

also Witze ohne höheren Weihen, das ist nichts

. . . Ohne . . . Ohne - -

geeee - rettet!

ruft der - - - - - -
natürlich
aber er ruft es nicht lange

Lauter so niedliche Gedanken
mittels Lyrik genau auf den passenden Pups gebracht

Ja, alles zu Papier das! Nieder damit! -

Jugend: schleckt Eis im Neonlicht

Hier wird natürlich anthopozentrisch gedacht
und nicht aus dem Blickwinkel, sagen wir mal
der - - - - Ratte

und da kucken sie alle mit ihren großen Punkaugen

und die sind auch schon viel zu kaputt,
um noch aus vollem Herzen "Leck mich am Arsch" sagen zu können

daß der Welt gegenüber die Lyrik nur noch lächerlich wirkt,

zu den Ahnen gerufen oder zu den Würmern -pp
(Nietzsches Schwester - was Schönes Herangewünscht)

Was soll denn dies ganze Umgebringe und

der Verräter wird herumempfohlen, - - pp (51)

um der Welt auf den Weg zu geben - was? -
deinen letzten Seufzer - -

Ja, man steht noch in Korrespondenz, das wohl -

dieses lerchenmäßige Geträller in den musikalischen Künsten
halleluhja-glückerückückück
hallelüh
zickü - zickü

wenn die Verfeinerung schon ziemlich ranklotzen (d ck auflegen muß)
um sich bemerkbar zu machen (zu werden)

eine Anämie stützt die andere

ach, auch wortkarg (und tonarm) schon sone Stilisierung
die fast unangenehm ist (Understetement von Werbegrafikern - jesuits
lieber noch mal drauflegen paar Briketts

Die Reaktion (das Mißverständnis) geht manchmal seltsame Wege

ob diese Tiefe dann auch wirklich bis zur Oberfläche
durchgedrungen ist (Qualster)

ein Gedanke, der in der Tiefe steckengeblieben ist
(Du - Bühne) - nicht wie Gewichtheben

Die Verkennung der Welt als behütende Werkstätte,
das ist es dann wohl,
was zu den meisten Verkehrsunfällen führt (S. 54)

mehrseitig erleuchtet (wär schon gut)

Blitzröhren - Fulgurite - mehrere Meter lang -
2000 Grad Bodenerhitzung (Hamburger Sammlung , 3 m - von Sylt)

Z-Bäume: Bäume, die nach Ausdünnen stehenbleiben
(und du stehst da noch stolz wie ein Z-Baum)

Licht würde dir guttun jetzt, absolut -

wie ein leergeblasener Tannenzapfen

abgebrühte (verwaschene) Nixen

auch dies Zugeschütte von offenen Mäulern
Gequieke - keine Kultur -

ein ungeduldiger Greis -

ne Kamelie darfst du nicht zu schnell antreiben
bei zuviel Stickstoff und Überdüngung
wirft sie die Blüten (Tüten) ab

bis sie irgendwann merken , daß sie keine
großgenuge Stimme haben,
aber dann ist die (eigentliche) Jugend natürlich schon vorbei (rum)

und du hältst den Trieb (das Geschlechtsleben)
wieder mal für das allerletzte

und du findest (suchst) schon nochmal jemandem,
dem du die Frau abjegen kannst oder (versteht du) oder so)

wie die Aushilfsbriefträgerin orientierungslos
durch die Gegend torkelt

(Bis 88)

auf den Himmel rechne mal nicht zu früh,
sonst biste nämlich bald oben

13 (x)

Manche Leute lieben natürlich diese tiefen Gedanken
(Derida, Lacan) die nicht ganz bis zur Oberfläche vorgedrungen sind

allen Ernstes und für ewig -

wenn die Zärtlichkeit einem bereits Ausgelaufenen gilt

der ist ästhetisch stehengeblieben doch wohl

heilige Kühe, geklont

diese Zerrissenen auch, die für alles ne Ausrede haben

paar gut funktionierende Gedanken

so ein durchgehender gedanke wiedermal

Tragik: aus Verkennung der Tatsachen

warum soll ich denn dafür sein für all diese
geistlosen Dinge (Sachen)und der vielbeschmutzte Sexus,
wo wir immer nochmal n neuen Gedanken rausziehen

Kritik: Warenbegleitpapiere

der Geist hat nichts zu lachen (hoffen)

Ach, Problempüppchen, Gott geh mir ab

Und du sagst (entsagungsvoll) Mylady, Sie hatten nicht die
Reife für mich,
und wenn du die haben wirst,
ist es zu spät (bist du zu alt für mich)

(Reagan) wie sich die Welt um einen Greis dreht noch

die Verwechslung der Welt mit ihrer Reklame

die Anzeigenseite des (unseres) Innenlebens

fernsehtrunken -

aber wenn es wüst wird um dich
(dem Fernseher wieder mal zu tief ins Augegeblickt)

Wie die Verweigerung der Volkszählung
einem Namenlosen nochmal den Anhauch von Namhaftigkeit verleiht
(sie denken, sie zählten) - man zähle überhaupt
bemerkbar
(wirst beobachtet - sich wichtig machen)

wo die Leute nur noch nach der Werbung anstehn

dies Gewürm, das so groß über sich gedacht hat

wir waren schon damals nur noch für die Nachwelt da

(X)

absolut irgendwas

sich bei einem Medium über das andere beschweren

und dann laufen sie (hin) zur Bildzeitung, weil sie denken,
es sei noch Wahrheit vor der Welt (in)
und da werden sie dann erst richtig vorgeführt
in ihrer ganzen - -

(Kritiker) Sie sind wohl der Dorfdepp hier,! Narr)
der den Polizisten nachahmt? ! -

Strähne Flieder im Haar, Glitzergreis (Emanzenlila)

Dichter auf dem Markt II/(11)
käuflich, um nur nicht unverkäflich zu erscheinen
(Die Aktion geht heute vom Feulilleton aus)

ein entgräteter Greis

Wieso soll ich da überhaupt meine Freude dran haben an diesen
Überfallbäuchen und - - Wülsten Narr
(Keltenschöpfen und Stachelarmbändern - Hafenstraße)

eine Ästehtik des Flickworts

Narr

die Unvollendete: das Unerreichbare

Narr

Laß sie doch liebensich für diese kurze Zeit und

gar nicht so lange , leider

das ist doch wirklich kein irdischer Tand,
mein Ville-roy und Boche- Wawschbecken -

und bei diesem ganzen Hin und her zwischen - -
und Abfallkübel
verbraucht sich ~~deine~~ Lebenszeit

davon ist die Welt doch so voll

eini e haben ja mitm Leben bezahlt für die Kunst
andere haben mächtig dafür eingenommen

von der Seite des ~~Xxxxx~~ Fleisches her gesehen,
ist der Geist doch ne ziemliche Krücke

sich ionisieren lassen irgendwo

eben gerade noch alternativ und plötzlich Szene

Polizeisirenen "Vorwärts- Vorwärts"

Sangsemal, Salat-ham-se-nicht, oder sonstso -
ne- nur Gulschsuppe, klar,
Häm-und eggs-inder Art, Buletten, Secondhand-Imbisse
Ess ich sonst überhaupt nicht, - heute -
ist was anderes -
(Der Verhungernde kuckt nicht auf Haltbarkeitsdatum)

bis
so ein angemalter Engel kommt und spricht

deren bekloppte Götter

taufrische Erinnerungen

mit sorgenumwölkter Stirn und dahinter das Nichts

das bißchen Erzählstoff strecken
(deren Zahnarzt - und Maklerromane)

eine klare Sexualität und ein gutes Herz
sind ~~mehr wert~~ (immer noch besser)
als eine unklare Nervosität und - -

so ein Land, wo die Mädchen zum Dableiben schön sind

der Mensch! - wo man schon froh sein muß,
wenn er Volkstanz und - - - treibt (schnitzt)

aber dieser alte häßliche Mann hat noch Macht
über einen so jungen Hund (das ist doch - Sinnbild)

ein zurechtgemachter geist

eine nasse Hecke hingestreckt über tausend Meter

zu einem Mißverständnis gehören Zweie

Dialektik hat nicht das letzte Wort

~~ächzend vor Alter und Entbehrung~~

Diese - - Filme mit ihren unerzogenen Helden

mit Gewalt geht hier gar nichts weiter

und du lockst mit deinen Gesängen nur immer die gleichen
Trantüten an -

Jeder muß schließlich sehen, wie er in
siener eigenen Haut sich zurechtfindet
(mit seinem Typ übereinkommt - über Poesie oder Disco)

man muß ja wohl nicht jeder Scheißen nachgehn

wie ein haltloses Studium sich immer mehr verzweigt

nichtsnutzig wie der Tod

den Mund zu voll genommen, sodaß du schon wieder
gar nicht mehr sprechen konntest,
von Schreiben ganz zu schweigen - (alter Hümmler)

man muß das doch einfach mal ablassen können wie Frieda Kahlo
über die surrealistischen Dichter

wenn die Menschen nichts merken,
was soll denn dann d r ganze Kunstaufwand

ganz einfach werden - platt wie ne Flunder -
seid Ihr alle da?!

Vollkommene Idioten seh ich immer noch
mit absoluten Engeln einherwandeln -

Hier wo der Geist immer bloß ne Erscheinung bleibt
(flüchtig und noch nicht einmal bunt)

Hamburger Szene 87, Luna-Luna, Zauber-Zauber, Parody-Paradise,

der klassische Knüller (Müll und Mehl)

Tölpel und Lackaffen

Lyrik: prosaische Gedanken son bißchen rhythmisieren
na-na-na

aber wenn du für deinen Durchhänger
absolut den richtigen Schlenker gefunden hast,
da bleibt ~~dann~~ einfach nichts ~~mehr~~ außen vor

es ist zum Kommunistischwerden (wieder mal die Welt)

son sensibler Bereich - zum Hysterischwerden

Die meisten Menschen gehen zu vorsichtig mit sich um
ein deutliches Zeichen, daß es auf sie nicht ankommt
(der Starke verschwendet sich - der Jogger ist schon
auf der Verliererstrecke)

untö - ichö - glaubö -

diese zu nichts mehr entschlossenen Selbstmörder

ooch son kleener Kopp wie Strawiniskij

Perspektiven im Arsch, aber immerhin
(Mal gewesen was - leider jetzt -)

das Positive hat keine Presse

unansehnlich wie die Sozialdemokratie,
aber wichtig! (lebenserhaltend)
(absolut unauratisch)

Hilferufe werden schon nicht mehr angenommen (verstanden)

wie auch dies alles sich verwirrt und dann

was er ist und was ihm schmeckt

und son kleines Dozentenzigarettchen

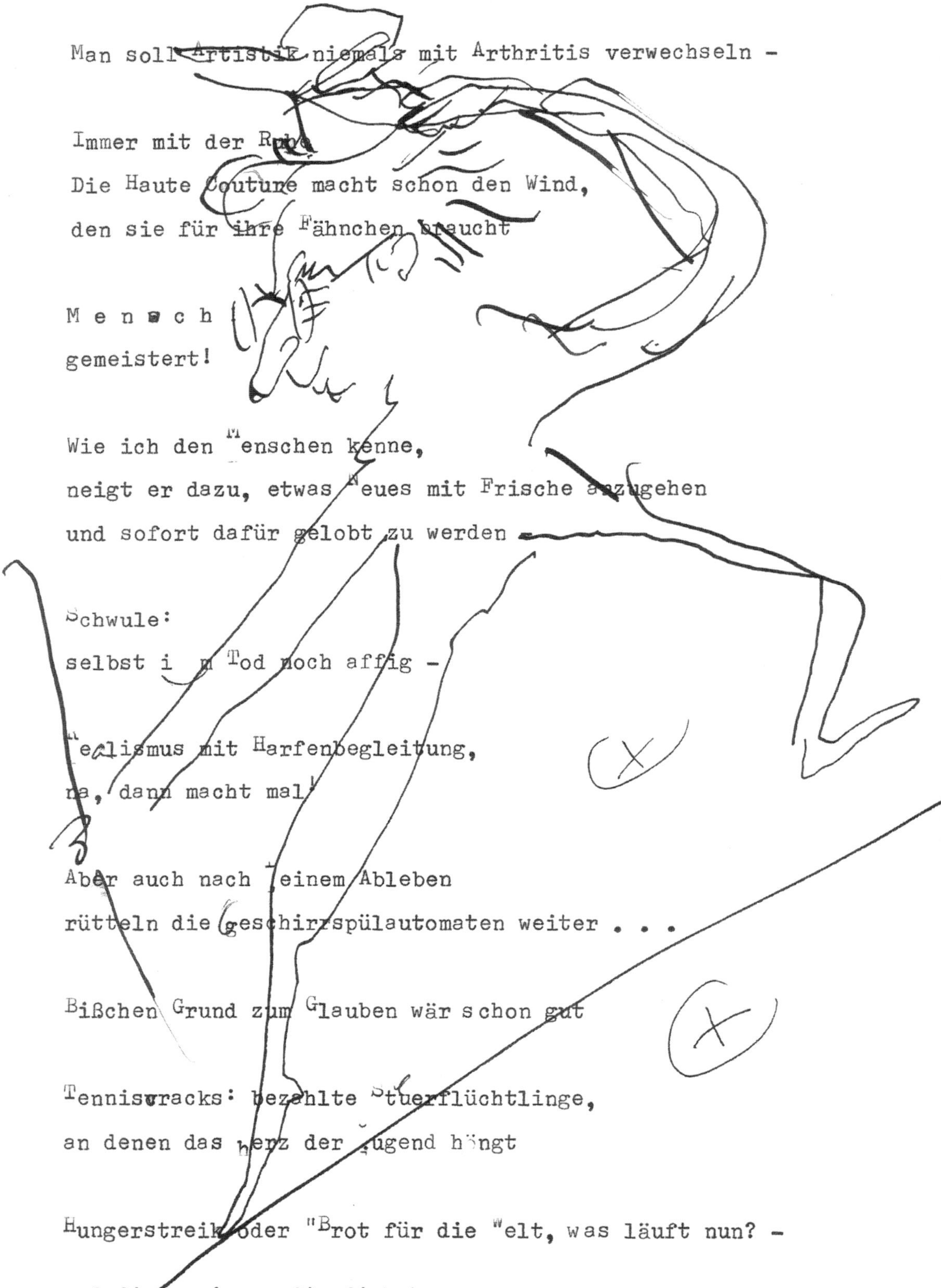

Man soll Artistik niemals mit Arthritis verwechseln -

Immer mit der Ruhe
Die Haute Couture macht schon den Wind,
den sie für ihre Fähnchen braucht

M e n s c h
gemeistert!

Wie ich den Menschen kenne,
neigt er dazu, etwas Neues mit Frische anzugehen
und sofort dafür gelobt zu werden -

Schwule:
selbst im Tod noch affig -

Realismus mit Harfenbegleitung,
na, dann macht mal!

Aber auch nach meinem Ableben
rütteln die Geschirrspülautomaten weiter . . .

Bißchen Grund zum Glauben wär schon gut

Tenniscracks: bezahlte Steuerflüchtlinge,
an denen das Herz der Jugend hängt

Hungerstreik oder "Brot für die Welt, was läuft nun? -

und die wenigen, die dich kennen,
haben leider gar keine Macht

Artistik: den inneren Menschen für die Bühne breitkloppen
(doch nun wirklich für diese flachen Bretter zurechtgekloppt)
hergerichtet

diesen Stil entwickelt, in dem wir über alles
offen sprechen können

süße Kloben

ein eingeklemmter Trieb, der sich auf dem Papier entspannt

hier - so - wie wir müssen

und (aber nun) ein unheimlich kaltes Bier-bitte!

Tage, wo alles einen Anstrich kriegt,
auch das

hier herrscht son gewisses geniales Drüberwegsehen

auch diese ollen Leute voller Neid und Scheiße,
Jägerhütel drauf - und

aber die Liebe (kann man wohl sagen) ist nicht an uns vorübergegangen
wie irgendetwas

das hat Klang, das hat Farbe, das hat absolut Schuß (Biß - o.ä)

wenn man sich vor Ekel an der Menschheit schüttelt
und bald nur noch an
klassischen Büsten aufrecht halten kann

ein Riesen-Amen über die ganze Welt gesprochen

hier - wodie Sozialisation der Privatinitiative überlassen bleibt

Irgendwie (wo) muß die Nostalgie von morgen (müssen die - n)
ja auch mal vorbereitet werden
(wir können ja nicht unentwegt an anderer
Leute Erinnerungen anknüpfen)

das Licht und die Dinge

- und du lange leben mußt aus gewissen Gründen
(Beweise zu führen)

Er ist nicht gestorben - es wird 'n
Film darübergedreht

auch
van Gogh nicht umsonst gestorben
Die Sonnenblumen jetzt weg für 50 Millionen Pfund

neinei-nein, laß es mal
solch ein freundliches Bewenden haben so

und du siehst (merkst) das war keine - -(Heimat)
das war ein Mückensumpf

versuchen - einen Gedanken - einfach nur so
in der Form einer Anwehung festzuhalten
wenn sie so runtersegeln

jedes von Natur aus zusammenhängende,
einem einzigen Impuls entsprungene, also glatt
aus der feder fließende Gedicht
als kraftlos zu empfinden,
hingeschleift,
so lala,
also durchhängemäßig(S. II, 35)

Manche Leben und ihre (Bögen)
vom Neuruppiner Bilderbogen bis zur Farbglotze
(Leichenschauhaus)

Fürstentümer aus Gold und Rohgummi (immer noch)

frühvollendete Ruinen (eine -)

Die Zensur ist frei bei uns

einige besonders verachtenswerte Leute, die uns überleben
und besonders nette Orgasmen haben werden

Aber im Stehbunker darfst du nicht landen, Junge,
um nichts auf der Welt (das bringt nichts)

Ressentiments:

und nur wenige werden Dir folgen,

wenn du in deinem letzten Stündlein nach dem Staat rufst,

P o l i z e i ! P o l i z e i !

weil die für die zuständige Punkkolonne

dir den - - - und den Kiefer aus den Angeln reißt

weil die Menschheit nur noch angesichts des Leidens

zum Orgasmus findet

(der allbeherrschende Schautrieb)

Das einzige Mittel gegen die Menschheit: Sozialismus

Der Biologismus bringt dir von einem gewissen Alter an

auch kein Glück mehr (Genugtuung)

(der Vorteil deiner feinde)

das ist ja alles ganz grauenhaft

wie das da rauskommt, ([illegible] S. 1)

die Pisse,

durch die wißßen Haare schon -

auf meiner lyrischen Hinmannliege

Es muß ja schließlich anders gesungen werden als gestern(noch)

Ins Nichts hinein schaffen können nur Götter, die

keinen Begriff von sich haben.

zu: was sind das für Zeiten

Daß die "Projektgruppe für die vergessenen Opfer des NS-Regimes"
deinen Namen nicht richtig schreiben kann,
darüber mußt du hinwegsehen können

der Tag: so ölig - salzig - brühwarm

Wie viel Tod um etwas Freude (und Weihnachtsgeschenke)
Farbe für irgendwen: Pupurschencken z.B.)
Nerze- "Pelzernte" s. "natur" 11, 87

diesen ganzen Störat - weg !

ich laß mich doch nicht auf ne Klapperschlannge ein

Aufschlag sagt noch gar nichts , weißt du,
bei Aufschlag kannst du viel falschmachen

man richtet sich doch nervlich darauf ein, herr Handwerker
(ich: ein beruf, der keinen Krach macht)

dämmerungs- und nachtaktive Berufe

wie der Stichling mit seinen neun Bräuten

"hat sich in Wien in der Seniorenszene umgesehen"
(Medi-Szene / 'n Blatt für die Reha-Szene)

also in Sparkassenfoyers und anderen
ideologiefreien Räumen

das ist mein Geschmack von früher praktisch

vorsichtig
wie ein Nichtraucher , der vielleicht sein Leben rettet,
aber seine Anlagen ruiniert

sowas leben nur einmal : Leprakranker bestach Alrbert Schweitzer

~~Und grüßen Sie Ihre Darmflora, äh! Ihren Damenflor~~
~~wollt ich sagen~~

Irgendsone Firma Interpups

Lieber als daß ich Wuster-Soße bestelle und keine kriege,
order ich doch ne Wortschester

Und immer dieses Umkuckken-sich,
ob er nun mitkommt, der Hund

die Gestze von Übersee

unmißverständlich
wenn dein Tagebuch erlischt und - - (das Leben einzieht)

Goldne Jugend in der braunen Ära (s. Schwefelsumpf)

Togen - Schlipse - Swetchards -

Liebende und Lesende

bis du sagst, Scheiß Zeitgeist, richtig gute Maler
wobnnwirmalwieder sehen wie zum Beispiel
Singer Sargent

und das Leben immer wieder mal rund um den Bierfilz,
Strich um Strich

Für die Ewigkeit muß man sich Zeit nehmen
(Maler - Knospen - verrostete Rosen)

eine philosophierende Hand (am Fleisch)

wo du vor lauter Bewußtsein nur noch kreiseln kannst
wie eine bedepperte Fliege (vergiftete)

ein erhabenes Trinkgeld

eine im Handumdrehen belebte Lache (Pfütze)

die rosa Fleischerblume im lasierten Topf

Fernsehguillotine - Leichenschauhaus - Augenhobel
(ne scheibe von abschneiden)

so in der Tiefe steckengebliebene Gedanken,

wenn du was Neues über Konrad von Würzburh
in deiner Zeitung liest (HNA 22.8.87)

Geist: das Bewußtsein eines unheilbar Kranken
(KZ -Syndrom) (eines Gemütskranken)
auf nichts mehr bauen und vertrauen können

die Ehe als Druckposten (betrachtet)

wo Regierung und Religion zusammenfallen

wo wir, wenn wir gearbeitet haben wie die Verrückten
wenigstens in Genuß der verdienten (erhofften) Paradies kommen

Auferstehungskünstler - Wiedergeburtsspezialisten

eine Liebe, die nicht mehr bei Verstand ist

ein neu erwachter Name

Nichts Langweiligeres als Hafenstraße:
so viel Lobby soll ein normaler Lohnabhängiger (Wohungssuchender)
erstmal zusammenbringen (kriegen)

aber eigentlich wollen sie nur was
für die nächsten drei Schritte wissen -

weil irgendjemand auf der Welt einen Piek auf dich hat und dich nicht hochkommen läß

der Schreck von gestern

geistlos kirchernd ins Alter

eine feuerfeste Liebe (eine noch druckfeuchte)
(Druckstellen der Liebe)

Gott, da hamse(eben)gefickt und dann sind da sogar noch
kleine Kinder bei rausgekommen
lieber rammel ich mir doch
an der Bettkante einen ab (als -)

wennde mitm Falschen glücklich bist,
ist doch nicht schlimm
(der die Jugend noch richtig zu schätzen weiß)

Phantomliebe (meiste Menschen)

r o t - r o t - r o t - r o t -
der Blutahorn - die Essigbäume - Kirsche - Buche - - -

vieler Tage Dreck

diese Verunreinigungen des Gehsteigts (Menschen)

wer tunkt da noch einen Finger in diese Lache?

Liebe ohne Kunst und Wissenschaft
doch auch nur (wie) -

Chales Bronson, natürlich son Typ,
dieses stark furch die Abwesenkheit von Geist
gezeichnete Gesicht

Schön , daß es da immerhin noch diese Liebe gibt,
eine Karft, die alles entschuldigt
(d e n - die - das) Aussehen eines Scheißklopses

Schlenkergedichte als poetologische Essays:
(Selbstbegründungen)
herabhängende Spinnenweben - wo anknüpfen? -

Wie ein Prophet doch manchmal
und - - unter die Menschen getreten,
aber - wie soll ich sagen -
es war nichts

geliebt ohne Widerhall

Was ich gemacht habe, wer ich bin und wohin ich mich wende

Schein, der uns zu erkennen ermöglicht

Schilderung eines sehr empfindlichen Organs, Auge z.B.
sein Bau, seine Leistung, seine Seele (Goethisch)
dann: Faust drauf! pp

mit dem Schicksal mußt du viel Geduld haben

"Mündige Bürger" - kommt gleich vor: Unzucht mit Abhängigen -

Biermann - achgott, dem fallen doch auch schon die Zacken aus der Dornenkrone -

Otto Kuhlmann: BESTATTUNGEn - uralter Totengräberadel
(die Schippe weitergeben v. Generation z. Genration
(jetzt selbst die Schippe abgegeben -

Bei der Sprache bildet sich jeder ein, mitreden zu können -

Jaaa, wenn sich die Menschheit durch Liebesbriefe fortpflanzte

Technokraten - wenn du da die Zahlen mal wegnimmst, vorne, na, da wirds aber primitiv

Große Anschläge müssen klappen - ein nur halb umgelegter Hitler . . .
(schlimmer als -)

Folter ja - Sozialversicherung nein, ich kenn diese Typen

"Der Sieger beim Melkwettbewerb erhält 3 Fläschchen 'Liebfrauenmilch" (Funk - 18.11. 85 - 10^{00})

Buderus: Heizkessel, Kampfpanzer, Badewannen, sonst noch was gefällig? -

eine allgewaltige Unterwelt

an den Altestenrat überwiesen

alles Quatsch, alles Köder -
aber du hängst (nun mal an diesen) -

die Anzeigenseite unseres Innenlebens

Die Verkennung des Menschen durch den Sozialismus

Kaffeesatz und Gottvertrauen

Da muß noch erstr Gras drüberwachsen
da muß npch erst Schneer drauffallen
da '-

wo die Krankheit mal wieder interessanter ist
als das ganze Leben

ein heranwachsendes Licht
Utopie/Perspektive
daß deine Feinde nach deinem Ableben
noch richtige gewaltige Orgasmen haben
(und das Wohlleben nach deinem Tode erst richtig losgeht)

Die Wahrheit : ein Saisonartikel - (eine Sensation)

bid in die stinkige Blüte (dreckige)

Kanadische Goldrute (S. 160) Riesen-Goldrute

nicht viel anders als vor zehn Jahren, (nur/schwächer

ohne Zweifel, hier kämpft ein Individuum
um seinen Platz an der Tagesordnung

Danuta: daß sie nach deinem Ableben noch nach dir wichsen
(mehr als Utopie)

Mülltonnen mit Schonbezügen

um bei meinem Ableben nicht
auf all diesen (Witzen und - -) sitzenzubleiben (hocken/kleben)

Der - - tritt in den Hungerstreik,
die Ver ter erfreuen sich doppelter Rationen
(sehr vorsichtig an das Leben herangehn)
(Vorsicht ist besser als Tragik)

noch ne Utopie für ~~2 Personen und eine Nacht~~ (14 Tage)

so ein blasses Bohnengesicht, das du nicht auf der rechnung hattest

dieses schweinemäßig Biologische Falls)

son alter Komplimentenmacher

"Die Vermeidung von Szenen ist ein Sieg der Kultur"

Unfreude allenthalben (und es ist nur - - die ganze Strecke)

es gibt sonen internationalen Ton in der Lyrik:
wennde draufkloppst : Sperrholz -

oder das haltlose übrigbleiben der alten Männer,
wenn ihre jungen Geliebten - - -

Die Rohheit der Jugend: So! und die nehme ich dir jetzt weg

zwischen Weinen und Wut den ganzen Tag

man muß sich natürlich hüten, straffällig zu werden
auf dieser -

wie die meisten Menschen leben) die das Bewußtsein
nur vom Hörensagen kennen
(s. KZ -Syndrom)

um vor irgendwelchen Menschen, die auch niemand kennt,
einen guten Eindruck zu machen

Nun, man hat selbstverständlich schon viele Weisheiten
von sich gegeben (mittlerweile),
wenn man die einmal alle aneinanderheftete
(und in Verbindung brächte . .)

oller Mann und dann auch noch Knicker,
wohl das Letzte

Wolken - Quallen -
lichtdurchschienene Polypen

Sonne hinter Wolken, blaß wie der Mond

verrostete Rosen - Kastanien strecken gelbe Nikotinfinger
nach mir aus,
nichts, nichts, ich ~~sag ja nichts~~,
ich seh ja nur . . .

für den , der mitten im Leben steht,
ist vermutlich gar nichts geschrieben -

sone zart b saitete Larve -

Dieses langsame Ausgelöschtwerden,
ohne daß jemand nochmal ordentlich Reisig nachwirft

bewußtlos wie das - zu was? - erwachende Leben -

wie die Frauen mit ihren nach innen gekehrten Oberflächen
(mit ihren anrekannt geschätzten Oberflächen)

Altersstil: so jetzt aber langsam ,
jetzt mal ordentlich kurztreten

der Bevölkerungstrieb

wie das unbefangene Auftreten einer Supernova

aber es braust der Orkan schon merklich durch das Spargelkraut

Levallois-Szene /Saurier-Szene

ich singe den endgültigen Sieg des Schaufensters über die Seele
(des Designs)

hat 'n Gelübde laufen

wo die Natur noch ein Aufsehen macht:
Goldruten

Sxhwärme von Bachstelzen und Rauchschwalben
haben das Land vorzeitig verlassen

Derwischwalzer

Wir haben ja ähnlich Berufe, bei dir ist die Welt zu Gast
und ich muß in sie hinaus (Serviermädchen)

aber natürlich, das Herz des Herrchens hängt an diesem Hund

Dieses letzte Sichaufbäumen der fleißigen alten Kerle
kurz vorm Verlöschen

Nahs

bis dem Sklaven die Kette als Sinn einleuchet

Goldne Jugend: stattgefunden in brauen Zeiten

Mensch, die vergewaltigten Mädels aus unserer Jugend

warum soll ich, verfluchtnochmal, denn alles liebhaben das,
die - -
den - -
die Punker vor Hertie (Norsee)
(wie eine Besatzertruppe - besatzungsmacht)

kapitalis- als [illegible]

Nahs

Als ob wir aufträten, Kritik zu erzeugen

A (X)

verpiss

ruhig seine Arbeit un und langsam dann (Nah)
einsinken in den Schlamm, von dem man genommen ist
(Orden für Jahrzehnte ordentlichen und geduldigen Parkens)

(13)

wie die Hummern mit zugebundenen Scheren
blindlings an den Scheiben kratzen

Nahs

Eigentlich immer gesungen von allem

(einfangen)

solch ein scharfes, freundliches, verfängliches Geschoß
(Blick)

(X)

unansehnlich wie de Geist in seiner endgültigen Form

6

~~munter eine (schon) abgeräumte Bühne betreten~~

A (X)

als hätte man noch zu tun auf diesem
rasned ins Nichts absausenden Stern

das ist doch gefrorene Wichse

Durch Denken was rauskriegen? Schön -

auch Ethik ja wohl eine Machtfrage

violette Schollen am Abend (Löß vor Kassel - Lehm)

Und du wartest angespannt auf diese Stimme im III. Stil

mit vollem Munde mitreden wollen

Zu den unterworfenen (Arten) dieser Erde gehörend
und nicht zu den niedlichen 1 2 3 ,
na, dann wolln wir mal.

~~Leviatation (Artistik) als Aufhebung der Altersschranke~~

wie sie sich wegsehnt aus diesen Armen

zerlaufende Gedanken mitstenografieren

man kreiselt ja noch nicht rum wie sone vergiftete Fliege

wo der Geist mit zwinkernden Augen dasitzt
auf einem warmen Stein

(13)

ein verkommenes Kind bietet dir Unterschlupf an
(und du merkst, da muß du den Finger dranbehalten
in irgendeiner Form)

Notslalgie, der geschmack von gestern

in ein schiefes Liebeslicht gerät

dämlich wie das Geschlecht

wenn die Sonne langsam auf die höheren Ränge rückt

weißgekachelte Pißrinne mitm roten Reinhängeschlauch
d u d r ü b e r
vorgewölbt wie -

um vor irgendweclchen Leuten, die auch niemand kennt
einen guten Eindruck zu machen

so als Auferstehungskünstler nun auch nicht mehr

ich habe die Presse jetzt genügend lange studiert
und den Rednern zugehört

die Lust zu philosphieren
bei inhaltlich unergiebigen Typen (gehaltlich - unausgefüllten)

ergebnislos gelitten

schon ziemlich fortgeschritten, also
in Auflösung begriffen

Gedanken wie Blitzröhren /Fulgurite - von 20 000 Grad

Liebe, so spät nochmal, -
ja wollt Ihr beiden denn zusammen rein in diese dunkle Kiste?

Geht auf - geht unter -
fragt sich in letzter Minute wo es herkommt und was

mal ein bißchen was für zehn Jahre (zu immer schneller rein -)

Ein Klacks Rosen - in Beziehung gesetzt zu

wenn son Weißschopf schon wie ne Wolke - -

all diesdunkle Zeugs

O ixh segne diesen gestrigen Abend und bedaure nichts

sauer verdiente Legenden -

wenn sie die ehemaligen Koloniel mächte
zur Hilfe rufen in ihrer gesteigerten Not (Tschad gegen Lybien)

Ach, Gott, vielleicht ist da wirklich kein Schöner Zug von mir,
daß ich weiß, daß das Leben
auch noch ne praktische Seite hat

auch so verwöhnte Utopisten mit irgendwas vor den Augen

wie ein Maulwurf auf der Bühne,
wie ein Mime - -

Happy Whitman: konnte noch richtig was glauben
auf seinen - - - (nordamerikanischen) Leichenbergen
und dann kam ja auch gleich die Bell-Companie
und legte richtig los

das absolute Avanti -

der Schreck von gestern (vorhin)

wenn die Ejakulationshelferin in ihrer großen Qualität

wenn ich hier durch bin - : na, dann aber!

eigentlich willst du doch nur etwas
für die nächsten drei Schritte wissen -

trauriges Ejakulat

statt in den Schlaf zu tauchen ganz einfach
und ~~wieder~~ aus ihm auf

die Jugend ein Köder für -

Die Jahren verlieren sich

Also wenn dem ollen Paster Grimm nicht gerade
noch n zehntes Kind, Philipp Wilhelm, beschert worden wäre,
wer weiß, ob wir dann nicht auf - - (verzichten müßten)

Augegestanden um vier Uhr dreißig,
zur Bahn gerannt,
Schule,
gearbeitet, geschwommen, im warmen Sand gelegen,
- - -gerungen, gewichst ohne Einbußen -
- -
heute: drei Telefongespräche und der Tag ist hin

Press-etceterapipi

aber wie wollen auch nicht so tun als ob wir sie nicht
gesehen hätten, die Eitelkeit der Welt

zu Lebzeiten erledigen das

die Wahrheit - eine Sensation

ausgesprochen so!

wo du Branntwein und Püppis kriegst für jeden ~~guten~~ Gedanken
second-hand-Burger/ Menu /Lokal/Imbiß

an deinem Fensterplatz zum Nichts

So ein Knurren, das über Jahrhunderte trägt
so ein (mal sehn, ob)

So dieses Blatt betrachten auf dem Nacken der Geliebten
die man sich wünscht (an der Mangel ist)

und die ganze Verzweiflung der Jugend nur daher rührt,
daß sie nicht auf die alten Leute hört

wenn die endogene (innere) Geliebte

Brahms: Opus 53 (?) f Singstimme, Alt und Chor auf [redacted] Harzreise im Winter" !!!

Levitation: Überwindung des Altersunterschieds
(Aufhebung der Schwerkraft - Artistik -
darf natürlich nicht wie Gewichtheben aussehen -)

die Verwechslung von Artistik und Arthritis

Draufzu! Draufzu! - gefeiert kann später im Himmel werden,

Patient braucht keine Ruhe, Patient braucht Reize;

Dafür haben wir uns doch extra

diesen raumverzehrenden Lebensstil zugelegt,

um die Welt auf Teilstrecken abzustottern:

Bahnhof Altona - Bremen - Münster -

Dortmund - Bochum - Essen -

Duisburg -

Düsseldorf -

Köln -

Und in jeder bedeutenden Stadt

eine Frau wie ein aufgeschlagenes Buch -

Mülheim:

eine früh vollendete Dahlie im Kieselbeton -

Remscheidt: Wodka biste russisch sprichst!

Mülheim: Die vorübergehende Schwärze der Nacht
und am Morgen dann - unvergeßlich -
den Reflex des zitternden Buttermessers
auf deiner linken Wange -

Gelsenkirchen:

eine früh vollendete Dahlie im Kieselbeton.

Gelsenkirchen: wo die Damen zum Dableiben schön sind
und die Jugend leuchtet wie angemalt.

G e l s e n k i r c h e n :

Palme

Düsseldorf -

Köln -

und in jeder bedeutenden Stadt eine frühvollendete Dahlie

oder ein Gesicht wie ein aufgeschlagenes Buch -

Bahnhof Godesberg, na du weißt schon,

Die vorübergehende Schwärze der Nacht,

aber dann auch sofort der Reflex des vibierenden

Buttermessers auf deiner linken Morgenbacke

Bad Godesberg/Bonn:

Nur nicht aufhören darf man,

nicht solange noch die guten Lebenssäfte fließen.

A propos, wir signieren auch

leergetrunkene Whiskyflaschen.

Bahnhof Rolandseck - na , du weißt schon,
wer dem Trieb nicht mehr vertraut,
empfindet den Körper als Last -

Bad
Bonn-Godesberg - : eine frühvollendete
Glyzinie
im Badezimmer,
und ein rückhaltloses Lachen, morgens,
in ein freches freundliches Gesicht -

Bahnhof Rolandseck, na du weißt schon,
die vorübergehende Schwärze der Nacht
und der Reflex des tanzenden Buttermessers
morgens auf deiner Bohnenbacke -

Konstanz: bei bloß keine Verrenkungen jetzt,
um vor Leuten, die auch niemand kennt,
einen guten Eindruck zu machen. hinterlassen

Marburg: aus dem Schnee erhitzt in die warme Stube kommen
und nach eiskaltem Tee verlangen -

Gießen: Der Versuch, die Welt mit dem Telefonfinger
aus den Angeln zu heben, mißlungen -
aber morgens dann doch der Reflex
des tanzenden Buttermessers auf deiner fahlen Morgenbacke -

Bahnhof Rolandseck, na, du weißt schon,
eine Utopie für eine Nacht und zwei Personen,
aber diese im ganzen gar nicht vorhandene Stadt,
hat mir unwiederruflich imponiert -

Bahnhof Rolandseck, na du weißt schon,
eine frühvollendete Dalie
nachts an den Busen gezogen -

Atemzug
aber diese nur aus einem Imbiß bestehende Stadt
hat mir nachhaltig imponiert -

[illegible]

und in jeder bedeutenden Stadt
das Gefühl schon mal dagewesen zu sein -

sie empfangen dich wie ein aufgeschlagenes Buch

~~Bad Go~~

Bahnhof Rolandseck, na du weißt schon,
eine frühvollendete Dahlie im Kieselbeton
ist immer noch mehr wert
als hundert nicht zur Oberfläche durchgedrungene Gedanken.

Bad Godesberg/Bonn:

Bahnhof Rolandseck, na du weißt schon,
eine Utopie für eine Nacht und zwei Personen -
Wer dem Trieb nicht mehr vertraut,
empfindet den Körper als Last.

Bad Godesberg/Bonn: nur nicht aufhören darf man,
nicht solange noch die guten Jugendsäfte fließen -

Bahnhof Rplandseck, na du weißt schon,
wer dem Trieb nicht mehr vertraut,
empfindet den Körper als Last.

Bad Godesberg/Bonn: Nur nicht aufhören darf man,
nicht solange noch die guten Jugendsäfte fließen -
Nebenbei nochmal schnell:
Unter Ungläubigen gilt der Augenblick viel.

Bahnhof Rolandseck, na du weißt schon,

eine klare Sexualität und ein gutes Herz

sind allemal mehr wert

als ein steckengebliebener Trieb

und nicht zur Oberfläche durchgedrungene Gedanken -

Bad Godesberg/Bonn: Nur nicht aufhören darf man,

nicht solange noch die guten Jugendsäfte fließen - -

Bahnhof Rolandseck, na du weißt schon,

eine klare Sexualität und ein gutes Herz

sind allemal mehr wert

als die hundert (ein) nicht zur Oberfläche vorgedrungene Gedanken -

Bad Godesberg/Bonn: nhur nicht aufhören darf man,

nicht solange noch die guten Jugendsäfte fließen:

Bahnhof Rolandseck, na du weißt schon:

Realismus ist ein Stück Natur,

gesehen durch eine Geisteskrankheit.

Bahnhof Rolandseck - na, du weißt schon -
Eine klare Sexualität und ein gutes Herz
sind allemal mehr wert
als ein unentschlossener Trieb und ein paar
(nicht zur Oberfläche durchgedrungene Gedanken)
in der Tiefe steckengebliebene Gedanken.

Hagen-Haspe: Wer sich nicht runiert,
aus dem wird nichts.

Aachen - mit hundert Wasserspeiern - Kränen - Brunnen -
aber die Wahrheit wieder mal
klar und aus einem Guß.

Xanten: bis alles nur noch ein Gemurmel ist,
ein Gerücht.

Ein Erwachen in Mülheim-Dümpten,
und der Reflex des zitternden Buttermessers
auf deiner linken Backe:
Der Schein allein,
der uns zu erkennen ermöglichcht.

[illegible]

Bahnhof Rolandseck, na du weißt schon,
eine klare Sexualität und ein gutes Herz
sind immer noch mehr wert
als hundert nicht zur Oberfläche durchgedrungene Gedanken . . .

Bad Godesberg/Bonn:
Nur nicht aufhören darf man,
nicht, solange noch die guten Jugendsäfte fließen -
A propos: wer dem Trieb nicht mehr vertraut,
empfindet den Körper als Last -

Aachen, Oh Aachen, Wasser rieselnd, sprudelnd, spritzend,
in die Höhe steigend, aus der Tiefe quellend,
aber die Wahrheit dann wieder ganz ~~klar~~
und sichtbar aus einem Guß!

Bis alles nur noch ein Gemurmel ist, ein Gerücht,

Rh: absichtslos -

haltlos

Bahnhof Rolandseck, na du weißt schon,
eine klare Sexualität und ein gutes Herz
sind immer noch mehr wert
als hundert nicht zur Oberfläche durchgedrungene Gedanken.

Das Godesberg/Bonn:
Nur nicht aufhören darf man,
nicht solange noch die guten Jugendsäfte fließen -
Im Vorübergehen nochmal:
wer sich nicht ruiniert, aus dem wird nichts.

A a c h e n oh Aaachen, ach,
mit seinen ungezählten Wässern, sprudelnd, rauschend,
gurgelnd, brennend, aus der Tiefe quellend,
in die Birge steigend,
aber die Wahrheit dann wieder ganz einfach
und ~~direkt~~ aus einem Guß.

Bis alles nur noch ein Gemurmel ist, ein Gerücht
und wir übergehen in einen endgültig Bereich,
wo keine Kritik mehr zuständig ist:

1.-

Bahnhof Rolandseck, na du weißt schon,
eine klare Sexualität und ein gutes Herz
sind immer noch mehr wert
als hundert nicht zur Oberfläche durchgedrungene Gedanken.

Bad Godesberg/Bonn:
nur nicht aufhören darf man,
nicht solange noch die guten Jugendsäfte fließen -
Nebenbei gesagt: wer sich nicht ruiniert,
aus dem wird nichts -

Aache, oh Aachen, ach, mit seinen rückhaltlos zerteilten
Wassern, sprudelnd, quellend, dir entgegenströmend,
aber die Wahrehit dann wieder ganz deutlich
und einfach aus einem Guß.

Bis alles nur noch ein Gemurmel ist, ein Gerücht
und du eine wandelnde Feuerstelle
auf dem Düsseldorfer Asphalt um Glut angehst:
Jaja, jetzt gehen wir langsam über in einen Bereich,
wo die Kultur nicht mehr zuständig ist
und die Kritik ihr Recht verloren hat -

H a g e n : Die Treue auf den ersten Blick
und eine Utopie für zwei Personen
und vierzehn Tage.

M ü l h e i m : Aufhebung der Altersgrenze durch die bloße
Heiligsprechung von empfindlich(en) (faluen Stellen:
L e v i t a t i o n ! L e v i t a t i o n !
Mann sollte Artistik nur nicht mit
Arthritis verwechseln.

[illegible]

H a g e n : Aufhebung der Altersgrenze
durch die bloße Heiligsprechung von empfindlich faulen Stellen.

M ü l h e i m : Und noch'n unheimlich kaltes Bier, bitte,
und ne Utopie für zwei Personen
und vie rzehn Tage -

Solingen/Remscheid: Man darf Artistik (selbstverständlich) nur nicht
mit Arthritis verwehseln.
(sonst bleibt alles nur außen vor)

Düsseldorf Mettmann: himmlisches Goldgebäck.
Süße Kloben. (Ja, hoch das alles. In den Himmel!)

[illegible]

Motiv: Flüssig[illegible]

Bahnhof Rolandseck, na du weißt schon,
ich durchrase/durchreise die Welt,
und D u läßt schluckweise überkommen -

Bad Godesberg/Bonn:
nur nicht aufhören darf man,
nicht so lange noch die guten Jugendsäfte fließen -
Nebenbei: wer sich nicht ruiniert,
aus dem wird nichts.

A a c h e n , oh Aachen, ach, mit seinen ungezählen Wässern
sprudelnd, rauchend, gurgelnd,
aus der Tiefe quellend,
in die ~~Höhe~~ ~~s~~teigend,
aber die Wahrheit dann seltsamerweise wieder ganz einfach
und dirket aus einem Guß -

Bis alles nur noch ein Gemurmel ist, ein Gerücht
und du gar nicht mehr weißt,
wo dein Tagebuch anfängt und deine Memoiren zu Ende sind:
H a g e n : der Reflex eines flimmernden
Buttermessers auf einer ausgeruhten Morgenbacke:
und nochmal 'n unheimlich kaltes Bier bitte,
und ausgesprochen eine Utopie für eine Nacht und zwei Personen -

Draufzu! Draufzu! gefeiert kann später im Himmel werden,
Patient braucht keine Ruhe, Patient braucht Reize;
da~~xxx~~[für] haben wir uns doch extra
diesen raumaufzehrenden Lebenstil zugelegt,
um der Welt auf Teilstrecken nahezukommen:
Hamburg-Altona – Bremen – Münster
Dortmund – Bochum – Essen –
Duisburg –
Düsseldorf –
Köln –
Und in jeder vorüber~~sausenden~~[gleitenden] Stadt
ein Gesicht wie ein aufgeschlagenes Buch –

Bahnhof Rolandseck, na du weißt schon,
diese frühvollendete Dahlie im Kieselbeton –

Bad Godesberg/Bonn:
Nur nicht aufhören darf man,
nicht solange noch die guten Jugendsäfte fließen –
Nebenbei: wer sich nicht ruiniert,
aus dem wird nichts!

A a c h e n , oh Aachen, ach,
mit seinen ungezählten Wassern aus der Tiefe quellend,
in die Höhe steigend, Weite treibend,
aber die Wahrheit dann ~~seltsamer~~[normaler]weise wieder ganz unmißverständlic
und einfach aus einem Guß –

Hagen : ja alles dies nochmal

Hagen , ja , das will auch noch mal ganz eigenhändig
von dir gesegnet werden
und , bitte, eine Utopie für eine Nacht und zwei Personen!

Hagen : und nochmal 'n unheimlich kaltes Bier, Signorona,
gleich am Morgen,
und bitte eine Utopie für eine Nacht und zwei Personen -

Hagen - der kühle Forst zur Nacht -
und der Reflex eines flimmernden Buttermessers
morgens auf der Frühstücksbacke,
und noch einmal 'n unheimlich kaltes Bier, Signorina,
und bitte eine Utopie für zwei Personen und vierzehn Tage -
Tage -

Dortmund : aber nur weil du unwiderruflich
weitermußt.

Velbert : Auch dad!

Bochum : wir signieren (auch) auch leergesoffene Whisky-
flschen - Glen Morangi biste gaelisch sprichst!

Wuppertal-Elberfeld: Na, solange wir da sind, avanti!

V e l b e r t : Woka beste russisch sprichst!

B o c h u m : wir signieren auch leergesoffene
Whiskyflaschen.

M ü l h e i m : Aufhebung der Altersgrenze
durch bloßes Handauflegen in der richtigen Abendstunde -
Man darf Artistik nur nicht
mit Arthritis verwechseln.

V e l b e r t : Ja, weil man weiter muß.

D o r t m u n d : Ja, nur weil man weiter muß.

B o c h u m : u u n d weg!

D o r t m u n d : Ja, nur weil man weiter muß.

Bis alles nur noch ein Gemurmel ist, ein Gerücht
und du gar nicht mehr weißt,
wo dein Tagebuch aufhört und deine Memos zu reden beginnen,
H a g e n - der introvertierte Stadtwald zur Nacht -
mit - plötzlich! -
diesem halb entblößten Erlöser da in der Luft,
schnale Betbank davor für rücksichtslos genug Verliebte -

H a g e n - der introvertierte Stadtwald zur Nacht -
und das lichthelle Flimmern des Buttermessers
auf einer bleichen Morgenbacke:
E s i s t d e r S c h e i n,
der uns zu erkennen ermöglicht!

Ja, so soll sein, und bitte nochmal eine Utopie,
mein Kind für eine Nacht und zwei Heroenen!

Ja, so soll sein, mein Kind,
und nochmal eine Utopie für zwei Persoenen und vierzehn Tage!

Bis alles nur noch ein Gemurmel ist, ein Gerücht,

und du weißt bald nicht mehr,

wo dein Tagebuch aufhört und die Memos beginnen:

H a g e n - H a s p e :

eine frühvollendete Dahlie 1 2 ans Herz gezogen

und eine Utopie für zwei Personen und eine Nacht!

bitte!

Weiter: - - - - Wodka bis du russisch sprichst.

Prost ! Glasnost?

- - : - - - -

nebenbei: wir signieren auch leergerunkene

Wihiskyflschen.

- - - - : Keine Angst, der Erzähler lebt noch,

darf sich aber (einen Joint - - -)

Wer ----

Bahnhof Rolandseck, na du weißt schon,
~~eine~~ frühvollendete Dahlie im Kieselbeton -

Bad Godesnerg/Bonn:
nur nicht aufhören darf man,
nicht solange noch die guten Jugendsäfte fließen -
Nebenbei, wer sich nicht ruiniert,
aus dem wird nichts.

Aachen, oh Aachen, ach,mit seinen ungezählten Wässern,
aus der Tiefe sprudelnd,
in die Nase steigend,
aber die Wahrheit dann wieder ganz einfach
und ausgesprochen aus einem Guß!

Bis alles nur noch ein Gemurmel ist, ein Gerücht,
und du gar nicht mehr weißt,
wo deine Memoiren zu Ende sind und dein Tagebuch ~~anfängt~~:
H a g e n , die Treue auf den ersten Blick
und - Signorina! -
bitte ~~nochmal~~ eine Utopie für eine Nacht und zwei Personen!

Dortmund: ~~aber nur weil du unbedingt weitermußt~~.

~~Velbert~~: Wir signieren inzwischen auch
leergetrunkene Whiskyflaschen.

Bochum: Glen Morangi bis du gaelisch sprichst!

Bahnhof Rolandseck, na du weißt schon,
eine klare Sexualität und ein gutes Herz
sind immer noch schöner
als hundert nicht zur Oberfläche durchgedrungene Gedanken . . .

Bad Godesberg/Bonn:
nur nicht aufhören darf man,
nicht solange noch die guten Jugendsäfte fließen -
Nebenbei nochmal kurz:
Wer dem Trieb nicht mehr vertraut,
empfindet den Körper als Last.

Aachen,oh Aachen, ach, mit seinen ungezählten Wassern
aus der Tiefe steigend, in die Weite drängend,
Höhe sprudelnd,
aber die Wahrheit dann überraschenderweise wieder ganz einfach
und praktisch aus einem Guß - - -

Bis alles nur noch ein Gemurmel ist, ein Gerücht,
und du gar nicht mehr weißt,
wo dein Tagebuch aufhört und deine Memoiren zu sprechen beginnen:
H a g e n , die Treue auf den ersten Blick nochmal
u n d - nichts für ungut Signorina -
eine richtige Utopie für eine Nacht und zwei Personen.

Bis alles nur noch ein Gemurmel ist, ein Gerücht,
und du gar nicht mehr weißt,
wo dein Tagebuch aufhört und deine Memoiren zu reden beginnen,
H a g e n , - der stille Stadtwald - ein Erlöser im Gehölz,-
ohropaxfarben - die grüne Bank davor für
rücksichtslos Verliebte,
u n d , Signorina,
nochmal eine Utopie für eine Nacht und zwei Personen!

Im Anschluß R e m s c h e i d. Aber nur,
weil du unbedingt weitermußt.

V e l b e r t :
Wir signieren inzwischen auch leergesoffene Whiskyflaschen.

Bis alles nur noch ein Gemurmel ist, ein Gerücht,
und du gar nicht mehr weißt,
w o dein Tagebuch aufhört und deine Memos zu reden beginnen,
H a g e n - der intrvertierte Stadtwald zur Nacht -
mit dem Erlöser plötzlich in der Lichtung
- ohropaxpink -

Bis alles nur noch ein Gemurmel ist, ein Gerücht,
und du gar nicht mehr weißt,
wo dein Tagebuch aufhört und deine Memos zu reden beginnen:
H a g e n , der introvertierte Stadtwald zur Nacht
und dem Geflimmer eines Buttermessers
morgens auf der ausgeschalfenen Sommerbacke,

H a g e n , der introvertierte Stadtwald zur Nacht,

mit einem Erlöser plötzlich in der Lichtung

3.-

Bis alles nur noch ein Gemurmel ist, ein Gerücht,
und du gar nicht mehr weißt,
wo dein Tagebuch aufhört und deine Memoiren zu reden Beginnen,
H a g e n - der stille Forst zur Nacht -
ein nackter Erlöser im Gehölz - ohropaxfarben -
die Bank davor für rücksichtslos Verliebte

H a g e n - der stille introvertierte Stadtwald -

H a g e n - der introvertierte Stadtwald - vermmmunt,

H a g e n - der introvertierte Stadtwald - treifend -

H a g e n - der introvertierte Stadtwald zur Nacht
und der (lichte) Reflex eines zitternden Buttermessers
auf einer ausgeschlafenen Morgenbacke:
u n d ! - S i g n o r i n a ! -
bitte eine Utopie für zwei Personen und vierzehn Tage!

Bis alles nur noch ein Gemurmel ist, ein Gerücht,
und du gar nicht mehr weißt,
wo dein Tagebuch aufhört und deine Memos zu reden beginnen,
H a g e n :der introvertierte Stadtwald zur Nacht
und der reflex eines zitternden Buttermessers
morgens auf der Frühstücksbake,
ja, so soll ~~es~~ sein Signorina,
meinetwegen bleiben:
eine kleine Utopie für zwei Personen und vierzehn Tage.

V e l b e r t :
obwohl das Abschiednehmen immer wieder
ausnahmslos uns alle betrifft
und das große Dahinfahren auch - - -

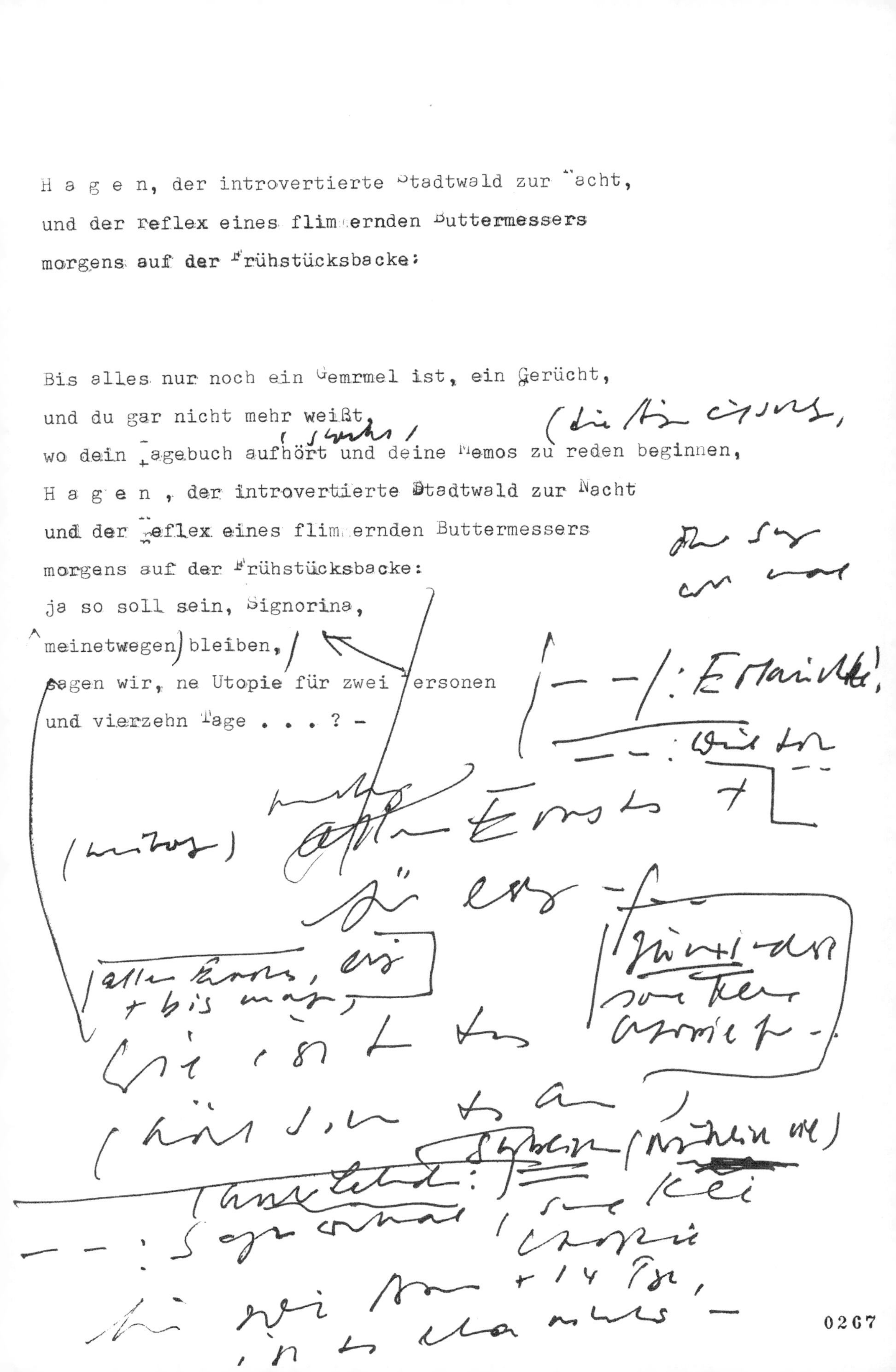

H a g e n, der introvertierte Stadtwald zur Nacht,
und der reflex eines flimmernden Buttermessers
morgens auf der Frühstücksbacke:

Bis alles nur noch ein Gemrmel ist, ein Gerücht,
und du gar nicht mehr weißt,
wo dein Tagebuch aufhört und deine Memos zu reden beginnen,
H a g e n , der introvertierte Stadtwald zur Nacht
und der reflex eines flimmernden Buttermessers
morgens auf der Frühstücksbacke:
ja so soll sein, Signorina,
meinetwegen bleiben,
sagen wir, ne Utopie für zwei Personen
und vierzehn Tage . . . ? -

Mülheim: weil doch dies Abschiednehmen immer wieder
ausnahmslos uns alle betrifft,
und das große Dahinfahren auch

(und) weil so ein Mund einfach noch ein paarmal auflachen will-
bevor er sich endgültig schließt -

So ein gutgewaschenes Paar wie (heite) wir beiden,
(ist das eta nichts?!)

und weil du rangehen mußt an die Dinge der Welt
ganz einfach als ihr Kunde
und nicht (wie'n) als ihr Interpret -

- -: a prpos, wir signieren allmählich auch
leergetrungekene Whiskyflaschen.

Unter Ungläubigen gilt der Augenblick viel

Es ist der Schein (mein Kind), der uns zu erkennen ermöglicht

Satinschlauch - rausziehn dich -

und du weißt , daß du noch 'n paar - - Fehltritte vor die hast
- die aber müssen unbedingt gegangen werden

in ein freundliches freches Gesicht zu lachen

Das Leben gibts nicht als Replay

Aufhebung der Altersschranke sangwermal
durch nichts als – na, wie soll ich sagen '?
Heiligsprechung von empfindlich faulen Stellen –

Eine Gelegenheit in die Länge gezogen (ziehen) warum nicht?

man blickt nicht zweimal in den gleichen Spiegel

und weil
wer in der Liebe nicht den Wahnsinn sucht
sucht überhaupt vergebens –

das ist doch kein irdischer Tand,
deine dies – deine da –
deine Uhrbummeln die das Hin und Her der Titten
nochmal in anderer Höhe spiegeln –

Irgendwann(wie muß die Nostalgie von morgen
doch wohl vorbereitet werden –

(bis solch ein)
son angemalter Engel
kommt und spricht: –

wo die Tugend leuchtet wie angemalt
(Eis im Neonlicht schlecken –)

Realismus ist ein Stück Natur,
gesehen durch eine Geisteskrankheit (Ressentiments)

doch-doch, unter dem Einfluß von Liebe (Glauben)
geht das dann schon -

und dann sind diese schönen paar Stunden
auch wieder schn vorbei -

Na, solange wir hier sind, avanti!

~~Keine~~ Angst, der Erzähler lebt noch
Untö - ichö- glaubö -
da schüttelt sich doch der ganze praktische Mensch

eine vollkommen erkaltete Menschheit ringsum
da s erzählen Sie mal ~~meiner Leiche~~

Aber bloß nicht jetzt vorsichtig werden
wie ein Alleskönner, wie ein Perfektionist -

Wie sich unter dem Einfluß von Sonne
augenblicklich das Gesicht zum Lachen verzieht,
ja, das ist gut!

Sich von Träumen was vormachen lassen,
also bitte, warum nicht?

(und so ein Bauch,
der beim Vorübergehn nicht wackelt, sondern flimmert,
ja, das ist es!

Ein Hauch von Kalkrosa aufgelegt,

- - - - -

wie lange die Locke wohl hält

Sich zum Anfang durchkämpfen nochmal

und du kannst (natürlich) nicht fordern,
was der andere nicht empfindet -

Der Wahnsinn (das Glück) heiligt die Mittel

ohne Liebe läuft hier gar nichts (capito?)

Wuppertal-Elberfeld:
als ob wir abgestiegen wären hier,
um groß Kritik und Kresse zu erzeugen - (vorzeilhafte Rezensionen)
- da bleibt alles nur außen vor -

Tage wo alles einen Anstrich kriegt,
~~ja auch das -~~

Ein Riesen-Amen über die ganze Welt gesprochen

Darmstadt: immer hart auf der Grenze,
halb Ehrenmitglied , halb Oger

~~ich-so als Trickesoteriker,~~

jaja, herunter Du und zar entschieden
bis zum Verrottungshorizont (subjektiven)

draufhaben was irgendwie dran ist,
ahnana, das bringt ja nichts -

(Im Gegenteil) dies alles noch schnell zur Kunst erklärt
ehe der Vorhang fällt
oder der Staatsanwalt ermittelt -

Die Not als Nummer - Himmel , wo sind wir denn hier?

und gewisse Häufigkeiten
betrachten wir ruhig mal als Schicksal

Es hat sein müssen und nicht anders können (wollen)

Keine Angst, die paar Sünden
werden dir noch irgendwie vergeben werden

Unter Ungläubigen gilt dxer Augenblick viel

Aber über die Welle führt Gottseidank
ja auch immer noch ein Weg

Tragik: aus Verkemnung der Tatsachen

Aufhebung der Altersgrenze bis - zu
sgaenwir mal einem Verhältnis von
ein Drittel/ ein Viertel - -
(aber das darf dann selbstverständlich nicht wie Gewichtheben aussehen)

dxein - dein - deine - - :
ja, alles zu Papier damit
(und schnell zur Kunst erklärt - im Vorüberwehen)
ehe der Vorhang fällt und der Staaanwalt ermittelt -

aber nicht wie Ihr denkt -

laß sie doch lieben sich für diese kurze Zeit
und angesichts -

sich ionisieren lassen irgendwo -
meinetwegen in soner - - -
wo die Jugend ihr Eis im Neonlicht schleckt
und -

Jugend: deren bekloppte Götter (und dahinter das Nichts)
(doof wie die Mullahs mit ihren paar Reflexen)

man muß ja nicht jeder Scheiße nachgehn

den inneren Menschen für die Bühne breitkloppen
und dann sehn,
daß noch'n bißchen - - für die - - übrigbleibt

aber nichtsjetzt - -

da kannst du dich auch gleich in der Seniorenszene umsehn (REHA-Sz

Jaja, und grüßen Sie bitte Ihre Darmflora,

Ihren Samenflor, wollte ich sagen -

eine Liebe , die nicht mehr bei verstand ist

wennde mit'm Falschen glücklich bist,

ist doch gut (spielt keine Rolle)

Phantomliebe

Schein, der uns zuerkennen ermöglicht -

Ist doch schön, wenn es immer wieder mal diese Liebe gibt:

eine Kraft die alles entschuldigt -

Man muß sich natürlich hüten, straffällig zu werden,

auf diesem im ganzen - (sinnlos verrauschenden Stern)

(sinnlos ins Nichts abzischenden Stern)

Erhabene Trinkgelder.

Oller Mann und dann noch'n Knicker,

wohl das Letzte -

(oh)

Oh, ich segne diesen gestrigen Abend (wirklich)

und bedaure nichts -

Als ob wi r aufträten hier (vorstellig werden wollten - würden)
um Kritik zu erzeugen

(- wir wollndas alles noch auf dieser Welt gesegnet sehen!) X

daß nicht nur alles Scheiße (Kotze und Verdammnis war

etctera pipi (Presse -)

zu Lebzeiten erledigen das

und es kleckert nur noch mal so
ungenau wie die Gnade Gottes -

als ob!? - mich? - Literatur??? - interessiert
(mit dem Leben als ganzem verglichen
wirkt Lyrik doch nur noch lächerlich)

- - - : weil doch dies kleine Wegsacken (Abschiednehmen)
ausnahmslos uns alle betrifft,
und das große Dahinfahren auch -

Ja, ich bedaure nichts
und segne diesen gestrigen Abend - - -

Unter Sterblichen gilt der Augenblick viel

- - - -
das erzählen Sie mal meiner Leichel
Nein, das will alles noch mit eigener Hand
von dir gesegnet werrden allen Ernstes und für ewig -

sich ne signifikante Blöße geben nochmal
und -

Mülheim: Die Treue auf den ersten Blick
u n d
nochmal eine Utopie für eine Nacht und zwei Personen

Jaja, es ist der Schein, der uns zu erkennen ermöglichst

obwohl
Weil doch das kleine Abschiednehmen
absolut uns alle betrifft
und das große Dahinfahren auch,
und was du nicht 1 2 3 jetzt,
das erzähl mal meiner Leiche -

Bis alles nur noch ein Gemurmel ist, ein Gerücht,
und du gar nicht mehr weißt,
wo dein Tagebuch aufhört und deine Memos zu reden beginnen:
H a g e n : der introvertierte Stadtwald zur Nacht
und der reflex eines Buttermessers am Morgen
auf einer nackten Frühstücksbacke -
ja, so soll es sein,
~~und meinetwegen~~ bleiben, Signorina,
allen Ernstes und für ewig -

Praktisch ne Utopie für zwei Personen
und vierzehn Tage
(Marbach - Hamburg - Berlin)

Gelegenheiten, in die Länge gezogen
(Kaiserslautern - Mainz)

Obwohl das weiße Gewink auf den Bahnsteigen ~~unaufhörlich~~
ausnahmlos uns alle betrifft
und das große Dahinfahren auch - :
und jeder weitermuß - allein - um dreißig Ecken -
immer klar in seine Richtung . . .

Bahnhof Rolandseck - na du weißt schon -

Vaters: weil er
Vermutlich [illegible]
[illegible] [illegible]
vor [illegible] [illegible],
als [illegible] [illegible]
[illegible] [illegible] [illegible].
([illegible])

Vaters: in Händen von
[illegible] [illegible] [illegible]

2

Drittens: von den Reisen
zu den Bleibenden von ihnen u. [illegible],
an die goldene
Stricknadel
Orten, wie wir es sagten.
[illegible] –

,

Wir lassen es so sein
bis die Wörter,
[illegible] . . .

[illegible]
[illegible]
[illegible]
[illegible]

[illegible]

[illegible]
[illegible]
[illegible]

[illegible]

[illegible]
[illegible]
[illegible]
[illegible]

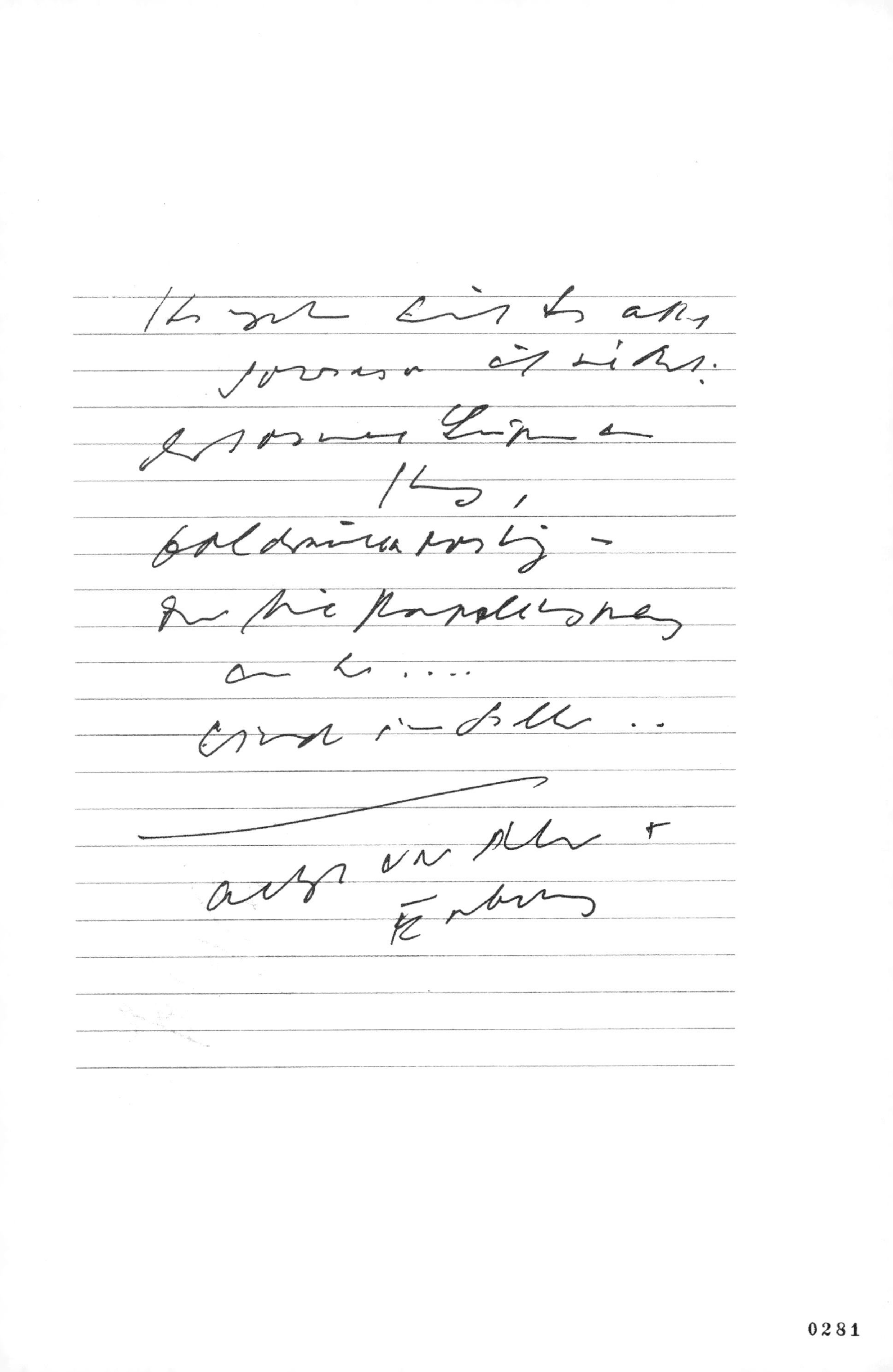

[illegible]

[illegible]

[illegible]

[illegible]

[illegible] –

[illegible]

[illegible] …

[illegible] ..

[illegible] +

[illegible]

Bis alles nur noch ein Gemurmel ist, ein Gerücht,
und du gar nicht mehr weißt,
wo dein Tagebuch aufhört und deine Memos zu reden beginnen,
H a g e n : der introvertierte Stadtwald zur Nacht
und der Reflex eines zitternden Buttermessers
morgens auf der Frühstücksbacke,
ja, so soll es sein, Signorina,
meinetwegen bleiben,
allen Ernstes und für ewig -

V e l b e r t :
Beziehungsweise einfach sone Utopie nochmal
für eine Nacht und zwei Personen.

ja, soll soll es sein, mein Kind,
beziehungsweise bleiben,
allen Ernstes und für ewig -

V e l b e r t :
Zumindest nochmal sone kleine Utopie
für eine Nacht und zwei Personen -

M ü l h e i m :
weil doch das dumme Abschiednehmen ausnahmslos
uns alle betrifft
und das große Dahinfahren auch -

ja, so soll es sein, Signorina,
b l e i b e n ,
meinetwegen allen Ernstes und für ewig -

V e l b e r t :
Beziehungsweise mindestens so eine Utopie
für eine Nacht und zwei Personen.

Mülheim:
Weil doch dies Abschiednehmen immer wieder
ausnahmslos uns alle betrifft
und das große dahinfahren auch,

Bis alle s nur noch ein Gemurmel ist, ein Gerücht,
und du gar nicht mehr weißt,
wo dein Tagebuch aufhört und deine Memos zu reden beginnen,
H a g e n : der introvertierte Stadtwald zur Nacht
und der Reflex eines zitternden Buttermessers
morgens auf der Frühstücksbacke,
ja, so soll es sein, Signorina,
b l e i b e n ,
meinetwegen allen Ernstes und für ewig.

V e l b e r t :
obwohl das kleine Abschiednehmen selbstverständlich
ausnahmslos uns alle betrifft
und das große Dahinfahren auch –

Auf Wiedersehen

Bis alles nur noch ein Gemurmel ist, ein Gerücht
und du gar nicht mehr weißt,
wo dein Tagebuch aufhört und deine Memos zu reden beginnen:
H a g e n : der introvertierte Stadtwald zur Nacht,
die 1 2 3 am Tag
und ~~das Geflimmer~~ eines ~~zitternden~~ Buttermessers
morgens auf der Frühstücksbacke,
ja, so soll es sein, Signorina,
meinetwegen bleiben, allen Ernstes und für ewig -

Also praktisch gesagt: eine Utopie nochmal
für zwei Personen und vierzehn Tage.

G e l g g e n h e i t e n kunstvoll in die Länge ziehen.

Obwohl der Erzähler seinen Hauptdarsteller selbstverständlich
nicht so einfach ruhigstellen kann,
und eine feuchte Patschhand am Abteilfenster
einen fahrenden Zug nicht aus der Fassung bringen:
e s i s t d e r s c h n e l l e S c e i n,
der uns zu erkennen ermöglicht.

D u i s b u r g :
wenn son paar Titten nämlich ganz genau im Gegentakt
zu den bewegten Ohrbummeln schlackert -

M ü l h e i m :
Und die Unschuld leuchtet wie angemalt -

Also praktisch gesagt:

eine Utopie für zwei Personen und vierzehn Tage.

Gelegenheiten. . . in die Länge gezogen.

WEIL DOCH

Obwohl der Erzähler seinen Hauptdarsteller

nicht so einfach aus der Bahn bringen kann

und eine Tatschhand am Abteilfenster

einen fahrenden Zug nicht aufhalten:

es ist der immer neue Schein,

der uns zu erkennen ermöglicht -

D u i s b u r g :

wo die Jugend ihr Eis im Neonlicht sclecktn

und die Unschuld leutet wie angemalt.

M ü l h e i m - D ü m p t e n :

Na, das sieht ja fast puffig aus,

diese früh vollendete Dahlie im Kieselbeton,

a b e r -

Bis alles nur noch ein Gemurmel ist, ein Gerücht,
und du gar nicht mehr weißt,
wo dein Tagebuch aufhört und deine Memos zu reden beginnen:
H a g e n : der introvertierte Stadtwald zur Nacht
und das Geflimmer morgens
eines zitternden Buttermessers auf der Frühstücksbacke -
ja, so soll es sein, Signorina,
meinetwegen b l e i b e n ,
allen Ernstes und für ewig.

Also praktisch gesagt:
Eine Utopie nochmal für zwei Personen und vierzehn Tage

Gelegenheiten . . . in die Länge gezogen -

Obwohl zwei Fatschhände beiderseits des Abteilfensters
einen fahrenden Zug
am Ende nicht aufhalten können,
und der Erzähler seine Hauptperson
noch ein ganzes Stück vor sich hertreiben muß:

Bis alles nur noch ein Gemurmel ist, ein Gerücht,
und du gar nicht mehr weißt,
wo dein Tagebuch aufhört und deine Memos zu sprechen beginnen:
H a g e n : dieser introvertierte Stadtwald zur Nacht
und am Morgen der lichte Reflex eines Buttermessers
auf einer nackten Frühstücksbacke,
ja, so soll sein, Signorina, meinetwegen bleiben,
allen Ernstes und für ewig.

Also sangwermal praktisch
eine Utopie für zwei Perspnen und vierzehn Tage.

Gelegenheiten - in die Länge gezogen
(Kaiserslamtern - Marbach - B erlin)

Obwohl dieses Patschhände immer wieder an den Abteilfenstern
ausnahmslos und alle betreffen
und das große Dahinfahren auch ,
u n d e s d e r S c h e i n i s t
- leider - einzig absolut der Schein -
der uns zu erkennen ermöglicht.

Bis alles nur noch ein Gemürmel ist, ein Gerücht,
und du gar nicht mehr weißt,
wo dein Tagebuch aufhört und deine Memos zu reden beginnen:
H a g e n : der introvertierte Stadtwald zur Nacht
und das Geflimmer morgens eines Buttermessers
auf der ~~gebräunten~~ eingeschlafenen Frühstücksbacke:
ja, so soll es sein, Signorina,
b l e i b e n,
meinetwegen allen Ernstes und für ewig.

Also ~~praktisch gesagt~~ sagen wir mal:
Gelegenheiten in die Länge ziehen.

~~So richtig~~ praktisch: eine Utopie für zwei Personen und vierzehn Tage.

Weil doch der Erzähler seinen Hauptdarsteller

3.-

Bis alles nur noch ein Gemurmel ist, ein Gerücht,
und du gar nicht mehr weißt,
wo dein Tagebuch aufhört und deine Memos zu reden beginnen:
H a g e n : der introvertierte Stadtwald zur Nacht
und der Reflex eines zitternden Buttermessers
morgens auf der Frühstücksbacke,
j a , s o s o l l e s s e i n ,
beziehungsweise bleiben,
allen Ernstes und für ~~immer~~ ewig -

Also praktisch gesagt, ~~ne~~ Utopie für zwei Personen
und vierzehn Tage -

Gelegenheiten in die Länge ziehen . . . .

Obwohl wir die Dinge und D-Züge selbstverständlich
nicht für alle Zeit anhalten können
und unser Hauptdarsteller
sich noch ne ganze Weile durchqualmen muß
von Station zu Station - :
E s i s t d e r ~~e n t g l e i t e n d e~~ S c h e i n ,
d e r i h m z u e r k e n n e n e r m ö g l i c h t .

W u p p e r t a l - E l b e r f e l d :
wenn so ein zweibelfarbener Bauch ~~im schnellen Vorüberschreiten~~
nein, nicht wackelt, sondern flimmert -

0292

Bis alles nur noch ein Gemurmel ist, ein Gerücht,
und du gar nicht mehr weißt,
wo ~~dein~~ [illegible] Tagebuch aufhört und deine Memos zu reden beginnen:
Hagen, der introvertierte Stadtwald zur Nacht
und der Reflex eines flimmernden [illegible] Buttermessers
morgens auf der Frühstücksbacke,
j a , s o s o l l e s s e i n , [meine Liebe,]
~~auch~~ meinetwegen bleiben,
allen Ernstes und für ewig.

Also konkret gesagt, eine Utopie für zwei Personen
und vierzehn Tage -

Gelegenheiten in die Länge ziehen . . . .

[(auf die Dauer)]
Obwohl wir die Dinge und die D-Züge hier
~~natürlich~~ [Sie] nicht ~~für alle Zeiten~~ ~~anhalten~~ [an]halten können
und unser Hauptdarsteller
sich [schon] ~~noch ein~~ paar Jahre durchqualmen muß
von Station zu Station:
E s i s t d i e s e r ~~s c h a r f~~ e s c h n e l l e S c h n i t t ,
d e r i h m z u e r k e n n e n e r m ö g l i c h t .

[illegible]

3a.-

Obwohl wir die Dinge und die D-Züge hier natürlich nicht
letztinstanzlich anhalten können,
und unser Hauptdarsteller sich schon noch
~~[illegible]~~'n paar Jahre durchqualmen muß
von Station zu Station:
E s i s t d e r s c h ö n e s c n e l l e S c h e i n ,
d e r u n s z u e r k e n n e n e r m ö g l i c h t .

W u p p e r t a l - E l b e r f e l d :
Die Totalität der Welt gesehen durch ein Schlüsselloch:
so ein zwiebelfarbener Bauch, der beim Vorübergehn
nicht wackelt - sondern flimmert!

D u i s b u r g :

Obwohl wir die Dinge und die D-Züge hier von uns aus
überhaupt gar nicht anhalten können
und unser Hauptdarsteller sich schon noch
'n paar Jahre durchqualmen muß,
von Station zu Station:
E s i s t d e r s c h ö n e s c h n e l l e S c h e i n ,
d e r i h m z u e r k e n n e n e r m ö g l i c h t -

M ü l h e i m - D ü m p t e n :
Bißchen kiezig vielleicht, aber sagt, was Ihr wollt,
diese praktisch nur aus einem einzigen
Außenkorsett überm präserdünnen Elasticsatin
bestehende Stadt
hat mir unwiderruflich imponiert.

diese praktisch aus einem einzigen
präserdünnen Elastic-Satin-Schlauch

Wuppertal-Elberfeld:

wer lacht da so scharf durch die Nase,
daß sich das Bierkrägelchen gleich anderthalbmal
um den Glasstengel dreht?!

Goebbels

Mühlheim: Die vorübergehende Schwärze der Nacht

und am Morgendann gleich der Reflex

des zitternden Butternmessers auf einer ausgeschlafenen

Frühstücksbacke - (Jetzt treten wir über in einen Bereich,
wo die Kultur ihr Recht verloren hat /und -

Als ob wir aufträten hier,

um Presse und Kritik zu erzeugen -

Nein, absolut lebendigen und 1 2 3 4 Leibes wollen wir

gesegnet sehen das!

[illegible]
Ja! +

([illegible]
[illegible] + [illegible]
[illegible]!)

- - - : weil doch das kleine Beschissenwerden
uns alle betrifft
und das große Laginfahren auch
(erledigst)
und was du nicht --- - jetzt,
das - (erzähl mal meiner Leiche)

Als ob wir angetreten wären hier, um groß
Kritik und Presse zu erzeugen oder - -
(Gottbewahre!)

1 2 3

R e m s c h ë i d :

Wokdka, bis du russisch sprichst!

D ü s e l d o r f :

Na, solange wir hier sind, avanti! (Trost, Glasnost)

R e m s c h i d :

Wir signieren auch leere Whiskyflaschen

- - - : Keine Angst der Erzähler lebt noch

D o r t m u n d :
wir signiereninzwischen natürlich auch
leergetrunkene Whiskyflaschen.

B o c h u m : Na, solange wir hier sind,
avanti!

M ü l h e i m : Aufhebung der Altersgrenze rücksichtslos
durch entschlossenes Handauflegen
und die Heiligsprechung
der beteiligten - - - :
Glen Morangi, Glen Fittich, Loch Ness -
Man darf Artsitk nur nicht mit Arthritis verwechseln.

D u i s b u r g : Jaja, ich segne diesen gestrigen Abend
und sehe heut dem Abflußloch gefaßt ins Auge.

E s s e n : weil irgendwann die Nostalgie von morgen
einfach vorbereitet werden muß.

V e l b e r t : Erleuchtungen literweise!

D o r t m u n d :
wir signieren inzwischen natürlich auch
leergetrunkene Whiskyflaschen.

B o c h u m : Glen Morangi, Glen Fittich, Loch Ness!

M ü l h e i m : Aufhebung der Altersgrenze nochmal
durch bloßes Handauflegen
und die rücksichtslose Heiligsprechung
von empfindlich faulen Stellen -
Man darf Artsirik bloß nicht mit Arthritis verwechseln,
sonst bleibt alles nur außen vor.

V e l b e r t : mehrseitige Erleuchtungen.

E s s e n : Weil irgendwann die Nostalgie von Morgen
(selbstverständlich)
doch auch vorbereitet werden muß!

Duisbürg: Jaja, ich segne diesen gestrigen Abend
und bereue nichts.

Dortmund:
Wir signieren imzwischen auch leergesoffene Whiskyflschen - das nurmal zur Warnung.

Bochum: Erleuchtungen literweise.

Mülheim: Aufhebung der Altersgerenze ~~letzt~~instanzlich
durch bewußtes Handauflegen
und die Heiligsprechung
von entschieden schönen Höhen oder Tiefen:
Glen Morangi, Glen Fittich, Loch Nessa:
Man darf Artistik nur nicht mit Arthritis verwechseln.

[illegible]

D u i s b u r g :

Wenn son Paar Titten ganz exakt
im Takt der Ohrbummeln schlackert
und die Tugend leuchtet wie angemalßTS
na, immer rein in das 1 2 3 Ding, wo die Jugend
ihr Eis im Neoblicht schleckt -

[illegible]

~~[illegible]~~

[illegible]: [illegible]
[illegible]
[illegible] Bedeutung ([illegible])
[illegible]
[illegible] –
– als – auch [illegible]
[illegible] –
[illegible]

[illegible]: [illegible]
[illegible]
[illegible]
+ die [illegible]
[illegible]
([illegible] ... [illegible]
[illegible],

Für [illegible]: [illegible]

[illegible]

[illegible]

[illegible]

+ die [illegible] [illegible]

[illegible] –

Für [illegible]: [illegible]

. – –

[illegible] – [illegible]!

[illegible] verlangt

[illegible]

[illegible]

[illegible] –

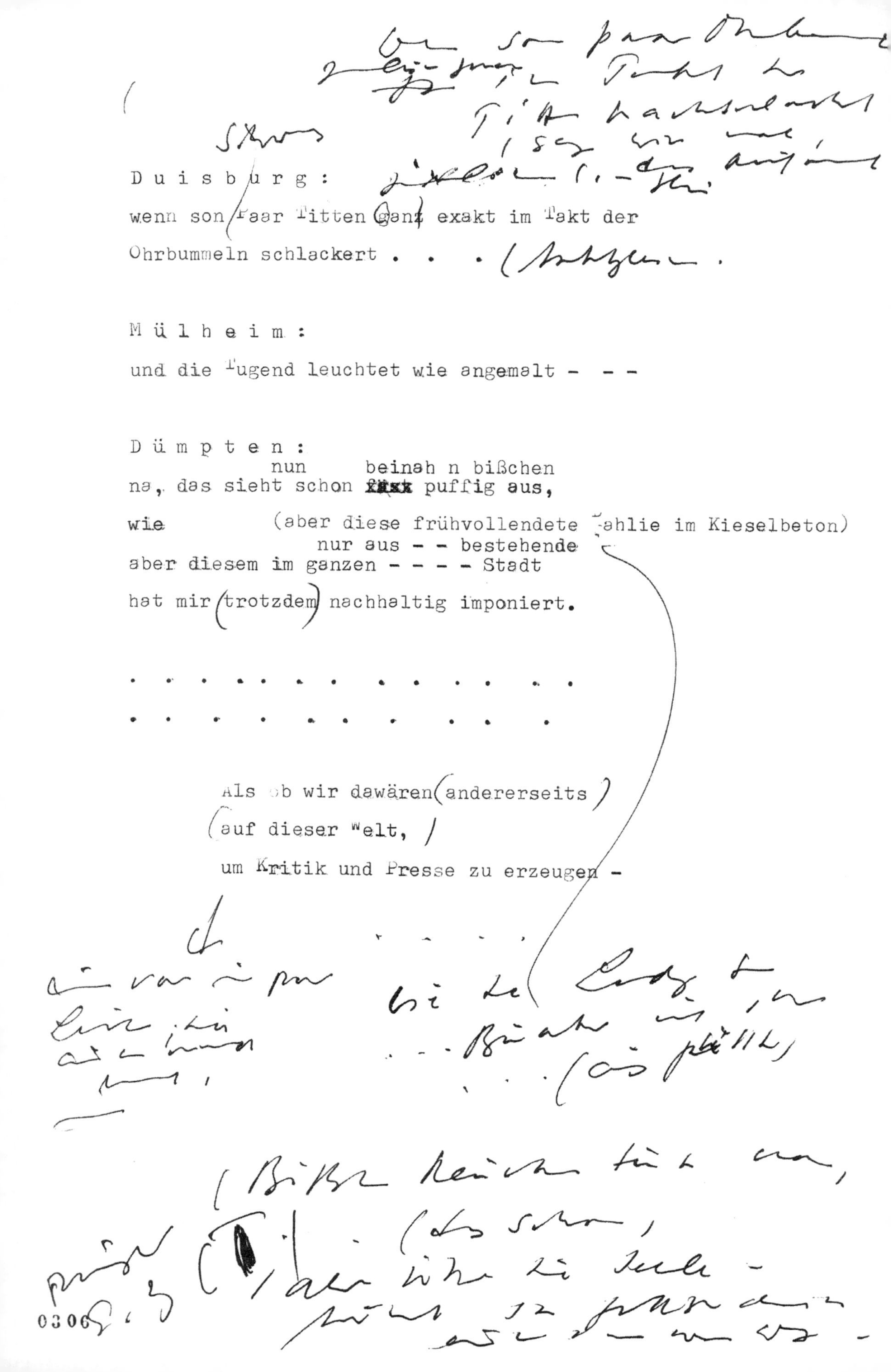

D u i s b u r g :

wenn son Paar Titten ganz exakt im Takt der
Ohrbummeln schlackert . . .

M ü l h e i m :

und die Jugend leuchtet wie angemalt - - -

D ü m p t e n :

nun beinah n bißchen
na, das sieht schon ~~fast~~ puffig aus,

wie (aber diese frühvollendete Dahlie im Kieselbeton)
nur aus - - bestehende
aber diesem im ganzen - - - - Stadt
hat mir (trotzdem) nachhaltig imponiert.

. . . .

. . . .

Als ob wir dawären (andererseits)
(auf dieser Welt,
um Kritik und Presse zu erzeugen -

0306

Obwohl das unaufhörliche Gewinke und Geweine
auf den Übergangsbahnhöfen
ausnahmslos uns alle Betrifft
und das große Dahinfahren auch,
und es der Schein ist,
i m m e r w i e d e r n e u d e r S c h e i n,
der uns zu erkennen ermöglicht.

G e l s e n k i r c h e n :
wenn son Paar Titten ganz exakt im Takt der
Ohrbummeln schlackert
und die Jugend leuchtet wie angemalt -
aber, wie soll ich sagen,
diese - - - - - Stadt hat mir nachhaltig imponiert.

M ü l h e i m :
wenn son Paar Titten ganz exakt im Takt der
Ohrbummeln schlackert

D u i s b u r g :
und die Jugend leuchtet wie angemalt -

G e l s e n k i r c h e n :

Na, das sieht ja fast puffig aus,

diese frühvollendete Dahlie im Kieselbeton,

aber red mir nicht rein, mir gefällts!

Gelsenkirchen:

Na , das sieht ja fast puffig aus,

wie die Titten nochmal im Takt der Ohrbummeln schlackern,

aber - wie soll ich sagen - mir gefällts!

M ü l h e i m :

wenn die Titten nochmal im Takt der Ohrbummeln schlackerm

und die Tugend leuchtet wie angemalt -

Gelsenkirchen:

Na, das sieht ja fast puffig aus,

diesen früh vollendete Dahlie im Kieselbeton -

M ü l h e i m :

wenn die Titten exakt im Takt der Ohrbummeln schlackerm
oder umgekelhrt -
und die Tugend leuchtet wie angemalt -

aber - reden wir nicht rum -

mir gefällts!

[illegible]

Obwohl das unaufhörlich weiße Gewink auf den Bahnsteigen
ausnahmslos uns alle betrifft
und das große Dahinfahren auch,
u n d e s d e r S c h e i n i s t, (e i n z i g)
immer wieder neu (der Schein,)
der uns zu erkennen ermöglicht.

Mülheim-Dümpten:
Eine früh vollendete Dahlie im Kieselbeton:
(zum Dableiben schön!)

[illegible]

Mülheim-Dümpten:
Wo die Tugend leuchtet wie angemalt
und die Ohrbummeln

wo die Ohrbummeln träge wie zwei Titten schlackern
und die Tugend leuchtet wie angemalt . . .

wo die Titten hin und her und auf und ab
wie die Ohrbummeln schlackern
und die Tugend leuchtet wie angemalt -

H a g e n : der introvertierte Stadtwald zur Nacht
und der reflex eines zitternden Buttermessers
morgens auf der Frühstücks backe,
ja, so soll es sein , mein Kind
u n d blei b e n , allen Ernstes und für ewig -

Praktisch ne Utopie für zwei Personen
und vierzehn Tage
~~(na rechnen wir mal nicht zu pingelig)~~
(Marbach - Hamburg - Berlin)
Gelegenheiten in die Länge gezogen -

(Kaiserslautern - Mainz)
Obwohl das ~~Abschiednehmen immer wieder~~ weiße Gewink auf den Bahnsteigen
~~(Velbert - Witten - Hamm)~~
ausnahmslos uns alle betrifft,
und das große Dahinfahren auch
undes der Schein ist immer wieder, der uns zu erkennen ermöglicht

V e l b e r t :
Wo die Tugend leuchtet wie angemalt.

E s s e n : sein Eis im Neonlicht sclecken
und sich von einem Satinschlauch im Stahlkorsettt
ionisieren lassen -

M ü l h e i m :

Obwohl das Weiße Gewink auf den Bahnsteigen ausnahmslos
uns alle betrifft
und das große Dahinfahren auch,
und es der Schein ist, absolut, (leider) allein, ~~xxxxxxxxxxxxxxxx~~
der uns zu erkennen ermöglicht - - -

V e l b e r t : Die Treue auf den ersten Blick.

E s s e n ~~xxxxxxxxxxx~~: wo die Tugend leuchtet wie angemalt.

M ü l h e i m : Aufhebung der Altersgrenze nochmal
durch unbedenkliches Handauflegen
und die Heiligsprechung aller beteiligten Tiefen:
Glen Morangi, Glen Fittich, Loch Ness -
Apopos nochmal kurz:
(wir signieren inzwischen natürlich auch
leergetrunkene Whiskyflaschen)

Wuppertal-Elberfeld : - - -

Köln - Pulheim - Bergheim - Kerpen - Frechen - Hürth (Brühl)

(Köln – Frechen – Pulheim – Brühl –

D u i s b u r g - R u h r o r t :

Wenn so ein zwiebelfarbener Bauch im geschäftigen Durchgang,
nein, nicht wackelt, sondern flimmert.

M ü l h e i m - D ü m p t e n :

Bißchen kiezig vielleicht, dieser präserdünne Elastic-Satin
unterm taillenkurzen Außenkorsett,
aber - denkt was Ihr wollt -
diese praktisch aus einer einzigen Hochglanzstatue
bestehende Stadt
hat mir unwiderruflich imponiert.

N e h e i m - H ü s t e n :

Aufhebung der Altersgrenze nochmal
durch bedenkenloses Handauflegen

Es ist der schöne schnelle Scehein,

der uns zu erkennen ermöglicht!

Wuppertal-Elberfeld:

wennx so ein zwiebelfarbiger Bauch im eiligen Durchgang

nein, nicht wackelt, sondern flimmert!

Duisburg:

Gelsenkirchen:

Wenn so ein zweibelfarbener Bauch beim beschleunigten Durchgang

nein, nicht wackelt, sondern flimmert!

Mülheim-Dümpten:

Bißchen kiezig vielleicht, aber sagt, was Ihr wollt:

diese praktisch nur aus einem verkürzten Außenkorsett

überm
präserdünnen Elastic-Satin

bestehende Stadt

hat mir unwiderruflich imponiert.

Recklinghausen:

Aufhebung der Altersgrenze nochmal durch bedenkenloses

Handauflegen

[illegible]

[illegible]

[illegible] — +

[illegible] – [illegible]

(Tinte –

Niveau! –

[illegible]

Ja, so soll es sein,
be-ziehungsweise bleiben,
meinetwegen allen Ernstes und für ewig -

Praktisch gesagt, ne Utopie für zwei Personen
und vierzehn Tage -

G e l e g e n h e i t e n , in die Länge ziehen -

Obwohl wir die Dinge und die D-Züge ~~selbstverständlich~~
nicht für alle Ewigkeit anhalten können
und unser Hauptdarsteller
sich noch ne Weile durchqualmen muß von Sattion zu Station:
Es ist der entgleitende Schein,
der ihm zu erkennen ermöglicht -

M ü l h e i m - D ü m p t e n :
wenn somein zwiebelfarbener Bauch im Vorüberschreiten,
nein, nicht wackelt, sondern flimmert!

D u i s b u r g :
Na, das sieht ja nun beinah schon puffig aus,
dieses taillenkurze Außenkorsett
überm präserdünnen Fiorucci-Satin :
a b e r - wie soll man das klarmachen? -
Diese konkret nur aus einer einzigen Zangserscheinen
bestehende Stadt
hat mir nachhaltig imponiert -

Recklinghausen :

Wo die Jugend ihr Eis im Neoblicht schleckt
und die Unschuld leuchtet wie angemalt . . .

D u i s b u r g :

Na, das sieht ja nun beinah schon puffig aus
so ein präserdünner Satinschlauch
mit taillenkurzem Außenkorsettt -
aber - wie soll ich sagen -
diese praktisch nur aus einer einzigen 1 2 3 4 Person
bestehende Stadt
hat mir nachhaltig imponiert -

M ü l h e i m - D ü m p t e n :

Aufhebung der Altersgrenze nochmal

gesucht von

die geschulten [illegible]
Schwärme –

– – von dort
wie [illegible] ? –

– an uns [illegible] –

Meine manchmal [illegible]
das [illegible] über den

[illegible]
liegt das [illegible]

Ohne die alles
vergeht –
die Gedanken –

[illegible] über die Stirn [illegible] –

0317

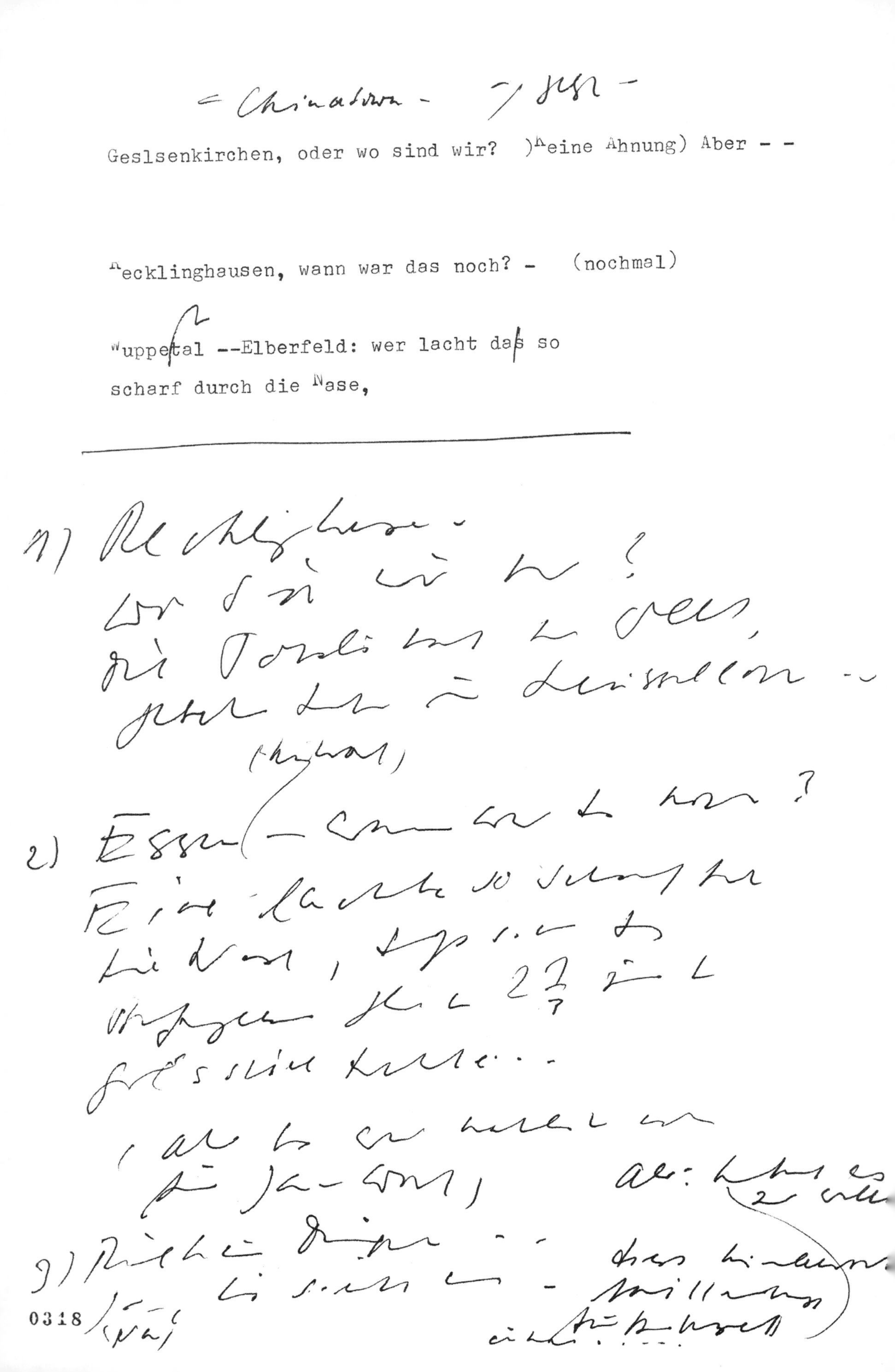

– Chinatown – [illegible] –

Geslsenkirchen, oder wo sind wir?)^Keine ^Ahnung) Aber – –

^Recklinghausen, wann war das noch? – (nochmal)

^Wuppe[r]tal ––Elberfeld: wer lacht da[s] so
scharf durch die ^Nase,

---

1) Recklinghausen –
[illegible]

(nochmal)
2) Essen – [illegible]
[illegible]

3) [illegible]

G e l s e n k i r c h e n - (oder wo sind wir?):
Die Totalität der Welt, gesehen durch ein Schlüsselloch -

R e c k l i n g h a u s e n - (wann war das noch?):
Eine lachte so scharf durch die Nase,
daß sich das Bierkrägelchen
gleich zweieinhalbmal um den Glasstiehl drehte . . .

M ü l h e i m - D ü m p t e n -
aber das siht nun ährlich schon 'n bißchen puffig aus,
so ein zwiebelfarbenes Außenkorsett
überm präserdümmen Fiorucci-Elastic-Satin -
e g a l , e g a l ,
diese praktisch mit einem ungelernten Hüftschwung
hingezauberte Stadt
hat mir unwiderruflich imponiert -

Als ob - w i r ?! - abgestiegen wären hier,
um bei Leuten, die sowieso niemand kennt,
einen vorteilhaften Eindruck zu hinterlassen!?

Ewta Dsatanstößte vermitteln - ? -
('n Dichter ist doch kein Zickenbock!)

Nein, das will alles noch zu deiner Zeit
auf dieser Erde abgewickelt werden:
Keine Angst, Mütterchen,
auch die Jugend verbraucht sich . . . .

Nein, das will alles noch zu deiner Zeit
auf dieser Erde abgewickelt werden,
im Zwiefelsfall als Beweis,
daß in deinem elegischen Abwinken immer noch
mehr Kraft war als in anderer Leute Sonnenaufgängen –
(Man darf Artistik nur nicht mit Arthritis verwechseln)

Auf der Bühne natürlich ganz klar, überhaupt keine
Frage: Erlangen – Augsburg – Regensburg – Bayreuth . . .

Aufhebung der Altersgrenze nochmal
(unter allen gegebenen Umständen) – –
– – und die Leute kucken wie angemalt –
(das muß einfach dasein und seitzen)

–
Es ist nur leider dies – daß du – dass das was du dastellst –
daß dein 1 2 3 4 – –

– langsam in Auflösung begriffen – überhaupt keine
Form mehr – – nur diese klassischen Durchhänger –
(der Deprimierte dünkt sich den tiefsten Menschen)

Auch – ja – schon – in Auflösung begriffen – – –
– eine Ästhetik des Flickworts (was fehlt)

Nein, das will alles noch zu deiner Zeit
auf dieser Erde angegangen werden:
immer wieder mal ausprobiert,
zur Aufgabe genommen:

nein , das will alles noch
zu deiner Zeit mit bloßen Händen abgesegnet werden:

hingezaubert werden

Nein, das will alles noch zu deiner Zeit,
auf dieser Erde abgewickelt werden:
Der Beweis, daß in deinem (Abwinken) umgeschlenker
immer noch mehr Kraft war als in anderer Leute Sonnenaufgängen -
(Keine Angst, Mütterchen, auch die Jugend verbraucht sich)

(Man darf Artistik nur nicht mit Arthritis verwechseln)

. , ...

Auf der Bühne - keine Frage! -
(versteht sich von selbst -
na-klar - das ist nichts ! - -
Auf der Bühne - klar-klar - jo-jo ! - (Städtenamen -)

[illegible]

Aufhebung der Altersgrenze nochmal, daß die
Leute kucken wie angemalt und

Nein, das will alles noch auf dieser Erde aufgehoben werden,

abgesegnet,

1 2 3 4

zur Kunst erklärt , ehe der Vorhang fällt

und der Staatsanwalt ermittelt - - (das Betrugsdezernat)

Als ob wir ?! - abgestiegen wären - hoer!?

um vor Leuten, die sowieso niemand kennt,

einen guten Eindruck zu machen?!

Positive Rezensionen erzeugen -

Denkanstöße vermitteln -

Chotsverdoori, 'n Dichter ist doch kein Zickenbock -

D u i s b u r g :

Aufhebung der Altersgrenze nochmal
durch furchtloses Handauflegen und die unmißverständliche
Heiligsprechung von empfindlich faulen Stellen -
(Man darf Artistik nur nicht mit Arthritis verwechseln)

M ü l h e i m - D ü m p t e n :

Na, das sieht ja nun beinah schon puffig aus,
dieser präserdünne Fiorucci-Elastic-Satin
unterm himbeerfarbenen Außenmieder -
a b e r - wie soll ich sagen ? -
diese real nur aus einem einzigen erleuchteten Kellerloch
bestehende Stadt
hat mir unwiderruflich imponiert -

(abgestiegen wären)
A l s o b - w i r ! ? - angteten wäre _ hier? -
um bei Leuten, die sowieso niemand kennt,
einen positiven Eindruck zu hinterlassen!?

Vielleicht auch noch Denkanstöße vermitteln
(Himmelhilf!)
- G o t t b e w a h r e ! -
'n Dichter ist doch kein Zickenbock!

(miteigener Hand)
Nei-nein, das will schon alles irgendwie auf seine Art
gesegnet werden +

D u i s b u r g :

Na, das sieht ja nun beinah schon puffig aus,
dieses himbeerfarbene Außenkorsett
überm prüserdünnen Fiorucci-Elastic-Satin -
A b e r - wie soll ich sagen? -
diese real nur aus einem einzigen erleuchteten Schlüsselloch
bestehende Stadt
hat mir unwiderruflich imponiert - - -

V e l b e r t :

Aufhebung der Altersgrenze nochmal

Gelsenkirchen - wo sind wir ~~hier~~?

Die Totalität der Welt, gesehen durch ein Schlüsselloch . . .

E s s e n - wann war das noch?

Eine lachte so scharf durch die Nase,

daß sich das Bierkrägelchen gleich zweieinhalbmal

um den Glassiehl drehte -

~~Aber das war natürlich (noch) kein Ja-Wort.~~

Mülheim - Dümpten:

Na, das sieht ja nun beinah schon puffig aus:

so ein himbeerrotes taillenkurzes Außenkorsett

überm präserdünnen Elastic-Satin -

Aber sagt was Ihr wollt:

Diese praktisch (im ganzen) nur aus einer hochstilisierten Figur

bestehende Stadt

hat mir unwiderruflich imponiert

. . . .

Al s o b ! - w i r ?! -abgestiegen wären hier,

um vor Leuten, die sowieso niemand kennt,

einen vorteilhaften Eindruck zu hinterlassen?!

Auch noch Denkanstöße vermitteln -

soweit kommts!

'n Dichter ist doch kein Zickenbock!

Nein, das will alles noch zu dieser Zeit
und mit brühwarmen Händen abgesegnet werden:
1 2 3 4 - 1 2 3 - 1 2 -
(Aufhebung der Altersgrenze beispielsweise
. . . .
(Man darf Arthritis nur nicht gleich
mit Artistik verwechseln) - - -

Hingehen tut das alles nämlich schon auf seine Art
und sich - - - (aus der Welt entfernen)
1 2 3
Kaiserlslautern - Mainz:
Die erlosvhnen Lupinen am Hang - Goldraute verrotset -
paar abgerissene Ahornhände,
ohnmächtig an den Taxus geklammert - - -

Ludwigshafen - Heidelberg:
schon Eisklumpen im Kanal - Bereifte Rübenmieten -
Ein Hund mit einem Schneeball im Maul -

Als ich neulich mal kurz nach

4.-

schöne - schiefe -

e s   i s t   d e r   s c h a r f e   s c h n e l l e   S c h e i n

d e r   u n d   z u   e r k e n n e n   e r m ö g l i c t !

M ü l h e i m - D ü m p t e n :

Wo die Jugend ihr Eis im Neonlicht schleckt

und die Unschuld leuchtet wie angemalt -

D u i s b u r g :

Aufhebeung der Altersgrenze nochmal (durch entschieden)

M ü l h e i m - D ü m p t e n :

wo ein im Vorübergehen befindlich Bauch

nicht wackelt - sondern flimmert!

wo so ein zweibelfarbener Bauch -

wo so ein ahropaxfarbener Bauch - beim schneller Vorüberschritt -

(nein, nicht wie Ihr denkt, wackelt,

sondern) flimmert -

wo ein im schnellen Vorbeigehen

befindlicher Bauch,

nein nicht wie Ihr denkt,

wackelt,

sondern flimmert -

? (wichtig)

0327

D u i s b u r g :

Unter Ungläubigen gilt der Augenblick viel.

D u i s b u r g :

M ü l h i e i m - D ü m p t e n :

Na, das sieht ja nun beinah schon puffig aus,

so ein taillenkurzes Satinkorsett

überm hautengen Fiorussi-Schlauch:

aber, wie soll ich sagen,

diese praktisch nur aus einer einzigen (aufgebrachten)

Wuppertal-Elberfeld:

Eine lachte so scharf durch die Nase,
daß sich das Bierkrägelchen gleich zweieinhalb mal
um sich selber drehte . . .
aber dieses im ganzen sehr hübsche Bild
war natürlich noch kein Versprechen -

D u i s b u r g : [illegible]

rangehen (nochmal) an die Dinge der Welt,
aber wohlgemerkt als ihr Kunde und nicht als ihr Interpret.

M ü l h e i m - D ü m p t e n :

(Bahn)
Schließlich haben wir uns nicht so weit aus der Richtung bringen lassen,
um vor Leuten, die auch niemand kennt,
einen guten Eindruck zu hinterlassen -

I d a r - O b e r s t e i n :

Aufheben der Altersgrenze nochmal (mittels)

D u i s b u r g :

als ob wir ?! - abgestiegen wären hier! -

um (Kritik und) Presse Echo zu erzeugen??? -

M ü k h e i m :

Vielleicht sogar noch Denkanstöße geben - soweit kommts!

N' Dichter ist doch kein Zickenbock.

D ü m p t e n :

Na, das sieht ja nun beinah schon puffig aus,

M ü l h e i m :

Vielleicht noch paar Denkanstöße geben ? - w i r -

h i e r - in dieser - - -

'n Dichter ist doch kein Zickenbock -

D u i s b u r g :

als ob wir? - abgestägen wären hier?? -

um ~~ver~~ Leuten, die soweieso niemand kennt,

einen guten Eindruck zu hinterlassen -

[illegible]

D u i s b u r g :

als ob wir ?! - abgestiegen wären hier ??! -
um vor Leuten , die sowieso niemand kennt,
einen guten Eindruck zu hinterlassen -

M ü l h e i m : Vielleicht sogar

(Auch noch) Denkanstöße geben - soweit kommts! -
N' Dichter ist doch kein Zickenbock!

D ü p t e n :

Na, das sieht ja nun beinah schon puffig aus,
wie die ganze Erscheinung

[illegible]

D u i s b u r g :

Wenn eine frühvollendete Dahlie im Kieselbeton
dir ihre sämtlichen Zungen entgegenstreckt -

V e l b e r t :

Und die Unschuld leuchtet wie angemalt -

M ü l h e i m - D ü m p t e n :

Na, das sieht ja nun beinah schon puffig aus,
wie son paar Uhrbummeln ganz genau im Gegentakt
zu den Titten schlackern,
aber sagt, was ihr wollt,
diese praktisch nur aus einer einzigen Person
bestehende Stadt hat mir nachhaltig imponiert -

. . . .

Als ob wir abgestiegen wären Hier
und unsere besten Witze in die Nacht entlassen hätten ,
um Kritik und Presse zu erzegen!!!??? -

. . . .
. . . .

I d a r - O b e r s t e i n :

Wit signieren inzwischen natütlich auch leer gesoffene
Whiskyflaschen . . .

[illegible]

M a n n h e i m - L u d w i g s h a f e n –
H e i d e l b e r g :
Aufhebung der Altersgrenze nochmal
durch entschiedenes Handauflegen und die Heiligsprechung
von empfindlich faulen Stellen:
Y o u a r e m y s i s t e r , m i s t e e r !
((Man darf Artsitik nur nicht mit Arthritis verwechseln,
sonst bleibt alles nur außen vor)

Hingehen tut das alles sowieso auf seine Art -
Die erloschnen Lupinen am Hang,
Der kleine Pappeltanzplatz an der - -
f r ö s t e l n d ,
Wind im Silber -

vorübersausende Goldraute - ~~und~~ halb schon verrostet -

Rosen - Hagebutten -

Man soll sich natürlich nicht verrücktmachen lassen
durch dies unaufhörliche - -

Gepiß auf den Bahnhofsaborten -

~~K~~eine Angst, Signorina, auch die Jugend verbraucht sich -

Aber wenn du mal tiefer da reinhörst, ächzt das schon alles
ziemlich vor Alter und Entbehrung - -

Annast nur Hoffen , daß eine vonndeinen - - -
dir die Briefe schreibt, die du gerade brauchst _ -

Mit den Jahren schließlich auch nicht mehr ganz
in dem Zustand . . .

Eine wandxlnde Feuerstelle um Glut angehen
1 2 - ja, das vielleicht -

he geblümte Winterchouch finden - -

Bahnhof Godesberg, na, du weißt schon,
unter Ungläubigen gilt der Augenblick viel -
Es ist nur so:
Man kuckt nicht zweimal in den gleichen Spiegl -

Blätter mit feuchter Aura auch inzwischen
schon auf dem Asphalt - -

paar gedruckte Eichhörnchenpfoten
(C o b u r g - D a r m s t a d t)

Und du merkkst, wie deine Kräfte verfallen,
ja, langsam leider -
- - daß die Aufmerksamkeit einem bereits Ausgelaufenen gilt -
(Zärtlichkeit)
Und irgendwann . . . ([illegible])

Frabkfurt-Offenbach - Marburg - Mainz - Dreieich =
p p - p p : rumtaumeln wie eine verfiftete Fliege,
wie ein - -

Sich durchringen bis zum Ja-Wort nochmal

paar abgerissene Ahornhände an den Liguster geklammert

Kastanien: gelbe Nikotinfinger (Pfoten/Klauen)

Na, du bist mit vielleicht ne steife Motte,
lachst hier serst noch so scharf,
daß sich das Bierkrägelchen vor Vergnügen
dreimal um den Glasstengel dreht,
und wenn - - -

Der ganze Kanal voller Eisklumpen

Naja, naja, besser drüber gestoplert , als dran gestorben

Aus den tödlichen Krankheiten lernt man ja nichts -

- - - - das erzählen Sie mal meiner Leiche -

Sonnenblumenbilder S. 4.-(II)

Hin und hergerissen - sicher - ist immer noch besser als

bloß so rumgeschubst - -

Ganzheitlich

Einheitlich empfinden wie der letzte Dorfdepp

(oder dumm wie'n Mullah mit seinen 3 Reflexen)

und du kannst nicht fordern,

was der andere nicht empfindet -

Vorne wird noch gekäpft, gewiß,

und vielleicht, irgend so eine blindeWordene Mickymaus

wird sich noch irgendwann finden,

die deine Singstimme würdigt - -

Aber hinten ist die Schlacht scon verkoren

alles bleibt bloß bei Blicken

Und gewisse Häufigkeiten betrachten Sie besser

von jetzt an als Schicksalx -

Weil doch das große Dahinfahren ausnahmslos

üns alle betrifft

und das kleine B eschissenwerden auch -

Das ist vorbei, absolut, vollkommen , leider,

diese Tage, wo alles von sich aus einen Anstrich kriegt -

Weende mit der Falschen glücklich bist,

ist ja nicht schmlimm

Sich zum Anfang durcharbeiten nochmal (durchrauchen)
ja, wer dazu die Kraft und die - - hätte -

Solch einen Ruck, sich wirklich herauszudenken,
gibt es doch gar nicht -

Du redest allemählich schon nur noch in Anführungszeichen
zu Deinen Lieben -

Irgend so eine lachende Gans zu vergewaltigen,
ah, das bringt es ja nicht -

oder sone besoffene Nonne, die nach drei Schluck
Melissengeist
schon Erscheinungen kriegt -

An den Schnittstellen austreiben können wie
beispielsweise die Pfingstrose,
ja, wer dazu die Kraft
und die Anlagen hätte (Fähigkeit)

Weul: so ein Mund will einfach noch ein paarmal auflachen
und - - - -
besor (eh) er sich endgültig schließt)

Einfach rangehen an die Dinge der Welt
und zwar als ihr Kunde und nicht als ihr Interpret,
Kinder-Kinder, wann war das noch ? -

Die ganzen Beine voller Chemikalien -
der Hals - der Himmel -
(Die Wahrheit läßt sich nicht rückgängig machen)

(vielleicht nochmal
A a c h e n : Der Versuch, die Welt ein letztes Mal
mit dem Telefonfinger aus den Angeln zu heben,
m i ß l u n g e n -
Traurig fallen deine zwei Groschen zurück
in die Schüssel des Münzers
(nichts geht mehr -

Diese Tour nochmal: D e i n e U n v o l l e n d e t e
(Die U n e r r e i c h b a r e)

Die Welt: ein Augenauf - und Zuklappen -

und dann sind diese paar schönen Stunden
auch schon wieder vorbei -

- - und du nur noch falsch rangehst an die Dinge
z u - z u - -
Eine Kamelie darf man zum Beispiel nicht zu stark antreiben,
sonst wirft sie die Blüten ab -

Das Leben gibts nicht als Replay,
also das ist schon mal sicher , absolut -

Deine Gedanken - auseinander - eine Ästhetik des Flickworts finden
0338 (Zigaretten überbrücken)

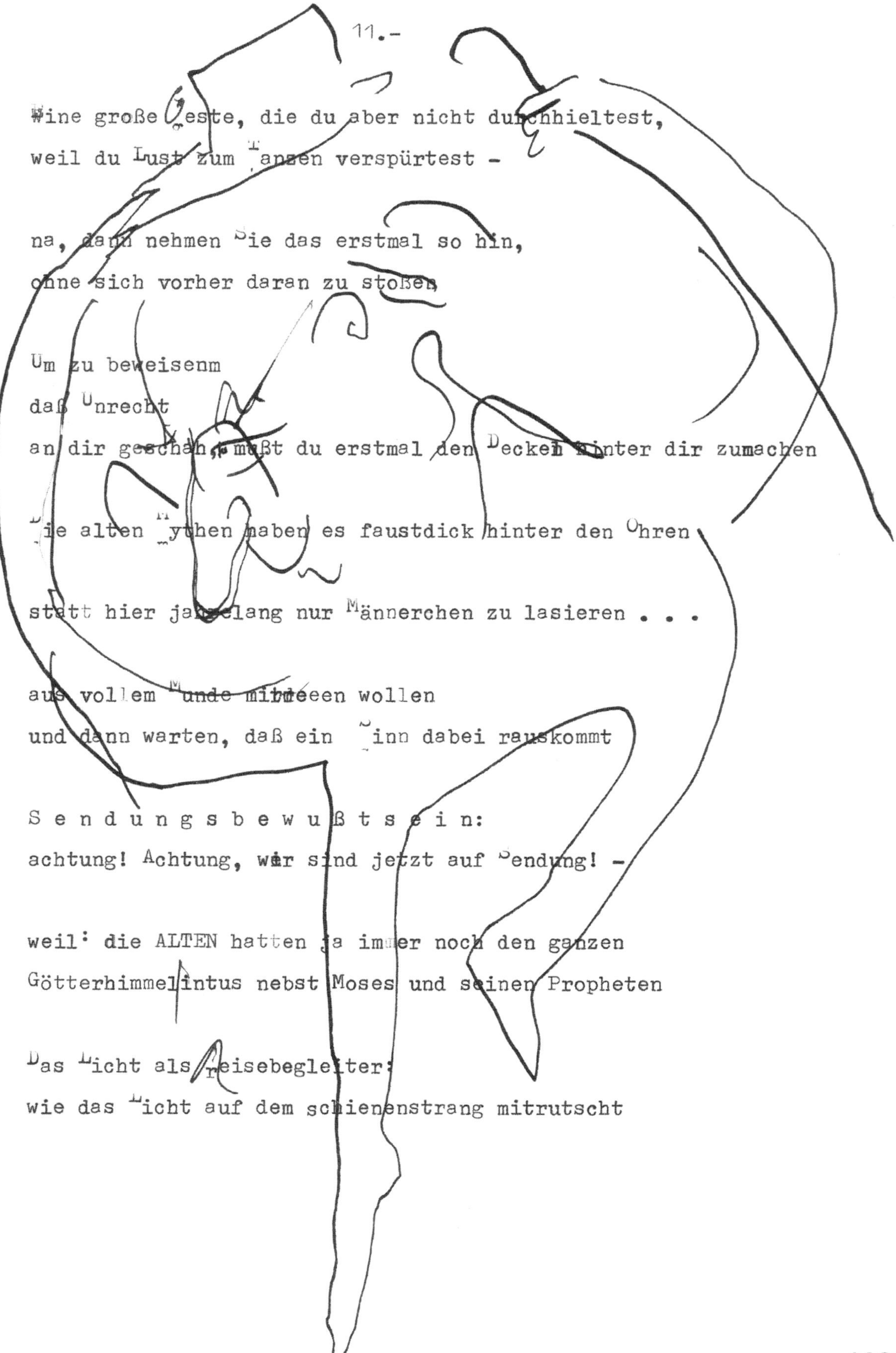

Eine große Geste, die du aber nicht durchhieltest,
weil du Lust zum Tanzen verspürtest -

na, dann nehmen Sie das erstmal so hin,
ohne sich vorher daran zu stoßen

Um zu beweisenm
daß Unrecht
an dir geschah, mußt du erstmal den Deckel hinter dir zumachen

Die alten Mythen haben es faustdick hinter den Ohren

statt hier jahrelang nur Männerchen zu lasieren . . .

aus vollem Munde mitreden wollen
und dann warten, daß ein Sinn dabei rauskommt

S e n d u n g s b e w u ß t s e i n:
achtung! Achtung, wir sind jetzt auf Sendung! -

weil: die ALTEN hatten ja immer noch den ganzen
Götterhimmelintus nebst Moses und seinen Propheten

Das Licht als Reisebegleiter:
wie das Licht auf dem schienenstrang mitrutscht

Es ist der schnelle Schein, der uns zu erkennen ermöglicht.

Weshalb wir die Dinge und die D-Züge hier
auf die Dauer leider gar nicht anhalten können.

Eher - (lieber Zahn zulegen)
(VP) vielleicht sogar noch etwas drauflegen muß, (müssen)
um zum Anfang zurückzugelangen.

(schranke^N)
Aufhebung der Altersgrenze wiedermal
(e i n allerletztes ~~Mal~~!)
(künstlichen) (künstleruschen)
mit ausschließlich natürlichen Mitteln
und ohne Zuhilfenahme von - -

in absolut neuer Umgebung

und Durchbrechung der natürlich gegebenen

und der Versuch - -

unter radikal hochgeschraubten Wettkampfbedingungen

~~Erhöhung~~ der Meßlatte wieder mal

Vielleicht sogar ruhig nochmal unter radikal
hochgeschraubten Wettkampfbedingungen den nächsten Durchgang
Achtung ~~Achtung, unser lyrischer~~ Hauptdarsteller
der Doyen der deutschen Drogenszene durchbricht
endgültig die (natürliche Altersschranken

Obwohl wir die Dinge und die D-Züge hier
auf die Dauer natürlich gar nicht anhalten können,
und unsre liebe Versuchsperson sisch schon [illegible]

und unsre Versuchsperson noch etwas drauflegen muß,
um sich zum Anfang ~~hin~~durchzuarbeiten

besagte VP

- Kunststücke - (schuldig ist

Aufhebung der Altersgrenze nochmal

Aughebung der Altersgrenze wieder mal u n d

[illegible]

Bis alles nur noch ein Gemurmel ist, ein Gerücht,
und du gar nicht mehr weißt,
wo dein Tagebuch aufhört und deine Memos zu reden beginnen,
H a g e n , der introvertierte Stadtwald zur Nacht
und das Geflimmer morgens
eines tanzenden Buttermessers auf der Frühstücksbacke:
E s i s t d e r s c h n e l l e s c h ö n e S c h e i n,
d e r u n s z u e r k e n n e n e r m ö g l i c h t !

Weshalb wir die Dinge und die D-Züge hier
auf die Dauer auch gar nicht ~~wirklich~~ anhalten können.

Lieber weiter mit Speed nachfassen.

Nächsten Durchgang vielleicht sogar ruhih ~~xxxxxx~~
unter angeschärften Wettkampfbedingungen:
A c h t u n g , A c h u n g ,
der Doyen der deutschen Drogenszene
(unser lyrischer Ich_Erzähler)
sucht geeignetes Medium
zum Durchbrechen der ~~idealen~~ Altersschranken
und verkündet vom Melchinger Dorftangboden aus
die ideale Republik -
(Man darf Artistik bloß nicht mit Arthritis verwechseln)

Bis alles nur noch ein Gemurmel ist, ein Gerücht,
und du gar nicht mehr weißt,
wo dein Tagebuch azfhört und deine Memoe zu reden beginnen,
H a g e n , der introvertierte Stadtwald zur Nacht
und der Reflex eines flimmernden Buttermessers
morgens auf der Frühstücksbacke,
ja, so soll es sein Signorina,
meinetwegen bleiben,
eine Utopie für zwei Personen und vierzehn Tage.

Obwohl wir die Dinge und die D-Züge hier
auf die Dauer selbstverständlich gar nicht aufhalten können -

Lieber noch 'n bißchen was Speed raufgeben.

Vielleicht sogar ruhig nochmal
unter radikal angespannten Vortragsbedingungen
der nächste Durchgang:
A c h t u n g , A c h t u n g , unser lyrischer
Hauptdarsteller, der Doyen der deutschen Drogenszene,
durchbricht die Altersgrenze mitten auf
dem Melchinger Dorftanzboden,
und hebt das Naturgesetz durch bloßes Handauflegen auf ! -
(Man darf Arthritis allerdings nicht gleich
mit Artistik verwechseln)

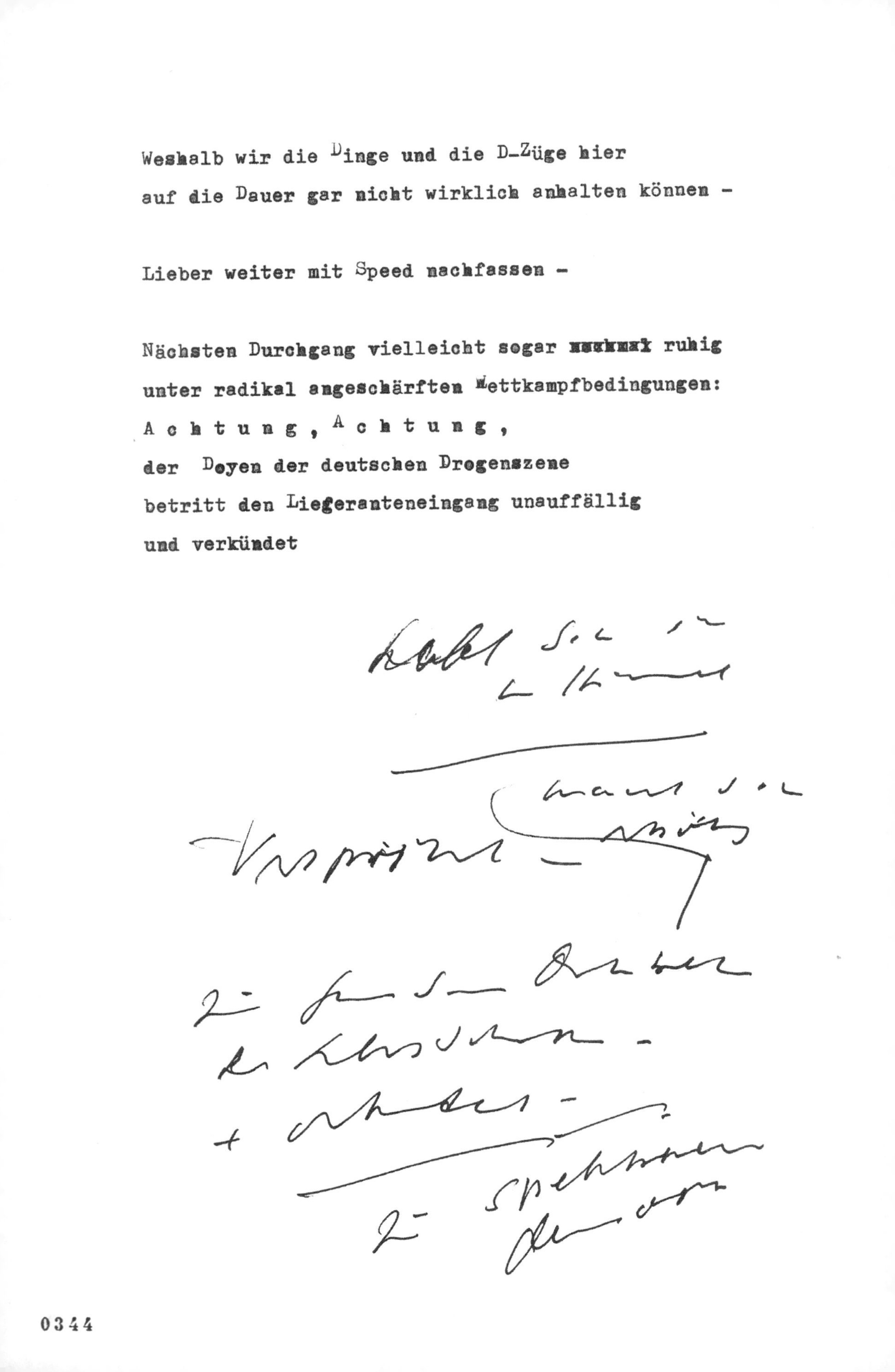

Weshalb wir die Dinge und die D-Züge hier
auf die Dauer gar nicht wirklich anhalten können -

Lieber weiter mit Speed nachfassen -

Nächsten Durchgang vielleicht sogar ~~xxxxxxx~~ ruhig
unter radikal angeschärften Wettkampfbedingungen:
A c h t u n g , A c h t u n g ,
der Doyen der deutschen Drogenszene
betritt den Liegeranteneingang unauffällig
und verkündet

[illegible]

[illegible]

[illegible]

Bis alles nur noch ein Gemurmel ist, ein Gerücht,
und du gar nicht mehr weißt,
wo dein Tagebuch ausläuft und deine Memos zu sprechen beginnen,
H a g e n , der introvertierte Stadtwald zur Nacht
und das Geflimmer eines tanzenden Buttermessers
morgens auf der Frühstücksbacke:
E s i s t d e r S c h n e l l e S c h e i n ,
d e r u n s z u e r k e n n e n e r m ö g l i c h t !

Weshalb wir die Dinge und die D-Züge hier
auf die Dauer natürlich auch nicht aufhalten können -

Lieber noch bißchen Speed draufgeben -

Nächsten Durchgang - wer weiß - vielleicht ruhig nochmal
unter angeschärften Wettkampfbedingungen:
A c h t u n g , A c h t u n g ,
unsre Lyrischer Hauptdarsteller, der Doyen der deutschen Drogenszene
sucht geeignetes Medium
für die Aufhebung von naturgesetzlichen Altersgrenzen
(Du darfst Artistik nur nicht mit Arthritis verwechseln)

. . . .

Meine, kneifen tut das natürlich schon son bißchen mit der Zeit
und in den Gelenken knirschen . . .

. . . .

Obwohl wir die Dinge und die D-Züge hier
auf die Dauer natürlich gar nicht aufhalten können
und unsre Versuchsperson sich
immer wieder auf die Probe stellen muß
(Kaiserslautern - Mannheim - Heidelberg - Ulm - Bayreuth)
Man darf Artistik nur nicht mit Arthritis verwechseln . . .

Meine, ziehen tut das ja schon son bißchen mit der Zeit
und in den Gelenken knirschen
(Ettlingen - Böblingen - Nagold - Walldorf -
Lindau - Augsburg - Nürnberg)

Manchmal auch seufzen richtig.
Ächzen vor Alter und Entbehrung.
(Erlangen - Würzburg - Bamberg - Coburg - Staffelstein)

Koblenz - Kaiserslautern - Mannheim - Heidelberg -
Ludwigshafen - Pforzheim - Stuttgart Rottenburg -
(ane
meine ziehen ~~vit~~ das natürlich schon ~~son~~ bißchen
(an den Sehnen zerren
mit der Zeit und in den Gelenken knirschen - - -

Ettlingen - Böblingen - Nagold - Walldorf -
Lindau - Tübingen - Augsburg - Nürnberg - Ulm - Bayreuth
Auch richtig seufzen manchmal,
ächzen vor Alter und Entbehrung . . . .

Obwohl wir die Dinge und die D-Züge hier
auf die Dauer selbstverständlich gar nicht aufhalten können
und unsre Versuchsperson sich immer wieder mal
zum Anfang durchqualmen muß
von Station zu Station,
Koblenz, Kaiserlsautern, Mannheim, Heildelberg, Ulm :
Es ist der schnelle Schein , der ihm zu erkennen ermöglicht.

Meine,ziehen tut das schon son bißchen mit der Zeit
und in den Gelenken knirschen . . .

Manchmal auch seufzen, (richtig)
ächzen vor Alter und Entbehrung -

Eigentlich hinschwinden -

Bis alles nur noch ein Gemurmel ist, ein Gerücht ,
und du gar nicht mehr weißt,
wo dein Tagebuch aufhört und deine Memos zu reden beginnen,
H a g e n , der introvertierte Stadtwald zur Nacht
und der Reflex eines tanzenden Buttermessers
morgens auf der Frühstücksbacke:
j a , s o l l e s s e i n , S i g n o r i n a ,
meinetwegen bleiben,
allen Ernstes und für ewig.

Also ~~konkret~~ kurz gesagt, eine Utopie für zwei Personen
und vierzehn Tage.

Gelegenheiten - in die Länge ziehen -

Obwohl wir die Dinge und die D-Züge hier
auf die Dauer ~~gar~~ natürlich auch nicht anhalten können
und unser Hauptdarsteller
sich immer wieder ~~zum~~ nach Anfang durcharbeiten muß,
von Station zu Station :
E s i s t d e r f l ü c h t i g e S c h e i n ,
d e r i h m z u e r k e n n e n e r m ö g l i c h t .

Bis alles nur noch ein Gemurmel ist, ein Gerücht,
und du gar nicht mehr weißt,
wo dein Tagebuch aufhört und deine Memos zu reden beginnen,
H a g e n , der introvertierte Stadtwald zur Nacht
und das Geflimmer eines tanzenden Buttermessers
morgens auf der Frühstücksbacke:
J a , s o s o ll e s s e i n , S i g n o r i n a ,
meinetwegen bleiben,
allen Ernstes und für ewig -

Also praktisch gesagt, eine Utopie für zwei Personen
und vierzehn Tage.

G e l e g e n h e i t e n - in die Länge ziehen . . .

Obwohl wir die Dinge und die D-Züge hier
auf die Dauer gar nicht anhalten können,
und unsere VP immer wieder mal das Medium wechseln muß,
um zum Anfang zurückzugelangen:
E s i s t d e r s c h a r f e s c h n e l l e S c h e i n
d e r u n d z u e r k e n n e n e r m ö g l i c h t !

Städte . . .

2 1

(Man darf Artistik nur nicht mit Arthritis verwechseln)

Meine, manchmal, zieht das natürlich schon
ziemlich kritisch 1 2 3 4 (5)
manchmal 1 2 3 (45) (weißt du auch nicht -)
(ziemlich schnell)
Hingehen tut das alles nämlich sowieso auf seine Art,
K o b l e n z , die erloschnen Lupinen am Hang,
B a d K r e u z n a c h , ein kleiner Pappel-
tanzplatz, Wind im Silber; fröstelnd - M a n n h e i m gehend
paar abgerissene Ahornhände an der Taxushecke *,
Kastanien: Nikontinfinger - Goldraute verrostet -
. . . . (- - auf dem pfeffergrauen Perron - -)

Als ich neulich mal ganz grauenhaft eilig nach 1 2 3
und 1 2 3 4 runter bin (mußte)
(in die Kurve eintrat)
und bei - - -aus der Kurve in die Ebene eintrat
was sah ich ~~gxrxüx~~? g o l d - G o l d _ G o l d G o l d ,
~~waxix~~ soweit sich das Auge ausließ:
zehntausned morgenländische Schönheiten (aufmarschiert)
(Funkenmariechen) (Showbiz) (exakt wie die Tillergirls)
leuchtend, strahlend, aus der Hüfte treibend,
(verdorrt) (gegen)
- j e t z t : eisern nach Osten starrend -
blicklos - scwharze Fechtermasken -
leergepickt -

Nun mit verrenktem Hals
Stenzel

Als ich neulich mal grauenhaft schnell ins Neckartal
runtermußte – Bissingen – Kornwestheim – Fellbach –
Esslingen – Nürtigen – Reutlingen – Horb –
und dann nach Süden zu über Lichtenstein/trochtelfinge,
was sah ich? – Menschenskinder – Gold – Gold – Gold
– Gold – soweit das Auge sich ausließ – zehntausned
entflammte
vollerblühte morgenlämdische Schönheiten mit flammenden
Haaren und wendigen Hälsen den ganzen Tag in Bewegung –
n u n : blicklos nach Osten starrend, schwarze Fechter-
masken, verdorrt, enteignet, leergepickt -- - -
eine 1 2 3 4 5 6 Kompanie –

Als ich gerade neulich noch

Als ich neulich mal kurz in den Süden runtermußte,
säumten jedenfalls noch die tausend
voll entflammte Sonnenblumen meinen Weg

Als ich neulich mal kurz in den Süden runtermußte,
säumten immerhin noch die zigtausend
morgenländische Schönheiten meinen Weg:
Soweit der Himmel reichte und das Auge sich ausließ
(entflammte Sonnenblumen, swoweit das Auge sich ausließ)
Gold - Gold - Gold Gold
Nun starr nach Osten blickend,
schwarze Fechtermasken,
leergepickt -

Frankfurt - iesbaden - Bad Kreuznach - Idar Oberstein:
die erloschnen Lupinen am Hang.

Saarbrücken - Kaiserslautern -
Goldraute - verrostet -

~~Ludwigsburgxx~~ Kornwestheim:
abgerissene Ahornhände, trostlos an
Taxus geklammert -

Marburg:
Traurig fallen deine zwei Groschen
zurück in die Schüssel des Münzers

zehntausend morgenländische Schönheiten voll entflammt,
soweit das Auge sich ausließ -

Als ich neulich mal kurz nach Heidelberg runtermußte,
säumten immerhin noch die zehntausend morgenländischer
Schönheiten meinen Weg :
entflammte Sonnenblumen, so weit das Auge sich ausließ -
nun schwarze Fechtermasken,
leergepückt,
blicklos nach Osten starrend -

Als ich neulich mal kurz nach Heidelberg runtermußte,
begleitet von Sonnenblumen,
wie stand das noch alles in Flammen - -

Als ich neulich mal kurz nach Heidelberg runtermußte,
mit Sonnenblumen im Geleit

Als ich neulich mal kurz nach Heidelberg runtermußte,
durch Sonnenblumenfelder

Als ich neulich mal kurz nach Italien runtermußte,
standen die Sonnenblumenfelder doch noch richtig in Flammen -
Zehntausende von morgenländischen Königinnen,
so weit das Auge sich ausließ -

Als ich neulich mal kurz nach Heidelberg runtermußte,
Frankfurt - Neu Isenburg - Darmstadt - Seeheim -
Bensheim - Mannheim - Ludwigshafen -
wie stand das noch alles in Flammen,
Sonnenblumen:
zehntausend morgenländische Schönheiten
so weit das Auge sich ausließ - -
nun blicklos nach Osten starrend,
schwarze Fechtermasken - leergepickt -

[illegible]

Als ich neulich mal kurz nach Heiderg runtermußte,
säumten immerhin noch die zehntausend
(Prinzessinen - Königinnen)
morgenländische Schönheiten meinen Weg :
entflammte Sonnenblumen, so weit das Auge sich ausließ -

Als ich neulich mal kurz nach Heidelberg runtermußte
- durch Sonnenblumenfelder -

[illegible]

Als ich neulich mal kurz nach Heidelberg runtermußte
wie stand das noch alles in Flammen:

wie ein Lauffeuer - (züngelte - -

[illegible]

Als ich nemlich mal kurz nach Süden runtermußte,

von Sonnenblumen ins Geleit genommen,

Gold - Gold - Gold - Gold,

soweit der Erdkreis reichte und das Auge sich ausließ -

Nächsten Durchgang vielleicht sogar ruhig

Obwohl wir die Dinge und die D-Züge hier

auf die Dauer gar nicht wirklich aufhalten können

und unser Ich-Erzähler mal wieder (dringend 'n) 'n neues Medium braucht,

um zum Anfang zurückzufinden:

A c h t u n g , A c h t u n g ,

der Doyen der deutschen Drogenszne

durchbricht die Altersgrenze öffentlich

und erscheint auf dem Melchinger Dorftanzboden

als Verkünder der idealen Republik ! -

(Man darf Artistik bloß nicht mit Arthritis verwechseln)

Gelsenkirchen:
wenn so ein zwiebelfarbener Bauch beim beschleunigten Durchgang
nein, nicht wackelt, sondern flimmert!

Mülheim-Dümpten:
Bißchen kiezig vielleicht, aber sagt was ihr wollt:
diese praktisch nur aus einem verkürzten Korsett
überm präserdünnen Elastic-Satin-Kleid
bestehende Stadt
hat mir unwiderruflich imponiert.

Recklinghausen, weiter, Aufhebung der Altersgrenze nochmal
durch bedenkenloses Handauflegen
und das schluckweise Unsichtbarmachen
aller heimlich beteiligten
Glaubens- und Geschmacksunterschiede:
Glen Morangi - Glen Fittich - Loch Ness -
(Man darf Arthritis nur nicht einfach
mit Artistik verwechseln) -

Meine, ziehen tut das natürlich schon son bißchen mit der Zeit
u n d ~~wennde näher hinkuckst~~ -
an Vergeblichkeit erinnern -

Die erloschnen Lupinen am Hang . . .

G o l d r a u t e - ~~verrostet~~ . . .

(50)

Paar abgerissene Ahornhände auf dem pfeffergrauen Perron
in Koblenz - ein einsamer Pappeltanzplatzx zur linken,
fröstelnd, verloren, Wind im Silber - . . .

Als ich neulich mal ziemlich schnell nach Freiburg runter-
mußte (Wiesbadem,Kaiserslautern, Karlsruhe, Offenburg,
die Richtung so) gaben mir streckenweise
ganze Heere von Sonnenblumen das Geleit,

Als ich neulich mal ziemlich schnell nach Heidelberg runter
mußte, säumten immerhin noch die zehn-zigtausende
Sonneblumen

Als ich neulich mal ziemlich schnell nach Heidelberg runter-
mußte, säumten immerhin noch die zehntausned
voll entflammter morgenländischer Schönheiten
meine eiligen Kilometer:
S o n n e n b l u m e n , so weit das Auge sich aus ließ -
n u n : schwarze Fechtermasken,
blicklos nach Osten starrend,
leergepickt,
den Rest zum Ausspucken oder untergraben . . . .

Mit den Jahren ja auch nicht mehr ganz in dem Zustand,
daß man sich . . .

Als ich neulich mal kurz nach Süden runtermußte,
Konstanz, Friedrichshafen, Lindau, was weiß ich -
wie stand da noch alles im Saft,
mit einem einzigen Geloder von Sonnenblumen,
soweit das Auge sich ausließ -
nun schwarze Futtermasken,
leergepickt,
gelähmt nach Osten starrend . . .

Wiesbaden - Bad Kreuznach - Idar Oberstein
die erloschnen Lupinen am Hang . . . .

Saarbrücken - Kaiserslautern
Goldraute - verrostet . . .

Karlsruhe
paar lila Ahornhände in die Ligusterhecke
gekrallt . . . .

Auf der Bühne , ganz klar, ~~xxxxxxxxxx~~ das muß einfach dasein und sitzen,

Manchmal auch seufzen richtig.
Ächzen vor Alter und Entbehrung.

. . . .

Eigentlich hinschwinden -

. . . .

Als ich neulich mal kurz nach Süden runtermußte, Bietigheim
Koblenz, Kaiserslautern, Stuttgart, Sigmaringen, was weiß ich:
Wie stand das doch alles in Glut,
so weit das Auge sich ausließ,
Goldrute, Wundklee, Knigskerzen, Sonnenblumen,
ein goldener Flächenbrand,
soweit das Auge sich ausließ - :

Als ich neulich mal kurz nach Süden runtermußte,
Koblenz, Kaiserslautern, Stuttgart, was weiß ich -
mit einem einzigen Geloder von Sonnenblumen
(Streckenbrand von -
mit absolut Gold die ganze Strecke lang bis - -

mit absolut Gold im Blick den ganzen Tag ,
soweit das Auge sich ausließ -

ein Fläschenbrand von Sonnenblumen - (Geloder)

. . . .

Meine ziehen tut das natürlich schon son bißchen mit der Zeit
und in den Gelenken knrischen -

. . . .

Manchmal auch seufzen richtig.
Ächzen vor Alter und Entbehrung -

. . . .

Eigenlich hinschwinden -
.
.cmx . . . .

Als ich neulich mal kurz nach Süden runtermußte ,
- Bissingen - Kornwestheim - Fellbach - Esslingen -
Nürtingen - Reutlingen - was weiß ich :
wie stand das noch alles in Brand.
zig-tausend Sonnenblumen
so weit die Erde reichte und mein Auge sich ausließ: -
J e t z t : blicklos nach Osten starrend,
verrenkte Schwannenhälse,
schwarze Fechtermasken,
leergepickt . . .

[illegible]

+ [illegible]

. - -

↓

[illegible] Strahl –

in Fusion
(aus Sonnen[illegible])

[illegible]

[illegible]

(+ [illegible]

+ [illegible]

[illegible] –

+ [illegible]

[illegible]

[illegible]

[illegible]

[illegible] + [illegible] !

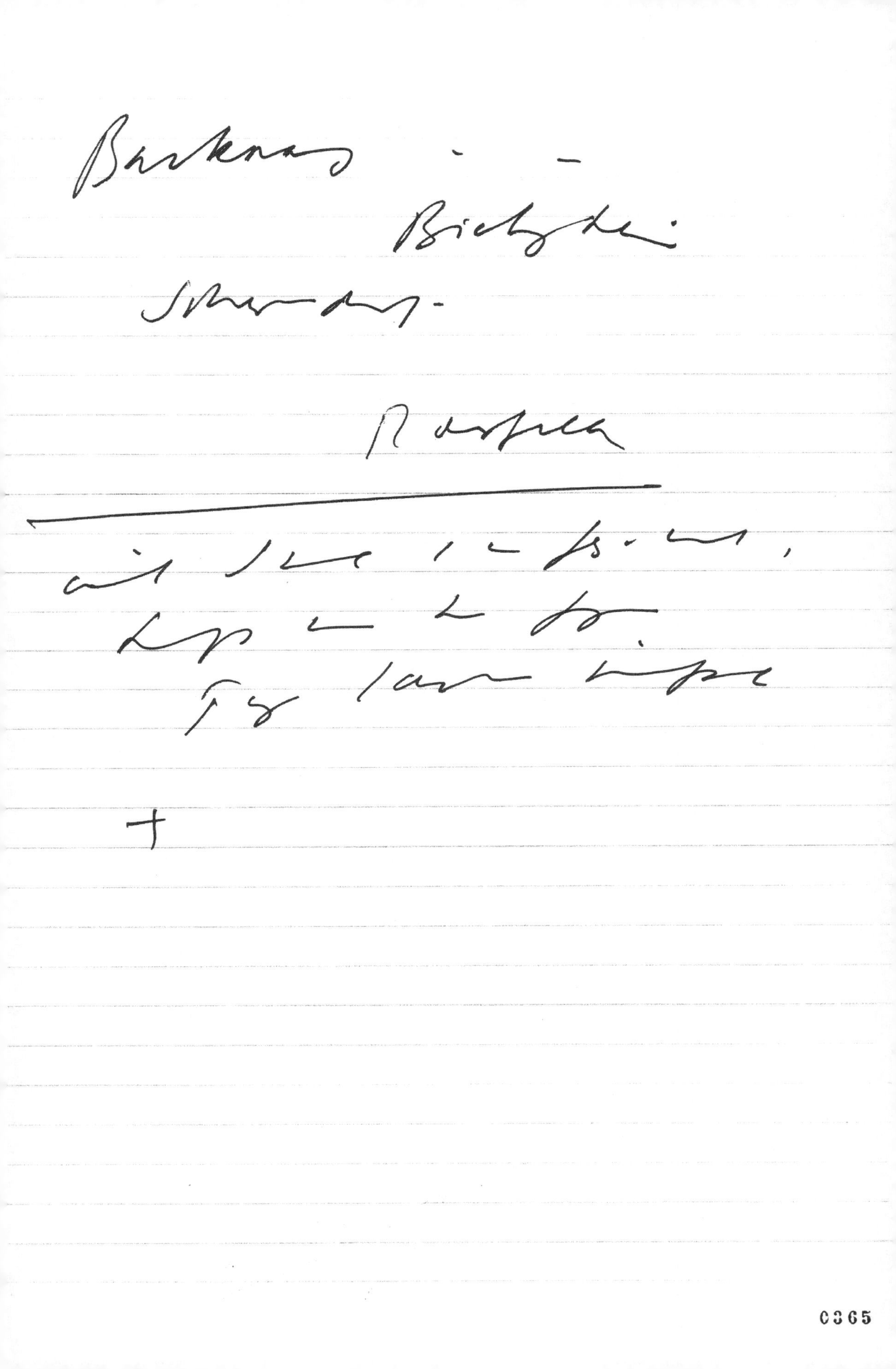

[illegible] –

[illegible]

[illegible] –

[illegible]

[illegible]

[illegible]

[illegible]

+

Post-Eschaton.

(ii) [illegible]
[illegible]

+ [illegible] ...
Islands
[illegible]
[illegible]

[illegible]
[illegible]

[illegible]
[illegible] –

[illegible]

– – – .

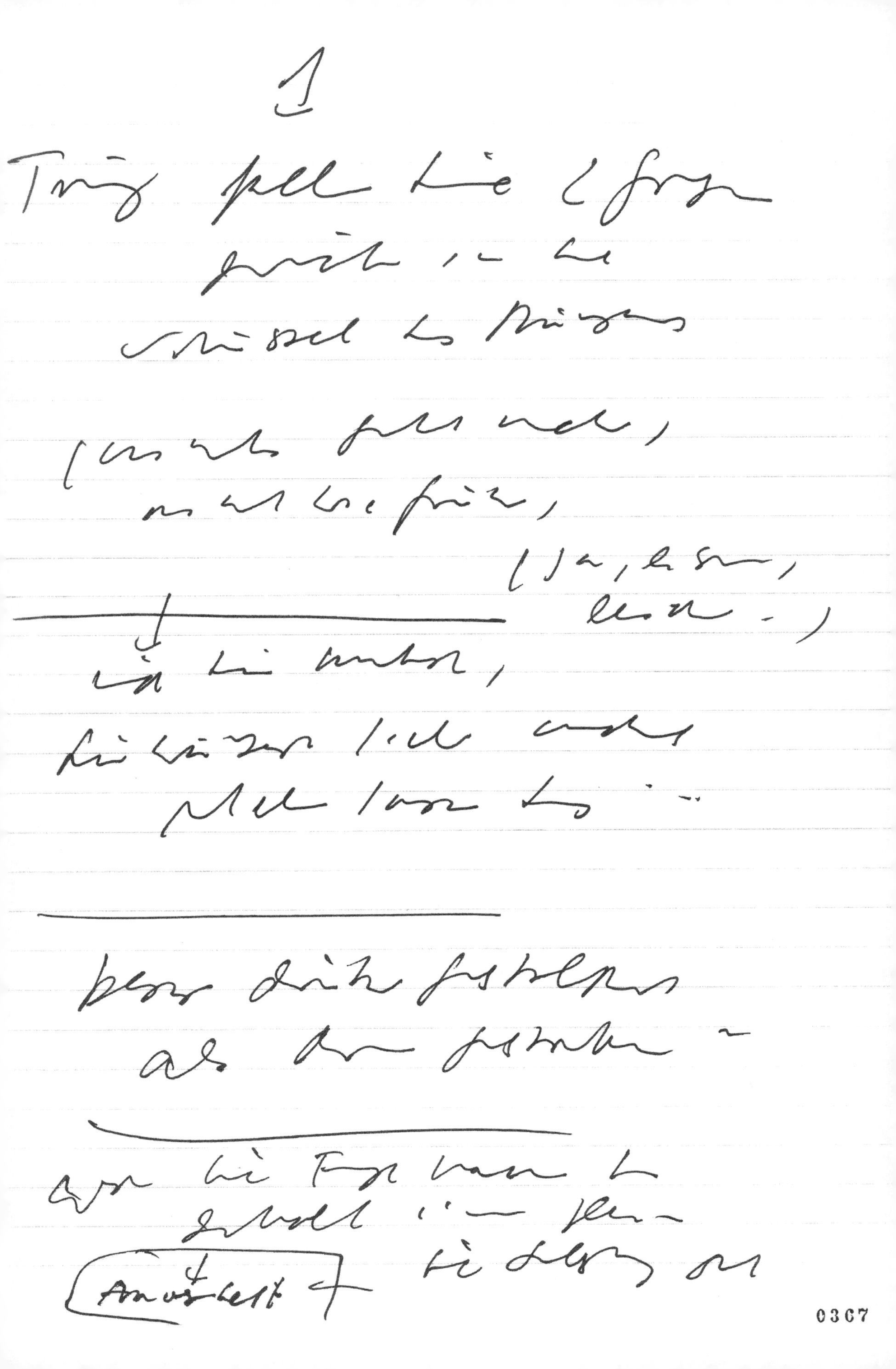

1

[illegible]

[illegible]

[illegible]

[illegible]

[illegible]

[illegible]

[illegible]

[illegible]

[illegible]

[illegible] –

[illegible]

[illegible]

[illegible]

Amoskelt

0367

[illegible] [illegible] [illegible] [illegible] +
[illegible] [illegible] [illegible] ..

[illegible] [illegible] [illegible] [illegible]
[illegible] [illegible] [illegible]

[illegible] [illegible] [illegible] [illegible]
[illegible] [illegible] [illegible].

Tragik: [illegible] [illegible]
[illegible] [illegible] –

[illegible] [illegible] [illegible]
[illegible] [illegible] –

[illegible] [illegible] [illegible]
[illegible] [illegible] [illegible]
ja, wie bei der [illegible].

4

[illegible] [illegible] [illegible] – [illegible] –

[illegible] [illegible] [illegible]

([illegible] [illegible])

[illegible] [illegible]
[illegible] [illegible] [illegible] –

([illegible]) [illegible] [illegible]
[illegible]

[illegible] – Leidenschaft –
Schmerz – Freiheit
(Biologie[illegible])
([illegible] –

Viel [illegible] [illegible] . – .

[illegible] – Schwäbisch Hall –
[illegible] – –

[illegible]

sich [illegible] –

(hält sie [illegible]

(gibt sie in die

[illegible]

---

der Beschwörung

(legt sie [illegible],

– [illegible] –

[illegible]

[illegible] –

[illegible]

Manchmal auch seufzen richtig.
Ächzen vor Alter und Entbehrung.

. . . .

Eigentlich hinschwinden -

. . . .

Als ich neulich mal kurz nach Süden runtermußte,
Koblenz, Kaiserslautern, Stuttgart, Sigmaringen, was weiß ich:
Wie stand das doch alles in Glut,
so weit das Auge sich ausließ,
Goldrute, Wundklee, Knigskerzen, Sonnenblumen,
ein goldener Flächenbrand,
soweit das Auge sich ausließ - :

Als ich neulich mal kurz nach Süden runtermußte,
Koblenz, Kaiserslautern, Stuttgart, was weiß ich -

mit absolut Gold die ganze Strecke lang bis - -

mit absolut Gold im Blick den ganzen Tag ,
soweit das Auge sich ausließ -

ein Fläschenbrand von Sonnenblumen - (Geloder)

Meine , ziehen tut das natürlich schon son bißchen
mit der Zeit und in den Gelenken knirschen -

. . . .

Manchmal auch seufzen richtig.
Ächzen vor Alter und Entbehrung -

. . . .

Eigentlich hinschwinden -

. . . .

Als ich neulich mal kurz nach Süden runtermußte
- Marbach - Großbottwar - Steinheim - Fellbach - Bietigheim -
mit absolut Gold im Blick den ganzen Tag
und einem Flächenbrand
von Sonnenblumen, soweit das Auge sich ausließ . . .
nun alles weggelodert -
eisern nach Osten starrend -
schwarze Fechtermasken -
leergepickt -

Wiesbaden - Bad Kreuznach - Idar Oberstein:
Die erloschnen Lupinen am Hang . . . . .

Saarbrücken - Kaiserslautern :
Goldraute, verrostet -

Karlsruhe :
Kastanien - Nikotinfinger -
paar lila Ahornhände in den Liguster gekrallt -

.. . .

Als ich neulich mal kurz nach Süden runtermußte,
Stuttgart, Kornwestheim, Marbach, Weilheim, Ulm,
alles zu Füßen liegend mir in
irgendeiner Form
und einem einzigen Geloder von Sonnenblumen,
soweit das Auge sich ausließ . . . .
nun schwarze Fechtermasken,
eisern nach Osten starrend,
leergeblasen,
ausgepickt -

Als ich neulich mal kurz nach Süden runtermußte,
Marbach - Kornwestheim - Fellbach - Schorndorf - Lorch,
alles zu Füßen liegend mir in irgendeiner Form
und einem einzigen Geloder
von Sonnenblumen . . .
(so weit das Auge sich ausließ -)
Nun schwarze Fechtermasken,
blind nach Osten starrend,
leergeblasen
ausgepickt -

Als ich neulich mal kurz nach Süden runtermußte,

M a r b a c h - K o r n w e s t h e i m _ S c h o r n d o r f,

alles zu Füßen liegend mir in irgendeiner Form

~~mit~~ und einem einzigen Geleder

von Sonnenblumen, so weit das Auge sich ausließ . . .

Als ich neulich mal kurz nach Süd n runtermußte,

mit Sonnen blumen im Geleit

[illegible]

. . . .

Meine, ziehen tut das natürlich schon son bißchen mit der Zeit
und in den Gelenken knirschen -

. . . .

Manchmal auch seufzen.
Ächzen vor Alter und Entbehrung.

. . . .

Eigentlich hinschwinden -

. . . .

Als ich neulich mal kurz nach Süden runtermußte,
Marbach - Kornwestheim - Schondorf - Fellbach und so fort
wie lag das doch alles da
zu Füßen mir (in irgendeiner Form)
mit einem einzigen Gelodер von Sonnenblumen,
soweit mein Auge sich ausließ -
(nun mit verrenkten Hälsen)

. . . .

Meine, ziehen tut das natürlich schon son bißchen mit der Zeit
und in den Gelenken knirschen -

. . . .

Manchmal auch seufzen.
Ächzen vor Alter und Entbehrung.

. . . .

Eigentlich hinschwinden -

. . . . . .

Als ich neulich mal kurz nach Süden runtermußte, Schwäbisch Gmünd
Marbach - Kornwestheim - ~~Schorndorf~~ Bietigheim - Fellbach ~~und so fort,~~
wie lag das doch alles da
in irgendeiner Form zu Füßen mir
mit einem einzigen Geloder von Sonnenblumen,
soweit das Auge sich ausließ -
nun längst verdorrt und ~~mit verrenkten Hälsen~~ krummgebogen
nach Osten starrend,
~~blicklos~~ blicklos
schwarze Fechtermasken
leergepickt.

wegen

// Für die Visionen,

die [illegible] Oder

[illegible]

in der [illegible]

[illegible] . . —

[illegible]

[illegible] — [illegible]

~~[illegible]~~ in

[illegible]

des [illegible]

par . .

. — . ([illegible] . . —

([illegible] / [illegible] . . —

= "phantom [illegible]"

Versagen Wille
impotenz

[illegible] in 2
Badezimmer [illegible]

[illegible] [illegible] [illegible] [illegible] Badezimmer
[illegible]

[illegible] [illegible]
[illegible] [illegible]
[illegible] [illegible]

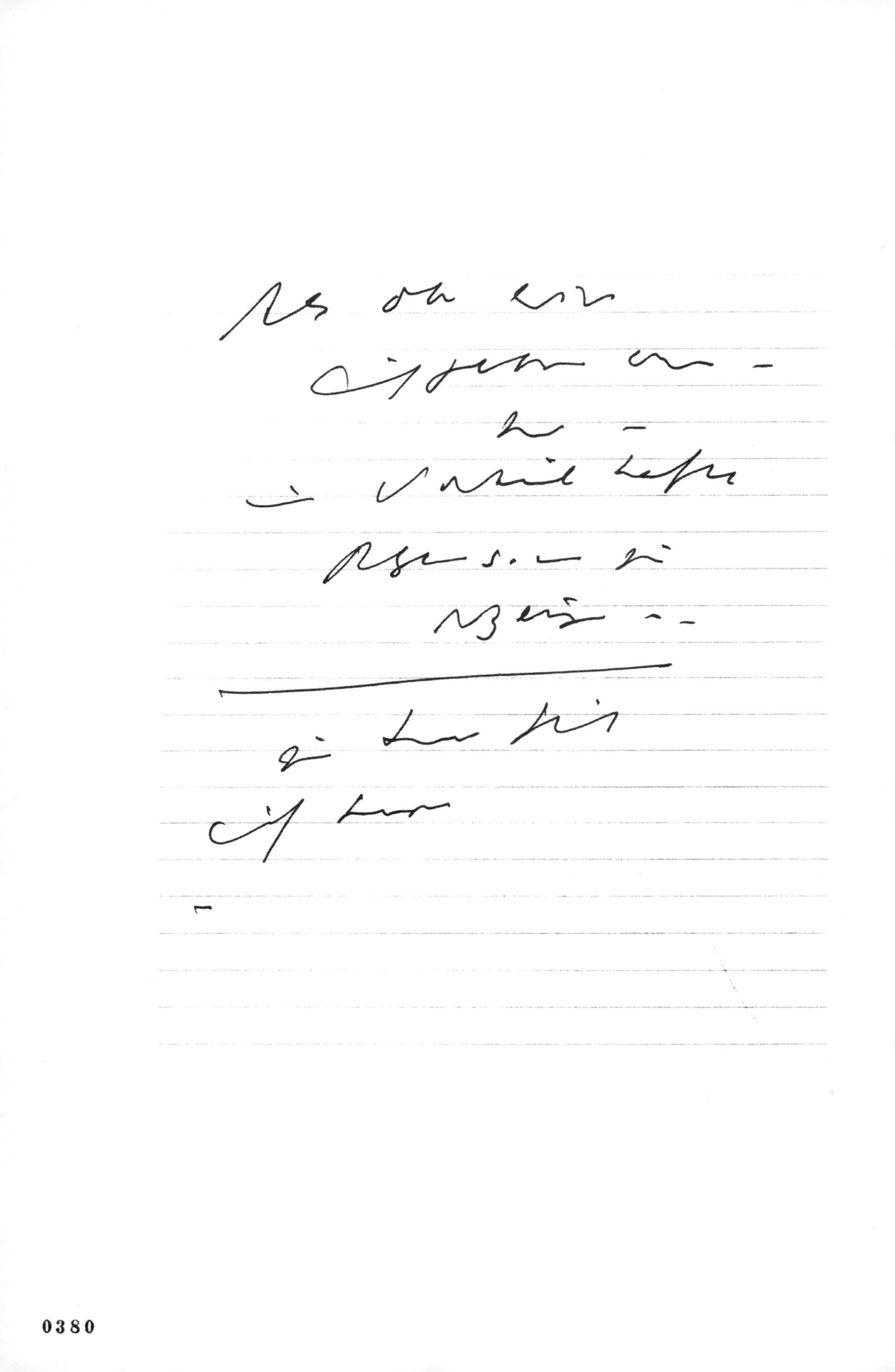

[illegible]

[illegible]

[illegible]

[illegible]

[illegible]

[illegible]

[illegible]

passen politische Stimmungen
seien in den
Fußboden geknallt

Steine an den Fußboden
geklemmt

↓

still
liegt –

~~129~~

. . . . [illegible] . . . .
Idar Oberstein – St. Wendel

Frankfurt - Wiesbaden - Bad Kreuznach - Oberstein -
Die erloschnen Lupinen am Hang -

. . . .

Saarbrücken - Kaiserslautern -
Goldraute, verrostet

. . . .

Ludwigshafen - Heidelberg :
Traurig fallen deine zwei Groschen
zurück in die Schüssel des Münzers,
Der Versuch,
~~[illegible]~~
die Welt wieder mal mit dem Telefonfinger
aus den Angeln zu heben;
mißlungen -
Paar abgerissene Ahornhände hilflos an den Liguster geklammert . . .

. . . .

Frankfurt - Wiesbaden - Idar Oberstein - Sankt Wendel,
die erloschnen Lupinen am Hang -

. . . .

Kaiserslautern - Saarbrücken,
Geldrute - verrostet -

. . . .

Ludwigshafen - Heidelberg -
Der Versuch, die verfahrene Welt
mit dem Telefonfinger aus den Angeln zu heben -
Traurig fallen deine zwei Groschen
zurück in die Schüssel des Münzers;
paar abgerissene Ahornhände hilflos an den Bodenrost geklammert

. . . .

. . . .

Frankfurt - Wiesbaden - Idar-Oberstein - Sankt Wendel:
Die erloschnen Lupinen am Hang -

. . . .

Kaiserslautern - Saarbrücken :
Goldrute, verrostet -

. . . .

Mannheim - Ludwigshafen - Heidelberg :
Der Versuch, die Welt wieder mal mit'm Telefonfinger
aus den Angeln zu heben,
mißlungen -
Traurig fallen deine zwei Groschen
zurück in die Schüssel des Münzers

Mannheim - Ludwigshafen - - - Heidelberg:
Traurig fallen deine zwei Groschen
zurück in die Schüssel des Münzers;
Der Versuch, die Welt noch ein letztes Mal
mit'm Telefonfinger aus den Angeln zu heben,
m i ß l u n g e n -
Paar lila Ahornhände hilflos an den Bodenrost geklammert -

Traurig fallen deine zwei Groschen
zurück in die Schüssel des Münzers -
eine Phantomliebe (meldet wich nicht/ab)

(gibt nicht mehr Laut)

und dann sind diese hoffnungsvollen paar Mintuten
auch schon wieder vorbei -

eine Phantomliebe läßt sich verleugnen - (gibt keinen Anschluß)
(zeigt keine Wirkung)

gähnt dich am - macht dir zu schaffen -

kommt dir entgegen - (entzieht sich)

zeigt ihre Wahrheit - (zieht sich aus der Affäre)

gibt sich zu erkennen - (streckt dir die Zunge raus)

Könnwirnurhoffen, daß vom Schluß her
noch mal ein Licht auf eine
aussichtslose Geschichte fällt - -

Dieser Schlag ins Leere
hat mich viel Kraft gekostet -

und am Ende siegt - na wer ? - der den Sand der Arena frißt -

und du merkst,
du hast schon gar nicht mehr die Kraft für ein Ultimatum -

sich paradigmatisch krummlegen (du dich - legst)

und dei n Inneres häkt Ausschau 1 2 -weise -

daß sie dir nicht auch zusätzlich auf die Pfoten treten
und dir Dreck in die Fresse stopfen
ist bereits ein - - Achtungserfolg -

Das Alter lacht zuletzt (na, wer's glaubt)

nur noch was zu verbergen , nichts mehr zum Aufzeigen haben

und du findest in der ganzen riesigen Galaxis
(heut) kein passendes Mauseloch (mehr)
für deinen zitte nden Schniepel -

Hier wird nicht jeder bewirtet, agen Sie das weiter

Ja, das ist doch die Schauseite von
Ecce Homo und Heiligenschein -

Ansprüche herleiten aus -

und du glaubst bald schon, daß du dich entschuldigen mußt
für bloße Anwesenheit

Hier wird nicht jeder bewirtet -
sagen Sie das weiter -

der Mutlose ist zu allem fähig -

und du sehnst dich - -
wo die faulen Stellen heiliggesprochen werden -

eine Welt , in der Spuk etwas Normales ist

das Fürchterliche ist der Fall

wo schon das ganze Dingsda - unaufhaltsam -
auf die - - zusaust -

ein Tragöde, der seine Bretter nicht findet -

Bloße Anwesenheit wird noch nicht honoriert

Die Menschheit, die immer wieder mal zum Höhepunkt kommen will
in ihren zahlreichen Exemplaren
prall wie die Boviste -

Oh du meine ungeliebte Wahrheit -

Was die hirnlose Liebe schwört,
kannstu sowieso nicht ernstnehmen -

Stellenausschreibung: Rufer in der Wüste -

wenn sie ihrem genetischen Auftrag nachgekommen sind
und den Rest auf Seniorenkarte abreißen -

- daß der Geist mal'n bißchen auf seine Kosten kommt -

wo der Geist nicht mehr durchdringt -

hier werden ja unentwegt die falschen Leute gelibet
und das auch noch - (zu - - Musik)

einmal sagen dürfen was wir wirklich wollen

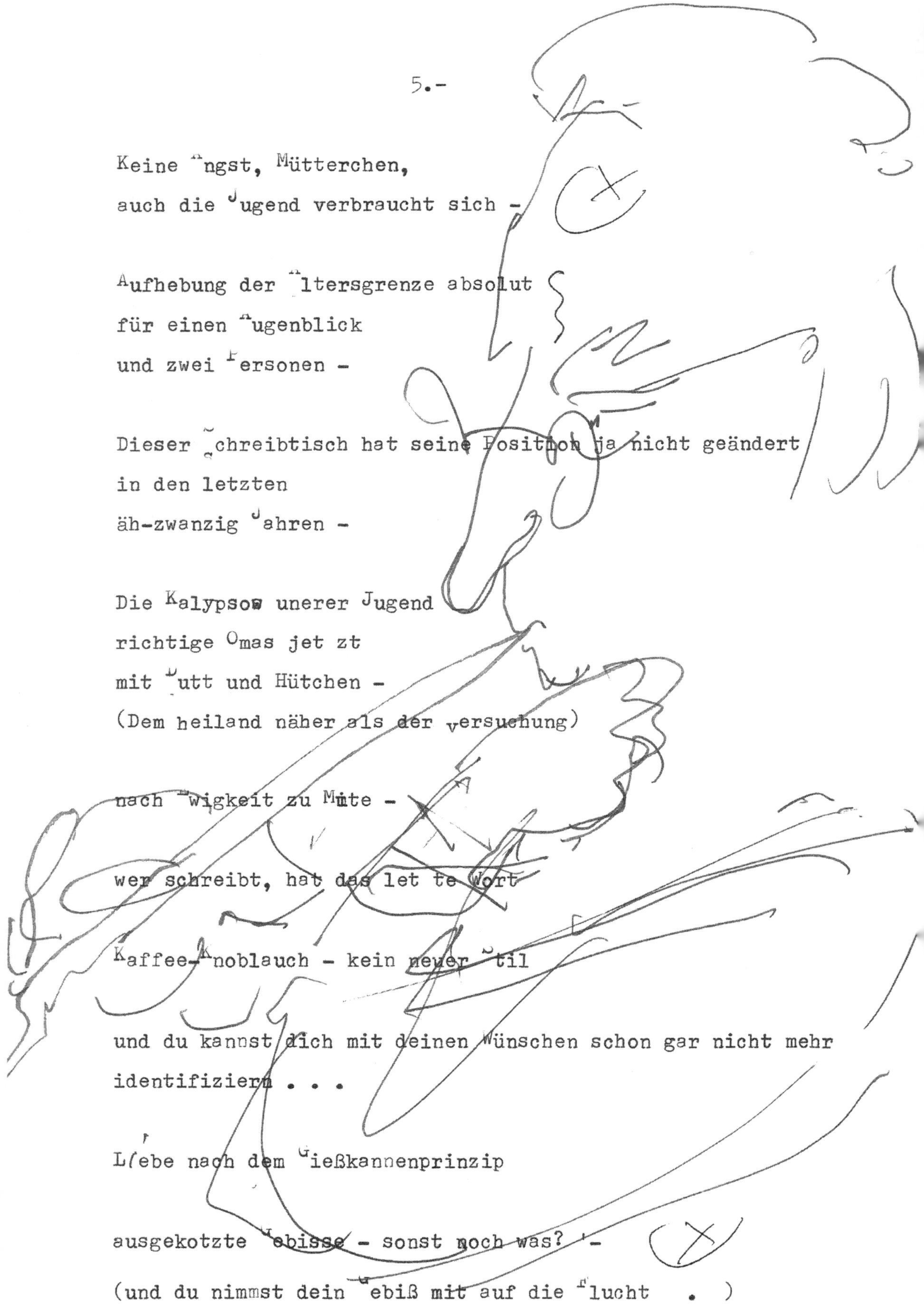

Keine Angst, Mütterchen,
auch die Jugend verbraucht sich -

Aufhebung der Altersgrenze absolut
für einen Augenblick
und zwei Personen -

Dieser Schreibtisch hat seine Position ja nicht geändert
in den letzten
äh-zwanzig Jahren -

Die Kalypsos unerer Jugend
richtige Omas jet zt
mit Dutt und Hütchen -
(Dem heiland näher als der versuchung)

nach Ewigkeit zu Mute -

wer schreibt, hat das let te Wort

Kaffee-Knoblauch - kein neuer Stil

und du kannst dich mit deinen Wünschen schon gar nicht mehr
identifiziern . . .

Liebe nach dem Gießkannenprinzip

ausgekotzte Gebisse - sonst noch was? -
(und du nimmst dein Gebiß mit auf die Flucht .)

2

Häuf [illegible]
[illegible]

+ [illegible]
[illegible]
[illegible]

+ [illegible] (Helden–) [illegible]
[illegible] –

(häuf [illegible])

Häuf [illegible],
[illegible], 18[illegible].

2

Krieg der Bilder —
absolut —
180 Jahre Zeit —

Krieg der Bilder —
kapituliert —
aber der [illegible] [illegible] —

Sieg der Bäume –

absolut –

[illegible] gelebt

[illegible] [illegible] :

[illegible] – [illegible]

~~Nein Es wird endlich an~~
zu der Zeit ich [illegible] [illegible]
Verständnis

– – – [illegible] –

[illegible] + [illegible]
[illegible] –

abgesegnet von,
umsäumt,
gerahmt,
zu [illegible] erheben +
. . .

[illegible]
gesegnet von –

---

zu der Zeit
zu der Stunde –

---

aus dem Schatten
von

Nun, das muß alles
was zu der Zeit
auf einer Erde
abgemeldet [illegible]

. . . ([illegible]
([illegible])

[illegible]

[illegible]
[illegible]

[illegible] [illegible] [illegible]
[illegible] . .

[illegible] [illegible] [illegible]
[illegible] [illegible] [illegible]
[illegible] [illegible] [illegible] [illegible]

[illegible] [illegible] [illegible] [illegible]
normal

als Beispiel . . .
(Christmas [illegible]

[illegible]

[illegible]

[illegible]

[illegible]

([illegible])

---

der Beuys, daß ich [illegible]

[illegible] ([illegible], [illegible]),

[illegible]

[illegible],

als in [illegible]

[illegible] / [illegible] + [illegible]

[illegible]

[illegible] ..

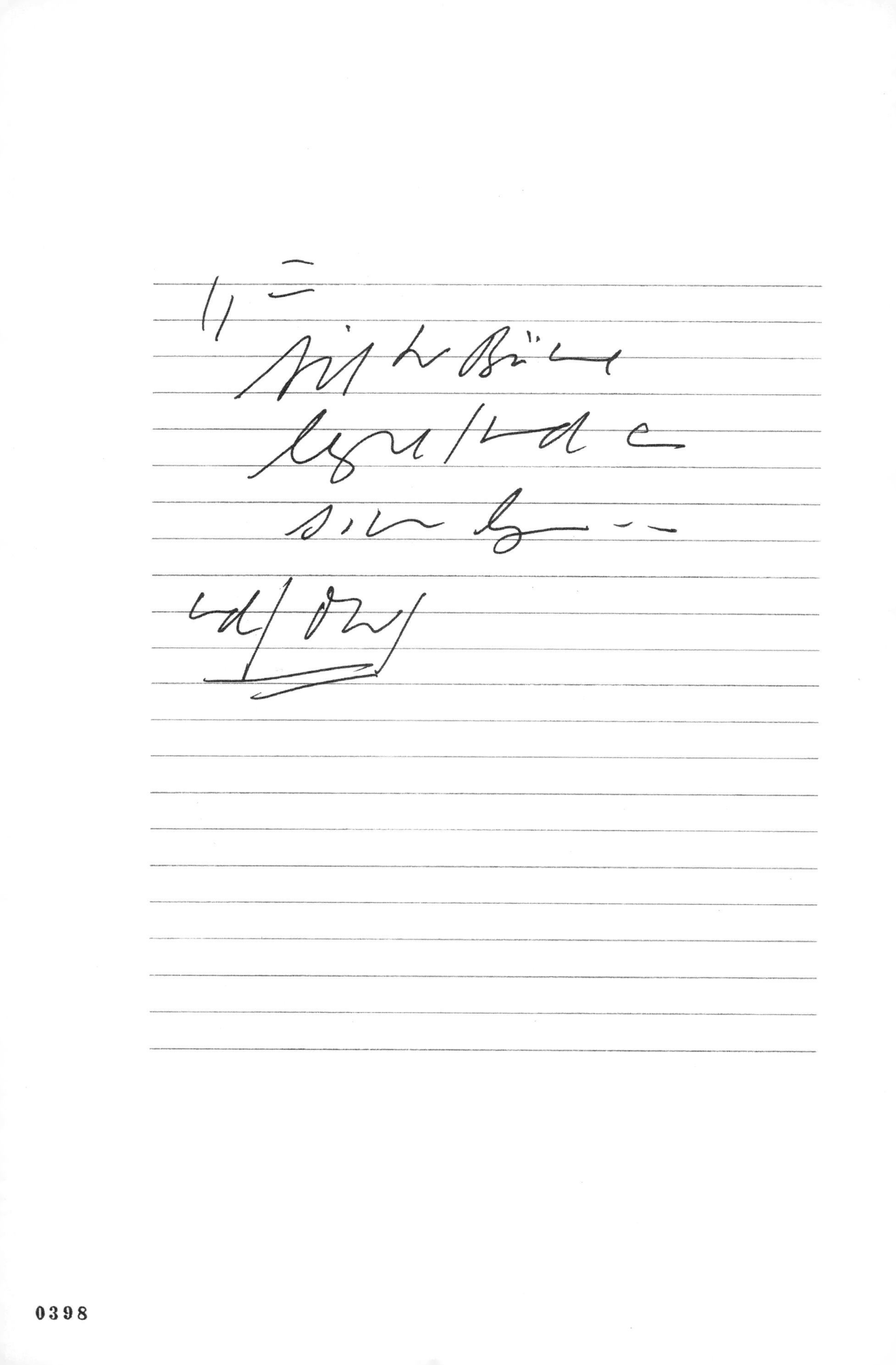

1) [illegible]

[illegible]

[illegible]

[illegible]

[illegible]

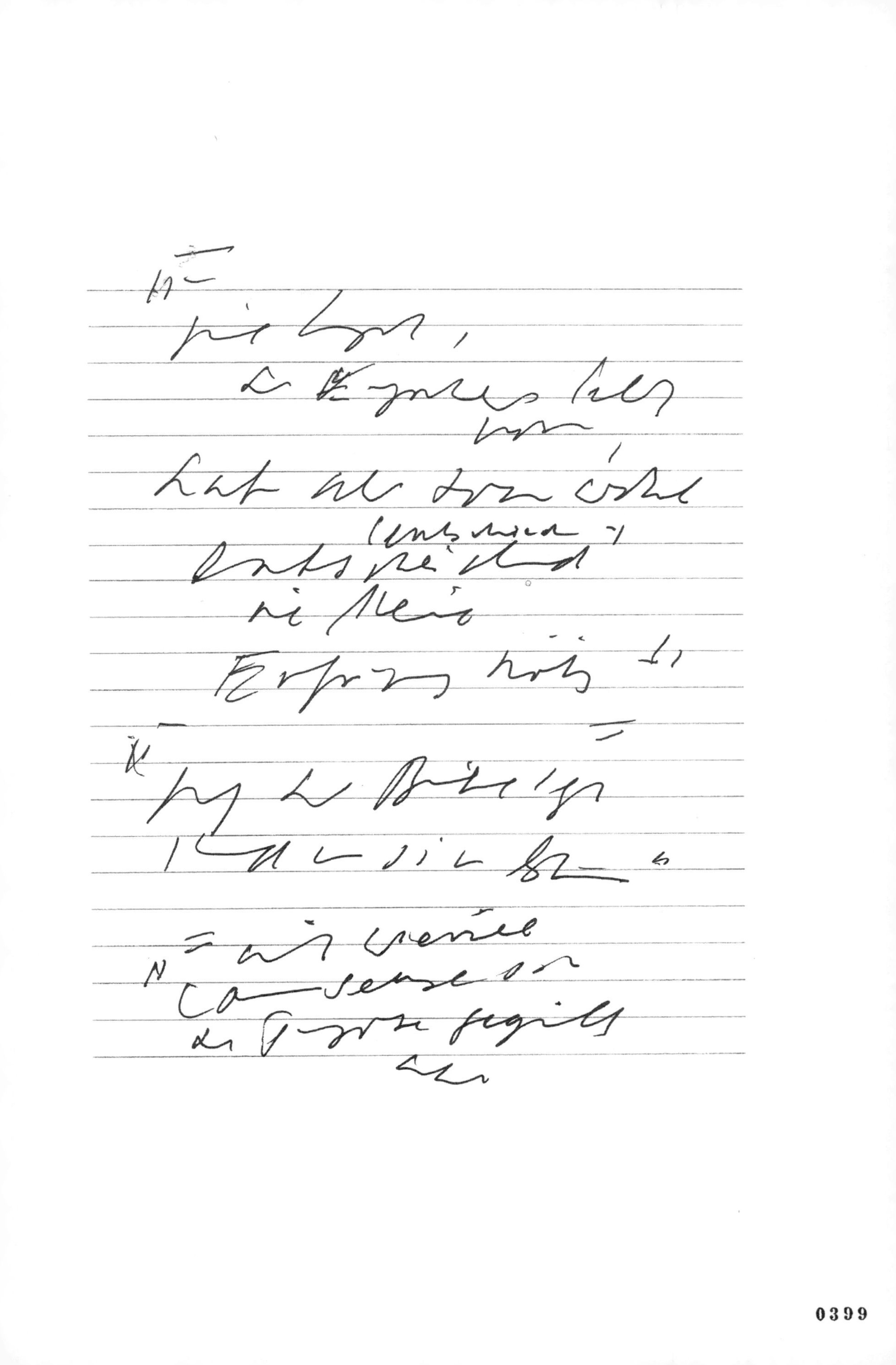

[illegible]

Ihnen es zu
publizieren
war Ihnen zu
[illegible]
– ja – – Bismarckisches [illegible]
&
massenlesbar
bei [illegible] so
Intimität

Unter Ungläubigen gilt der Augenblick viel:
ein haltloses Studium,
das sich immer mehr verzweiegt -

Bühne - wenn (wo) die Wahrheit leuchtet wie angemalt

in diesem Kumgstjargon noch bissel - oder was?

Der Sinn ist Augenblickssache -

gestreifte Luftrüssel - krosses Laub

sich ionisieren lassen irgendwo -

nicht fordern können was der andere nicht empfindet

auch nicht mehr von klassischer Frische

Eigentlich ächzend -

umd du würdest lieber andere erleben lassen das -

Verarbeitet oder verlebt - der gleiche Eindruck -
(begreift, das ist klar,)
Auf der B ü h n e , k l a r ' - (Rampe - Arena)
sein Ich für - - - Breitkloppen
aber das sieht nur von außen so aus und füh t sich von
innen ganz anders an - - -

Bäume mit Angsttrieben -

Illunisonistm: die Not als Nummer vorführen

-- und es bliebt bei Blicken -

und du merkst, da ist irgendwo der Wurm in der Welt
(schwer klarzumachen - b schreiblich)

In der Arena, klar, keine Frage --
Hoffnungsträger (markieren)
prall wie'n Bovist - (wie'n Fremdenlegionär)

Imponierschritt der Dammhirsche --

fortschreitend - im Aufbruch begriffen - (in Auflösung)

Was nun allerdings nichtm ---
die Bühne angeht -

B ü h n e - Aufhebung der Altersgrenze nochmal --
(aber nicht wie Gewichtheben aussehen) -
(Trickesoteriker)

ein zurechtgemachter Geist -

Mit viel Kunst übersehen zu machen
was der Mensch doch fürne vergängliche Nummer ist -

Tage, wo alles (nochmal) einen Anstrich kriegt -

daß in deinem Abwinken immer noch mehr Kraft war
als in anderer leute Sonnenaufgängen -

das hat Klang - das hat Farbe - das hat absolut Schuß (Sinn)

so in der Tiefe steckengebliebene Gedanken

eine Phantomliebe - (ein Phantomglück)

Mülltonne mit Schonbezug -

zwischen Weinen und Wut den ganzen Tag, daß das - -
- - -
und nie mehr richtig auferstehen will -

Dieses letzte Sichaufbäumen der fleißigen alten Kerle
kurz vorm verlöschen

Maulwurf - Mime -

und ec kleckert nur noch mal so - ungenau wie die Gande Gottes

richtige
Bühne : Scheinwerfer - die Welt ausgeblendet -
Umstände vergessen - (in anderen Umständen)

Auf der Bühne merkt man das selbstverständlich noch nicht
beziehungsweise nicht mehr -

Das muß einfach dasein und sitzen -

Bühne - Büro - Firma -

Keine richtige Schlüse mehr, keine Entschließungen -
Soclh einen Ruck, sich wirklich herauszudenken
gibt es doch gar nicht -

überlegt sich in letzter Minute, wo es herkommt
und was es aussagen will -

Unsichtbarmachen - Fata morgana -(verkehrt)

Keine Angst , der Verfasser lebt noch -
atmet aber doch nur noch schach,
ist sich selbst eine - -

Oder hatten wir das heute schonmal ? - (Gedächtnis)
- sich erinnern -
voran - voran ! -

Klar, vorne wird noch gekämpft , aber hinten - - -
. . . . ist die Schlacht schon verloren -

Nur keine Angst, Mütterchen, auch die Jugend verbraucht sich

man kuckt nicht zweimal in den gleichen Spiegel -

0404 sich nochmal ne signifikante Blöße geben - abso so, daß -

a propos , wir signieren inzwischen auch
leergetrunkene Whiskyflaschen -

Und du merkkst, wie deine Krägte verfallen,
Ja. Langsam. Leider.
Und wenn das Glück an dich rantritt
so in Form einer (s angemalten Engels)

Und wenn so ein angemalter Engel kommt und spricht:
Keine Angst , Alterchen, auch die Jugend verbraucht sich,
merkt er bald, daß seine Zärtlichkeit
einem bereits Ausgelaufenen gilt -

chthonisches Wasser trinken - Waldsyringen

VP noch . ... ? VP schon etwas - ---

Und die ganzen Beine voller Chemikalien
(schwer nachschleifend)
immerhin, wier signieren - -

Die Wahrheit läßt sich nicht rückgängig machen

Der Versuch, die Welt mit dem Telefonfinger aus den Angeln zu heben
- nichts - gar nichts ist -
traurig fallen deine zwei Groschen
zurück in die Schüssel des Münzers - -

[illegible]

Bühne: Die Verwechslung der Welt mit ihrer Reklame
- Glitzergreis - - (Ahnthroposophenlila)

wo die Tugend leuchtet wie angemalt

mit wie viel Commonsense sich der Tragöde gequält hat

und du merkst natürlich (allmählich)
daß du ohne Liebe gar nicht zu ertragen bist

Die Welt: ein Augen-auf- und -zuklappen -

aber der Rinnstein ist kein Entschluß -

Joggerinnen - titt_titt - titt-titt (auf der Ver-
liererstrecke)
dem Abflußloch gefaßt ins Auge sehen -

noch
als wär das ne Botschaft (als wär das Botschaft)

Weil irgendwann die Nostalgie von morgen
wirklich vorbereitet werden muß

Erleuchtungen literweise -
(Wegblättern - Wegbrechen)
Weil doch dies langsame Hinblättern ausnahmslos uns
alle betrifft
und das große Dahinfahren auch

Als ob w i r
abgestiegen wären-hier,
um vor Leuten , die sowieso niemand kennt,
einen guten Eindruck
zu hinterlassen?! -

vermitteln
Auch noch Denkanstöße geben ? -
(soweit kommts!)
n-Dichter ist doch kein Zickenbock -

N e i n , das will alles noch zu d e i n e r Z e i t,
auf dieser Erde abgewickelt werden . -

(wir können für die dringend notwendige Rache
doch nicht für alle zeit
den Grafen von Montechristo aufkommen lassen

wie d e r schon seinen Bonsche lutscht
mit nach innen gezogenen Backentaschen -

wenn sie ihre Wichszeitungen ausgelesen haben und denken,
sie hätten qwas getan -

A b e r VORSICHT! - wie Leute lesen ihre BLIND-Zeitung
schon sehr genau

Prophetie: u n s e r Vorhersagegebiet (für unser

Autorenwitwen: wenn die Hyänen die Grabwache übernehmen
(die Wärterin der Särge und der Kisten)

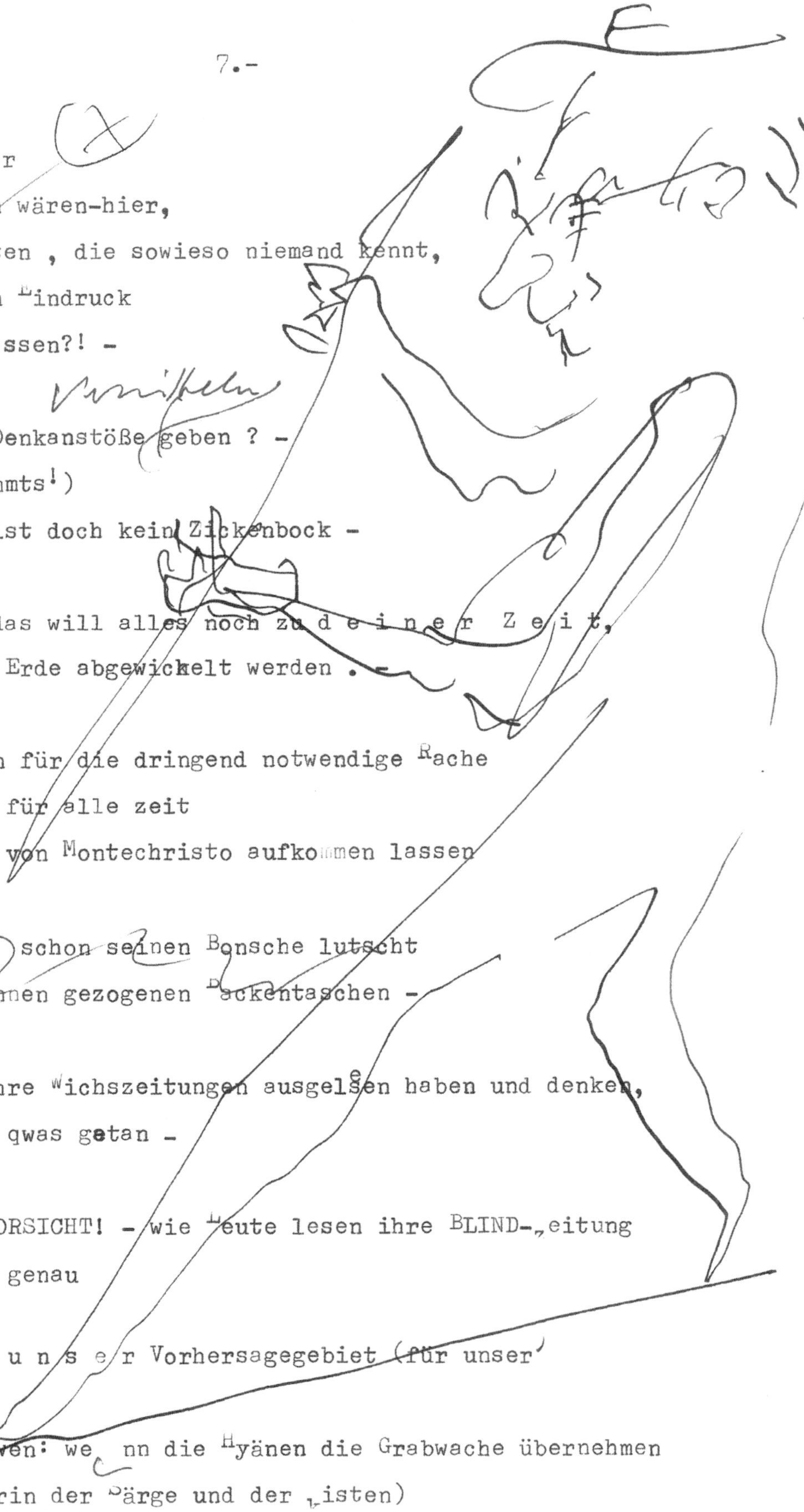

Ludwigshafen – Heidelberg –

Traurig fallen deiner zwei Groschen zurück

in die Schüssel des Münzers; (entzieht sich der (geister)Beschw
(läßt sich nicht materialisieren)

eine Phantomliebe verweigert die Annahme;

~~zwei~~ lila Ahornhände hilflos an den Bodenrost geklammert – –

. . . .

Als ob – wir?! – abgestiegen wären hier?! –

um vorteilhafte Rezensionen

zu erzeugen?! –

vielleicht auch noch denksnastöße vermitteln ? –

'N Dichter ist doch kein Zickenbock! –

. . . .

Nein, das will alles noch zu deiner Zeit

auf dieser Erde abgesegnet werden,

(beziehungsweise hätt e w e r d e n s o l l e n)

Kannst ~~bald froh~~ sein, daß sie dir nicht noch

zusätzlich auf die Pfoten treten

und dir Dreck in die Fresse stopfen – –

. . . .

Nur auf der Bühne eben noch sowas wie Licht,

Nur auf der Bühne eben noch sowas wie Licht
und 1 2 3 4

Auf der Bühne – ganz klar – auf der Bühne herrscht immer noch
L e b e n ,

(steufenweise) (dahinblättern)
Wo doch dies fürchterliche Abschiednehmen ausnahmslos
und alle angeht
und das große Dahinfahren auch

Auseinanderblättern
Wegblättern und Zusammenschrumpfen
(unaufhaltsame)
Wo doch dies unbarmherzige Dahinblättern
ausnahmslos uns alle betrifft
und das große Dahinfahren auch –
Kannst schon froh sein, daß sie dir nicht noch zusätzlich
auf die Pfoten treten und dir Dreck
in die Fresse stopfen – –

Ludigshafen - - - H e i d e l b e r g :
Traurig fallen deine zwei Groschen
zurück in die Schüssel des Münzers;
eine Phantomliebe läßt sich entschuldigen;
paar lila Ahornhände (Gruß)

Ludwigshafen . . . . Heidelberg :
Traurig fallen deine zwei Groschen zurück
in die Schüssel des Münzers;
eine Phantomliebe läßt auf sich warten;
paar abgerissene Ahornhände auf dem Bodenrost - zertreten -
(über den pffergrauen Perron hingeweht -)
. . . .

Als ob - wir?! - abgestiegen wären hier,
um bei Leuten, die sowieso niemend kennt,
einen positiven Eindruck zu hinterlassen -

Denkanstöße vermitteln - -
Man Dichter ist doch kein Zickenbock! -

Nein, das will alles noch mit warmen Händen
abgesegnet werden
(bzw. hätte werden sollen)

Einer Phantomliebe nachgestellt und versucht,
die Welt mit dem Telefonfinger aus den Angeln zu heben -
Traurig fallen deine zwei Groschen
zurück in die Schüssel des Münzers;

. . . .

Frankfurt - Wiesbaden - Bad Kreuznach:
Die erloschnen Lupinen am Hang -

. . . .

Saarbrücken - Kaiserslautern:
Goldraute, verrotstet -

. . . .

Mannheim - Ludwigshafen - Heidelberg:
paar abgerissene Ahornhände hilflos an den Liguster
geklammert - Kastanien: Nikotinfinger -
Pappeln, auseinandergezählt,
vereinsamt, fröstelnd, Wind im Silber -

. . . .

Auf der Bühne natürlich ganz klar,
auf der Bühne wird ~~nachgekämpft,~~ unentwegt weitergekämpft und vorangeschritten:
Der Beweis, daß in deinem Abwinken immer noch mehr Kraft enthalten ist
als in anderer Leute Sonnenaufgängen . . .
Aber das sieht natürlich nur von außen so aus
und fühlt sich von innen ganz anders an . . .

Ludwigshafen - Heidelberg :
Traurig fallen deine zwei Telefongroschen
zurück in die Schüssel des Münzers;
eine Phantomliebe läßt sich verleugnen;
paar ~~abgerissne~~ Ahornhände ~~an den Bodenrest~~ geklammert . . .

. . . .

Als ob wir ?! - abgestiegen wären hier?! -
um vor Leuten, die sowieso niemand kennt,
einen vorteilhaften Eindruck zu erzeugen ?

Vielleicht auch noch Denkanstöße vermitteln? -
'n Dichter ist doch kein Zickenbock! -

Nein, das will alles noch zu deiner Zeit
auf dieser Erde ausprobiert,
versucht,

. . . .

Frankfurt - Wiesbaden - Idar Oberstein - Sankt Wendel :
Die erloschnen Lupinen am Hang . . . .

. . . .

Kaiserslautern - Saarbrücken :
Goldrute - verrostet . . . .

. . . .

Ludwigshafen - Heidelberg :
Traurig fallen deine zwei Groschen
zurück in die Schüssel des Münzers;
eine Phantomliebe läßt sich nicht ~~mit sich reden;~~
paar rotlila Ahornhände stumm in den Fußrost verkrallt . . .

. . . .

Als ob - wir??? - abgestiegen wären hier?!
um ~~für~~ bei Leuten, die sowieso niemand kennt
einen vorteilhaften Eindruck zu hinterlassen.

Vielleicht auch noch Denkanstöße vermitteln? -
' n Dichter ich doch kein Zickenbock!

Wo schon das ganze Dingsda unaufhaltsam auf die
– – zusaust; und du merkst, wie deine Kräfte
verfallen; ja, langsam, leider; und es tröpfelt
auch nur noch mal so , ungenau wie die Gnade Gottes;
und du findest in den gesamten riesigen Galaxis
nicht das kleinste Mauseloch für deinen verlorenen
Schniepel: Bahnhof Rolandseck (na du weißt schon),
die Wahrheit läßt sich nicht rückgängig machen;
Bad Godesberg/Bonn, man kuckt nicht zweimal
in den gleichen Spiegel; Aachen, oh Aache, ach,

nicht das kleinste Mauseloch für deinen verlorenen
Schniepel: Aachen , oh Aachen, ach,

Bahnhof Rolandseck, na du weißt schon, man kuckt
nicht zweimal in den gleichen Spiegel; Bad Godesberg/
Bonn: das Leben gibts nicht als Replay; Aachen,
oh Aachen, ach , xxxxxxxxxxxxxxxx und du kannst
ja nicht fordern was der andere nicht empfindet – –

. . . .

Frankfurt - Wiesbaden - Idar Oberstein - Sankt Wendel :
die erloschnen Lupinen am Hang -

. . . .

Kaiserslautern - Saarbrücken :
Gledrute, verrostet -

. . . .

Ludwigshafen - Heidelberg :
paar abgerissene Ahornhände auf dem pfeffergrauen Perron -

. . . .

Wo schon das ganze Dingsda unaufhaltsam auf die
- - zusaust; und du merkst, wie deine Kräfte
verfallen; ja, langsam, leider; und es tröpfelt
auch nur noch mal so, ungenau wie die Gande Gottes;
und du findest in der gesamten riesigen Galaxis
nicht das kleinste Mauseloch für deinen zitternden
Schniepel: Bahnhof Rolandseck, na du weißt schon,
die Wahrheit läßt sich nicht rückgängig machen;
Bad Godesberg/Bonn, man kuckt nicht zweimal in den
gleichen Spiegel; Aachen, oh Aachen, ach, traurig
fallen deine zwei Groschen zurück in die Schüssel des
Münzers; eine Phantomliebe ziert sich, zu erscheinen . . .

Wo schon das ganze Dinggda aunaufhaltsam

auf die – – zusaust –

K u l m b c h – B a y r e u t h –

Und du merkst, wie deine Kräfte verfallen.

Ja. Langsam. Leider.

~~Und es tröpfelt nur noch mal so,~~

~~ungenau wie die Gnade Gottes~~

Erlangen – Nürnberg – Ansbach – ~~Würzburg~~ Neumarkt – Regensburg –

– und es tröpfelt nur noch mal so,

ungenau wie die Gnade Gottes,

und wenn das Glück an dich herantritt ,

ungerufen –

. . . daß ihre Zärtlichkeit einem bereits Ausgelaufenen gilt –

Wo schon das ganze Dingsda unaufhaltsam
auf die -   - zusaust -
Und du merkst , wie deine Kräfte verfallen,
ja, langsam , leider;
und es tröpfelt nur noch mal so,
bescheiden,
ungenau wie die Gnades Gottes

[illegible]

. . . .

~~Fr~~

Frankfurt - Wiesbaden - Idar Oberstein - Sankt Wendel :

Die erloschnen Lupinen am Hang -

. . . .

Kaiserslautern - Saarbrücken :

Goldrute, verrestet -

. . . .

Ludwigshafen - Heidelberg :

Traurig fallen deine zwei Groschen zurück

in die Schüssel des Münzers;

eine Phantomliebe läßt sich nicht abrufen;

paar lila Ahornhände ratlos an den Bodenrost geklammert -

. . . .

Wo schon das ganze Dingsda unaufhaltsam

auf die - - zusaust.

Und du merkst, wie deine Kräfte verfallen.

Ja. Langsam. Leider.

Und es tröpfelt auch nur noch mal so

. . . ungenau wie die Gnade Gottes -

Welnnmalhoffen, daß wenigstens vom Schluß her

noch ein bißchen versöhnliches Licht auf eine aussichtslose

0418 Geschichte fällt -

Bahnhof Rolandseck - Godesberg - Aachen:
Traurig fallen deine zwei Groschen
zurück in die Schüssel des Münzers -
Eine Phantomliebe läßt nicht mit sich handeln;
paar lila Ahornhände ratlos an den Bodenrost geklammert . . .

\- - - - - - - - - - - - - - -

. . . .

Frankfurt - Wiesbaden -Idar Oberstein - Sankt Wendel:
die erloschnen Lupinen am Hang -

. . . .

Kaiserslautern - Saarbrücken:
Geldrute, verrostet -

. . . .

Bahnhof Rolandseck - Godesberg - Aachen :
Traurig fallen deine zwei Groschen
zurück in die Schüssel des Münzers -
Eine Phantomliebe läßt ~~sich~~ nicht ~~erbitten~~; mit sich handeln,
paar (lila) Ahornhände (~~kraft~~ ratlos) an den Bodenrost geklammert -

. . . .

. . . .

Frankfurt - Wiesbaden - Idar Oberstein - Sankt Wendel:
Die erloschnen Lupinen am Hang -

. . . .

Kaiserslautern - Saarbrücken :
Goldrute, verrostet -

. . . .

Ludwigshafen - Heidelberg :
Traurig fallen deine zwei Groschen
zurück in die Schüssel des Münzers;
eine Phantomliebe läßt nicht mit sich handeln;
paar lila Ahornhände ratlos an den Bodenrost geklammert-

. . . .

Wo schon das ganze Dingsda unaufhaltsam
auf die - - zusaust -
und du merkst, wie deine Kräfte verfallen,
ja, langsam, leider;
und es tröpfelt nur noch mal so,
bescheiden,
und genau wie die Gnade Gottes,
und wenn tatsächlich ~~nochmal~~ solch ein angemalter Engel
kommt und spricht: - ~~ach~~ Gott, ja, was wird er sagen ? - - - 0421

. . . .

Frankfurt - Wiesbaden - Idar Oberstein - Sankt Wendel:
Die erloschnen Lupinen am Hang -

. . . .

Kaiserslautern - Saarbrücken :
Goldrute, verrostet -

. . . .

Ludwigshafen -Heidelberg:
Traurig fallen deine zwei Groschen
zurück in die Schüssel des Münzers;
eine Phantomliebe läßt nicht mit sich handeln;
paar lila Ahornhände kraftlos an den Bodenrost geklemmert -

. . . .

Wo schon das ganze Dingsda unaufhaltsam
auf die - - zusaust -
und du merkst, wie deine Kräfte verfallen;
ja, langsam, leider;
und es tröpfelt nur nochmal so,
ungenau wie die Gande Gottes,
und wenn tatsächlich solch ein angemalter Engel
vor dich tritt und spricht : -
0422 - - janu, was wird er sagen? -

Wo schon das ganze Dingsda unaufhaltsam
auf die –   – zusaust.
Und du merkst, wie deine Kräfte verfallen,
ja, langsam, leider;
und es tröpfelt auch nur noch mal so,
ungenau wie die Gnade Gottes,
und du findest in der ganzen riesigen Galaxis
nicht das kleinste Mauseloch für deinen zitternden Schnipßel:
Bahnhof Rolandseck, na du weißt schon :
das Leben gibts nicht als Replay;
Bad Godesberg/Bonn:
Man kuckt nicht zweimal in den gleichen Spiegel;
Aachen, oh Aachen, ach, mit seinen sinnlos ver-
sprudelnden Wassern und dem unaufhörlichen Gepisse
auf den Bahnhofsaborten . . ..
(Daß sie dir nicht noch zusätzlich auf die Pfoten treten,
und dir Dreck in die Fresse stopfen,
ist bereits ein allererster Achtungserfolg!)

Schmutzzulage für Lyrik

Der Held ist nicht von Zucker -

(im Himmel) dann geht das große Einpökeln los

wenn du die Schläge schon nicht mehr persönlich anwehren kannst

und du hast schon gar nicht mehr die Kraft für ein Ultimatum

Das Tuch, das wir leise und unbemerkt über uns ziehen wollen
(Engelhardt zur Sterbehilfe: " Wie kann man so etwas
politisch haltbar machen)

Jetzt müßte eigentlich Musik kommen. Hier. Ganz genau an dieser Stel
absolutsonochmal - (Phrase von Michel dazwischen!

Schuberts Sonatine in dudur meineswegen
(- - - doch auch nicht bloß Syph-Musik!)

Für Perspektiven muß man was tun,
die Wahrheit kannst du auch im Sitzen entgegennehmen -

Was in Andacht und Achtung ja erstmal wahrgenommen werden will

wo unsre besten Teile auferstehen (und das schwächste
Organ die Führung übernimmt)

Und sie sehen dir nach wie einem absolut unabhängigen Mann,
den sie lange genug haben hängen lassen

positiv - positiv - (buchenstäblich)
und am Schluß möchtest du wirklich (tatsächlich) jedes Blatt festhalten,
daß es nicht so wahnsinnig schnell
in die Tiefe segelt -

Deine Grube besingen, bis sie sich von innen belebt

aus den tödlichen Krankheiten lernt man ja nichts

paar leuchtgrüne Flechten noch -

das erzählen Sie mal meiner Leiche

besser drüber gestolpert als dran gestorben

aber Vorsicht, Fingerweg, Männerarbeit!

Ein paar Rauchringe hinterlassen
wie die vom van Gogh -

Grad noch Puste für'n paar zusammenhängende Töne haben

wenn die Liebe erst raus ist,
ziehen die Würmer ein

ad infinitum etceterapipi -

Daß in deinem Abwinken immer noch mehr Kraft war
als in anderer Heute Sonnenaufgängen -

daß du dich paradigmatisch krummlegst auf Erden,
das ist es doch -

Es muß so aussehen, als ob du ein Stadion auswirfst
- eine umgekehrte Pyramide -
(Die Mater von -) (Gußform für)

und dein Inneres hält Ausschau

alles zu Füßen liegend dir in irgendeiner Form

keine zierenden Gedanken (Ziersträucher)

da schreitest du doch mal verschwenderisch drüber weg

und du fragst: wer hat mich so lange im Staub liegen lassen
Es war eine Prüfung (ich kam nicht als Bettler)

Keine Angst, der Verfasser lebt noch!

So ein kleines Gedicht,
abweherend die Zeilen gehoben gegen die ganze Welt (Grauen)

als ob du ganz etwas anderes treibest - - -

Sich auf diesem ins Nichts abstrudelnden Scheißkloß
auch noch überholen wollen,
wohl doch bißchen 1 2 3

Die Erde ein abstrudelnder Scheißkloß
im Spülbecken der Ewigkeut -

in deiner Abrauchmaschine

Ganz einfach morgens mit den Wolken aufstehen
und abends mit den Blüten zu Bett - -

Wut genug zum Bergeversetzen - ole!

Ein Held ohne Humor ist soviel wie - - -

wenn sich deine Qualitäten rumgesprochen haben,
ist die Saison sowieso schon vorbei . . .

aber nicht vorsichtig wie ein Alleskönnen,
wie ein - - - (unfruchtbarer) Perfektionist -

wenn die wirklichen Schweine klar sind,
läßt sich jederzeit wieder über den Sinn des Lebens sprechen
(aus den tödlichen Krankheiten lernt man ja nichts)

Da muß bloß einer den 1 2 3 4 5 Vortuter machen, paßt mal auf!

daß die Menschheit in ihren zahlreichen namenlosen Exemplaren
immer wieder zum Höhepunkt kommen will
prall wie die Boviste -

oh du meine geliebte Wahrheit - Schreckgespenst)

Der bessere Rest ist sowieso schon oben

der ganze Klumpatsch hier

aber Achtung, die Leiche beißt noch

Solch einen Ruck, sich herauszudenken,
gibt es doch gar nicht

Seine Selbstanfechtungen wie athletische Leistungen vorführen
(ad exemplum Flaubert!) (Berserker, Kraftprotz des Leidens)

Noch Podium ode schon Pranger?

Aber hier mußt du jetzt hinhören
hier kommt jetzt die große Passage mit Bud Powell

keine Angst, Väterchen (Mütterchen)
auch die Jugend verbraucht sich

beinah ohne Blutvergießen, bravo!

10.-

vor so viel Sinn – als sittsamer / unerbittlich

Bis wir alten Agnostiker eines(hübschen) (unbestimmten) Tages
alle ganz gerührt im Himmel sitzen
(und uns ansehn , als – – (ob / hätten wir –) so nicht vorgestellt

wie die kleine Antifagruppe, die wußte,
daß am Ende der Triumphmarsch von Meierbeer
über diese ganzen verdammten Nazis (triumphiert)

Die Ahornblätter wie aus roter Tinte gezogen (lila)

Und du pfeifst auf diese ganzen Auferstehungsträume (Phönixphantasien)
aus der Weleda-Apotheke –

abgerissene Ahornhände an die Taxushecke geklammert

Diese Duty-Free-Typen angekleckert kommen

weil die Welt doch nur dieser – – – Scheißkloß ist,
da kann man nur – – gegenanwalten (halten)

hier
Daß alles Scheiße ist, das ist doch gar keine Botschaft mehr #

Das Postive, nochmal nachgeschnitten (angeschrägt) (X)

ah, die Goldene Stricknadel wollten wir uns
hier eigentlich nicht verdienen (ich mich hier) (X) X

Mit wieviel Commonsense der Tragöde sich hier gequält hat

Auf der Bühne natürlich klar, kriegt das allles sofort
diesen unnahhahmlichen Anstrich,

Keine Angst, der Verfasser lebt noch,
hat inzwischen aber doch wohl sein Schnäpschen verdient,
Bremerhaven - Bremen - Cuxhaven - Pinneberg -
Neumünster - Negernbötel - Owschlag -
Hellbüllhuus (Herrdeshimmels, wo sind wir denn hier) [illegible]
Glen Morangi - Loch Nagar - Loch Ness -
(à propos, wir signieren inzwischen auch leergetrunkene
Whiskyflaschen)

. . . .

Wolfenbüttel - W[illegible] - Wolfschlugen - Wolfshausen -
Wolfshagen - Wolfskehlen -Wölfsmünster - Wolfsburg -
Wolfsbruchermoor - - -

Paderborn - Einbeck - Kulmbach - Würzburg - Warstein -
Flensburg - - - - was meinen Sie, was
durch uns schon alles hindurchgeflossen ist? -:
G a n z e S t r ö m e !
(aneinandergereiht kann das Stimmen)

Was wir brauchen - so ~~[illegible]~~ nötig (uns so - - wie) wie das Brot - ist
nur noch ne Ästhetik des Flickworts
etwas , das -
Eine , die - -

[illegible]

a.-

Wo schon das ganze Dingsda - offensichtlich -
unaufhaltsam auf die - - zusaust - - -
Und du merkst, wie deine Kräfte verfallen,
ja - langsam - leider -
und es tröpfelt ~~dann~~ auch nur noch mal so
- - - - -
(ungenau wie die Gnade Gottes -)

- - - - - - - - - - - -

Solch einen Ruck, sich wirklich herauszudenken,
gibt es doch gar nicht -
(Der Beweis, daß in deinem Abwinken immer noch
mehr Kraft war
als in anderer Heute Sonnenaufgängen)

- - - - - - - - - - -

A u n f h e b u n g   d e r   A l t e r s g r e n z e . . .
~~xxxxxxxxxxxxxxxxxxxxxxxxxx~~ - - -
- - - - - - - - - - -

Man darf Artistik nur nicht mit Artrithis
verwehehseln - - -

- - - - - - - - - - - -

b.-

Keine Angst, der Erzähler lebt noch,
hat inzwischen aber ~~wohl~~ doch mal ne kleine Erfrischung
nötig, Glen Morangi, Glen Fittich, Glen Okkam, Loch Nagar,
Johnnie Walker, Chivas Regal, Old Bushmill, Black and White,
Jee and Bee, ppp ppp ppp -
(à propos: wir signieren inzwischen auch
leergetrunkene Whiskyflaschen)

\- - - - - - - - - - - -

Als ob wir ?! - abgestiegen wären hier?! -
um bei Leuten, die sowieso niemand kennt,
einen guten Eindruck zu hinterlassen? ! -
Auch noch Denkanstöße vermitteln vielleicht?
N- Dichter ist doch kein Zickenbeck! !-
Nein, das will alles noch
zu d e i n e r Z e i t -
a u f d i e s e r E r d e - - - -

\- - - - - - - - - - - -

Obwohl du natürlich nicht fordern kannst,
was der andere nicht empfindet -

\- - - - - - - - - - - - -

Fortschreitend im Aufbruch begriffen

- ja das fegt, das fetzt, das fliegt -

Dieses letzte Sichaufbäumen unsrer fleißigen alten Kerle
kurz vorm Kelleschmeißen -

(wenn du deinem genetischen Auftrag dann insoweit
nachgekommen bist
und den rest auf Seniorenkarte abreißt .- - - -)

Na, so lange wir da sind , avanti ! - - -

Weil so ein Mund doch einfach noch ein paarmal
auflachen will
bevor er sich endgültig schließt
und du ganz genau weißt, daß du nur noch diese fünf-sechs -sieben
Fehltritte vor dir hast
immer
1 2 vom Wege ab und in die grüne Wüste:
Die aber müssen unbedingt gegangen werden !

Darmstadt: immer hart auf der Grenze,
halb Ehrenmitglied , halb Oger.

Kulmbach - Paderborn - 1 2 3 - Warstein - Flensburg -
- - - - Berliner Kindl - Paulaner - 1 2 - 1 2 - Kölsch:
was meinen Sie, was durch uns schon alles
hindurchgeflossen ist ? -
G a n z e S t r ö m e !
(aneinandergereiht kann das Stimmen)

d.-

Mülheim-Dümpten (~~im – – Bräu~~):

Eine lachte so scharf durch die Nase, ~~daßxxsichxdas~~

daß sich das Bierkrägelchen gleich dreieinhalbmal

um sich selber drehte,

(~~aber das wwar leider noch kein Versprechen~~)

sind solche

und dann ~~xxxxxxxdiesex~~ schönen paar Stunden

auch schon wieder vorbei -

\- - - - - - - - - - -

Bahnhof Rolandseck, na du weißt schon

~~BadxGodesbergxBonnx~~ das Leben gibts nicht als Replay.

Bad Godesberg: Bonn:

Man kuckt nicht zweimal in den gleichen Spiegel

Aachen, oh , Aachen , ach -

immerwährend

und so ein Regen, der dich ~~xxxxxxxxxx~~ aus der Szene

in die Gosse treibt – Gesabbel –

und das unaufhörliche Gepisse auf den Bahnhofsaborten

(Daß sie dir nicht noch zusätzlich auf die Pfoten treten

und dir Dreck in die Fresse stopfen,

ist bereits ein allererster Achtungserfolg -)

\- - - - - - -

Brmerhafen - Bremen - Cuxhafen - Stade - Pinneberg - Flensburg -

~~Xxxxmünster~~ Rendsburg - Neumünster - Heide - Husum -

Pinneberg - Itzehoe - Hegernbötel - Owschlag -

Lübeck - Kiel - Hellbüllhuus . . . .

e.-

. - - - - - - - - - - -

Wolfenbüttel - Wolfsburg - Wolfsheim - Wolfstein -
xxxxxxxxxxxxxxxxxxxx rats -
Wolfersheim - Wolfexxxxxxxxx hausen - Wolferode -
Wolfach - Wolfschlugen - Wolfxxegg - Wolfshövel -
Wolframs - Eschenbach - Niederwolfsbruchermoor . . .

- - - - - - - - - - - - - - - -

Glahne - Glehn - Gleiritsch - Glems - Glesse - Gleuel -
Gleussen - Glinde - Glött - Glenn - Glesberg -
Gletterbad - Glücksburg - Glückstadt - Glüsing -
Glüsingen - Glüsingen - - -

- - - - - - - - - - - - - -

Glüsingen - Götzingen - Gößlingen (über Balingen) -
Göffingen - Göddingen - Gödringen - Göggingen
Gögfingen (über Riedlingen) - Ringingen -
Rieblingen - Riedlingen - Riedlingen - Riedlingen -
- - - - - - - - - - - -

(folgtß Reimlexikon) - ingen (vielleicht mit Beispielen)

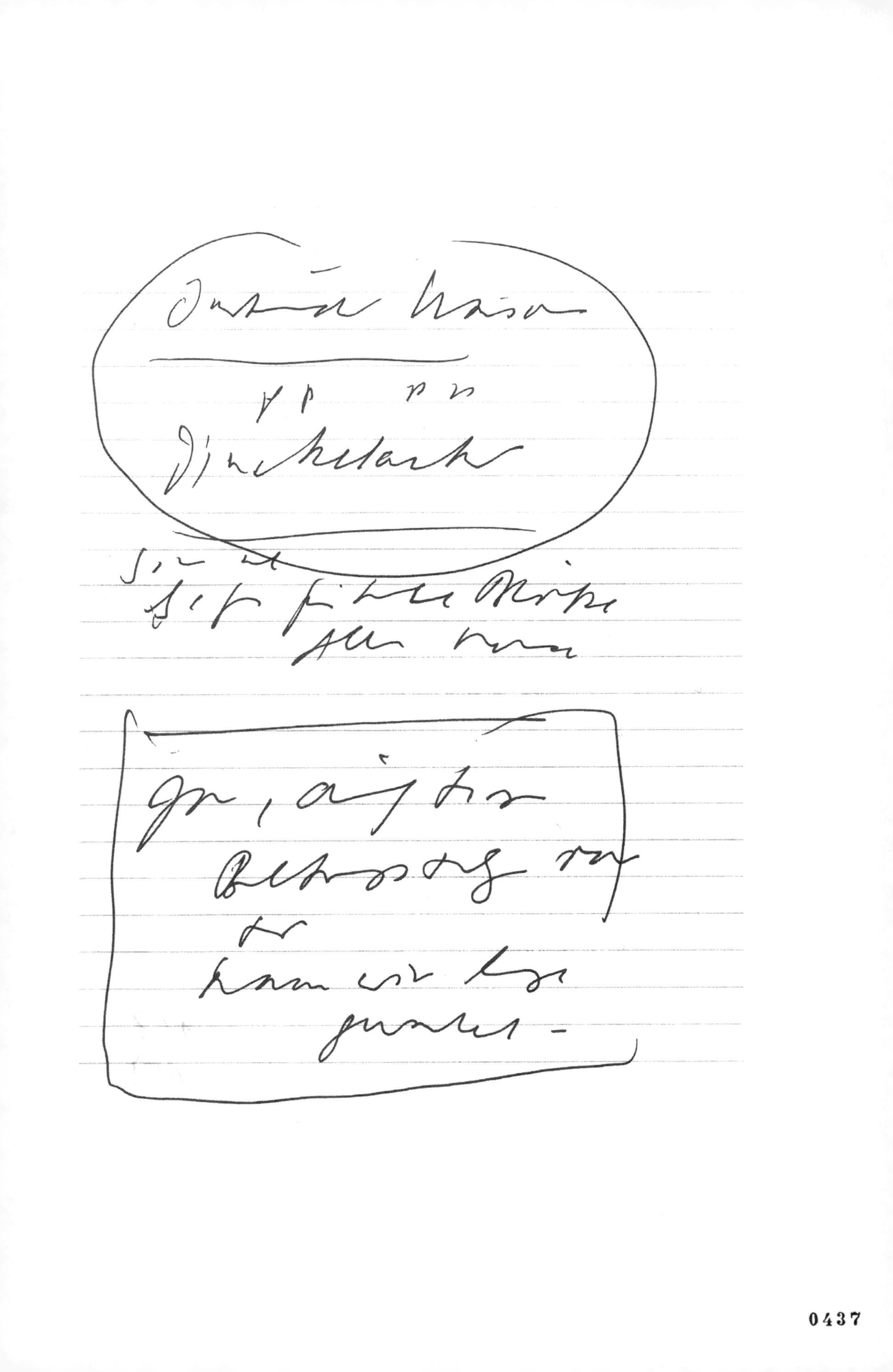

[illegible]

[illegible]

[illegible]

[illegible]

[illegible]

Nein, das will alles noch zu deiner Zeit
auf dieser Erde abgeweickelt werdem,
a n g e b e t e t ,
a u f g e h o b e n -
Zur Kunst erklärt, ehe der Verhang fällt
und ~~die Leute kucken wie angemalt~~ -
(Man darf Artistik nur nicht mit Arthritis verwechseln)

Wo schon das ganze Dingsda unaufhaltsam auf die
- - zusaust - - -

Und du merkst , wie deine Kräfte verfallen,
ja, langsam, leider,
und du findest in der ganzen riesigen Galaxis
~~heute bestimmt~~ kein passendes Mauseloch mehr
für deinen zitternden Schniepel -

Nein, das will alles noch zu deiner Zeit,
auf dieser Erde abgesegnet werden,
zur Kunst erklärt,
- - - - - - - - -:
Aufhebung der Altersgrenze radikal und absolut,
ehe der Verhang fällt
und der Staatsanwalt ermittelt -

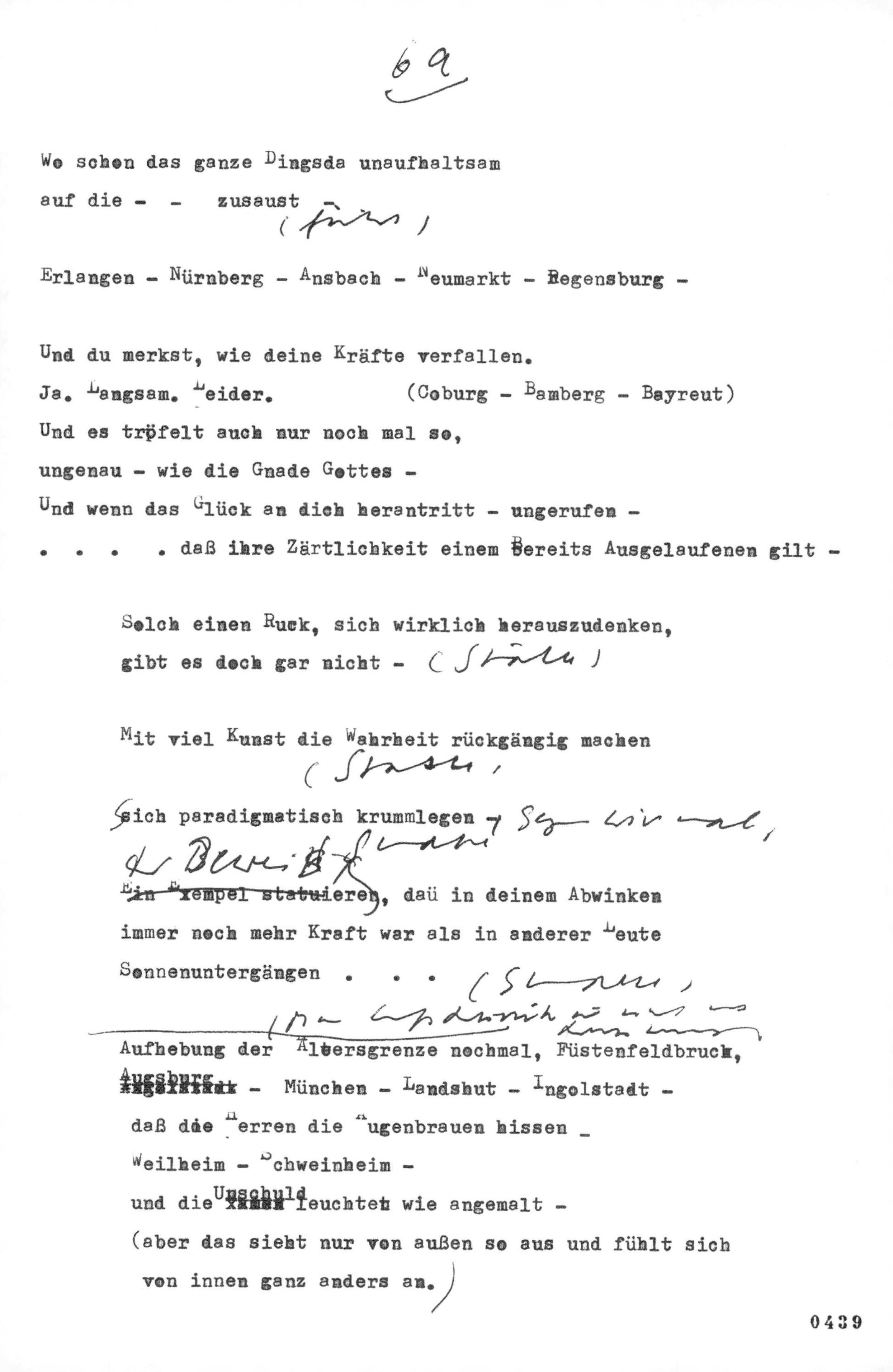

Wo schon das ganze Dingsda unaufhaltsam
auf die - - zusaust - ([illegible])

Erlangen - Nürnberg - Ansbach - Neumarkt - Regensburg -

Und du merkst, wie deine Kräfte verfallen.
Ja. Langsam. Leider. (Coburg - Bamberg - Bayreut)
Und es tröpfelt auch nur noch mal so,
ungenau - wie die Gnade Gottes -
Und wenn das Glück an dich herantritt - ungerufen -
. . . . daß ihre Zärtlichkeit einem Bereits Ausgelaufenen gilt -

Solch einen Ruck, sich wirklich herauszudenken,
gibt es doch gar nicht - (Stücke)

Mit viel Kunst die Wahrheit rückgängig machen
([illegible])

sich paradigmatisch krummlegen [illegible]

der Beweis [illegible]
~~Ein Exempel statuieren~~, daü in deinem Abwinken
immer noch mehr Kraft war als in anderer Leute
Sonnenuntergängen . . . ([illegible])

[illegible]

Aufhebung der Altersgrenze nochmal, Füstenfeldbruck,
Augsburg - München - Landshut - Ingolstadt -
daß die Herren die Augenbrauen hissen -
Weilheim - Schweinheim -
und die Unschuld leuchtet wie angemalt -
(aber das sieht nur von außen so aus und fühlt sich
von innen ganz anders an.)

7.-

(die Hoffnung von hinten

Bäume mit Angsttrieben -

(Fortschreitend in Auflösung begriffen)

Dieses letzte Sichaufbäumen unsrer fleißeigen alten
Kerle kurz vorm Kelleschmeißen -

(und den rest auf Seniorenkarte abreißen -)
Weitspucker im eignen System -

Bis sie irgendwann an dich rantreten und dir sagen

- - - -

Man kuckt nicht zweimal in den gleichen Spiegel

- -

und nie mehr richtig auferstehen will -

Cuxhaven - Bremen - Bremerhaven - Pinneberg -
Flesburg - Neumünster - Owschlag - keine Angst, der
Verfasser lebt noch,
muß sich allmählich aber dpoch mal 'n kleinen
Branntwein genehmigen,
Glen Morangi, Glen Fittich, Glen Miller, Glen Gould -
Loch Ness, apropos, wir signieren inzwischen
auch leergetrunkene Branntweinflaschen -

und Celle, wo sind wir denn hier?

und Hannover und Hildesheim und Braunschweig und Wolfsburg
und Seesen und Gandersheim und Northeim und Goslar und
Fulda und Kassel und Konstanz und Singen und Ravensburg -
wann war denn das noch - ? -

Bäume mit Angsttrieben

Fortschreitend in Auflösung begriffen

weil dieses fetzenweise Wegblättern ausnahmslos
uns alle betrifft
und das großem Dahinfahren auch
und würdest wahrlich lieber
andere erleben lassen das -

Markante Hoffnungsträger - prall wie die Boviste -

Mülltonnen mit Schonbezügen

Wie die Punks und die Püppis vollkommen
irrelevant ihr Eis im Neonlicht schlecken
und die Hoffnung leuchtet wie angemalt - :
Kannst mal sehn, was der Geist
für ne unliebendwürdige
Nummer ist -

Solch einen Ruck, sich wirklich herauszudenken,
gibt es doch gar nicht -

Mit viel Kunst die Wahrheit rückgängig machen . . .

6.-

Bäume mit Angsttrieben

Fortschreitend in Auflösung begriffen

Weil dieses langsame Dahinblättern ausnahmlos
uns alle betrifft
und das große Dahinfahren auch
(a prepos nochmal kurz:
Man kuckt nicht zweimal in den gleichen Spiegel)

Dem Abflußrohr gefaßt ins Auge blicken
können und . . .

[illegible]
[illegible]
[illegible]

6.-

Bäume mit Angsttrieben -

Fortschreitend in Auflösung begriffen -

Letztes sich Aufbäumen dieser
fleißigen ollen Kerle kurz vomm Kelleschmeißen -
und du würdest lieber (wahrlich)
andere erleben lassen das . .

diese ewigen Hoffnungsträger beispielsweise,
prall wie die Boviste -
- - wie die Fremdenlegionäre -

(Siech nomal ne signifikante Blöße geben)

Die Not als Nummer vorführen

und einfach abwarten, bis son angemalter Engel kommt und spricht
(Keine Angst, auch die Jugend verbraucht sich)
. . . .
(Unkelchen,)

Keine Angst, der Erzähler lebt noch,

- Villingen - Tuttlingen - Singen - Konstanz -

Bregenz - Lindau - Ravensburg - Ulm -

hat sich sogar daran gewöhnt,

dem Abflußloch gefaßt ins Auge zu sehen

und signiert mittlerweile auch leergetrunkene Whiskiflaschen . . .

. . . . . so sind wir . . . .

B a m b e r g :

als ob wir abgestigen wären hier -

um bei Leuten, die sowiese niemand kennt,

einen vorteilhaften Aindruck zu erwecken . .

R e g e n s b u r g , weiter:

Vielleicht noch paar Denksnastöße vermitteln,

Gottbewahre,

'n Dichter ist doch kein Zickenbock -

N e i n , das geht hin und fetzt weg

und fegt vorbei -

eigentlich bereits zwischen Wut und Weinen den ganzen Tag

aber der Rinnstein ist natürlich

noch kein echter Entschluß . . . .

Keine Angst, der Erzähler lebt noch,
kann inzwischen aber doch mal 'n unheimlich kaltes
Bier vertragen: Paderborn - Bad Wurzach - Würzburg -
Kulmbach - Warstein - Einbeck - Flensburg - Jever .-
Hopfgarten - Hopfernach - Hopferstadt -
(was meinen Sie, daß durch uns schon alles
durchgeflossen ist? - g a n z e S t r ö m e ! -
aneinandergereiht kann das stimmen)

Radeberger

- - - - - - - - - - - - - - -

Als ob - wir? - abgestiegen wären hier?! -
um bei Leuten, die sowieso niemand kennt,
einen ~~guten Eindruck zu hinterlassen~~?!
~~Auch noch~~ Denkanstöße vermitteln? -
'N Dichter ist doch kein Zickenbock! -

Nein, das will alles noch zu deiner Zeit,
auf dieser Erde abgesegnet werden,
b e g o s s e n ,
a n g e l e u c h t e t ,
a u f g e h o b e n ,
zur Kunst erklärt, ehe der Verhang fällt
und unsere Spuren sich verlaufen .

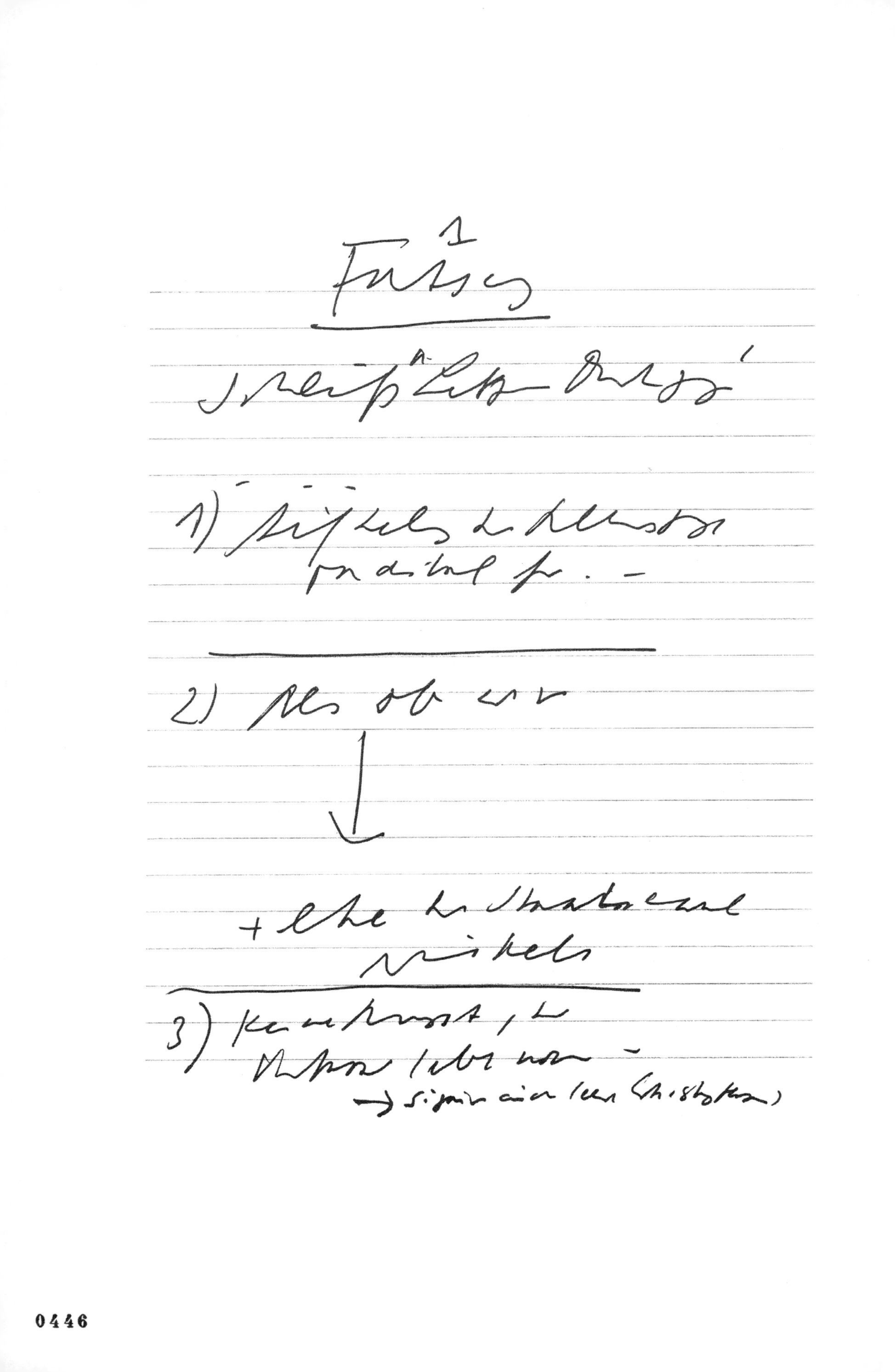

1

Fortsetzung

[illegible]

1) [illegible]
[illegible] –

2) Als ob [illegible]

↓

+ [illegible]
[illegible]

3) [illegible]
[illegible] –
→ [illegible]

2

Die Trinkarten:
Jeder – [illegible] –
+ kann sie alle
[illegible]
(dazu passend: [illegible])

Als ob wir ?! - abgestiegen wären hier,
um vorteilhafte
Presseverlautbarungen zu erzeugen?!
Vielleicht auch noch Denkanstöße vermitteln,
- 'n Dichter ist doch kein Ziekenbock!
Nein, das will alles noch zu deiner Zeit
auf dieser Erde abgesegnet werden,
b e g o s s e n ,
h o c h g e z o g e n ,
a n g e s t r a h l t ,
zur Kunst erklärt ehe der Vorhang fällt
und der Staatsanwalt ermittelt -
. . . .
(Man darf Artistik nur nicht mit Arthritis
verwechseln)

Keine Angst, der Erzähler lebt noch, hat inzwischen
aber doch xxxxx mal ne kleine Erfrischung nötig,
W ü r z b u r g e r - K u l m b a c h e r -
A u g s b u r g e r - E i n b e c k e r - F l e n s b u r g e
P a d e r b o r n e r _ J e v e r -
W a r s t e i n e r - W itt ~~l~~ i n g e r - K ö l s c h ,
Was meinen Sie, was durch uns schon alles
durchgeflossen ist - g a n z e S t r ö m e !
- aneinandergereiht kann das stimmen -

Als ob - wir?! - abgestiegen wären hier,
um vor der örtlichen Presse
positive Rezensionen zu erzeugen?!

Vielleicht auch noch Denkanstöße vermitteln -
'N Dichter ist doch kein Zickenbock!

Nein, das will alles noch zu deiner Zeit
mit eignen Händen abgesegnet werden,
b e g o s s e n ,
a u f g e h o b e n ,
a n g e s t r a h l t ,
zur Kunst erklärt, ehe der Vorhang fällt
und der Staatsanwalt ermittelt -
. . . .
(Man darf Artistik nur nicht mit Arthritis verwechseln)

Keine Angst, der Erähler lebt noch,
kann inzwischen aber schon mal 'n unheimlich kaltes
Bier vertragen, Wittingen - Kulmbach - Augsburg -
Flensburg - Einbeck - Jever - Paderborn:
Was meinen Sie, was durch uns schon alles
durchgeflossen ist?! - g a n z e S t r ö m e !
(aneinandergereiht kann das Stimmen)

Nein, das will alles noch zu deiner Zeit
auf dieser Erde entwickelt werden,
abgesegnet,
aufgerollt,
zur Kuast erklärt, ehe der Vorhang fällt
und der Staatsanwalt ermittelt -
(Man darf Artistik nur nicht mit Arthritis verwechseln)

Wo schon das ganze Dingsda unaufhaltsam
auf die - - zusaust
(Erlangen - Nürnberg - Würzburg -
Coburg - Bamberg - Bayreuth -)

Und du merkst, wie deine Kräfte verfallen.
Ja. Langsam. Leider.
(Regensburg - München - Ingolstadt)
Und es tröpfelt nur noch mal so,
un g e n a u
wie die Gnade Gottes;
und wenn eines Tages doch noch mal das Glück an dich rantritt,
wollnmalsagen, solch ein angemalter Engel kommt und sprucht:
Keine Angst, Alterchen, auch die Jugend verbraucht sich -
. . . . nicht mehr ganz zu leugnen,
daß ihre Aufmerksamkeit einem bereits Ausgelaufenen gilt -

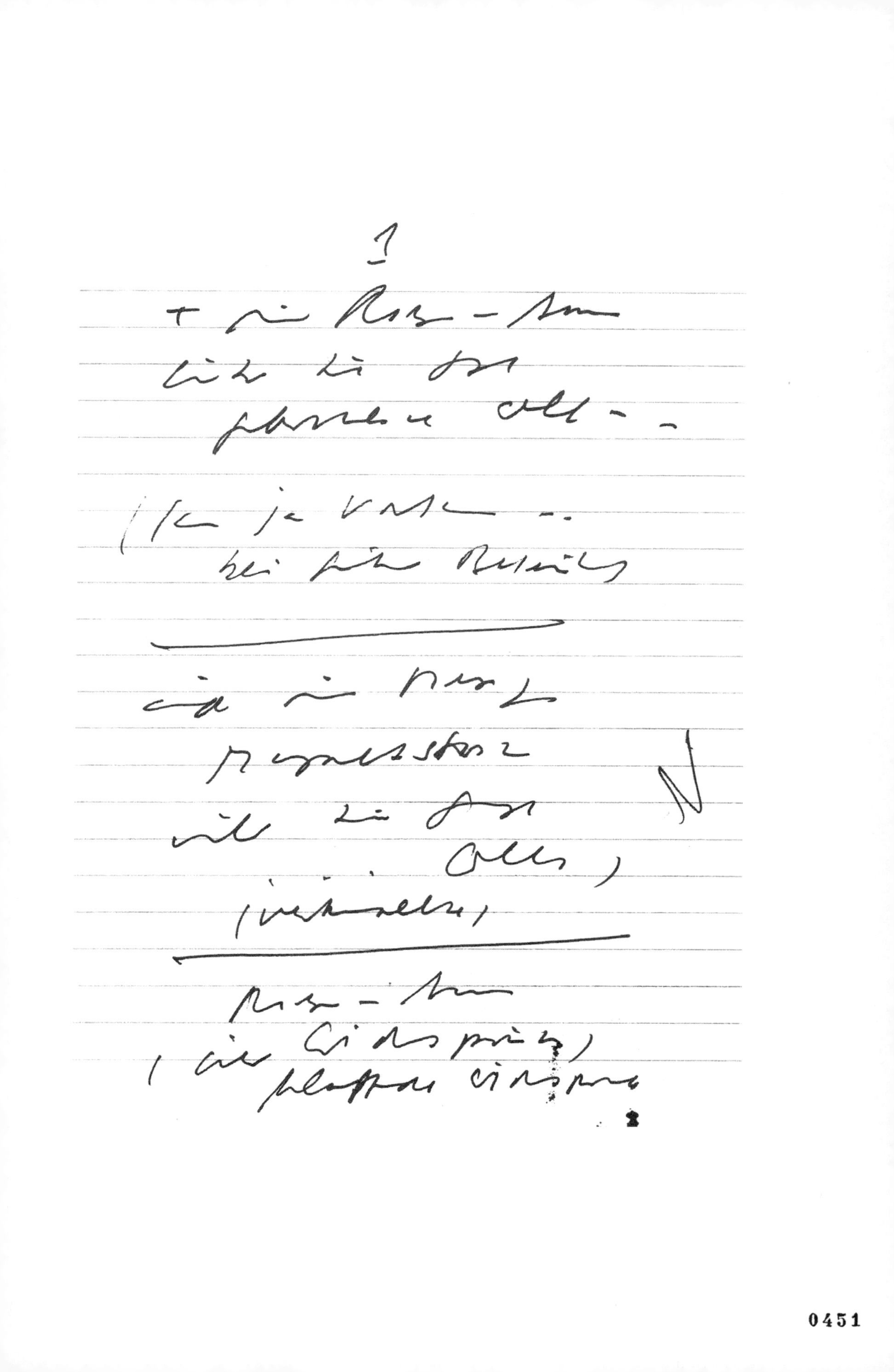

1

[illegible]
[illegible]
[illegible]

[illegible]
[illegible]

[illegible]
[illegible]
[illegible]
[illegible]
[illegible]

[illegible]
[illegible]
[illegible]

2

[illegible] –

Befreiung –

im Himmel,
(Ausmaß)

vor les souvenirs
gegen die Führung
[illegible]

vom klassischen Theater

+ im Eindruck
vom . . . .

+ in Freiheit
von Sein,
das absolut einwandfrei einzustellen
ist — .

Einrichtung von Direktion
Produktions-Verfügung,
das muss sie
persönlich sichern
können,

---

einzustellen..,
nach [illegible]
über allen [illegible]
des Volkes —

---

zu erzählen
(das einem Menschen
[illegible] ..

Magnetschein
über
Welt
Tag
Nacht –
–

Die Poesie ist
[illegible] [illegible] [illegible]

+ ein sog. „Replay!"

5

gold der Jahreszeit

---

du
mit [illegible]
[illegible]
als Kind - -

Quadrate
der Pracht -

---

ich im [illegible]
[illegible] Kind

6

wird manchmal – kurz
sagen

Die – Welt – wie
sie [illegible] –
[illegible] –

Totalität der Welt,
gerade das ist
[illegible]

+ im Falle dass er
[illegible] [illegible] [illegible]

Tücke

. . . .

Frankfurt - Wiesbaden - Idar Oberstein - Sankt Wendel :
Die erloschnen Lupinen am Hang . . . .

. . . .

Kaiserslautern - Saarbrücken :
Goldrute - verrostet . . . .

. . . .

Ludwigshafen - Heidelberg :
Traurig fallen deine zwei Groschen
zurück in die Schüssel des Münzers;
eine Phantomliebe läßt nicht mit sich reden;
paar ~~rot~~lila Ahornhände ~~stumm~~ in den ~~Fuß~~rost ~~verkrallt~~ . . .

. . . .

Als ob - wir??? - abgestiegen wären hier?!
um ~~zur~~ bei Leuten, die sowieso niemand kennt
einen vorteilhaften Eindruck zu hinterlassen.

Vielleicht auch noch Denkanstöße vermitteln? -
' n Dichter ich doch kein Zickenbock!

Nein, das will alles noch zu deiner Zeit,
auf dieser Erde abgesegnet werden,
aufgehoben,
ausprobiert,
zur Kunst erklärt, ehe der Vorhäng fällt
und der Staatsanwalt ermittelt . . .
(Man darf Artistik nur nicht mit Arthritis verwechseln.)

Wo schon das ganze Dingsda - unaufhaltsam -
auf die - - zusaust
(Erlangen - Nürnberg - Würzburg -
Coburg - Kulmbach - Bayreuth)

Und du merkst, wie deine Kräfte verfallen.
Ja. Langsam. Leider. (Regensburg - München)
und es tröpfelt nur noch mal so,
vereinzelt,
ungenau wie die Gnade Gottes;
und wenn eines Tages doch noch solch ein angemalter Engel
kommt und spricht: Keine Angst, Alterchen,
auch die Jugend verbraucht sich . . .
. . . . (unberufen!) -
daß ihre Zärtlichkeit einem bereits Ausgelaufenen gilt -

. . . .

. . . .

Solch einen Ruck, sich wirklich herauszudenken,
gibt es doch gar nicht . . .

Der Beweis, daß in deinen Zusammenbrüchen
immer noch mehr Kraft war
als in anderer Leute Sonnenaufgängen . . . .

Aufhebung der Altersgrenzen nochmal durch das unverfrorereren
Heiligsprechen von empfindlich faulen Stellen
und einem R i e s e n - A m e n
ausgesprochen über alle
Sollbruchstellen der Welt -

((Christus mit Bachtrompete auf'm Ölberg,
geblasen von Adolf Scherbaum
und in Farbe gesetzt von Ernst Fuchs)

. . . .

Tcha, das sieht dann vielleicht von außen so aus,
aber fühlt sich von innen ganz anders an -

. . . .

Keine Angst, der Verfasser lebt noch,
hat inzwischen aber doch wohl ~~mal 'n~~ sein Schnäpschen verdient,
Bremerhaven - Bremen - Cuxhaven - Pinneberg - Neumünster -
Glen Morangi - Loch Nagar - Loch Ness -
(ap propos: wir signieren inzwischen auch
leergetrunkene Whiskyflaschen!)

. . . .

Als ob - wir?! - abgestiegen wären hier,
um bei Leuten, die sowieso niemand kennt
einen vorteilhaften Eindruck zu hinterlassen?!
Vielleicht auch noch Denkanstöße vermitteln -
'n Dichter ist doch kein Zickenbock!
Nein, das will alles noch zu deiner Zeit
mit eigenen Händen
abgesegnet werden,
b e g o s s e n ,
a u f g e h o b e n ,
a n g e s t r a h l t ,
z u r K u n s t e r k l ä r t - - -
(Man darf Artistik bloß nicht mit
Arthritis verwechseln)

Keine Angst, der Erzähler lebt noch,
Kann inzwischen aber schonmal ne kleine Erfrischung vertragen,
Wittingen - Einbeck - Augsburg - Flensburg -
Kulmbach - Jever - Warstein -
(Was meinen Sie, was durch uns schon alles durchgeflossen ist? -
G a n z e S t r ö m e !
Anein andergereiht kann das stimmen)

Als ob - wir ?! _ abgestiegen wären hier,
um bei Leuten, die sowiese niemand kennt
einen vorteilhaften Eindruck zu hinterlassen?
Vielleicht auch Denkanstöße vermitteln? -
'n Dichter ist doch kein Zickenbock!
Nein, das will alles noch zu deiner Zeit
mit eignen Händen
abgesegnet werden -
(hätte werden sollen!)
b e g o s s e n ,
a u f g e h o b e n ,
a n g e s t r a h l t ,
zur Kunst erklärt, ehe der Vorhang fällt
und der Staasanwalt ermittelt . . .
. . . .

Keine Angst, der Erzähler lebt noch,
kann inzwischen aber doch wohl 'n kleines Bierchen vertragen,
Wittingen - Einbeck - Augsburg - Flensburg -
Kulmbach - Jever Paderborn! -
(Was meinen Sie, was durch uns
schon alles durchgeflossen ist? ! - g a n z e S t r ö m e !
- aneinandergereiht kann das stimmen)

Als ob - wir ?! _ abgestiegen wären hier,
um bei Leuten, die sowieso niemand kennt
einen vorteilhaften Eindruck zu hinterlassen?
Vielleicht noch Denkanstöße vermitteln? -
'n Dichter ist doch kein Zickenbock!
Nein, das will alles noch zu deiner Zeit
mit eignen Händen
abgesegnet werden -
(hätte werden sollen!)
b e g o s s e n ,
a u f g e h o b e n ,
a n g e s t r a h l t ,
zur Kunst erklärt, ehe der Vorhang fällt
und der Staatsanwalt ermittelt . . .
. . . .

Keine Angst, der Erzähler lebt noch,
kann inzwischen aber doch wohl 'n kleine Bierchen vertragen,
Wittingen - Einbeck - Augsburg - Flensburg -
Kulmbach - Jever Paderborn! -
(Was meinen Sie, was durch uns
schon alles durchgeflossen ist? ! - g a n z e Ströme !
- aneinandergereiht kann das stimmen)

Solch einen Ruck, sich wirklich
und wahrhaftig herauszudenken, gibt es doch gar nicht -

Der Beweis, daß in deinem Abwinken
immer noch mehr Kraft war
als in anderer Leute Sonnenaufgängen -

Aufhebung der Altersgrenze nochmal durch Heiligsprechung
von empfindlich faulen Stellen
und einem Riesen-Ahen,
(ausgelassen)
gesprochen über alle Widrigkeiten der Welt
(Christus mit Bachtrompete auf'm Ölberg,
geblasen von Adolf Scherbaum
und in Frabe gesetzt von Vinzent van Gogh!)
((Manches sieht ja manchmal von außen so aus,
aber fühlt sich von innen - leider - ganz anders an ()) -

Solch einen Ruck, sich wirklichherauszudenken,
gibt es doch über haupt nicht:
Aufhebung der Altersgrenze sangwermal
auf dem oberbimbacher Dorftanzboden
und - bitte Fräulein -

Solch einen Rück, sich wirklich herauszudenken,
gibt es doch praktisch gar nicht:
Der Beweis , daß in deinem Abwinken
immer noch mehr Effee war
als in anderer Leute Sonnenaufgängen . . .

Keine Angst, der Verfasser lebt noch ,
hat inzwischen aber doch wohl 'n kleinen Schubs nach
vorne verdient: Wittlingen - Flensburg -
Jever - Einbek - Augsburg - Kulmbach - Warstein :
Was meinen Sie , was durch unsschon alles durchgeflossen ist,
g a n z e   S t r ö m e !
(aneinandergereiht kann das stimmen)

Solch einen Ruck, sich wirklich herauszudenken,
gibt es doch eigentlich gar nicht.

Der Beweis, daß in deinem Abwinken immer noch mehr Kraft
enthalten war
als in anderer Leute Sonnenaufgängen -

Aufhebung der Altersgrenze auf dem Melchinger
Dorftanzboden, A c h t u n g , A c h t u n g,
der Doyen der deutschen Drogenszene
betritt den Lieferanteneingang ünauffällig
und verkündet abnehmerseitig
eine wen ? - - - eine was? -
(Du darfst Artistik bloß nicht mit Arthritis verwechseln!)
. . . .

Keine Angst, der Erzähler lebt noch,
hat inzwischen aber doch wohl ne kleine Erfrischung nötig:

. . . .

Selch einen Ruck, sich wirklich herauszudenken,
gibt es doch (eigentlich gar) nicht -

. . . .

. . . .

Der Beweis, daß in deinem Abwinken immer noch mehr Kraft
enthalten war
als in anderer Leute Sonnenaufgängen -

. . . .

. . . .

Aufhebung der Altersgrenze (nochmal) unter r a d i k a l
angeschärften Vertragsbedingungen:
A c h t u n g , A c h t u n g ,
unser lyrischer Ich-Darsteller,
der Doyen der deutschen Drogenszene betritt den
hinteren Bühneneingang unauffällig
und verkündet auf dem Melchinger Dorftanzboder
e i n e w e n ? - e i n e w a s ? -

(~~Du~~ Man darfst Artistik ~~ja~~ jedenfalls nicht mit Arthritis
verwechseln!)

. . . .

Nächsten Durchgang dann möglicherweise nochmal

unter angeschnittenen Wettkampfbedingungen:

A c h t u n g , A c h t u n g ,

unser lyrischer Ich-Erzähler, der Doyen der deutschen Drogenszene

Nächsten Durchgang dann möglicherweise nochmal

unter vollkommen neuen Rahmenbedingungen:

A c h t u n g , A c h t u n g ,

der Doyen der deutschen Drogenszene

bittet minderjähriges Medium in den Ring

und demonstriert seinen angewiderten Zuschauern das Durchbrechen

aller bürgerlichen Altersgrenzen . . .

(Man darf Artistik bloß nicht mit Arthritis verwechseln)

[illegible]

[illegible]

Nächsten Durchgang - wer weiß - vielleicht sogar ruhig -

unter radikal angeschärften Vertrahsbedingungen:

A c h t u n g , A c h t u n g ,

unser lyrischer Hauptdarsteller,

der Doyen der deutschen Drogenszene

sucht geeignetes Medium für die Aufhebung von Altersgrenze

erklärt sich bereit (fähig) (in der Lage)

erbietet sich -

Nächsten Durchgang - wer weiß -

vielleicht ruhig nochmal unter angeschäften Vertragsbedingungen:

Nächsten Durchgang - wer weiß - vielleicht sogar ruhig

unter angeschärften Vertragsbedingungen:

Achtung, Achtung, unser lyrischer Hauptdarsteller,

der Doyen der deutschen Drogenszene

sucht geeignetes Medium

für die Aufhebung von naturgegebenen Altersgrenzen !

(du darfst Artistik bloß nicht mit Arthritis verwechseln)

\- - - - - - - - - - - -

Solch einen Ruck, sich wirklich ~~da~~ herauszudenken,
gibt es doch überhaupt nicht . . . .

\- - - - - - - - - - - - - - -

Den Beweis, daß in deinem Abwinken immer noch
mehr Kraft enthalten war
als in anderen Leute Sonnenaufgängen . . . . .

\- - - - - - - - - - - -

Letzten Durchgang vielleicht sogar ~~nochmal richtig~~
unter radikal angeschärften Vertragsbedingungen:
A c h t u n g, A c h t u n g ,
der Doyen der deutschen Drogenszene
~~(unser lyrischer Ich Erzähler)~~
betritt den hinteren ~~Bühnen~~eingang unauffällig
und verkündet auf dem Melchinger Dorftanzboden
eine vollkommen neue Republik :
Aufhebung der Altersgrenze ~~mindestens~~ jetzt - sofort - für eine Nacht
und zwei Personen -
(Man darf Artistik nur nicht mit Arthritis verwechseln)

\- - - - - - - - - - - -

\- - - - - - - - - - -

Solch einen Ruck, sich wirklich herauszudenken,
gibt es doch überhaupt nicht -

\- - - - - - - - - - -

Den Beweis, daß in deinem Abwinken
immer noch mehr Kraft war
als in anderer Leute Sonnenaufgängen . . .

\- - - - - - - - - -

Letzten Auftritt - wer weiß - vielleicht sogar ruhig
unter radikal angespitzten Vertragsbedingungen:
A c h t u n g , A c h t u n g ,
unser lyrischer Ich-Darsteller,
der Doyen der deutschen Drogenszene,
betritt den Lieferanteneingang unauffällig
und verkündet auf dem Obermusbacher Dorftanzboden
eine vollkommen neue Republuk :
A u f h e b u n g d e r A l t e r s g r e n z e
a b s o f o r t f ü r e i n e N a c h t u n d z w e i
P e r s o n e n . . .

- - - - - - - - - - - -

Solch einen Ruck, sich wirklich herauszudenken,
gibt es doch überhaupt nicht.

- - - - - - - - - - -

Den Beweis, daß in deinem Abwinken
immer noch mehr Kraft war
als in anderer Leute Sonnenaufgängen -

- - - - - - - - - - -

Letzten Durchgang, wer weiß, vielleicht ruhig nochmal
unter radikal angeschärften Rahmenbedingungen:
A c h t u n g , A c h t u n g ,
unser lyrischen Ich-Darsteller,
der Doyen der deutschen Drogenszene
durchbricht die Altersgrenze unerwartet
und verkündet auf dem oberbimbacher Dorftanzboden
eine vollkommen neue Republik!
(genauer gesagt, eine Utopie für eine Nacht
und zwei Personen . . .)

Hälsen –

~~Hoffnungsthal~~

~~Büttner – Hornbühn~~

~~Hohenlandambau~~

Holm – Holt

~~Hopefgart –~~

Hünxe | Hüsten

Hündheim |

Hündsbau

~~Hymendorf –~~

2

Igelsberg –

Iggingen – ~~Zoo~~

Im Östersleifen –

~~Ibmersind~~ –

Jakobsknopp –

~~Jeckenbach~~ x

Jerxheim

~~Jever / Pils~~

Jücken – x

~~Kaaks – Kaan~~ –

Käläbaum –

3

~~Käsebrig~~ –

Kaifenheim – X

~~Kattenbek~~ –

Kaköhl

Kalkkuhl

~~Kalt~~ –

~~Kalteschale~~

~~Karoxbostel~~ –

Kattrepel –

~~Katzenelnbogen~~

Katzwinkel

~~Ketz~~ – Ketze

4

~~Kemnat~~ –

~~Kerbsen – Kerzenlein~~

Killer –

~~Kifflerstein Seiter~~

Kirrnboigen

Kirrnenbärtig

Kirrnlaiben –

~~Kirchensittenbaum~~

Kirchhof – Kirchner

Kirchhäckel –

~~Kirchners~~ –

~~Kirf~~ – Kirr –

5

~~Kissing~~ –

Klaffenbach X

~~Kleinbettlingen~~ –

~~Klein Denkte~~

Kleinenglis

~~Kleinenkneten~~

~~Klein Flöthe~~

Kleinkemnat – X

Kleinkummerfeld

Kleinmeinsdorf

Klein Mimmelage

Klixbüll

Klanxbüll

6

~~Knapsack~~

Knollengraben

Köllerbach –

~~Köpfchen (Bach),~~

Köterende –

Kohlkaul –

Kollerbeck – ~~Konz~~

~~Koselar~~ / Kothmaissling

~~Koxhausen~~

Krankel –

Krankenhagen –

Kranzhahn

1

Krempel
Krüppelslagen –
Kropfmühle –
Krummenbrück
– Kuckum –
Külz – Külz – Kürl
~~Laar (Laak)~~
~~Laaber – x~~
~~Lache – Lachen –~~
Speyerstorf –
Laar / Lamitz –
Langenbrand –

8 –

~~Langeweile~~ – / Langweil

~~Langweiler~~ ×

Lasbek /

~~Lapinne~~ /

Lauingen –

Laushein – Ratzeburg

Lauitzenhausen –

~~Laxten~~ – / Leeder /

~~Leeseringen~~ – ×

Leibi –

Leiberstung –

9

+) Leihgestern –

Leisel – (Brillensee)

Lesäumstetel –

~~Letter~~ – Leichtenbrünn –

~~Leoedaggen~~

Lichtenstern –

Lichlos –

~~Linx~~ / ~~Korbut~~

Löffelstelzen –

Logabirum –

Lorsm / ~~Loxstedt~~

Lücktän –

10

Lützeln / Hützel /

Lüstbrunn / Lüstrain –

~~Lyhten /~~

~~Lüxten~~

~~Haar /~~

Nachtlas –

Naden –

x ~~Haidbrunn~~

Malsch / Mammendorf

Mammoißel –

~~Maria Bildhausen~~

11

Selters

Masenbrunn -
gast
- heil
- rauchdat (für Selters)

Karl

| Marxth
(für Selters)

Marxen -
Maxgi

Massenhausen -
Mastershaus -
Mauswindel

12

~~Mengersried~~

~~Mertingen~~

~~Merkenfritz~~

~~Merl~~

Merode

~~Merxhausen~~

Michaelspoppenricht

Mickhausen –

Miesbach –

Mindersdorf –

~~Mitterfecking~~

1–3

Mönchhosbach
Mönchsambach

Möglingen –

Mitterfirmiansreuth

~~Mitwitz~~ / Moers

Mösbarn –

Mollseifen

Monreal

Moorrainsmoor

Morgenland –

Morscholz –

14

~~Moselsäuser~~ -
" " –

~~Motzfeld~~ –
~~Mottschieß~~ =
Morgenhof -
Mückenschnepf
" -stürm

Müddenhagen
Müden - | Mülben
Münchausen
Müllheim
Münchsmänger

15

Münzenberg –

~~Mösen~~ –

Müsteringen –

Mülmshorn → Kissen. ~~Küßnacht~~ ?

Mündrachting

Münz – Mürr

~~Müsrenheim~~

Mütschelbach

~~Mühlstadt~~

~~Mykl~~

Naabeck / ~~Nachtspalt~~

Nachenheim –

Narbollenbau

16

Naila –

(Narp) Narp

Nassenerdorf –

Nateln –

Nebel –

~~Nebelkorn~~

Naŭsis /

Neddenaverbergen

Negenharrie

Negernbötel (= Bindels

Neidenbach – Neida

~~Neindorf~~ – Jastorf

17

Nesselwang

Netra

Netphen -

Nette -

Nettersheim

\- haid

~~Neubäu~~ -

Neufra -

Neukeferloh

~~Neumagen~~ - / Neusorg

Neusüstrum /

~~Neuwallenstein~~

Neuwiedermuß

18

~~Nichtinghausen~~

Neversdorf -

~~Niederbettingen~~ -

~~Niederbexbach~~ -

Niederbiegen -

Niederbronn

Niederding

~~Niedereimer~~

~~Niederjeilbach~~

Niederhornstadt -

~~Niederrosenbach~~

19

Niederklein

~~Niederaungen~~

~~Nieder[illegible]-~~

~~Nieder Liebersbach~~

Niedermanderscheid

Niedermoschel

Niederjesa

Nieder-Ohmen

Niedernhausen

Niederrimsingen

~~Niederselters~~

Niedersohren

20

Niedersaubach

Niederseßmar –

Niederstimm –

Niederweningen

Nierstein

Noer / Nohn

Nonnenhorn |

Nonnenmiß

Nordel |

Nordhackstedt –

Norf – Nortorf

Notschrei

21

Nübbel

Nütschau

~~Nüttelu~~ -

~~Nüttlar~~

~~Ob~~ / ~~Obbach~~

~~Oberbilling~~

Oberbimbach

~~Oberbreitau~~

~~Oberbrombach~~

~~Oberbleitzbach~~

Oberaußem

Oberdolling

~~Oberehe~~

22

~~Oberfladungen~~

~~Oberharnsbach~~

~~Harnrohr~~

(Harras)

Oberjeckenbach X

~~Obermögersheim~~

~~Obermäsbach~~

Oberohm

~~Oberplag~~ –

Oberquienbach

~~Oberschambach~~

~~Oberschwappach~~

~~Oberscher~~

23. –

Oberselters –

Obersiggingen

~~Obersinn~~

~~Ober Saz~~

~~Oberstimm~~

~~Obersülzen~~

~~Obertenringen~~

Oberviechtach

~~Ober Werbe~~

~~Oberwichtach~~

~~Oberzier~~

Oed – Oedingen

Oedheim etc.

24

~~Ollixdorf~~

Oerie

Oerrel

Oeschebüttel

Oese -

Offen -

~~Offerschwang~~

~~Ohaastetten~~ -

Ohne -

Ohrdorf - Ohren -

Okel -

OLEF / Olpe

~~Olxheim~~ /

25

Ophersten –

Opsen –

Orbis / Ortlanden

Oslopp –

Ostermängel

Ostrlanderfehn

Otersen – Wottersen

Otze / Oitscher d

Ovelgönne –

~~Oxlund / Oxsted~~ –

~~Oy~~ –

paar – Päse

pahres – Pälzem / Pelzen

26

Pang / Panrecke

~~Ransdas~~ -

paradiese -

Parsit -

passade -

Perlach / Pernsdas

penkefi[illegible] / Perl

pestenacker /

pestinghausen

perseberk /

petersbaichel

~~Petting~~

petzenhausen -

Pfalzl

27. -

~~Pfiffe~~ ~~pflaumdorf~~ -
— hein
— loch

pflimmern -
pforzen
pfrentsch (Drensch)
pfrille -
pirke -
piesbach - (Pillhan
pilling)
pippensen) pirk
piran
~~pissigkofen~~ -
pittenhart

planegg –
pivitsheide
plaggenschale
– ~~egg~~ burg

planegg –
planfeinnel
Plastani

platenlaase –
platten –
plattling –
~~plepst~~ | pley –

plitschans –
pocking
~~poing~~
polier

29 –

~~polen – poll~~

pollanten | polle

~~pollenried~~ –

~~pollesdorf~~ –

pommoißel | PONT

~~porz~~ |

~~possenried~~ –

postmünster –

potzbach –

~~poxdorf~~ –

pracht | prächtig

~~praust~~ | ~~pressack~~

~~prex~~ |

30

primisweiter /

priorei –

prezier /

prüfening –

prümzinley 2

püanKlens –

püdripp / Püth

püsohn / Püt

pütsstück /

Pütschbach

pültendat –

püllach

püppling –

püsselsheim –

pülltbrott –

pühsam

Pyrbaum

31

Büchsenschinken

Quaal -

Qüdrat- Irgendwas

Quackbüch

Queck -

Quickhambar

Quetzen /

Quiddelbau

Quint / Quotshaiser

Rabber / ~~Raffturm~~

~~Raibach~~ / ~~Rummelsbach~~

Raitersaich / ~~Ramsau~~

Ranna (Hannah)

Rantum / Rasch /

Rasi /

32

Rathlosen /

~~Rauifelt~~ / Rayersdied

Rebgeshain

Rechtsüpweg

Reckum / Reden

~~Redwitz~~ / ~~Rees~~ /

Regenpeilstein /

Regnitzlosau

Reisenbau / über Mosbach

~~Reichenbau~~ -

Reichlos /

~~Reimboldshausen~~

~~Reimersbude~~ / ~~Bühr~~

~~Reinenfingen~~ ~~Lyn~~ -

Remels

Reitsch /

Rengershausen

33

Reption ~~Rex~~

Rhainen – Rheden

Rheda

Rhen | Rhina

Rhose

~~Richtstrich~~

Riesel | Rimbaum

→ Romban

Rinchnach

Ringingen

~~Rinkclingen~~

Riol | ~~Ritzhausen~~

~~Ritzisrica~~

Ritler

Rixbeck / R-feld

~~Rocksha~~usen –

34

Rodenrotz –

Rodelmair

~~Rözrkasten~~ (→

Rözrmoos

Röllbarz

Rorrip | Rorodl –

Roßwangen | – –

~~Rot | Rott~~

~~Rottenmann~~

Rotzmaise

~~Roxel | Roxheim –~~

Rübenheim |

Rückheim

Rücksen

~~Rümpel~~

Rüppür | Rüspel –

35

Rüssel | = Elfant |

~~Rumohr~~ | Rüttel

Rinkel |

~~Saal~~ | Saas |

Sabbenhausen |

~~Saftig~~ –

Salach – Sallach

Salm | Sammatz |

~~Salzig~~ | Sandizell |

Sands | St. Afra

~~Sangerstedt~~ | ~~Sange~~

~~St. Englmar~~

Sorgenroth |

Sarnstall |

Sattelpeilnstein |

Sarol | Sassahnfurt –

Satrup | Saristrup |

~~Saxler~~ | Sarensick

36

Satemin / Schaag /

~~Schalkhausen~~ /

— Smainale

Stetten

Schanbach / ~~Sebeten~~

~~Schallstadt~~ —

Schankweiler — X

Scharfbillig — (x)

Scharrel / Varrel /

Scheidterberg /

~~Schellenkappe~~ —

~~Schieglein — Schesinge~~

~~Schickelstein~~ /

~~Schierling~~ / Schier

~~Schiegen~~ — Schilling

Schillingen /

~~Schlachters~~ /

~~Schlammersdorf~~ —

Schlarpe — Schlatt —

32

Schlatt am Randen

~~Schlechtheim~~ / X

Schlechtenfeld /

Schleeßel –

~~Schlampertshof~~ – X

Schlein – Schliffkopf –

Schliprüthen – Schlömen

Schloppan →

~~Schlüchtingen~~ – →

→ ~~Schmachthagen~~ / Schlüting

Schlüßdorf –

Schmarröse –

~~Schmerlecke~~ – X

~~Schmelz~~ / ~~Schmie~~

Schmiechen

~~Schmolz~~ / Schnrey –

Schmüttenbach –

Schnürpflingen –

~~Schnorbach~~ X

~~Schnorrenberg~~ X

Schnitteling – (Rittling ?)

38

Schnepke | Schöffelding
Schöneseiffen | Schönmünzach
Schopfloch | Schrecksbach |
Schüby |
Schülp | ~~Schuld~~

~~Südlohn~~ | ~~Schwei~~ |
Schweighofen | Schweinsberg
Schweisweiler |
Schwelle, Holsen,

~~Schwei~~

~~Schweppenhausen~~

~~Schwifting~~ | Schilde
Schwitschen |
Schwürbitz |

~~Titting | Titling~~
Tittmoning | Titz

Seitingen | ~~Seibersbach~~

39

Selens / ~~Setterich~~

~~Selters~~ ×

Selm / ~~Selxen~~

~~Sexau~~

Seußling / Sieblos

~~Sief / Sieck / Sien~~

~~Siliten~~ / Simander

Silz / Sillens /

Simmisweiler /

Sindelbach / Singlis /

Sinn / ~~Sinningen~~

Sinz / Södel / Soers /

~~Soest~~ / Sösen / Sohe

~~Sollen~~ / Sonderbüren /

Sondern (Tondern)

SORTRA / Sorgensen –

Soosäun / Sorghof.

40

Soyen / Sparwiesen /

+ ~~Speckswinkel~~ /

Spasme / Spexard

~~Spiech~~ / Spöck /

SPREDA / Sprötze /

Stadtkyll /

Steiningen / Beiningen

Beinhausen – Steinhausen

(Steinbach – Beinstack)

~~Sterbfritz~~ /

Stiepel / Stirpe /

+ ~~Strahlungen~~ /

~~Strang~~ / Stralsbach

~~Strümpel~~ (Krumpel)

~~Strüth~~ / ~~Stanzelt~~

~~Strotzbüsch~~ – ~~Strübbel~~ –

41

~~Strumpfelbrunn~~
~~u. – bach~~

~~Stintz~~ / Stüllen /

Stintensee / Stupferich /

Sürsdorf / Süchteln

Süddinker /

~~Sühn~~ / Südmerzen /

~~Sülz~~ / Sülze, X

~~A Süpplingenburg~~ – Süsel

~~Süß~~ / Sünder /

~~Sürendorf~~ – / Süssum
Bassum

SÜSTRUM /

Sylvenstal /

Taaken / Tarp /

~~Taxölden~~ / Tarbarg

Teufelsmoor / Tewel

42

Temmels, ~~Thalexweiler~~

Thalitter -
Thüine / Thümby /
Thünpadel /
Tiddische - Überrose
Tiefengrün / → Oberrot -
Blauhand (obere) (AP)
(~~Oberrarbach~~)
(Oberriexingen)
Tierhaupten /
Tiegerfeld -
Tiefenhörstadt -
Tiste / ~~Titting~~ /
Totenbüttel / Totenmann /
Tölz / Tötensen /
~~Tränkhof~~ / ~~Trebgast~~

76

Trennewirttenneiendern

Bopfingen – Trochtelfingen

(x) ~~Trostau~~ / ~~Tr[illegible]~~

Trübben / ~~Tschirn~~ /

Tüttendorf / Tüllau /

Tümmelhof /

Tüngerloh – Probsting –

Tünsel / Tüngenberg /

Tüssenhausen /

Tütschfelden /

Tweelbake –

~~Twist~~ / Twixlum

Typlaching /

Ubbedissen Uchtelfangen

Udelfangen / ~~Überroth~~

42

~~Übrigshausen~~ /

Übersee / Uelzen

Uepsen / Übis /

~~Üxheim~~ / Uffeln /

Uhry / Ulsnis /

Unaften /

Unhausen / ~~Unshausen~~

~~Unsernherrn~~ /

Ummeln /

Untrasferbach /

Unteralpfen / Unterbaar

Unterbleichen = Überrot

Unterrendersbach –

Untergrüne / ~~Unterhällgrün~~

48

Unterhohenried |

Untersjettingen |

⊗ ~~Unterkotzau |~~

~~Unterliederbach -~~

~~Untermagerbein~~

Unteroblarnd |

Unterrot |

Unterschüpf |

Unzenberg (s. Rinzenberg)

Urbar | ~~Urexweiler~~

Upspringe |

Upleward - | Unterzolling

49

Urphar | Urloffen |

Ursprung | ~~Usch~~ -

Utarp | ~~Varrp~~ |

Utgast | Utphe |

Vaake | Vach |

Vaitshain | Vardeilsen

Varlosen |

Varmissen

Vasbeck | Velpke |

Venwegen, Verlar,

Verneis | ~~Versen~~ |

~~Vollmershof~~ |

Viernheim | Villip

50

~~Vinxt~~

Visquardt

~~Vögelsen~~

Völkerstein

~~Vogelkage~~ | Vogelsang

~~Voizel~~

Volkfien |

Vollbückel |

~~Volsemenhiden~~

Volslagel | Vorderbüg

~~Vorderhindelang~~

~~Vorderriß~~ | Vordorf-

51

Vorra / VORST

Voxtrup /

Waake / Waal

Wabern –

Wackersberg –

Wackerstein –

Waddewitz –

Wadrill – über Wadern

Wahlbach – Wahlen

Wahlheim – Wahlwies

Wahn – Wahnhausen

+ ~~Waiblingen~~ –

5 L

x Wald Amorbach

x Waldangelloch

x Wald fenster -

x Wallach -

Walstein -

Wambeln -

Warbsen /

x Wartenfels -

Wasweiler -

Weckrieden -

Weddingen

WEGA -

53

~~X Weßen~~ | ~~X Weitersbrücken~~

~~X Wehningen~~ | ~~X Weitbhausen~~

Weirda | ~~X Weiten~~

WEILEN | Weilers

↓

über pp pp pp

Weingart – Weichhaus – Weize –

pp pp

~~Weiten Gesang~~

Weitsche – Welle

Wellen – Wellie

Wenigerata – Wennigsen

Wermickshausen –

54

Versen / Verlauten Leide

Verliehausen –

Vrsbar – Versmold

Wessobrunn

~~Werxhausen~~ –

Wersabe –

Wertarn –

Westerscheps –

Wester Vesede

" Walsede

West-Wanna

Wetten – Wetschen

58

Wetzlos –

Wiblingen –

~~[illegible]~~

Wiepenkathen

Wietzetze /

~~Willich~~

Winnekendonk

Winterkasten

Winzeln –

Wippingen – Wippringsen

Wipshausen – –

~~Wisper~~ –

Wissen (Sieg.)

~~Wissenbach~~ / Müssen

56 x

x Wittibreut und Pfarrkirchen

Wißgoldingen

Wissersheim

Wissingen

Witzhave – Witzighausen

~~x Wixhausen~~

Wolsental –

Wöbbel

Wolkenwehe –

Wollomoos –

Woltwiesche –

Woxdorf –

Wünschmichelbach –

5 Zi

Würgau –

Würselen –

Würderbüttel –

Würmannsquick

Würzlhofen – Wybelsum

Xanten – Yach

– Zyfflich – Zettel

Zips

x Zizishausen

Arenson – Berenson – AP

Zankenhausen | Zarten x

Zeckendorf | ~~Zettel~~ |

ZEIL | Zehmhausen

58

Zeptenhaus

Zeitern – Zettel

Zischerie – Zinten

Zips / ~~Zigenhaisen~~ X
~~Zigshausen~~ X

Zons / Züsch / Zigenhain

~~Zöflitzsch~~ (als Fremdstand)

Zweifall X

Triel–
Lah–

Freiche fnal
Frohbg
Freitsmoos–
Freistatt
Frauengiumn
Frauwüllesheim
Feigenhofen
Feichten
Fleischwangen

Föckinghausen
Föckelberg
Freienwill
Friedlos |

Fliegenstall
Filzen
Falsheia–
Faha
Filzen
Fulküm
| Triansel |

IBRA
IBA

INSEL

Irgendwas –
(über Tü[illegible],

– BIEBRECHA

Siebenbäume

Siebengebirge – . [illegible]

[illegible]

Sieben [illegible] – Siebenbäume –

Siebenlanden –

Sieben Tische

~~Siebenbürgen~~ –

~~Schwestern~~ | ~~[illegible]~~selbig

~~Sechshelden~~

~~[illegible]~~ poppen[illegible]

Vierköpfen –

Vierkiemen –

Dreilippen –

Zweibrüch – Zweifalter

Achtköpfen

Neunkiemen

– Zehnkaringen –

Sechsheld – Siebeneich – [illegible]
Siebenlinn
(Sieben[illegible])

5

Witzhelden

Witzwerge

Witzhof

Witzighausen (Babbenhausen)

Sasbüttel – (Barsbüttel)

Ahrensöl

Albaxen über Höxter

(Altfürnaixsiel)

Baindlkirch

Aach – Beek – Caan

Bettingres

L

~~Alsen – Belsen~~

~~Aasthausen – Besenhausen~~

~~Assel – Besel~~

~~Albshausen – Bettmar~~

~~Bierbronnen –~~

~~Bittelschieß~~

~~Bledeln~~

Blersum – | Böll
Tersum
Blötesheim | Boms
Botermais | Aüw
Böß-Gesäß | Ayl
Altwiedermais | Borg
| Bresl
Altenbüttel – Böttenbau
Bockzettelfahrn
Allenbach – Bollenbach
B Borg –
Brüllingsen –
Bühne –

B~~üsbel~~

Brückenbrücke

Büffletumage

~~Bienenbillet~~

~~Gassenam – Büffelsegel~~

~~Büttenhausen –~~

~~Büsenborn –~~

~~Büttenh... / Büttenkittel~~

Cäsarham Büttelhandel

~~[illegible]~~

~~Calw –~~

~~Cäsarroth – Braunhaar~~

Curslack

~~Cyriaxweimar~~

Jalldorf –

Leirk-
weinsün

Aspach – Basbeck –
Dasbach – Esbach
Esbach –

~~Dasweiler~~

~~Beiningen – Deiningen~~
– Meiningen
(Ke? Saar..)

~~Denkiechausen~~

~~Dens – Dhünn~~

~~Dierhoen~~

~~Fargau~~

Dussnang

~~Dickenschied~~

~~Diemantstein~~

~~Dill – Dirtz~~

Allein – Bekker –
Lorein –

~~Dösingen~~

~~Dörrmoschel~~

~~Dornstadt – Schandorf –~~

~~Dorfprozelten~~

~~Dorfschlag~~

Drogenabkäufs

Feinkostüberlebung

Büdelsdorf

Düdelheim

Düdeldubrücken

Düne

~~Eben~~

~~Eklatz~~ –

~~Essen Fila~~

~~Einöd~~ –

~~Eisenwurzt~~

~~Eiterfeld~~ =

~~Erkelsdorf~~ –

Elben

~~Elbinaxlen~~

Elim / Elsa /

~~Elz~~

~~Engelhall~~

~~Engelsreft~~

~~Engelswand~~

~~Engenhahn~~

Ensen / Erlensen

~~Erpel /~~

~~Erspannsried~~

~~Elzam / Echz~~ –

~~Eirnsburg~~

Erpel – Eipel

~~E Ausstern~~

Falken – besaß

~~Fahr / Fall / Falls~~

~~Faulbaum~~

~~Fehl Ritzhauz~~

~~Fi Aumühle~~

~~Fladdothau~~

~~Frau Rombach~~

~~Freienwill~~

~~Frung~~

~~Fridolin~~

Friedlos / Frisoythe

~~Früh aufstehen~~

~~Fümmelse~~

~~Friedenstadt~~ – Gaildorf

~~Geis~~ratsried

Gans / Surrel

Gangshausen

~~Geifersdorf~~

~~Gleich bei Erding~~

~~Gern~~ / Gesäß – / Boß

Geiz | Gönnen

~~Gern~~

~~Gnütz~~

Gotany

~~Ödel Gutsherr~~

Freisbar – freissend

Erwissenhen

Dreistheit Grüal

Grossanwaltung

~~Grosskino~~

~~Grossmäuß~~

~~Grossjahre~~

~~Gerechtig – Größtkapital~~

Haselbon

Hammah

prälanne
TIEDEM

~~Ründehaddemerhel~~

Gohr-Sorkals ~

~~Göre~~

~~Gottwolls Lamster~~

~~Grosslattengrün~~

~~Hals~~

~~(Halberstadt)~~

~~Halbemond~~

~~Harbaun – Barbaun~~

~~Harme – Barmen~~

~~Hartegasse~~

~~Haschbach~~

~~Bier (weiße?)~~

~~Habsburger~~

~~Haßloss~~

Hassin – Bassin

Haste

Hasper – Jasper

passen

~~Han – An~~

~~Daün~~

~~Danwelshaus~~

~~Havixbeck~~

~~Heckeln (Drache~~)

~~Hecken – Klecken~~

~~Hupsel – Sneupsel~~

(Dessel)

~~Heiden – – (h. a.)~~

~~Heiligenmoschel~~

Helfant

~~Helpitz~~ Hepsisau

~~Hengstey~~

~~Herpel – Ersatt~~

/Herxheim /Weyher /

~~Herzebrock~~

~~Herzlake~~

/~~Hesepertwist~~

/~~Himmelheim~~

/Heinstein –

(~~Hessenagger~~)

/Hiddingsel

~~Himmelpforten~~

~~Hinterzarten~~ / Hainger

~~Hohenborg~~

/~~Hötten~~ / ~~Höllriegelskreuth~~

Hörne –

Hörpel

Hösel / ~~Hoxh~~

~~Hohn~~

~~Hölxten~~ / Hielzappel

~~Holzhammer~~

~~Hopfen – [illegible]~~

~~Farbe = Haar~~

~~Hoxhohe~~

¿ Wer? – Wohin?

Irl / Kaan,

Kaaks /

Kall

Kely

Kirf – Kirn

Kohy –

Laar / Laak / Kon

Maar / Mal –

Mel

Moers / Myhl / Narp

ξ

Nour / Noun

Norf /

Ob / Ocd /

Ox — / pan

pang

pleps / Pley

Poiny

polm — pall

porz / praess —

prex

3

Präch – Pütz

Quaal Quek

Quint –

Rass / Rasse –

Rees / Rex

Rot / Rott

Saal / Saas /

Schiw / Schigr –

Schlatt (am Rand)

Schwil d / Schwei /

Schülp / Selm

I

Sief – Sieck – Sien

Soest – Sinn

Sing – Söllen

Sohl –

Spiek – Spöck –

Sterins –

Süden / Sülz

Süß / Stuhr

Tarb / Tschion

Twist / Varp

Usch –

Vach –

Uinxt – VORST

Weil 5 –

Yach – Zips
Zell

Zons – Eüsch –
(Kn Soeipell,

Kleinmensdorf –
Jchamichen –
anshausen

Negernbötel - Owschlag - Bittelschieß - Beilngries - Ahrensviöjl-
Altfunnixsiel - Munkwolstrup - Cirkwehrum- Dorfprozelten -
Fladderlohhausen . Heserpertwist -Klafferstraß - Eisenärzt -
Ursulapoppenricht - Holzappel- Groschlattengrün - Klein
Mimmelage - Kothmaisling - Lesumstotel - Prümzurley- Quiddelbach
Regenpeilstein - Sabbenhausen - Schnuttenbach - Schnurpflingen
Sontra- Simandef - Sylvenstal - Stadtkyll Tutschfelden -
Thalitter - Uchtelfangen Upleward

Erschaffung der Welt nochmal - - am Anfang war die Welt
wüst und leer - -

(was die Welt - im äußeren zusammenhält)
(mehr als 'n Schhenker - Abstecher)

Also : entweder Christus mit Bachtrompete aufm Ölberg,
geblasen von Adolf Scherbaum
und in Öl gegessen von Ernst Fuchs - - -
(in Farbe gesetztm)

aber der Rinnstein ist kein Entschluß -

Herrdeshimmels, wo sind wir denn hier - -

Negernbötel - Owschlag - Hellbüllhuus - Ursulapoppenricht -
Altfunnixsiel - Witzighausen - Bittelschieß -
Boekzetelerfehn - Altwiedermus - Bützflethermoor -
Cluserth-Bramhaar - Dorfprozelten - Munkwelstrup -
Beilngries - Ahrensviöl - Cirkwehrum - Dörrmoschel -
Eisenärzt - Diemantstein - Eurasburg - Fladderlohhausen -
Frau Rombach - Großarmschlag - Hesepertwist -
Holzappel - Groschlattengrün - Falken Gesäß -
Böß Gesäß - Hepsisau - Klafferstraß -
Klein Mimmelage - Kothmaisling - Leihgestern -
Lesumstotel - Mammoißel - Lyhren - Michaelspoppenricht -
Mitterfirmiansreuth - Mundraching - Mutschelbach -
Narp-Utarp - Nateln - Nausis - Jastorf-Neindorf -
Neusustrum - Nichtinghausen - Niederhochstadt -
Niedermandersscheid - Niederimsingen -
Niederwenigern - Nübbel - Oberbimbach - Oberjeckenbach
Oberquembach - Harras - Oedingen - Pang - Pannecke -
Penkefitz - Passade - Pfrentsch - Pichl - Pippensem -

Pivittsheide - Poing - Polier - Pollanten - Pommeißel -
Potzbach - Prezier - Pullach - Pütschbach -
Prümzurley - Pudripp - Quiddelbach - Quint -
Quetshausen - Ranna - Westerwannah - Renquishausen -
Regenpeilstein - Riol - Rüppaurr - Ruspel -
Russel (Rüssel) - Elfant - Sabbenhausen - Sallach - St. Afra -
Sarel - Satrup - Sallach - Runkel - Scharfbillig -
Schlatt am Randen - Heeßel/Schleeßel/ Treessel - Ichmichen -
Schnuttenbach - Schnurpflingen - Schloppach - Schnepke -
Schulp - Selent - Singlis - Simmisweiler - Sontra -
Sersum - Simander - Sparwiesen - Spexard - Spreda -
Stadtkyll - Beinhausen/Steinhausen/ Steiningen/Beinigen/
Stirpe - Sylvenstal - Sussum/Bassum -Sustrum -
Tarp - Tarbarg - Thalitter - Thunpadel - Tigerfeld -
Tierhaupten / Tiefengrün/Überroth/Oberrot/Blauhand pp -
Unterhohenried/Unterebland -
Tiefenhöchstadt - Tiste - Trennewurtherneuendeich -
Tutschfelden - Tyrlaching - Übbedissen - Uchtelfangen -
Udelfangen - Übrigshausen - Unaften - Uhry - Ulsnis -
Unterafferbach - Unterbaar - Untergrüne - Urbar -
Upsprunge - Upleward - Utgast - Utphe - Urspring
Urphar - Vardeilsen - Varlosen - Varmissen
Vasbeck/Basbeck/Laasbeck - Visquardt - Vollbüttel - Seeon
Voltlage - Vorra - Waddeweitz - Waal - Wambeln -
Warbsen - Wega - Wehrda - Wellie - Wermutshausen -
Wennigsen/ bennigsen - Versmold - Verlautenheide
Wessobrunn - Wezten - Wetschen - Wiepenkathen -
Köthel - Wittibreut - Wolkenwehe - Wollomoos - Ibra - Iba - Ins
Wutzlhofen - Wybelsum - Wunderbüttel - Arensch/Berensch
Wurmannsquick - Zweifall - Triangel - Falscheid _ Faha -

Kleinmeinsdorf –
Schmidten
Anstalten

zu Brüssel [illegible]
+ auf die Reise
[illegible] –
Vorsicht ..
– VP – .

8.

Linie
(als Bass zu Boogie-Rhythmus

Au-

Weiter: Aach - Asch - Auw - Ayl - Besch-Bell - in reim übergehen

Boms - Brest - Gaan - Calw -

Dens - Dhünn - Daun - Elz - Eich - Echtz - Erb

Fahz - Frenz - Gars - Gern - Geich -

Goch - Gnutz - Hals - Hau - Helm - Helt - Herb -

Irl - Kaan - Kaaks - Kelz - Kirf - Kirn - Konz -

Laar - Laak - Leck - Maar - Marl - Merl - Mpers -

Mühl - Narp - Noer - Nohn - Nerf -

Ob - Oed - Oy - Ohr - Orb

Paar - Pang - Pleß - Pley - Poing - Polch - Pell

Pest - Prest - Prex - Puch - Pütz

Quaal - Queck - Quint -

Rast - Rasch - Reees - Rex - Rot - Rett

Saal - Saas - Schier - Schign - Schlatt (am Rand)

Schuld - Schwei - Schulp - Selm - Sief - Sieck-

Sien - Sinn - Soest - Sinz - Selln - Sehl -

Spich - Spoek - Sülm - Sulz - Strinz - Süß - Stuhr -

(b -?)

Tarp - Tschirn - Twist - Narp - Usch - Vach

Vinxt - Verst - Weil -

Yach - Zips - Zell - Zens - Züsch -

Burs Borg Boich Bonn Dorf Ensch Rath Rot Ross Thier Schweich Reich Prien Kley Köln Möllen

Hoof Irsch Klais Saig Saal Thal Türr Prem preez Preis Prex

Sinn Sinning

Thorr Thomm Ulm Zorn Zeil

Einbeck - (Einöd) - Zweibrücken - (Zwiefalten) -
(Vierhöfen)
Dreilinden - Fridritt - Vierkirchen - Fünfbrenn -

Sechshelden - Siebeneichen (Siebenbäumen) -

Achthöfen - Neunkirchen - zehnhausen -

(Halbemond - Guderhandviertel - Vierzehnheiligen)

Kötersende - ~~Klein Mimmelage~~ - Kropfmühle - Krummrück - Krempel - Kröppelshagen - Haifenheim - Klafferstraß - Ekelsdorf - Eiterfeld - Dörrmoschel - Aabüttel - Vettelscheß- Oberplag - Mengerschied - Schierling - Varlosen - Varmissen - Unterkotzau - keine Angst, der Erzähler lebt noch, hat inzwischen aber doch wohl ne kleine Erfrischung nötig

und ---

Weiter: Paderborn -

Frauenkopf

Merxhausen ?

Köpfchen - Klein Denkste - Merkenfritz - Mitwitz -
Sinn - Obersinn - Redwitz - Witzeeze - Witzlhof -
Witzighausen - Witzhelden - Denkiehausen - Frechen -
Lachen - Possenried - Scherzheim - Scherzingen -
Schalkhausen - Schalke - Schelmkappe - Motzfeld -
Motzenhof - Poltersdorf - Bledeln - Blödesheim -
Laaber - Dösingen - Drögennottorf - Wissen (Sieg) ~~Wissenbach~~

Sinn - Sinningen -

WISSEN: SIEG!
WISSEN: Sieg!
Köpfchen!
Klein Denkste
Merkenfritz
Obersinn
Redwitz
Mitwitz
Witzelhof
Witzelhausen
Denkiehausen
Schalkhausen

z. B. Harbach - Marbach - Traben-Trarbach

Aneinandergereiht stimmt überhaupt so manches :

Aach - Asch - Auw - Ayl - Besch - Bonn -

Boms - Brest - Caan - Calw - Dens - Daun -

Ensch - Eich - Elz - Echtz - Erb - Falz -

Gars - Gern - Geich - Goch - Gnutz - Hals -

Hau - Holm - Holt - Horb - Irl - Kaaks -

Kelz - Kirn - Kirf - Konz - Laar - Laak -

Maar - Marl - Merl - Moers - Narb - Nerf -

Noer - Ohr - Ob - Oed - Oy - Orb -

Paar - Pang - Poing - Puch - Post - Prex -

Quaal - Queck - Quint - Rot - Rott - Rex -

Saal - Saas - Schuld - Schlatt - Schulp - Schier -

Soest - Sinn - Thomm - Twist - Tarp - Trier -

Ulm - Usch - Vach - Vinxt (Verl) - Vorst - Weil -

Yach - Zips - Zorn - Zell - Zons - Zeil -

(und jetzt müßte da eigentlich Musik eint[...] -genau an dieser Stel[...]

(n)
Stimme aus dem Publikum:

Untö - ichö - glaubö, Zips - Zeil, ja wo sind wir denn hier?

Unruhe - -

(Ein gewisses Geraune im Publikum , dann - -

1.
Stimme aus dem Publikum: (Sprechgesang)

Ja, auf diesen Befreiungsschlag haben wir seit langem gewartet.

Aasbüttel - Barsbüttel - Dassbüttel -

2. Stimme: Untö - ichö - glaubö ,

3. Stimme: Ober dat Ix hätt he vergeeten

(Beitrag)

Bölexen

Albaxen über Höxter - Altfunnixsiel - Boxberg - Buxtehude
Cyriaxweimar -
Cuxhafen - Daxweiler - Draxlschlag - Elbrinxen -

Externsteine - Funnix - Göxe - Gerxheim - Guxmühlen -

Havixbeck - Herxheim - Hexen-Agger - Holxen -

Hoxhoge - Hünxe - Jerxheim - Karoxbostel -

Klixbüll - Klanxbüll - Koxhausen - Linx - Loxstedt

Luxen - Marxen - Marxgrün - Merxhausen - Niederbexbach -

Oelixdorf - Olexheim - Oxlund - Oxstedt - Poxdorf -

Prex - Rauxel - Rex - [illegible]ixdorf - Fixbeck - Rixfeld -

Rixen - Roxel - Roxheim - Saxler - Sebexen - Schweix -

Selxen - Silixen - Taxöldern - Thalexweiler - Twixlum -

Üxheim - Urxweiler - Vinxt - Voxtrup - Wixenhausen -

Walxheim - Waxweiler - Wexhausen -

Anschluß:

Großarmschlag

Wixhäusen - Wichsenstein - Ohnastetten - Sexau -

Kratzhan - Dörrmoschel - Vettelschoß - Netschrei-
Strang - Strempe - (Großmuß) Oberreitzbach
Engenhahn Altwiedermus - Hodenhagen - Velsemenhusen -
Koxhausen - Haschbach -
Sellerich - Helpup - Opherten - Wisper - Ober Werbe

Strich - Nonnenmiss - Neuwallmoden - Schickelsheim -

Waiblingen - Weibhausen - Weibersbrunn - Weibern -

Wald Amorbach - Waldangelloch - Pflaumenloch -

Pflummern - Oberreitzbach - - Schambach -
Strubbel -
Stretzbüsch - Waldfeucht - Hymendorf - Vorderriß-

Vorderhindelang - Voitze - Lustbronn - Maidbronn -

Strümpelbrunn - Büchsenschinken - Tüttendorf -

Tummelheim - Tettenborn - Zizenhausen - Zizishausen -
Mammendorf
Sexau - Lustnau - Koßelau - Kratzhan-Tittling - Datteln -
Nieder
Tröstau - Muschenheim - Liebersbach - Niedergailbach -

Niederhosenbach - Niederlangen - Kerben - Kerzenheim -

Kleinbettlingen - Niederbettingen - Ritzisried -
Vogelkoje -
Ritzhausen - Hemmat - Frauenaurach - Ober Werbe -
Opherten -
Oberzier - Putzstück - Putensen - Puffendorf -

Puppling - Strich - Strang - Strempe - Kissing -

Petting - Nonnenmiss - Nonnenhorn - Rockshausen -

Neuwallmoden - Schickelsheim - Nordhackstedt - Fümmelse

[illegible] - Vögelsen - Fickmühlen - Kleinenkneten -

Nutteln - Nuttlar - Mitterfecking - Rammelsbach -

Laxten - Laßrönne - Langerwehe - Wehen - Wehingen -

Oberehe - Paar - Dörrmoschel - Vettelscheß -

Ohnastetten - Koxhausen - Obermögersheim - Großmuß-

Velsemenhusen - Reicheneinbach - Sellerich -

(Titting - Tittling - Tittmoning - Titz) (Weiten Gesäß)

Altwiedermus - Böß-Gesäß - Bürstel - Busenbach

Beiningen - Engenhahn - Hedenhagen - Helpup -

Hintertiefenbach - Hinterzarten - Hartegasse -

Großarmschlag - Echtz - Asch - Hals - Falz -

Fall - Freudenthal - Freudenberg - Freutsmoos -

Freistatt - Frauenzimmern - Frauwüllesheim - Feigenhofen -

Feichten - Fleischwangen - Föckinghausen - Föckelberg

Freienwill - Friedlos - Leck - Leckingsen - Leibi -

0562 Willich - Wichsenstein - Wisper - -

Bremerhaven

Bremen

Oldenburg

Bremerhaven

Oldenburg — Bremen

Wolfsburg

Hannover

Braunschweig

Salzgitter

[illegible] Göttingen

[illegible] [illegible]

A.)

B rve m e r h h a v e n

O l d e n b u r g B r e m e n

H a n n o v e r W o l f s b u

B r a u n s c h w e i g

S a l z g i t t e r

H i l d e s h e i m

G ö t t i n g e n

K a s s e l (Herrdeshimmels,

we sind wir denn hier?!)

Babenhausen - Bebensee - Bieben -

Siebenebäumen - Siebeneichen - Siebenlieben

Liebenzell

Zwiefalten - Fridritt

Sechshelden - Vierhöfen - Vierkirchen - Einöd -

Zweibrücken - Dreilinden - Zwiefalten - Achthöfen -

Neunkirchen - Zehnhausen - Fünfbronn - Guderhandviertel

Halbemond - Einbeck - Vierzehnheiligen - Siebeneichen -

Klanxbüll

Sebexen - Altfunnixsiel - Albaxen über Höxter -

Boxberg - Buxtehude - Cuxhafen - Guxhagen - Wixhausen -

Baxweiler - Dra(e)xlschlag - Elbrinxen - Fehl-Ritzhausen -

(Rixdorf) - Externsteine - Göxe - Gerxheim -

Guxmühlen - Havixbeck - Herxheim - Hexen-Egger Ditzlitz

Helxen - Hexhöhe - Cyriaxweimar Laaker - Lachen -

Redwitz

Klein-Oentste / Merkenfritz - Langweiler -

Witzhelden - Witzeeze - Witzighausen - Witzlhof - Köpfchen

Bledeln - Blödesheim - Denkiehausen - Dösingen -

Drägennettorf - Freienwill - Friedlos - Motzfeld -

Motzenhof -

Geifertshofen - Fümmelse - Freudenstadt-Gaildorf - Possenried

Großmuß - Haßbergen - Haßlech - Herzebrock - Poltersdorf

Heuchelsheim - Herzlake - Hohn - Dalldorf - Frechen -

Neindorf / Jastorf / Notschrei - Obersinn - Sinn

Schalkhausen

Scherzheim

Scherzingen

Schelmkappe

Dauwelshausen - Himmelpforten - Engelschoff -

Heiligenmoschel - Höllen - Höllriegelskreuth -

Aasbüttel - Baindlkirch - (Albshausen - Bettmar)

Engehöll - Engelschwand - Gottwellshausen - Maria-Bildhausen

Vierzehnheiligen - Mariahilf - Irminseul -

Kirchensittenbach / Pansdorf - Paradiese -

Priorei (Primisweiler?) / St. Englmar / Unsernherrn

Unterhöllgrund

[illegible]

6.-

Wolfsburg - Ochsenwerder - Bullenhausen - Bienenbüttel -
Bullenkuhlen - Ebern - Erpel - Geislatsried -
Hengstey - Hepsisau -

Hopfen - Hopfenstadt - Weinsheim - Bierbronnen -
Bodenmais - Großkuchen - Großzecher - Haschbach -

Bittelschieß - Altwiedermus - Böß-Gesäß - Bürstel -
Busenbach - Tettenborn - Beiningen -
Diahren - Forzheim - Darmstadt - Dickenschied - Schweinsch
(Dörrmoschel) Eiterfeld - Ekelsdorf - Echtz -
Espenschied - Engenhahn - Faulbach - Fickmühlen -
Hodenhagen - Großarmschlag - Hartegasse - Helpup -
Hintertiefenbach - Hengstey - Hinterzarten -
- Mükwolstrup -
Ursulapoppenricht - Wüstenselbitz - Schwüblingen -
Altfunnixsiel '- Beilngries - Ahrensviöl -
Boekzetelerfehn - Bützflethermoor - Meerausmoor -
Cirkwehrum - Dörrmoschel - Dorfprozelten -
Eisenärzt - Diemantstein - Eurasburg -
Fladderlohausen - Frau Rombach - Großarmschlag -
Groschlattengrün - Hesepertwist - Holzappel -
Holzhammer - Cluserth-Bramhaar -

Erb- Herb - Goch - Gnutz - Hals - Hau - Au - (Daun) (Helpup)
Aach - Beesk - Caan - Asch - Besch - Bell - Bems -
Auw - Ayl - Berg - Brest - Böß Gesäß - Calw -
Dens - Dhünn - Echtz - Eeesch - Eich - Elz
Fahr - Fall - Falz - Frenz - Gars - Gern - Geich bei Echtz
Dill - Diez -

0566

C.-

Aasbüttel - Barsbüttel -

Alsen - Belsen -

Aashausen - Besenhausen -

Blersum - Sersum -

Allenbach - Bollenbach -

Allerbüttel - Böllenborn -

Gaggenau - Buggensegel - [illegible] Brodowin -

[illegible]

Asbach - Basbeck - Dasbach - Esbach - Esbeck -

Beiningen - Deiningen - Meiningsen - Feiningen -

Akkum - Bekkum -

Dorndorf - Schorndorf -

Drögennottorf - Leuchtersleben -

Büdelsdorf - Düdelsheim - Düdenbüttel - Dünne -

Etzen - Echts -

Puppling - Putensen - Puffendorf - Rammelsbach - Ramsau
Pflaumenloch (-dorf/-heim) Pflummern - Putzstück - Puffendorf

Oberzier - Ofterschwang - Ohnastetten - Opherten - Paar -
Vögelsen, Vogelkoje - Voitze - Volsemenhuse
Oberzier - Ober Werbe -E.- Oberschambach
Strich - Strang - Strempe - Stretzbüsch
Oberreitzbach - Oberbrombach - Oberehe - Obermögersheim -

Hohenschambach - Hymendorf - Kissing - Petting -
Vorderriß - Vorderhindelang -
Jeckenbach - Kemnat - Frauenaurach - Kerben -

Kerzenheim - Kleinbettlingen - Kleinenkneten - Koselau -

Koxhausen - Kratzhan - Langerwehe - Laßrönne - Laxten -
Büchsenschinken - Sexau -
Lieblos - Lustbronn -Lustnau - Maidbronn
Tüttendorf - Tummelhof Strubbel -
Mammendorf - Mitterfecking - Muschenheim -
Tittling - Tröstau
Neuwiedermuß - Niederbettingen - Niedergailbach
Strümpfelbrunn (bach)
Niederhosenbach - Nieder Liebersbach - Niederlangen
(Hotteln- Datteln)
Nonnenmiß - Nonnenhorn - Nordhackstedt - Nutteln - Nuttlar
Ritzhausen - Ritzisried - Rockshausen - Rottenmann - vardeilsen
Schambach- Varlosen - Varmissen -
Vettelschoß -

Mengerschied -Merdingen - Mottschieß - Nebenkrug - Dörrmos

Neumagen - Niedereimer - Selters - Niederselters

Nierstein - Oberbillig - Oberbrombach - Oberbrechen -

Oberharnsbach - Harnrode - Oberfladungen -

Oberschwappach - Obersehr - Oberplag - Obersülzen

Oberteuringen - Ober Berg - Oed - Oedingen - Oedheim -

Oberwichterich - Pforzen - Presseck -

Rabber - Rafftum - Raibach - Rast -

Reichenbuch über Mosbach - Reicheneibach -

Ruchheim - Rümpel - Saftig - Salzig -

Neuwallmoden - Schickelsheim - Schierling - Schlachters -

Schlatt am Randen - Schleckheim - Schlempertshof -

Scvhmachthagen - Schlückingen - Schmerlecke - Schmelz -

Schmelz - (Schmichen - Unshausen) - Schnorbach - 1810

Schnorrenberg - Südlohn - Schweppenhausen - Sehlde

Seibersbach - Sellerich - Selters - Büchsenschinken -

Sondern - Sparwiesen - Speckswinkel - Übrigshausen -

Supplingenburg - Tränkhof - Trebgast - Tröstau
Unterkotzau - Untermagerbein -

Harbach – Marbach – Trabe-Zrabbach

Harme – Barmen –

Haspe – Daspe –

Hassum – Bassum –

Hecken – Klecken –

Heeßel – Scheeßel – Messel – Schleeßel

Hecheln –

Herpel – Erpel –

Bühne – Hochbühn – Kirchvers – Klein Flöthe –
Loeseringen – Letter – Lyhren – Musen – Nachtigall
Neuwallmeden – Neubäu – Niederleierndorf –
Niederstimm – Obermusbach – Oberstimm – Oberzier
Quint – Reimboldshausen – Reimersbude – Reimenrod –
Reimershausen – Remels – Richterich – Rockshausen –
Röhrkasten – Rumohr – Sange – Sangenstedt –
Schallstadt – Strahlungen – Surendorf – Unterliederbach
Versen – Vextrup – Triangel – Versmold – Versbach –
Hopfgarten – Hoffnungsthal – Kaaks – Jever – Käseburg–
Kakerbek – – Kaköhl – Kalteschale – Kippenheim weiler –
Knapsack – Koxhausen – Speyersdorf – Levedagsen –
Sterbfritz –

Konstruktion

1) Die Laufstreifen Strich
(jetzt müssen ergeben Bilder kommen
genau an die Stelle

2) Der Liebestaumel auf das
Papier

(auf diesen Befreiungsschlag von
Dir haben wir lange gewartet)

3) Realisieren im Strich
Nein, jetzt erst im
Geistesverhältnis:
reale Orte: Wahrnehmung:
Eisschleife im Kanal –
rosa Farbtöne – Rübenmiete –
Schneefahnen jagen wie Fledermäuse
pp pp

4) Und an Leipzig nun die
Stimmen entlang der Bahnhofsmauer.
ja . . . . →

Adelsheim – Blötzheim

Oedelsheim

Düdelsheim – Heinkelsheim

Schnickelsheim Knittelsheim

Rüdesheim Hüdesheim Küchelsheim

Goddelsheim – Hinkelheim

Oddelheim

Plan – drop – Jastrop –

Schlechtheim – Schmerzheim –

Schleichheim –

Püdelbach

Niederlinxweiler

Aneinandergereiht stimmt überhaupt so manches,
beispielsweise: Adelsheim - Blödesheim - Düdelsheim.

Aneinandergereiht können kleine sieben Eindrücke
ohne weiteres ihre eigene Milchstraße bilden:
Einöd - Zweibrücken - Dreilinden - Vierkirchen - Fünfbronn -
Siechshelden - Siebeneichen

Wo schon das ganze große Dingsda unaufhaltsam
auf die - - zusaust,
und du merkst, wie deine Kräfte verfallen,
ja, langsam, leider,
und es tröpfelt auch nur noch mal so,
vereinzelt,
ungenau wie die Gnade Gottes, ' . .
ist doch gar nicht so schlecht, wenn in dem ~~riesen Wahnsinns~~durche
ander
wenigstens nochmal der Knackfrosch auftönt:
Accum - Beccum - Leccum - Kuckum - Teckum - Stockum -

Einfach so Henky Tenk - ~~warum nicht?~~

Einfach so Blech-Klavier.

Ja und an dieser Stelle müßte nun eigentlich Musik auftauchen -

Ja und an dieser Stelle müßte nun eigentlich
Musik eintreten - absolut 1 2`3,

Ja und an dieser Stelle könnte nun wirklich mal
Musik eintreten,
genau an dieser Stelle,

Ja und an dieser Stelle könnte nun wirlich mal
Musik eintreten,
richtig, genau an dieser Stelle,

Ja und an dieser Stelle könnte nun wirklich mal Musik eintreten,
absolut an dieser, - jadoch -

Genau an dem
Doppelpunkt!

Nach vor Expresso
abgehen —

Also praktisch sone Art von Honky-Tonk -

Ziemlich einfach - keine - - - - (Keine Ästhetik des Flickwort

nur so - - und dü müßte dann wirklich die Musik einsetzen -

-Jungs! -

Aach - Asch - Auw - Eyl - Besch - Bonn

Boms - Brest - Caan - Calw - Dens - Daun -

pp - pp

Aller
Letzten Durchgang - wer weiß - vielleicht ruhig nochmal

unter radikal reduzierten - - Bedingungen:

.. . .

und verkündet vom Oberbimbacher Dorftanzboden

die ideale Republik -:

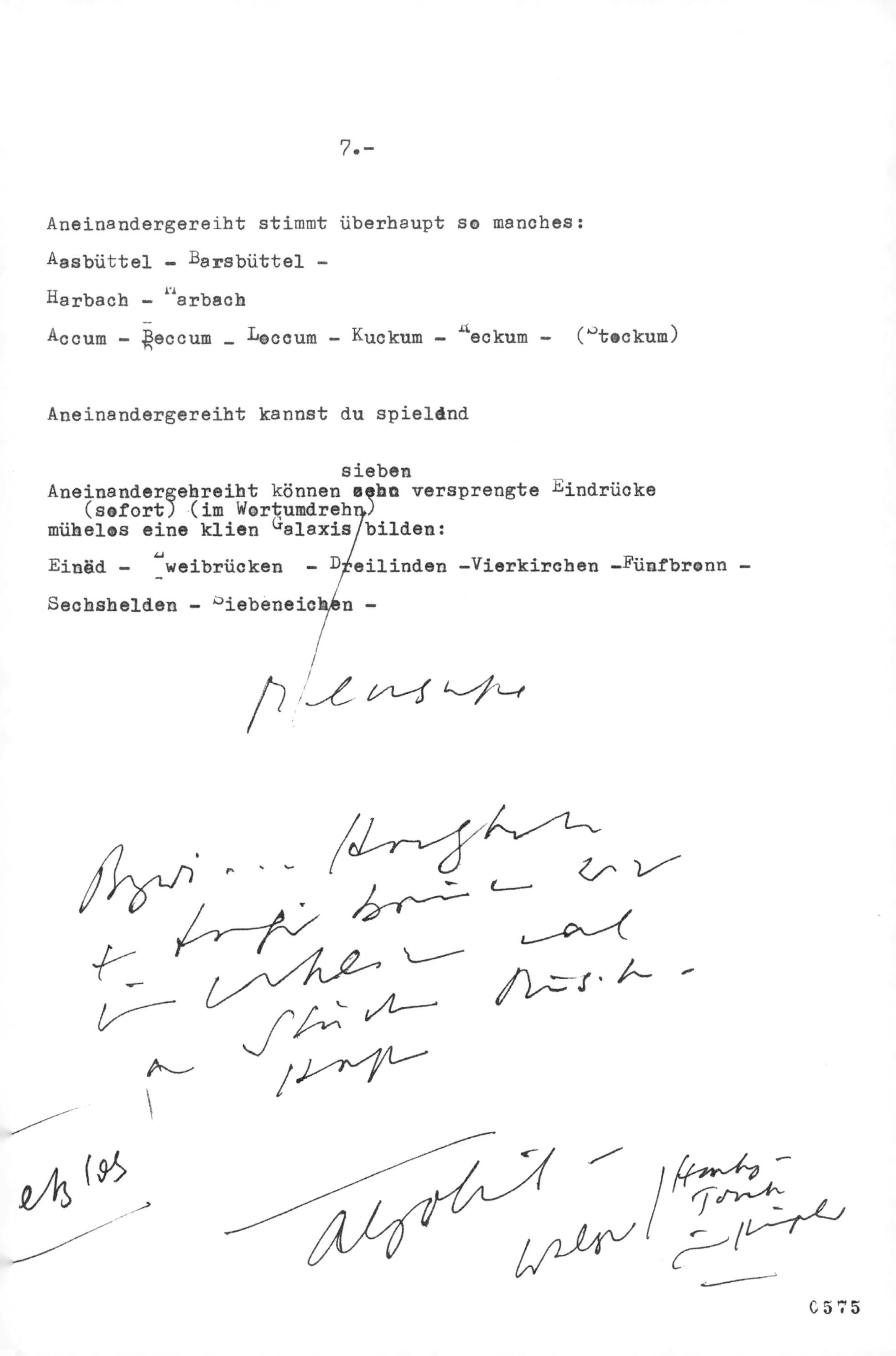

Aneinandergereiht stimmt überhaupt so manches:

Aasbüttel - Barsbüttel -

Harbach - Marbach

Accum - Beccum - Loccum - Kuckum - Heckum - (Stockum)

Aneinandergereiht kannst du spieland

Aneinandergehreiht können ~~zehn~~ sieben versprengte Eindrücke (sofort) (im Wortumdrehn) mühelos eine klien Galaxis bilden:

Einöd - Zweibrücken - Dreilinden -Vierkirchen -Fünfbronn -

Sechshelden - Siebeneichen -

Ja

Aneinandergereiht stimmt überhaupt so manches,

~~beispielsweise~~ Wolfsburg, Wolfenbüttel, Wolfach,

Wolfsheim , Wolfsegg , Wolfshövel,

Wolfrathshausen, Wolfscjlugen. Wolfbruchermoor -

Aneinandergereiht kannst du dir doch sofort

aus vorüberfegenden Eindrücken
(absolut) (unangreifbar) (unverbrennliche)
eine einheitliche Republik ergründen:

Einbeck - Zweibrücken -

Dreilinden - Vierkirchen - Fünfbrenn -

Sechshelden - Siebeneichen - Achthöfen - Neunstetten - Zehnhausen -

Wo schon das ganze Dingsda unaufhaltsam

auf die - - zusaust -

und du merkst, wie deine Kräfte verfallen,

ja, langsam , leider,

und es tröpfelt auch nur noch mal so,

verloren,

ungenau wie die Gnade Gottes - :

und du findest in der gesamten auseinanderstrebenden Galaxis

nicht die passende Grundlage für eine Ästhetik des Blickwerts,

wird dir - aus Marbach - Harbach - Traben-Trarbach
(ersatzweise -
(meinetwegen : Akkum - Bekkum -Lekkum)

(Barsbüttel - Aasbüttel)

- - Späre - Sphärenmusik - -

Aneinandergereiht stimmt überhaupt so manches,
beispielsweise Adelsheim , Blödesheim, Düdelsheim.

Aneinandergereiht können sieben verfahrene Eindrücke
ohne große Kunst ne kleine Milchstraße bilden:
Einöd - Zweibrücken - Dreilinden -
Vierkirchen - Fünfbronn - Sechshelden - Siebeneichen -

Wo schon das [illegible] ganze (große) Dingsda unaufhaltsam
auf die - - zusaust,
und du merkst, wie deine Kräfte verfallen,
ja, langsam, leider,
und es tröpfelt auch nur noch mal so,
vereinzelt,
ungenau wie die Gnade Gottes :
ist doch (beinah schon -) [illegible]gut, wenn in [illegible] Durcheinander
wenigstens nochmal dem ganzen (in dem gesamten) unheilvollen
der Knackfrosch auftönt:
Accum - Beccum - Loccum - Kuckum - Stockum - Reckum -

7.-

Aneinandergereiht stimmt überhaupt so manches,

beispielsweise Accum - Beccum - Leccum - Steckum - Kuckum - Reckum

Aneinandergereiht können sieben verlaufende Eindrücke
(ohne große) (Kunst)
ohne weiteres ne kleine Milchstraße bilden:

Einöd - „weibrücken - Dreilinden

Vierkirchen - Fünfbronn - Sechshelden - Siebeneichen -

Wo schon das ganze Dingda unaufhaltsam

auf die - - zusaust,

und du merkst, wie deine Kräfte verfallen,

ja, langsam , leider,

und es tröpdelt auch nur noch mal so,

vereinzelt,

ungenau wie die Gnade Gottes, (ernst zu nehmenden)
(absolut gut)
ist doch schön, wenn in dem überhaupt nicht mehr zu

merkenden „urcheinander wenigstens nochmal

die chelle auftönt:

Besondere

besonderen !

Klingel
Schelle
Bimmel

Aneinandergereiht sitimmt überhaupt so~~x~~ manches:

Aasbüttel - Barsbüttel -

Harbach - Marbach - Trarbach -

Akkum - Beccum - Loccum - Stockum - reckum -

Aneinandergereiht können sieben versprengte Eindrücke

mühelos eine kleine Milchstraße bilden:

Einöd - Zweibrücken - Dreilinden -

Vierkirchen - Fünfbrenn - Sechshelden - Siebeneichen -

Wo schon das ganze Dingda unaufhaltsam

auf die - - zusaust,

und du merkst, wie deine Kräfte verfallen,

ja, langsam, leider,

und es tröpfelt schon nur noch mal so,

vereinzelt,

ungenau wie die Gande Gottes,

ist doch gut, wen in dem absolut verrückten Durcheinander

wenigstens nochmal ne ~~Naerrenschelle~~ Honky-Tonk-Piano auftönt:

Adelsheim -Blödesheim - Düdelsheim -

Golldelsheim - Oedelsheim -

Aneinandergereiht stimmt überhaupt vieles.

Aneinandergereiht und in die richtige Ordnung gebracht,

\- - S i n n -

Reihentechnik - (mit der richtigen Reihentechnik -
kannst du dir die gesammte Welt nochmal - -

daß sie Spur hält - (zusammenreimen)

redundant wie'n Besoffener

was wir brauchen so nötig wie das tägliche Brot
ist eine Ästhetik des Flickworts -

was jetzt gut tät, wär allerdings
ne Ästhetik des Flickworts -

Wir signieren inzwischen auch leergesoffene Whiskyflaschen

Ist ja (noch nicht verboten) - für Schnaps wird
sogar geworben - -

in Zukunft ruhig
und gewisse Häufigkeiten - betrachten Sie mal - -
als Schicksal - - -

Bahnhof Rolandseck - Bad Godesberg - Aachen, oh Aachen ach -

Nebenbei, für Perspektiven mußt du was tun
die Wahrheit kannst du getrost im Sitzen entgegennehmen -- -

Aneinandergereiht stimmt überhaupt ne ganze Menge,
beispielsweise: Adelsheim, Blödesheim, Düdelsheim,
Goddelsheim , Oedelsheim -
(kannst du aus)

Aneinandergereiht können zehn versprenkelte Punkte im Gelände
(ohne weiteres)
auf der Stelle ne eigene Republik ausrufen:
Einbeck - Zweibrücken - Dreilinden - Vierkirchen -Fünfbronn -
Sechshelden - Siebeneichen - Achthöfen -
neunstetten - Zehnhausen -

Wo schon das ganze Dingsda wollnmasagen
unaufhaltsam auf die - - zusaust,
und du merkst, wie deine Kräfte verfallen,
ja, langsam, leider,
und du findest in der gesamten auseinanderstrebbenden Galaxis
nicht das passende Ohr führ deine inneren Stimmen:
ist doch gut , wenn da wenigstens noch sowas wie - -
(Geige auftönt)

und du merkst, wie deine Kräfte verfallen,
ja, langsam, leider,
und es tröpfelt auch nur noch mal so,
bescheiden, (vereinzelt)
undgenau wie die Gnade Gottes:
iss doch gut , wenn in den sinnlos auseinanderstrebenden Galaxis
wenigstens nochmal ein reim ertönt:
Aasbüttel - Barsbüttel,
Accum - Beccum - Loccum ,
Harbach - Marbach - Traben-Trarbach - - - -

Aneinandergereiht stimmt überhaupt so manches,
zum Beispiel: Aasbüttel - Barsbüttel,
Akkum - Bekkum ,
Harbach - Marbach - Traben Trarbach .

Aneinandergereiht kannst du dir sofort aus vorüberfetztenden
Eindrücken eine vollkommen neue Republik erschaffen:
Einbeck - Zweibrücken _ Dreilinden - Vierkirchen - Fünfbronn,
- Sechshelden - Siebeneichen - Achthöfen- Neunstetten -
Zehnhausen -

Wo schon das ganze Dingda unaufhaltsam
auf die - - zusaust;
und du merkst, wie deine Kräfte verfallen,
ja, langsam , leider;
und es tröpfelt auch nur noch mal so,
vereinzelt,
ungenau wie die Gnade Gottes,
und du findest in der gesamten auseinanderstiebenden
Galxis
nicht den geringsten Anhalt für eine Ästhetik des Flickworts,

Aneinandergereiht stimmt überhaupt so manches:
Akkum - Bekkum - Lokkum -

Aneinandergereiht stimmt überhaupt so manches,
beispielsweise: Harbach - Marbach - Traben-Trarbach -

aneinandergereiht kannst du sofort Sinn
in eine ausweglose Sache bringen:
Einbeck - Zweibrücken - Dreilinden - Vierkirchen
Fünfbronn - Seckshelden - Siebeneichen - Achthöfen -
Neunstetten - Zehnhausen -

Wo schon das ganze Dingda unaufhaltsam
auf die - - zusaust,
und du merkst , wie deine Kräfte verfallen,
ja; langsam; leider;
und es tröpfelt auch nur noch mal so,
vereinzelt,
ungenau wie die Gnade Gottes

Aneinandergereiht stimmt überhaupt so manches:
beispielsweise: Asbeck,- Basbeck - Laßbeck -
(Haarburg - Marburg - Saarburg - - du capito?!)

Aneinandergereiht kannst du sofort
Sinn in eine aussichtslos e Reise bringen:
Lassen Sie uns nochmal bei Einbeck beginnen:
Einbeck - Zweibrücken - Dreilimden - Vierkirchen -
Fünfbrenn - Sechshelden - Sienbeneichen - Achthöfen -
Neunstetten - Zehnhausen -

Aneinandergereiht stimmt überhaupt so manches:

Akkum - Bekkum -

Aasbüttel- Barsbüttel -

Harbach - Marbach - Traben-Trarbach.

AneinANDERGEREIHT KANNST DU DIR SOFORT

Aneinandergereiht stimmt überhaupt ne ganze Menge:

Wolfsburg - Wolfschlugen - Wolfsheim - Wolfeck _ Wolfach -

Wolffenbüttel - Wolfrathshausen -

Aneinandergereiht können zehn verlorene Punkte im Gelände

bumms-sofort neeigene Republik ausrufen:

Einöd - Zweibrücken - Dreilinden - Vierkirchen - Fünfbronn -

Sechshelden - Siebeneichen - Achthöfen - Neunstetten -

Zehnhausen -

dito : Adelsheim - Bledelsheim - Düdelstadt

Dito: Scharfbillig - Sparwiesen - Seihgestern -

Niederwenigern - Übrigshausen -

Wo schon das ganze Dingsda unaufhaltsam

auf die - - zusaust,

und du merkst, wie deine Kräfte verfallen,

ja, langsam, leider,

und es tröpfelt (auch) nur noch mal so,

vereinzelt,

undgenau wie die Gnade Gottes

Aneinandergereiht stimmt überhaupt ne ganze Menge,

beispielsweise Wolfsburg, Wolfenbüttel, Wildfach,

Wolfseck , Wolfsheim, Wolfrathshausen

so allerlei

Aneinande gereiht stimmt ja überhaupt so manches:

verlorene Pubkte im Gelände

Aneinandergereiht können zehn verfahrene Dinger im Gelände

sofort einen faßbaren Sinn ergeben

einen magischen Zirkel - utopische Republik -

(Nonsense-Verse)

(Wie gesagt)

Aneinandergeheiht stimmt überhaupt vieles (so manches)

Bahnhof Rolandseck, na du weißt schon,
man kuckt nicht zweimal in den gleichen Spiegel.

Bad Godesberg/Bonn:
ja so ist das, das Leben gibts nicht als Replay.

Aachen, oh Aachen , ach, mit seinen ungezählten
Wasser aus der Tiefe sprudelnd, in die Höhe steigend,
aber die Wahrheit läßt sich nicht rückgängig machen -

Aachen , oh Aachen Ach,
mit seinen ungezählten Wassern in die ~~Höhe quellend,~~
~~in die Tiefe fallend,~~ . . . .
und gewisse Häufigkeiten nehmen Sie in Zukunft
(ruhig)
lieber mal als Schicksal!

. . . .

Solch einen Ruck, sich wirklich herauszudenken,
gibt es doch überhaupt nicht: . . .
Der Beweis, daß in deinem Abwinken
immer noch mehr Kraft enthalten war
als in anderer Leute Sonnenaufgängen -

Keine Angst, der Verfasser lebt noch,
hat inzwischen aber doch wohl ne kleine Aufmunterung verdient:
Wittingen - Warstein . Augsburg - Kulmbach -
Flensburg - Jever - Einbeck - :
Was meinen Sie, was durch uns schon alles
durchgeflossen ist : g a n z e   S t r ö m e !
(aneinandergereiht kann das stimmen)

Aneinandergereiht stimmt überhaupt ne ganze Menge,
beispielsweise Adelsheim - Blödesheim - Düdelsheim.

Aneinandergereiht können sieben verwackelte Reiseeindrücke
doch sofort 'n eigenes Sternbild ergeben:
Einöd - Zweibrücken - Dreilinden - Vierkirchen - Fünfbronn -
Sechshelden - Siebeneichen .

Solch einen Ruck, sich wirklich herauszudenken,
gibt es doch überhaupt nicht . . . .
. . . .
. . . . den Beweis, daß in deinem Abwinken
immer noch mehr Kraft war als in anderer Leute
Sonnenaufgängen . . . .

Keine Angst, der Erzähler lebt noch, hat inzwischen
aber doch mal ne kleine Erfrischung nötig;
Wittlingen - Einbeck - Augsburg - Flensburg -
Kulmbach - Jever - Paderborn - . . . .
Was meinen Sie, was durch uns schon alles durchgeflossen ist,
g a n z e S t r ö m e !
. . . .
(Aneinandergereiht kann das stimmen.)

Aneinandergereiht stimmt überhaupt ne ganze Menge,
beispielsweise: Adelsheim - Blödesheim - Düdelsheim.

Aneinandergereiht kannst du ~~nämlich sofort~~
aus'n paar verwackelten Reiseeindrücken
eine richtige (kleine) Plejadengruppe zusammen~~basteln~~:
Einöd - Zweibrücken - Dreilinden - Vierkirchen - Fünfbronn -
Sechshelden - Siebeneichen . . .

Solch einen Ruck, sich wirklich herauszudenken,
gibt es doch überhaupt nicht!

Den Beweis, daß in deinem Abwinken immer noch
mehr Kraft enthalten war
als in anderer Leute Sonnenaufgängen . . .

Keine Angst, der Verfasser lebt noch,
hat inzwischen aber doch wohl mal ne kleine Erfrischung verdient,
Wittingen - Warstein - Augsburg - Kulmbach -
Flensburg - Jever - Einbeck -
(Was meinen Sie, was durch uns schon alles durchgeflossen ist- :
g a n z e S t r ö m e !
- aneinandergereiht kann das stimmen)

Aneinandergereiht stimmt überhaupt allerhand,
zum Beispiel: Adelsheim - Blödesheim - Düdelsheim.

Aneinandergereiht kannst du augenblicklich
aus verwackelten Reiseeindrücken
richtige Plejadengruppen zusammenstellen:
Einöd - Zweibrücken - Dreilinden - Vierkirchen - Fünfbronn -
Sechshelden - Siebeneichen -

4.

[illegible] [illegible]
sonne und [illegible]

überall da Sonne
und gewesen

---

empfinden —
[illegible] [illegible]
[illegible] [illegible]
[illegible]
([illegible] [illegible])

2

+ Was der Sinn
aussagt --

die andere Seite
(Schaum)
die Erde
zusammengehalten

Ohne Begriff [illegible] [illegible]
[illegible] eine Ästhetik
der Feuchtwerk
entwickeln
wagen.

3

[illegible]

[illegible]

[illegible]

[illegible] ...

sonst fehlen.

~~[illegible]~~

---

ein gewisser Häufigkeit

behauptet sie [illegible]

häufiger

mal als [illegible]

4

Anders Gesang + ein
Musik begleitung
(Pleasure Musik und
Gesang der Musik,

Saitenspiel

---

ich auf die
Schwarz Gesang
↓
wie am Schnür
— Sehen —

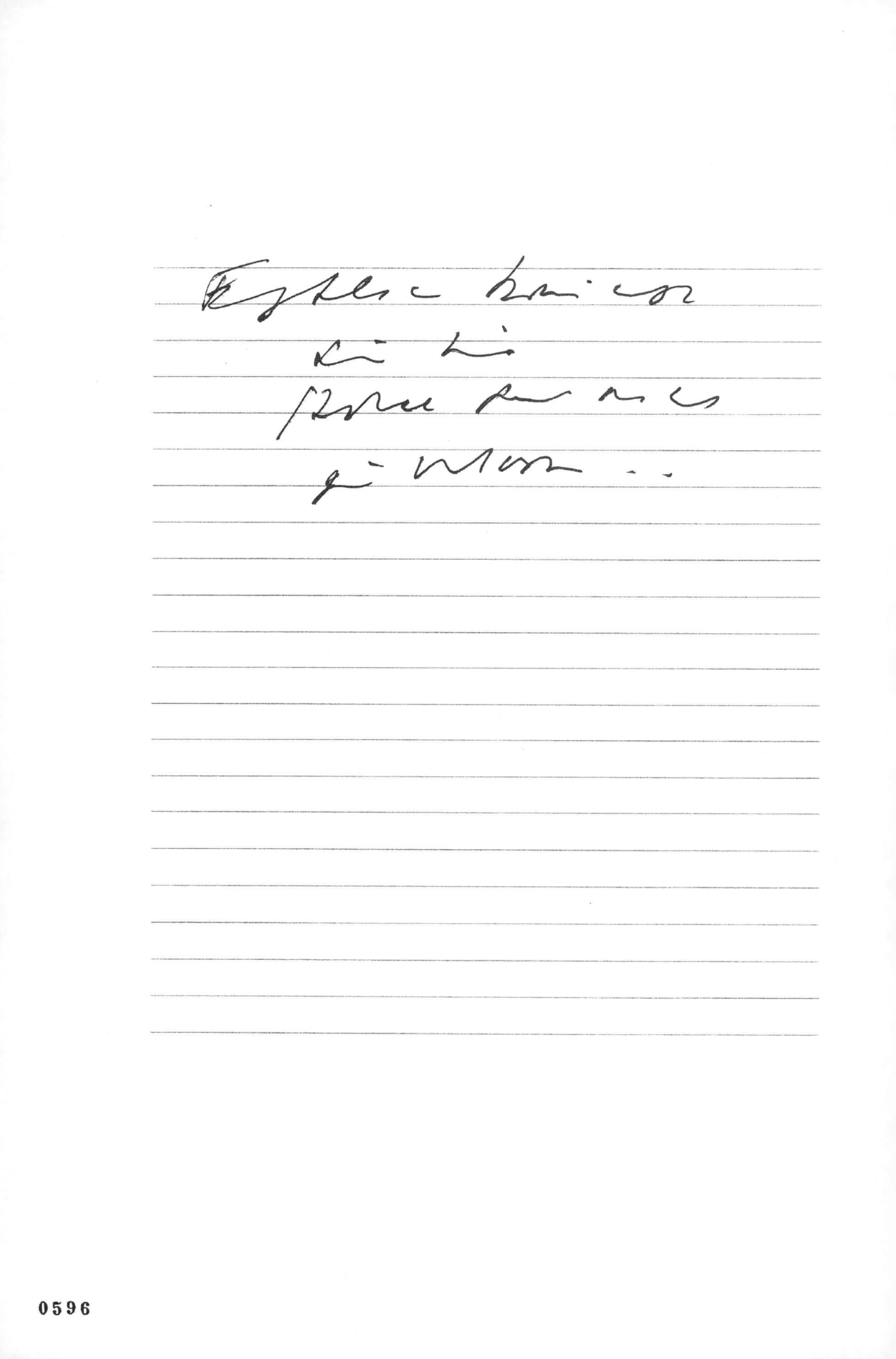

[illegible]
[illegible]
[illegible]
[illegible] ..

Aneinaandergereiht stimmt überhaupt ne ganze Menge,
beispielsweise: Adelsheim - Düdelsheim - Blödesheim - -

Aneinandergereiht kannst du nämlich augenblicklich
aus ein paar verwichsten Schnappschüssen
eine ganze Plejadengruppe zusammenfegen:
Einöd - Zweibrücken - Dreilinden - Vierkirchen - Fünfbronn -
Sechshelden - Siebeneichen . . .

Wo schon das ganze Dingsda unaufhaltsam
auf die - (weißnicht) - zusaust,
und du merkst, wie deine Kräfte verfallen,
ja, langsam, leider,
und du findest in der gesamten auseinanderfegenden Galaxis
nicht das winzigste Mauseloch
für deinen zitternden Schniepel,
ist doch auch nicht ganz schlecht, wenn in dem absolut
verrückten Dureinander
wenigstens nochmal 'n Knackfrosch auftritt:
Akkum - Bekkum - Kokkum -
Accum - Beccum - Leccum -
Accum - Beccum - Leccum -

Brauchst du praktisch bis gar nicht das
Zimmer groß für zu verlassen.

Aneinandergereiht stimmt überhaupt ne ganze Menge,
beispielsweise: Adelsheim - Blödesheim - Düdelsheim -

Aneinandergereiht kannst du nämlich leicht aus
fünf-sechs-sieben verwackelten Reiseeindrücken
eine richtige Plejadengruppe zusammenstellen:
Einöd - Zweibrücken - Dreilinden - Vierkirchen - Fünfbronn -
Sechshelden - Siebeneichen - - -

Wo schon das ganze Dingda unaufhaltsam
auf die - - zusaust -
und du merkst, wie deine Kräfte verfallen,
ja, langsam , leider,
und du findest in der gesamten riesigen Galaxis
nicht das winzigste Mauseloch
für deinen zitternden Schniepel . . .
ist doch immerhin was, wenn in dem Superwahnsinnsdurcheinander
wenigstens nochmal 'n Knackfrosch Laut gibt:
Accum - Beccum - Leccum
Accum - Beccum - Leccum
" " "

Brauchst du eigentlich gar keine großbesondere
Ästhetik des Flickworts dafür .

Kannst du alles zuhaus und in Übereinklagg mit deinem
Postleitzahlenbüchlein erledigen.

Aneinandergereiht stimmt überhaupt ne ganze Menge,
beispielsweise: Adelsheim - Blödesheim - Düdelsheim -

Aneinandergereiht kannst du nämlich leicht aus
fünf-sechs-sieben verwackelten Reiseeindrücken
eine richtige Plejadengruppe zusammenstellen:
Einöd - Zweibrücken - Dreilinden - Vierkirchen - Fünfbrenn -
Sechshelden - Siebeneichen - - -

Wo schon das ganze Dingda unaufhaltsam
auf die - - zusaust -
und du merkst, wie deine Kräfte verfallen,
ja, langsam , leider,
und du findest in der gesamten riesigen Galaxis
nicht das winzigste Mauseloch
für deinen zitternden Schniepel . . .
ist doch immerhin was, wenn in dem Superwahnsinnsdurcheinander
wenigstens nochmal ~~n Knack~~frosch ~~laut gibt:~~
Accum - Beccum - Leccum
Accum - Beccum - Leccum

Brauchst du eigentlich gar keine großbesondere
Ästhetik des Flickworts dafür .

Kannst du alles zuhaus und in Übereinklang mit deinem
Postleitzahlenbüchlein erledigen.

Keine Angst, der Farfasser lebt noch,
kam inzwischen aber doch wohln n' kleinen Schubs nach
vorne verdient: Wittlingen - Warstein -
Augsburg - Flensburg - Kulmbach - Einbeck - Jever:
Was meinen Sie, was durch unsschon alles durchgeflossen ist,
g a n z e S t r ö m e !
(aneinandergereiht kann das stimmen)

Aneinandergereiht stimmt überhaupt ne ganze Menge,
zum Beispiel: Adelsheim - Blödesheim - Düdelsheim.

Aneinandergereiht können sieben verwackelte Reiseeindrücke
augenblicklich eine eigene Sterninformation ergeben:
Einöd - Zweibrücken - Dreilinden- Vierkirchen - Fünfbronn -
Sechshelden - Siebeneichen - .

Wo schon das ganze Dingsda unaufhaltsam
auf die - - zusaust -
und du merkst, wie deine Kräfte verfallen,
ja, langsam, leider,
und du findest in der gesamten durcheinanderwirbelnden Galaxis
nicht das passende Mauseloch für deinen z itternden Schniepel,
ist doch immerhin was, wenn in dem Wahnsinnsriesendurcheinander
wenigstens paar Frösche akkoridieren:
Accum - Beccum - Loccum
Accum - Beccum - Loccum
Accum - Beccum - Locccum -

[illegible] – [illegible]

[illegible] –

[illegible] –

[illegible]

[illegible]

[illegible] – – [illegible]

[illegible]

[illegible] – [illegible] – A [illegible]

[illegible]

[illegible]

Aneinandergereiht können sieben verwackelte Momentaufnahmen
ab sofort eine eigene Reisegruppe bilden:
Einöd - Zweibrücken - Dreilinden - Vierkirchen - Fünfbronn -
Sechshelden - Siebeneichen.

Wo schon das ganze Dingsda unaufhaltsam
auf die - - zusaust,
und du merkst, wie deine Kräfte verfallen,
ja, langsam, leider;
und es tröpfelt auch nur noch mal so,
bescheiden,
ungenau wie die Gnade Gottes -
ist doch immerhin was, wenn in der auseinanderstrebenden Galaxis
wenigstens drei Frösche akkordieren:
Accum - Beccum - Loccum
Accum - Beccum - Loccum
Accum- Beccum - Loccum

Letzten Durchgang - wer weiß - dann vielleicht sogar ruhig
unter nochmals reduzierten Rahmenbedingungen:
A c h t u n g , A c h t u n g ,
unser lyrischer Ich-Darsteller,
der Doyen der deutschen Drogenszene
betritt den hinteren Bühneneingang unauffällig
und verkündet auf dem oberbimbacher Dorftanzboden
eine vollkommen neue Republik . . .

Aneinandergereiht stimmt überhaupt ne ganze Menge,
sangwermal: Adelsheim - Blödesheim - Düdelsheim . . .

Aneinandergereiht kannst du nämlich sofort aus
sieben verwaschenen Eindrücken
einen eigenen Plejadengruppe zusammenstellen:
Einöd - Zweibrücken - Dreilinden - Vierkirchen - Fünfbronn -
Sechshelden - Siebeneichen -

Wo schon das ganze Dingda unaufhaltsam
auf die - (weißnicht) - zusaust,
und du merkst, wie deine Kräfte verfallen,
ja, langsam, leider,
und du findest in der gesamten
auseinanderstrebenden Galaxis nicht das kleinste Mauseloch
für deinen verlorenen Schniepel:
ist doch schön, wenn bei soviel Scheiße und Verdammnis
wenigsten nochmal 'n Knackfrosch Laut gibt:
Accum - Dekkum - Leccum - Kuckum - Meckum - steckum . . .

Brauchst du gar nicht das Zimmer groß zu verlassen.

Kommst du praktisch auch völlig ohne eine
Ästhetik des Flickworts aus.

Wo schon das ganze Dingda unaufhaltsam
auf die - - zusaust,
und du merkst, wie deine Kräfte verfallen ,
ja, langsam , leider,
und du findest in der gesamten riesigen Galaxis [illegible]
nicht das [illegible] ~~passende~~ Mauseloch für deinen zitternden Schniepel,
ist doch immerhin was, wenn in dem Oberwahnsinnsdurcheinander
wenigstens drei Frösche akkordieren:
Accum - Beccum - Leccum -
Accum - Beccum - Laccum -
Accum - Beccum - Leccum -

Brauchst du nicht mal die immer geplante
'Ästehtik des Flickworts' dafür.

Kannst du praktisch alles ohne fremde Hilfe
auf deiner 'Eisernen Lady' runterklimpern.

Naja, bißchen Musik ist natürlich immer hochwillkommen;
Hokky-Tonk-Train-Bluss, (so in dieser Richtung:..)
Aach - Asch- Auw - Ayl - Besch- Bonn -

und du findest in der gesamten auseinanderstrebenden Galaxis
nicht den kleinesten Anhaltspunkt
für eine Asthetik des Flickworts -
Ja, ist das nicht gleich gut, wenn in dem absoluetn Riesenwahnisinn
wenigstens 'n Knackfrosch laut gibt:
Accum - Beccum - Leccum - Kuckum - Teckum - Stockum . . . .

Oder äuch Honky Tonk ganz einfach

(nicht gleich absolut) (absolut nett)
Ja, ist das nicht absolut gut, wenn in dem Wahnsinnsriesendurcheinander
wenigstens 'n Knackfrosch auftönt ? -

Chrerubinischer Wandersmann

Oder Cherubinischer Wandersmann ganz einfach

Also praktisch auch Honky-Tonk für - - -

Honky-Tonk etwa _

Aneinandergereiht stimmt überhaupt ne ganze Menge,

sagnwermal: Adelsheim - Blödesheim - Düdelsheim . . .

Aneinandergereiht können sieben total verwackelte Eindrücke
augenblicklich eine kleine Perlenkette bilden:
Einöd - Zweibrücken - Dreilinden - Vierkirchen - Fünfbronn -
Sechshelden - Siebeneichen . . .

Wo schon das ganze Dingda unaufhaltsam
auf die - - zusaust,
und du merkst, wie deine Kräfte verfallen,
ja, langsam , leider,
und du findest in der gesamten auseinanderstrebenden Galaxis
nicht den geringsten Anhaltspunkt für eine Ästhetik des Flickworts
ist doch immer gleich schön,
wenn in dem Wahnsinnsriesendurcheinander
wenigstens 'n Knackfrosch Laut gibt:
Accum - Beccum - Leccum -Kuckum - Reckum - Stockum -

Oder einfach so Honky-Tonk.

Aneinandergereiht stimmt überhaupt ne ganze Menge,

sangwermal, singwermal: Adelsheim - Blödesheim - Düdelsheim . . .

aus sieben verwaschenen Eindrücken

Aneinandergereiht kannst du nämlich sofort

ein eine eigene

ausxx paar verlorenen Eindrücken (Plejadengruppe)

(komplettes)

so ein richtiges Siebengestirn zusammenstellen:

Einöd - zweibrücken - Dreilinden - Vierkirchen - Fünfbrenn -

Sechshelden - Siebereichen -. . .

Wo schon das ganze Dingda unaufhaltsam

auf die - (weißnicht) - zusaust -

und du merkst, wie deine Kräfte verfallen,

ja, langsam , leider,

und es tröpfelt auch nur noch mal so,

vereinzelt,

ungenau wie die Gande Gottes:

absolut

Ja, ist das xxxx nicht nett, wenn in dixem riesigen

Galaktischen Gemuse wenigstens ein Knackfrosch Laut gibt:

Accum - Beccum - Leccum -Kuckum - Reckum ?!

Noch besser Honky-Tonk xxxxxxxxxxxx versteht sich.

Honky-Tonk-Train-Blues, brauchst du gar nicht lange

nach einer Ästhetik des Flickworts zu suchen:

Oder auch Honky-Tonk ganz einfach,

paßt mal auf:

Aach - ~~Sxx~~ Asch - Auw - Ayl - besch - Bonn (dam-dam)

Boms - Brest - Caan - Calw - Dens - Daun (dam-dam)

~~und so weiter~~

~~xx~~

Honky-Ton-Train-Blues beispielsweise

Ideal

[illegible] Zweites fall
Honky-Tonk -

Honky-Tonk-Train-Blues
beispielsweise -

[illegible]
[illegible]
[illegible]

Wo schon das ganze Dingsda unaufhaltsam
auf die - - zusaust,
und du merkst, wie deine Kräfte verfallen,
ja, langsam, leider,
und du findest in der gesamten auseinanderstrebenden Galaxis
nicht das winzigste Mauseloch
für deinen zitternden Schniepel -
ist doch immerhin was, wenn in dem Oberwahnsinnsdurcheinander
wenigstens nochmal drei Frösche akkordieren:
Accum - Beccum - Loccum -
Accum - Beccum - Loccum -
Accum - Beccum - Loccum -

Brauchst du nicht einmal eine Ästhetik des
Flickworts dafür.

Kannst du praktisch ebensogut zu Haus durchklimpern,
auf deiner 'Eisernen 'Lady': Aach - Asch - Auw - Ayl -
Besch - Bonn - / Boms - Brest - Caan - Calw - Dens _ Daun -
und so fort - und so weiter -

Wo schon das ganze Dingda unaufhaltsam
aud die - - zusaust,
und du merkst, wie deine Kräfte verfallen,
ja , langsam , leider,
und du findest in der gesamten auseinanderstrebenden Galaxis
nicht das passende Mauseloch für deinen bibbernden Schniepel,
ist doch immerhin was, wenn in dem Wahnsinnsriesendurcheinander
wenigstens drei Frösche lustig akkordieren:
Accum - Beccum - Loccum
Accum - Beccum - Loccum -
Accum - Beseum - Loccum -

. . . .

Allerletzten Durchgang - wer weiß - dann vielleicht sogar ruhig
unter nochmals reduzierten Rahmenbedingungen:
A c h t u n g - A c h t u n g ,
der Doyen der deutschen Drogenszene
(unser lyrischer Ich-Darsteller)
betritt den hinteren Bühneneingang unauffällig
und verkündet auf dem oberbimbacher Dorftanzboden
e i n e v o l l k o m e n n e u e R p u b l i k :

Wieblingen - Waiblingen - Wipshausen - Weibhausen - Wiebelsbach -
Wiebelskirchen - Weibersbrunn - Weibern - Wiepenkathen - Wiebelsber
Wiboldshausen - Wipfeld - Frauenwüllesheim - Frauenzimmern -

Neue Republik:

Ignazio Klein
Schweine[illegible]

Irgendwie (relativ) kleinen Schweinezirkus,

aber innerhalb deiner Richtung

Reimboldhausen - Pansdorf .- Klein Flöthe

Niederleierndorf - Voxtrup - Klanxbüll

Lyhren - Musen

Denkiehausen - Witzhelden - Obersinn

Possenried - Reimenrod - Denkste -

Obermögershe m - Hasehbach - Koxhausen

Zum Feuerwehrball
in Klein Pampau –

(K ener Schweinezirkus - egal -
Flüssig gedacht, aber deshalb noch lange nicht unerbauchlich:
Wipshausen - Weibahausen- Wieblingen - Waiblingen - Wiebelsberg.

~~Kleiner Schweinezirkus - egal~~ -

Wo der Geist das Fleisch nur so nachgeschmissen kriegt
und de Rotwein und Püppis krigst
für jeden guten Gedanken:
Frauenwüllesheim - Wipfeld -Weibern -
Wipenkathen - Wiebelskirchem - Kemnat -

aufheben (pesten (fluschten/rasten)

Also ob wir - ausgerechnet ↓ - durch die Gegend sausten,
um genehme Rezensionen zu erzeugen;
auch noch Denkanstöße vermitteln?
'n Dichter ist doch kein Zickenbock!
Nein , das will alles noch zu deiner Zeit
mit eigenen Händen abgesegnet werden,
begossen,
hochgehoben
angestrahlt,
zur Kunst erklärt ehe der Vorhang fällt
und der Staatsanwalt ermittelt:

Sonen kleinen Schweinezirkus -
aber deshalb noch lange nicht unerbaulich:
Wipshausen - Weibshausen - Wieblingen - Waiblingen - Wiebelsberg.

Wo der Geist nicht unentwegt Löcher in die Luft kucken muß
und du Rotwein und Püppis kriegst
für jeden guten Gedanken:
Frauenwüllesheim - Wipfeld - Weibern -
Wiepenkathen - Wiebelskirchen - Kemnat.

A l s o b ?! - w i r ! ? - aufgebrochen wären überhaupt,
um vorteilhaften Rezensionen zu erzeugen?!
Auch noch Denkanstöße vermitteln???
'n Dichter ist doch kein Zickenbock -
Nein, das will alles noch zu deiner Zeit
mit deinen eigenen Händen abgesegnet werden,
b e g o s s e n ,
a b g e h o b e n ,
a n g e s t r a h l t ,
zur Kunst erklärt, ehe der Vorhang fällt
und der Staatsanwalt ermittelt:

Ziemlich kleinen Schweinezirkus,
aber deshalb noch lange nicht unerbaulich:
Wipshausen - Weibshausen -Wieblingen - Waiblingen -Wiebelsberg.

Wo der Geist nicht unentwegt Löcher in die Luft kucken muß
und du Rotwein und Püppis kriegt
für jeden guten Gedanken:
Obermögersheim - Cannstatt - Wahlhausen -
Rauschendorf - Freienwill -

Als ob - wir?! - aufgebrochen wären ~~überhaupt~~,
um ~~vor~~ bei Leuten, die sowieso niemand kennt,
einen vorteilhaften Eindruck zu hinterlassen?!
~~auch~~ womöglich noch Denkanstöße vermitteln?!
'N Dichter ist doch kein Zickenbock!
Nein, das will alles noch auf dieser Welt
mit deinen eignen Händen abgesegnet werden,
b e g o s s e n ,
a u f g e h o b e n ,
a n g e s t r a h l t ,
zur Kunst erklärt, ehe der Vorhang fällt
und der Staatsanwalt ermittelt:

~~Wiepenkathen - Rockshausen - Frauenzimmern -~~

Irgendwie kleinen Schweinezirkus,

aber deshalb noch lange nicht unerbaulich:

Obermögersheim - Cannstatt - Koxhausen-Rauschendorf - Hoffnungsthal

Obermögersheim - Cannstatt - Haschbach - Koxhausen - Rauschendorf

Obermögersheim - Hoffnungsthal - Haschbach - Koxhausen = Dreienwill

Obermögersheim - Hoffnungsthal - Freundenstadt

Relativ kleinen Schweinezirkus,
aber deshalb noch lange nicht unerbaulich:
Obermögersheim - Cannstatt - Wahlhausen -
Freudenbergg - Freienwill

Wo der Geist nicht unentwegt Löcher in die Luft kucken muß
und du Leuchtstoff und Püppis kriegst
für jeden guten Gedanken:
Bierstetten - Großzecher -Weinheim -
Koxhausen - Haschbach - Rauschendorf.

Als ob - w i r ?! - aufgebrochen wären,
um bei Leuten, diesowieso niemand kennt,
einen vorteilhaften Eindruck zu hinterlassen - - -
Womöglich noch Denkanstöße vermitteln?
'n Dichter ist doch kein Zickenbock!
Nein, das will alles noch zu deiner Zeit
mit eignen Händen abgesegnet werden,
b e g o s s e n ,
a n g e l e u c h t e t ,
a b g e f ü l l t -

Aneinandergereiht können sieben verwackelte Momentaufnahmen
doch sofort ne eigene Reisegruppe bilden:
Einöd - Zweibrücken - Dreilinden - Vierkirchen - Fünfbronn -
Sechshelden - Siebeneichen.

Wo schon das ganze Dingsda unaufhaltsam
auf die - - zusaust,
und du merkst, wie deine Kräfte verfallen,
ja, langsam, leider;
und es tröpfelt auch nur noch mal so,
bescheiden,
ungenau wie die Gnade Gottes -
ist doch immerhin was, wenn in der auseinanderstrebenden Galaxis
wenigstens drei Frösche akkordieren:
Accum - Beccum - Loccum
Accum - Beccum - Loccum
Accum- Beccum - Loscum

Letzten Durchgang - wer weiß - vielleicht ruhig nochmal
unter radikal reduzierten Rahmenbedingungen:
A c h t u n g , A c h t u n g ,
unser lyrischer Ich-Darsteller,
der Doyen der deutschen Drogenszene
betritt den hinteren Bühneneingang unauffällig
und verkündet auf dem oberbimbacher Dorftanzboden
eine vollkommen neue Republik . . .

Relativ kleinen Schweinezirkus,
aber deshalb noch lange nicht unerbaulich:
Weingarten - Bierstetten - Großzecher,
Koxhausen - Haschbach - Rauschendorf.

Wo der Geist nicht unentwegt Löcher in die Luft kucken muß
und du Zuspruch und Püppis kriegst
für jeden guten Gedanken:
Obermögersheim - Cannstatt - Wahlhausen -
Freudenberg - Freienwill.

Als ob - wir?! - aufgebrochen wären,
um bei Leuten , die sowieso niemand kennt
einen vorteilhaften Eindruck zu hinterlassen -
Auch noch Denkanstöße vermitteln?
'n Dichter ist doch kein Zickenbock!
Nein, das will alles noch zu deiner Zeit
auf dieser Erde abgesegnet werden,
b e g o s s e n ,
h o c h g e h a l t e n ,
a n g e s t r a h l t ,
zur Kunst erklärt, ehe der Vorhang fällt
und der Staatsanwalt ermittelt -

Pansdorf - Klein Flöthe - Rährkasten - Rumohr -

Sangenstedt - Sange - Musen - Lyhren - Nachtigall -

Voxtrup - Triangel - Tromm - Schallstedt - Quint -

Versen - Versmold Versbach - Reimershausn -

Remels/Reimboldshausen - Niederstimm _ Oberstimm -

Reimersbude - Reimenrod - Klanxbüll - Oberohrn

Ohrdorf - Ohren - Ofterschwang - Vogelsang - Völkersleier

[illegible] -

Kleinmeinsdorf - Kleinkemnat - Lustbronn -

Maidbronn - Möglingen - Mösbach - Weibersbrunn

Küßnacht - Küssen - Nettersheim - Niedermoschel -

Niedersaubach - Oberbillig - Sauensiek -

Oberjeckenbach -

Oese - offen - (Sorsum?) - Wahlwies - Wahlen -

Schweinsberg - Schweinsweiler - Süchteln - Urspring -

Vardeilsen - Witzhave - Wunderbüttel - Wünschmichelbach -

Wutzlhofen - Zepfenhan - Irrendorf - Insul -

Sangenstedt

- [illegible] -

Schallstedt -

[illegible] - Hoffnungsthal

Freudenthal

Irgendwie kleinen Schweinezirkus,
aber deshalb noch lange nicht unerbaulich:
Großzecher, Koxhausen, Haschbach, Rauschendorf, Zepfenhan.

Wo der Geist mal für zehn Prozent Chance mehr hat
und du Beifall und Püppis kriegst
für jeden guten Gedanken:
Pansdorf - Klein Flöthe - Schallstedt - Triangel - Tromm -
Niederleierndorf - Lyhren - Musen

Pansdorf - KLein Flöthe - Niederleierndorf -
Reimboldshausen - Lyhren - Musen -
Voxtrup - Klanxbüll -

Pansdorf - Niederleierndorf - Voxtruß - Klangsbüll -

Pansdorf - Klein Flöthe - Niederleierndorf - Voxtrup - Klangsbüll -
Remboldshausen - Lyhren - Musen

Denkiehausen - Witzhelden - Scherzingen

Denkiehausen - Witzhelden - Schelmkappe - Scherzingen - Possenried -
N iederleierndorf - Pansdorf - Klei n Föthe

Irgendwie kleinen Schweinezirkus,
aber deshalb noch lange nicht unerbaulich:
Denkiehausen - Witzhelden - Possenried - Schlepzig - [illegible]

Irgendwie kleinen Schweinezirkus,
aber deshalb noch lange nicht unerbaulich:
Obermögersheim - Hoffnungsthal - Freienwill -
Haschbach - Koxhausen -

Wo der Geist mal für zehn Prozent Chance mehr hat
und du Zuspruch und Püppis kriegst
für jeden neuen Gedanken:

Irgendwie kleinen Schweinezirkus,
aber dieshalb noch lange nicht unerbaulich:
Pansdorf - Klein Flöthe- Voxtrup - Klanxbüll -

– [illegible] –

Irgendwie kleinen Schweinezirkus,
aber deshalb noch lange nicht unerbaulich:
Großzecher - Koxhausen - Haschbach - Rauschendorf - Hoffnungsthal

Wo der Geist mal für zehn Prozent Chance mehr hat
und du Beifall und Püppis kriegst
für jeden neuen Gedanken:
Denkiehausen - Witzhelden - Possenried -
Niederleierndorf - Reimenrod - Versmold - Klanxbüll - Klein Flöthe
Unterliederbach - Pansdorf - Jyhren - Musen - Sangenstedt.

Wo der Geist mal für zehn Prozent Chance mehr hat
und du Zuspruch und Püppis kreigest
für jeden neuen Gedanken:
Denkiehausen - Witzhelden - Obersinn -
Niederleierndorf - Possenried - Reimenrod - Liederbach -

Denkiehausen - Witzhelden -

Obermögersheim - Possenried - Reimenrod
Reimboldshausen - Witzhelden -

7.-

Irgendwie kleinen Schweinezirkus,

aber deshalb noch lange nicht unerbaulich/

Reimboldshausen - Klanxbüll - Versmold -

Irgendwie kleinen Schweinezirkus,

aber deshalb noch lange nicht unerbaulichP

Reimboldshausen - Pansdorf - Versmold - Klanxbüll - Klein Flöthe

Unterliederbach - Lyhren - Leierndorf - Musen -

Reimboldshausen - Reimenrod - Versmold - Klanxbüll - Klein Flöthe -

Niederleierndorf - Lyhren - Pansdorf - Musesen - Sangenstadt -

Wo der Geist mal für zehn Prozent Chance mehr hat
und du Zuspruch und Branntwein Püppis kriegst
für jeden guten Gedanken:
Denkiehausen - Witzhelden - Possenried -
Niederleierndorf - Pansdorf - Klein Flöthe -

Denkiehausen - Witzhelden - Voxtrup - Klangsbüll - Possenried -
Niederleierndorf - Pansdorf - Klein Flöthe -

Reimboldshausen - Versmold - Klein Flöthe -
Niederleierndorf - Pansdorf - Voxtrup - Klanxbüll -

Reimboldshausen - Versmold -- Klein Flöthe
Niederleierndorf - Pansdorf - Voxtrup - Klanxbüll - Sangenstedt -

Reimboldshausen - Versmold - Klein Flöthe
Niederleierndorf - Possenried - Pansdorf -

Niederleierndorf - Pansdorf - Voxtrup - Klangbüll -

Reimboldshausen - Versmold - Klein Flöthe -
Niederleierndorf - Pansdorf -

Tromm - Triangel - Musen -Lyhren - Voxtrup - Klanxbüll -Sangensted

Niederleierndorf - Triangel -

Wo der Geist mal für zehn Prozent Chance mehr hat
und du Beifall und Püppis kriegst
für jeden guten Gedanken:
Reimboldshausen - Versmold - Klein Flöthe
Niederleierndorf - Pansdorf - Voxtrup - Klanxbüll - Sangenstedt -

Reimboldshausen - Versmold - Klein Flöthe -
Niederleierndorf - Triangel - Sangenstedt -
Unterliederbach - Pansdorf - Musen - Lyren - Klanxbüll

Reimboldshausen - Versmold - Klein Föthe
Unterliederbach - Voxtrup - Klanxbüll -
Niederleierndorf - Pansdorf - Voxtrup - Musen - Lyren Klanxbüll -

Reimboldshausen - Versmold-Klein Flöthe -
Niederleierndorf - Musen - Lyhren - Voxtrup - Klangsbüll - Sangenstedt

Reimboldshausen - Versmold - Klein Flöthe

Wo der Geist mal für zehn Prozent Chance mehr hat
und du zuspruch und Püppis kriegst
für jeden gutenGedanken:
Niederleierndorf - Versmold - Klein Flöthe
Reimboldshausen - Pansdorf - Musen - Lyhren -

– [illegible] –
[illegible]

Reimboldshausen - Witzhelden - Versmold - Klanxbüll -

Reimboldshausen - Versmold - Voxtrup - Klanxbüll - Liederbach
Niederleierndorf, Musen - Lyhren - Panddorf -

Reimboldshausen - Klein Flöthe -

Denkiehausen - Klein Denkste - Klein Flöthe

Ich habe mich direkt an das Volkwenden müssen
(weil - -
aber das Volk war gar nicht/keine Klientel -

Kritik - Monte Carlo-Verfahren, Zufallsgeneratoren

Die Aufgabe der Kritik seit Jahrtausenden:
die Verkennung -

Irgendwie kleinen Schweinezirkus,
aber deshalb noch lange nicht unerbaulich:
Reimboldshausen - Reimenrod - Versmold - Klanxbüll - Klein Flöthen
Niederleierndorf - Lyhren - Pansdorf - Musen - Sangenstedt

Wo der Geist mal für fünf Prozent Chance mehr hat
und du Zuspruch und Püppis kriegst
für jeden neuen Gedanken:
Obermögersheim - Hoffnungsthal -Freienwill
Großzecher - Haschbach - Koxhausen -

Irgendwie kleinen Schweinezirkus,
aber deshalb noch lange nicht unerbaulich:
Reimboldshausen - Versmold - Klein Flöthe -
Niederleierndorf - Pansdorf - Musen - Lyhren - Sangenstedt -

Irgendwie kleinen Schweinezirkus,
aber deshalb noch lange nicht unerbaulich:
Reimboldshausen - Klein Flöthe - Musen - Lyhren - Sangesstedt
Niederleierndorf - Pansdorf -

Irgendwie kleinen Schweinezirkus,
aber deshalb noch lange nicht unerbaulich:
Reinboldshausen - Reimrod - Versmold - Klein Flöthe
Unterliederbach - Pansdorf - Klein Flöthe - Lyhren -

Irgendwie kleinen Schweinezirkus,
aber deshalb noch lange nicht unerbaulich:
Unterliederbach - Versmold - Reimrod - Pansdorf - Klein Flöthe
Reimboldshausen -

Irgendwie kleinen Schweinezirkus,
aber deshalb noch lange nicht unerbaulich:
Unterliederbach - Voxtrup - Klanxbüll - Pansdorf - Klein Flöthe
Reimboldshausen - Versmold - Musen - Lyhren - Sangesstedt

Sangesstedt Schmalzhausen

Irgendwie kleinen Schweinezirkus,
aber deshalb noch lange nicht unerbaulich:
Reimboldshausen - Versmold - Klein Flöthe - Leierndorf -Lyhren -
Unterliederbach - Pansdorf - Sangenstedt.

Wo der Geist mal für zehn Prozent Chance mehr hat
und du Beifall und Püppis kriegst
für jeden neuen Gedanken:
Obermögersheim - Haschbach - Koxhausen -Rauschendorf - Freudenthal.

9.-

Allerletzten Durchgang - wer weiß - vielleicht sogar ruhig
auf radikal reduziertem Anspruchsniveau:
A c h t u n g, A c h t u n g ,
der Doyen der deutschen Drogenszene
(unser lyrischer Ich-Darsteller)
betritt den hinteren Bühneneingang unauffällig
und verkündet auf dem Oberbimbacher Dorftanzboden
e i n e   v o l l k o m m e n   n e u e
R E P U B L I K :

Kexhausen Haschbach Sellerich

Oberreitzbach Kratzenhahn

Obermögersheim - Großmuß Altwiedermus

Hodenhagen Strempe - Mönchsambach Volsemenhusen

Niederwenigern Nichtighausen Sparwiesen Leibgestern - Zweifall

Scharfbillig Unterbaar

Jasterf - Neindorf

Friedlos Klein Denkste - Denkiehausen Heuchelsheim Notschre

Möglichen Cannstatt Wahlshausen

Wieblingen - Waiblingen Wipshausen Weibhausen

Wiebelskirchen Weiboldshausen - Wiebelsberg - Weiberesbrunn -

Wipfeld - Weibern - Wiebelsbach - Wiepenkathen -

Pflaumenloch - Pflummern - Maidbronn - Muschenheim -

Schambach - Veitze - Kerben - Wald Amorbach -

Strubbel - Waldfeucht - Koselau - Ritzisried -

Ritzhausen - Hindelang

Stretzbüsch - Liebersdorf -

Hymendorf - Vorderriß -

[illegible]

Kemnat-
[illegible]

[illegible] - [illegible]
Koselau

Kemnat -
[illegible] -
Kleinbekking - [illegible]
[illegible] - [illegible]

Wieblingen - Waiblingen - Wipshausen - Weibhausen -

Weibel shausen - Wiebelskirchen - Wiebelsbach - Weibersbrunn -

Wipfeld - Weiber - Wiebelsberg - Wiepenkathen -

Mammendorf - Datteln - Tüttendorf - Tettenborn -

Tittling - Tittmoning -

Zizenhausen - Zizishausen - (Titting - Titz - Busenbach)

Strümpfelbrunn - Büchsenschinken

Fleischwangen -

öckinghausen - Vögelsen - Vöckelsbach- Vockerode

ickmühlen - Fiegenstall - Finkenbac h

mmerndorf pp

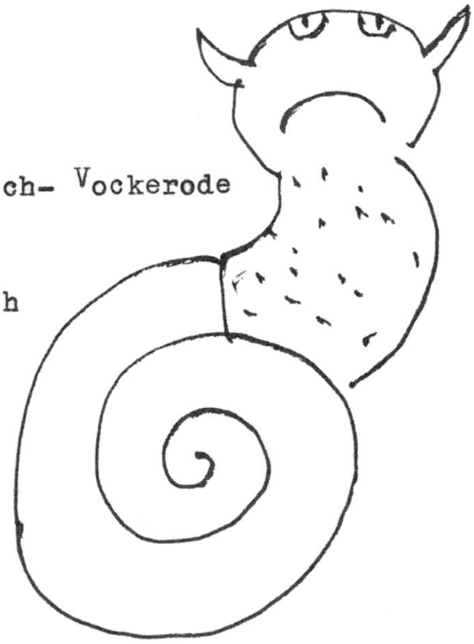

Allerletzten Durchgang - wer weiß -
vielleicht sogar ruhig auf nochmals abgesenktem
Anspruchsnievau: A c h t u n g , A c h t u n g ,
der Doyen der deutschen Drogenszene
(unser lyrischer Ich- Darsteller)
betritt den hinteren Bühneneingang unauffällig
und verkündet auf dem oberbimbacher Dorftanzboden
eine vollkommen neue Republik:
Koxhausen - Rauschendorf - Haschbach - Sellerich -Freudenstadt -

Obermögersheim - Cannstadt - Freienwill -

Wieblingen - Wipshausen - Waiblingen - Weibersbrunn - Wipfeld -
Wiebelskirchen - Weibern - Wiebelsbach - Wiebelsberg - Wipeenkathen -

Titz - Titting - Tittmoning -Tittling -
Busenbach - Tettenborn - Tüttendorf
Mammendorf - Zizishausen -

Hinter zarten - Fleischwangen - Leibi -

Rockshausen - Strümpfelbrunn - Büchsenschinken -

Oberreitzbach - Wald Amorbach - Schambach - Maidbronn -
Lustbronn - Liebersbach - Muschenheim - Gailbach -
Pflaumenloch - Pflummern - Strotzbüschel - Strubbel -
Niederhosenbach - Ritzisried- Sexau - Lustnau - Kerben - Voitze -
Waldfeucht - Vorderhindelang - Hymendorf - Vorderriß -

Vögelsen -

Niederliebersbach - Kosselau - Kleinenkneten - Fickmühlen -

Mitterfecking - Bürstel - Rammelsbach - Leckingsen - Föckelberg -

Leck - Fümmelse - Niederlangen - Semenbach -

~~Waldengelloch~~ - Tummelheim - Datteln - Tröstau -

Notschrei - Zuflucht - Kerzenheim - Ritzhausen -

Putensen - Puffendorf (Heiligenmoschel) - Paradiese -

Ober Wörbe - Oberzier - Opherten - Putzstück -

Puppling - Kissing - Petting - Nonnenmiss - Großmuß -

Neuwiedermus - Schickelsheim -

Laxten - Raßrönne - (Pillham - Pilling - Pissighofen)

Oberschwappach

Langerwehe - Wehen - Wehingen - Wisper - Willich -

Volsemenhusen - Hodenhagen - Engenhan - Helpup - Pansdorf -

Oberehe - Paar - Dörrmoschel - Vettelschoß -

Frauenzimmern - Kemnat - Frauwüllesheim -

Strich - Strang - Strempe -

Saftig - Saltig - Schleckheim - Schlempertshof -

Schmerlecke - Schweppenhausen - Schmachthofen - Schlückingen

Speckswinkel - Tränkhof - Trebgast - - -

Ichmichen - Unshausen -

Levedagsen - Sterbfritz -

Puderbach -

Allerletzten Durchgang, naja, vielleicht sogar ruhig
unter nochmals reduzierten Auftrittsbedingungen:
A c h t u n g , A c h t u n g ,
unser lyrischer Ich-Darsteller,
der Doyen der deutschen Drogenszene
betritt den hinteren Bühneneingang unauffällig Volkstanzbo.
und verkündet auf dem oberbimbacher Dorftanzboden
e i n e   v o l l k o m m e n   n e u e   R e p u b l i k !

Waiblingen - Wieblingen - Wiebelsberg - Weiboldshausen -

Weibersbrunn - Weibhausen - W ipfeld - Weibern - Wiebelskirchen -

Wiepenkathen - Frauenzimmern - Nonnenmiss - Frauenwüllesheim -

. . . .

Allerletzten Durchgang - wer weiß - vielleicht ruhig sogar
unter nochmals reduzierten Rahmenbedingung:
A c h t u n g , A c h t u n g ,
unser lyrischer Ich-Darsteller
(der Doyen der deutschen Drogenszene)
betritt den hinteren Bühneneingang unauffällig
und verkündet auf dem oberbimbacher Dorftanzboden
ei n e v o l l k o m m e n n e u e R e p u b l i k . . .
. . . .
Wieblingen . . . Waiblingen -. . . Wpishausen . . .

und am
Schluß noch
zur ~~[illegible]~~ Vermißtenmeldung:

Vermißt wird sein

. . .

Sieg –

der alte Herr
. . . + ist verwandelt
[illegible]

Selbstporträt:
Der Welt mal wieder sagen, wer du bist
(mit bloßem mystischen Rumgeschwebe . . .)
zum Thema: Irrationalismus:
Ans Jenseits glaub ich auch (allmählich), da will ich hin
und dem großen Bach an seiner grünen Seite sitzen,
in seinem Alterserrnst

So tief wie beim Lesen kommt so leicht nichts wieder in dich rein

Ein Heiliger stellt sich vor - Märtyrer auf seinen Rost gestützt

(Hitler aus der letzten Zeit)
so häßlich wie Hitler
geistig desorientiert

"Der alte Herr ist geistesgestört und irrt vermutlich
orientierungslos umher"
dazu: Wer ging denn bloß die Treppe runter,
holte die Zeitung rauf?
(- ist denn bloß die Treppe runtergegangen und hat die Z. raufgeholt?)

Sonne: Zitrone: Ich-Auster,
Gott schlürft mich und verwirft mich

"Bevor es mit unserem Musikexpress weitergeht,
noch eine kurze Suchmeldung:
Vermißt wird seit dem . . .
der Frührentner P.R [illegible]
Er ist 55 Jahre alt, einszweiundachtzig groß
und trug zuletzt vermutlich . . (Hinweise nimmt
bei der Polizeidienststelle entgegen -

Und am Schluß noch eine Vermißtenmeldung (der deutschen Bahnhofsmiss

gesucht wird seit dem 3. Februar 87

der - - - - (Gelegenheitsarbeitet

Er trug zuletzt - - - -

- - - - - - - - - -

Der alte Herr ist vermutlich geistesgestört

und irrt orientierungslos in der Gegend umher - - - - -

Suchmeldung der deutschen Bahnhofsmisseion in (Überlingen o.ä)

Vermißt wird seit - -

- - und hat einen auffällig

vornübergeneigten Gang '-

P. R.

Allerletzten Durchgang - wer weiß - vielleicht sogar ruhig
unter radikal runtergesetzten Rahmenbedingungen:
A c h t u n g - A c h t u n g !
Der Doyen der deutschen Drogenszene
(unser lyrischer Ich-Darsteller)
betritt den Lieferanteneingang unauffällig
und verkündet auf dem oberbimbacher Dorftanzboden
e i n e v o l l k o m m e n n e u e R e p u b l i k :

Großzecher -
- Koxhausen - Haschbach - Rauschendorf - Sellerich -

_ Obermögersheim - Cannstatt - Wahlhausen - Freienwill -

- Wieblingen - Waiblingen - Wipshausen - Weibshausen -

Aura

Großzecher - Koxhausen - Haschbach - Hauschendorf - Bellerich -

Obermögersheim - Cannstatt - Wahlhausen - Fremenwill - Freudenstadt

Wiebelskirchen - Wieblingen - Waiblingen - Weibersbrunn -

Wipenkathen - Wiebelsberg - Wiebelsbach ~~-Frauenzimmern~~ -

Nonnenmiss - Puppling

Wipfeld - Weibern - Frauenwüllesheim ~~- Mammendorf -~~ Busenbach -

Titz - Titting - Tittlinng - Tittmoning -Tettenborn -

Tüttendorf - Zizishausen - Fleischwangen - Leibi - Weiten Gesäß -

Rockshausen - Beiningen - Strümpfelbrunn - Büchsenschinken -

Niederhosenbach - Schambach - Liebersbach - Maidbronn - Lustbronn-

Oberreitzbach - Wald Amorbach - Gailbach - Kerben - Ritzisried -

Waldangelloch - Pflaumenloch - Pflummern - Strotzbüschel - Strubbel

Feigenhofen - Vorderhindelang - Muschenheim - Hymendorf - Vorderrai.

~~Koselau~~ - Kleinebtlingen - Niederbetting

Niederliebersbach - ~~Tröstau~~xxx~~Lustnau~~xxx~~Sexau~~xxx~~Koselau~~xxx~~Zuflucht~~x-

Kleinenkneten - Tummelheim - Fümmelse - Kissing -Petting -

Nordlachstedt

Mitterfecking - Fickmühlen - Vögelsen - Leckingsen - Sch lückingen -

Schmeißecke - Rammelsbach - Puderbach - Semenbach - Bürstel -

Schweppenhausen - Föckelberg - Schlmpertshof - Tränkhof -

Paradiese - Laxten - Laßrönne - . . . . Tröstau - Koselau

Himmelpforten - Heiligenmoschel

Lustnau - Sexau . . .Z u f ö l u c h t - - - Au -

Au w- Aua - - Aura - 8901 Au -

3) 7801 Au

7) 8301 Au

4) 7919 Au

8641 Au

2) 7551 Au

6) 8201 Au

1) 5227 Au

8441 Au

5) 8091 Au

Niederbetting

Kleinbettling -

. . . .

Und bevor es mit unserm Musikexpress weitergeht , kurz noch eine Suchmeldung der deutschen Bahnhofsmission in in 2372 Owschlag, Kreis Reddsburg: Vermißt wird seit dem 25. Oktober 1989 der Frührentner Leo Doletzki. Er ist 59 Jahre alt, einmeter einundachtzig groß und trug zuletzt einen blaugrauen Übergangsmantel und eine karierte Schirmkappe. Der alte Herr ist vermutlich geistesgestört und irrt orientierungslos in der Gegend umher. - Hinweise nimmt jede Polizeideinststelle entgegen.

Ichmichen - Unshausen - Levedagsen - Kleinmeinsdorf -

Putensen - Puffendorf - Nonnenmiss - Puppling - Schickelsheim -
Nuttlar - Nutteln - Oberzier - Strich -
Oberzier - Opherten - Putzstück -

Großmuß - Neuwiedermus - Willich - Zuflucht - Freistatt -

Frauenzimmern - Kemnat - Frauwüllesheim -

Pansdorf - Trenkhof - Trebgast - Schmachthofen -
Speckswinkel - Sellerich -

Oberbrombach -

Hoffnungsthal -

8.-

Wipenkathen - Rockshausen- Beiningen - Leibi - Strümpfelbrunn.

Hinterzarten - Fleischwangen - Büchsenschinken -
Zizishausen - Tittmoning - Tittking - Tittling - Gesäß -
Obertettenborn - Tüttendorf - Busenbach - Mammendorf - Titz.-

Niederhosenbach - Schambach - Liebersbach.

Oberreitzbach - Wald Amorbach - Gailbach - Lustbronn - Kerben.

Feigenhofen - Waldangelloch -Pfluamenloch - Pflummern -
Muschenheim - Ritzisried.-

Ritzhausen
Hurgasse
Fucks
Hinzweilenbach
Niedgailbach
Kerzenheim
Danke

Feigenhofen - Pflaumenloch - Pflummern - Muschenheim - Ritzisried -

Vorderhindelang - Strotzbüschel - Strubbel -

Niederbettingen - Bettlingen - Tummelheim - Fühmelse - Schickelshe

Kleinenkenten - Kissing - Petting -

Helpup -

Obermögersheim - Hymendorf - Vorderriß - Remmelsbach - Puderbach -

Vögelsen - Bürstel - Leckingsen - Leck - Mitterfecking -

Fickmühlen-'Föckelberg - Freitsmoos- Wemenbach - Volsemenhusen -

Waldfrieden

~~Vögel~~

[illegible]

[illegible]

Wiepenkathen - Rockshausen - Beiningen - Leibi - Strümpfelbrunn.

Hinterzarten - Fleischwangen - Büchsenschinken -

Zizishausen - Tittmoning -Titting - Tittling - Titisee -
Oberbusenbach -Tüttendorf -Tettenborn - Mammendorf - Titz.

Niederhosenbach - Schambach - Liebersbach -

Oberreitzbach - Wald Amorbach - Gailbach - Tiefenbach - Kerben .

Feigenhofen - Wald Angelloch - Pflaumenloch - Plflummern - Muschenheim-
Vorderhindelang - Ritzisried - Strotzbüschel - Strubbel - Kerzenheim.

Niederbettingen - Dettlingen - Tummelheim.

Unter-Fümmelse- Kissing - Petting.

Ober Werbe - Kleinenkneten - Schmerlecke - Schleckheim- Leckingsen -
Vogelkoje - Niederlangen - Helpup - Fickmühlen - Vögelsen -
Mitterfecking - Hymendorf - Vorderriß - Rammelsbach - Puderbach -
Noderhackstedt - Bürstel - Schweppenhausen - Freudsmoos - Waldfeucht -
Paradiese - Laßrönne - Neukloster -
Oberschwappach - Schlückingen - Himmelpforten -
Semenhusen - Heiligenmoschel - Tröstau -
Niederlustnau - Sexau - Koselau - Au -
5227 Au - 7551 Au - 8701 Au - 7919 Au -
8201 Au - 8301 Au - 8441 Au - 8901 Au -

8.-

Wiepenkathem - Rockshausen - Strümpfelbrunn - Beiningen -Leibi

Hinterzarten - Fleischwangen - Büchsenschinken x

Zizishausen -Tittmoning -Titisee -Tittling - Titting

Oberbusenbach - Tüttendorf - Tettenborn - Mammendorf - Titz

Niederhosenbach - Schambach - Wald Amorbach

Oberreitzbach -Ritzhausen - Tiefenbach - Gailbach - Kerben -

Feigenhofen - Wald Angelloch - Pflaumenloch - Datteln - Pflummern -

Vorderhindelang -Ritzisried - Muschenheim - Strotzbüschel - Strubbel

Niederbettingen -Tummelheim - Fümmelse

Ober-Werbe - Kissing - Petting

Kleinenkneten - Helpup - Schleckheim -Leckingsen - Niederlangen

Mitterfecking - Fickmühlen - Vögelsen - Hymendorf - Vorderriß -

Norderhackstedt -Bürstel- Rammelsbach -Puderbach - Vogelkoje -

Schweppenhausen - Freutsmoos - Waldfeucht

Paradiese - Laßrönne - Lustnau

Oberschwappach - Schlückingen - Tröstau

Semenhusen - Mönchsambach - Sexau

Himmelpforten - Neukloster - Au

5227 Au

7551 Au

Kleinenkneten - Helpup - Schleckheim - Leckingsen -Leck

Niederlangen - Fickmühlen - Vögelsen - Vorderriß - Hymendorf -

Mitterfecking - Bürstel - Hackstedt - Rammelsbach - Puderbach

Schweppenhausen - Freutsmoos - Waldfeucht

Oderschwappach - Schlückingen -Lustnau

Semenhusen - Mönchsambach - Sexau -

Paradiese - Laßrönne - Tröstau

Himmelpforten - Neukloster - Au

5227 Au - 7551Au - 8701 Au

7919 Au - 8201 Au - 8301 Au

8441 Au - 8901 Au

Ja, und hier müßte nun allerdings schon länsgt die Musik

mit dem Thema dasein

Accc – Bccc – Cccc

— — —

— — —

---

ich [illegible] [illegible] [illegible]

[illegible] [illegible] [illegible] –

[illegible] [illegible] [illegible] [illegible] [illegible]

[illegible] [illegible]

[illegible] [illegible] – – [illegible]

Aaaa – [illegible] – [illegible] – [illegible] –

[illegible] – [illegible] –

[illegible] – [illegible] – [illegible]

[illegible] [illegible] [illegible] –

– – – – (bitte!)

[illegible] [illegible] [illegible]

[illegible] [illegible] [illegible] [illegible] [illegible]

[illegible]

+ [illegible] [illegible] [illegible] [illegible]

[illegible] [illegible]

[illegible]

[illegible]

1

[illegible]

~~[illegible]~~

Meade Lux

~~Lou~~ Lewis

„Honky-Tonk

Train-Blues"

[illegible] + [illegible]

[illegible]

[illegible]

[illegible]

[illegible] →

Expresszió.

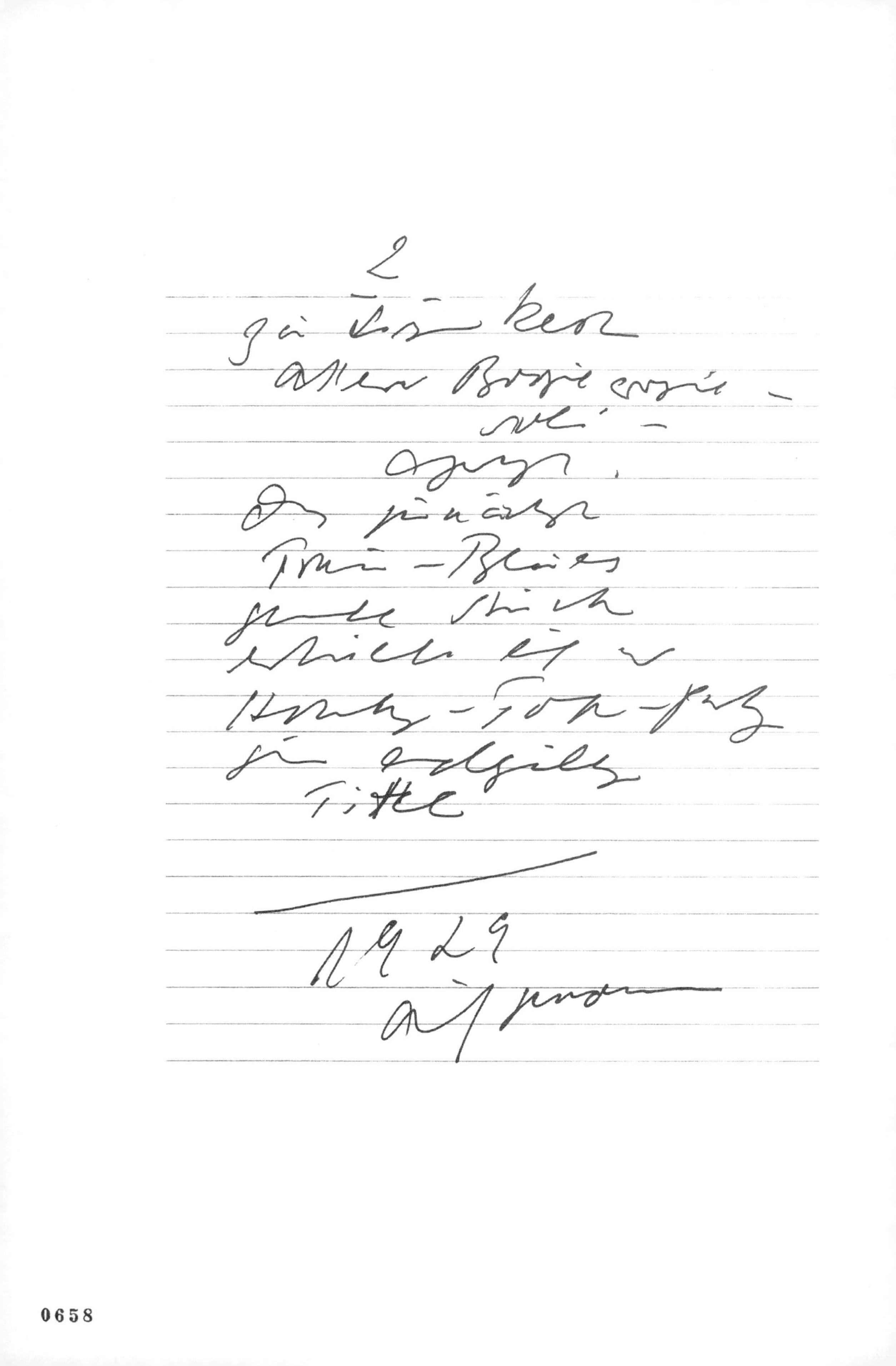

2

gä [illegible] Kerr

allen Borgie ergie –

[illegible] –

[illegible].

Den günstigen

Traum-Blättern

gelle Stiche

[illegible]

Hamburg-Fohn-[illegible]

[illegible] endgültigen

Titel

19 29

[illegible]

„Blop, hier sollen
die Töne erklingen
und so [illegible]

Musik ist [illegible]
-Ass-Asse-Ahoi-[illegible]-
Berst - Ba
[illegible] an [illegible] Stelle
Bus - Borst - [illegible]
Dem Da
(als [illegible] Bogen-
[illegible] ,
die .... ich [illegible]
[illegible] Express
[illegible]
[illegible] - [illegible]

Die Dinge + Bäume,
die Luft +
Kindheits – Tod –
Dann Blüte –
organisiert die
[illegible] [illegible] [illegible] [illegible]
[illegible]. –

so wie
und ihr
[illegible]

dann

Bloß - ja - an dieser Stelle sollte doch vielleicht nochmal

' n bißchen Musik auftönen:

Aach - Asch - Auw - Ayl - Besch - Bonn -

(Honky-Tonk-Trein-Blues praktisch)

Boms - Brest - Caan - Calw - Dens - Daun -

(also wie Mead Lux Lewis das schon in den Zwanzigern

direkt von der Expresszugschiene abgenommen hat)

Bloß - ja - an dieser Stelle müßte dann wohl doch mal kurz

Musik auftreten - (aufkommen)

am besten Honky-Tonk -

lustig -

Bloß - ja - an dieser Stelle sollte dann wohl doch n' bißchen

M u s i k a u f k o m m e n ,

genau an dieser Stelle

Kannst du alles einfach mit deinem Postleitzahlenverzeichnis zusammenreimen. (aus - beziehen - -)

Bloß - hier sollte dann doch wohl mal 'n bißchen Musik mit ainfallen, genau an dieser Stelle -

Sollte vielleicht aber doch allmählich mal 'n bißchen Musik mit

Sollte vielleicht bloß 'n bißchen mal Musik

Kannst du allesin Übereinklang mit deinem Postleitzahlenverzeichnis erledigen. (ausmachen)

Bloß, hier sollte dann doch vielleicht mal 'n bißchen Musik mit zwischenfunken -
Honky-Tonk-Train-Blues + Aaach - Asch - Auw - Ayl - Besch - Bonn
(klassiscge Boogieamplitude) (genau an dieser Stelle)
Boms - besch - Caan -Calw - Dens - Daun -

Und nur nicht müde werden:

pp pp ppp

(Ganz genau wie Meade Lux Louis das damals direkt vom Expreszug abgenommen hat)

Ja, [illegible] an dieser Stelle
müßte dann allerdings
8.- doch wohl –

Ja, bloß an dieser Stelle müßte dann doch wohl mal

Musik auftauchen, ~~genau an dieser Stelle~~

genau an dieser Stelle –

(sollte dann –

Ja, bloß an dieser Stelle müßte dann doch wohl mal
(einfallen)
Musik auftreten, genau an dieser Stelle,

Honky-Tonk-Train-Blues, (einfach so Honky-Tonk – – genügt)

Aach – Asch – Auw – Eyl – Besch – Bonn –

Please wait and enjoy the musik:

Boms – Brest – Caan – Calw – Dens – Daun –
(immer weiter im Takt, jawoll – die klassische Boogie-Route)
und – weiter-ja – i mmer den klassischen Boogie längs

Ensch – Eich – Elz – Echts – Erb – Fahz –

Gars – Gern – Geich – Goch – Gnutz – Hals –

Ja, – bloß an dieser Stelle muß dann doch wohl mal

M u s i k a u f t r e t e n,

genau an dieser Stelle, (– praktisch,

Honky-Tonk-Train-Blues – Aach – Asch – Auw – Ayl – Besch – Bonn –

die klassische Boogie-Amplitude –

Boms – Brest – Caan – Calw – Dens – Daun –

(also wie Meade Lux Lewis das damals dirkekt (praktisch – seiners

vom Expresszug abgenommen hat: Ensch – Eich – Elz – Echtz – Erb –

Please waeit and enjoy the musik :

Gars – gern Geich – Goch _ Gnutz –Hals _

(a propos ,wir signieren inzwischen auch leergetrunkene
Whiskiflaschen)

Trotzdem – weiter – Bloß – Ja – –

Ja und akk dieser Stelle könnte dann allerdings
doch mal Musik eintreten ,
genau bei dieser Webdung, einfach so Honky-Tonk-Train,

Ja, nur an dieser Stelle wäre dann doch vielleicht
ne kleine musikalische Einlage fällig,
einfach so Honky-Tonk-Traein ,

Bloß - ja - an dieser Stelle sollte dann doch vielleicht
'n bißchen Musik einsteigen -
Asch - Asch - Auw - Ayl - Besch - Bonn -
(die klassische Boogie-Amplitude)
Boms - Brest - Caan - Calw - Dens - Daun -
(also wie Meade Lux Lewis das eigentlich schon in den
Zwanzigern direkt von der Schiene abgenommen hat,
und wie das später dann als Honky-Tonk-Train-Blues
in die Geschichte der Naturrythmen
übergegangen ist); Ensch - Eich - Elz - Echtz - Erb - Falz -
und so weiter und so fort:
Gars - Gern - Geich - Gmoch - Gnutz - Hals -
Hau - Holm - Holt - Herb - Irl - Kaaks -
Kelz - Kirn - Kirf - Konz - Laar - Laak -
Maar - Marl - Merl - Moers - Narb - Nerf -
Noer - Ohr - Ob - Oed - Oy - Orb -
Paar - Pang - Peing - Puch - Post - Prex -
Quaal - Queeck - Quint - Ret - Rett - Rex -
Saal - Saas - Schuld - Schlatt - Schulp - Schier -
Soest - Sinn - Thomm - Twist - Tarp - Trier -
Ulm - Usch - Vach - Verl - Vorst - Weil -
Yach - Zips - Zorn - Zell - Zons - Zeil -

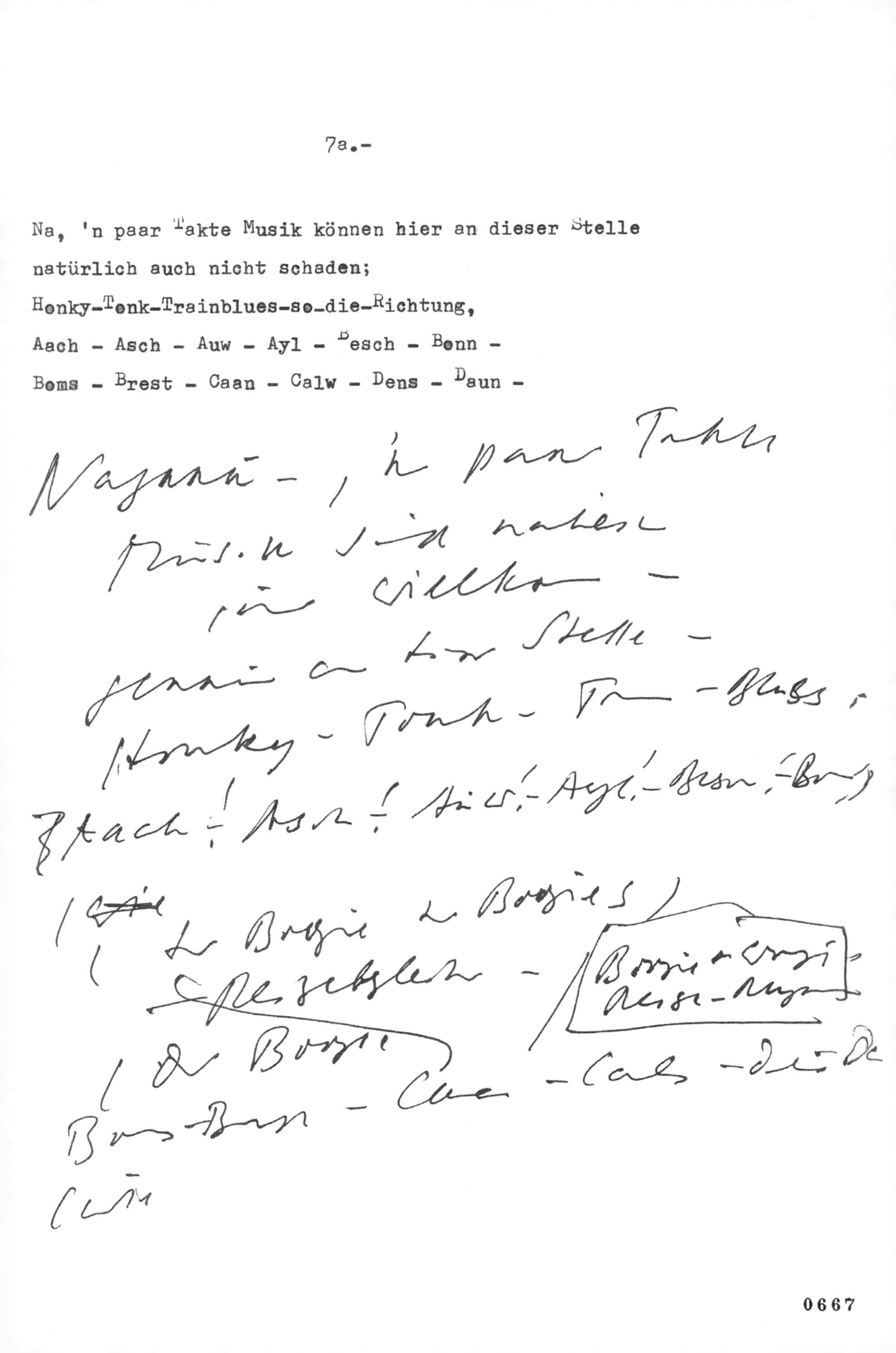

Na, 'n paar Takte Musik können hier an dieser Stelle
natürlich auch nicht schaden;
Honky-Tonk-Trainblues-so-die-Richtung,
Aach - Asch - Auw - Ayl - Besch - Bonn -
Boms - Brest - Caan - Calw - Dens - Daun -

Najaaa – , 'n paar Takte
Musik [illegible]
[illegible] –
[illegible] Stelle –
Honky - Tonk - Tr[illegible] - Blues,
Aach! Asch! Auw! - Ayl! - Besch! - Bonn!
(~~[illegible]~~ ein [?] Boogie ein [?] Boogies)
(~~[illegible]~~ – Boogie-Woogie [illegible] [illegible]
(der Boogie
Boms-Brest – Caan – Calw – [illegible]
Calw

Doch! - 'n bißchen Musik wär an dieser Stelle natürlich nicht absolut falsch -

(nichts verderben)

paar Takte Musik -

wegen bißchen Musik werden wir den Saal nicht verlassen -

Na, 'n paar Takte Musik können hier an dieser Stelle auch natürlich nicht schaden,

mit Musik

Na, 'n paar Takte Musik können gerade hier an dieser Stelle

Na, 'n paar Takte Musik können hier an dieser Stelle
(auch nichts mehr verderben,)

Brauchst du nicht einmal die schon immer geplante "Ästhetik des Flickworts" dafür.

Kannst du alles zuhaus auf deiner 'Eisernen Lady' runterklimpern, praktisch ohne Hilfsmittel. (Beistand)

Doch- son bißchen Musik wär nicht schlecht -

Doch!- so'n bißchen Musik kann an dieser Stelle natürlich nicht schaden -

Doch! - Musik wär natürlich nicht schlecht jetzt

Doch! - 'n bißchen Musik wär natürlich gar nicht so unangebracht jetzt - heir - genau an dieser Stelle:
Aach - Asch - Auw - Ayl - Besch - Bonn -

Doch ! - 'n bißchen Musik wär natürlich gar nicht so falsch an dieser Stelle - Leiserhytmen -
Boogiewoogie-Amplituden -

Kommst du ausnahmsweise - - ohne Ästhetik des Flickworts aus.

(entsprechende)
Brauchst du nicht einmal die längst fällige (schon lange geplate)
Ästhetik des Flickworts dafür.

Kannst du praktisch alles zuhaus
auf deiner "Eisernen Lady" runterklimpern:
Aach - Asch - Auw - Ayl - Besch - Bonn -
und so weiter und sofort

(gesuchte)
Brauchst du nicht einmal die schon lange xmxxdixxgeplante
Ästhetik des Flickworts dafür.

Kannst du alles zuhaus auf deiner
(Beistand)
'Eisernen Lady' runterklimpern, praktisch ohne Hilfsmittel.

Doch - ja - bißchen Musik

Brauchst du nicht mal die lange gesuchte
'Asthetik des Flickworts' dafür.

Kannst du alles zuhaus auf deiner 'Eisernen Lady'
runterklimpern - praktisch ohne Beistand.

(absolut)
Dock! - 'n bißchen Musik wär ~~sicher~~ nicht ~~völlig~~ falsch
an dieser Stelle , wollnmalsagen,
Honky-Tonk-Train-Blues,
Aaach - Asch- Auw - Ayl - Besch - Bonn -
(die klassische Boogie-Amplitude

Na, 'n bißchen Musik wär sicher nicht gerade falsch
an dieser Stelle,
Mit Musik ist nichts zu verderben -

Außer Musik - naja - Musik ist sicher nicht völlig
fals an dieser Stelle

7a.-

Brauchst du nicht mal 'Ästhetik des Flickworts' dafür.

Kannst du alles zuhaus auf deiner 'Eisernen Lady'
runterklimpern - parktisch ohne Beistand.

(ganz)
Doch! - 'n bißchen Musik wär natürlich gar nicht so falsch
an dieser Stelle, Aach, Asch, Auw, Ayl , Besch, Benn
(Hony-Tonk-Trainblues wollnmalsagen)
Boms - Brest - Caan - Calw - Dens - Daun -
(Die Boogiewoogie-reiseamplitude)
Ench- Eich - Echtz - Elz - Erlb - Falz -

0672

Brauchst du nichtmal "Aästhetik des Flickworts" dafür.

Kannst du alles zuhaus auf deiner 'Eisernen Lady'
runterklimpern - praktisch ohne Beistand.

Doch! - 'n bißchen Musik wär ~~xxxxxxxx~~ natürlich gar nicht so falsch
an dieser Stelle: eins, zwei, drei, Vier, fünf, sechs -
(Honky-Tonk-Trainblues beispielsweise)
Aaach - Asch - Auw- Ayl - Besch - Bonn -
(so Boogiewoogie-Reiserhythmus)
Boms - Brest - Caan - Calw- Dens - Daun -
(wie in den Zwanzigern Mead Lux Lewis das
mal einfach für die Ewigkeit von der Schiene abgenommen hat)

(wie Mead Lux Lewis das schon in den Zwanzigern
ziemlich naturgetrau (lautgetreu) von der Schiene abgenommen hat)

Najanun, 'm paar Takte Musik sind natürlich
immer willkommen -
genau an dieser Stelle -
Honky-Tonk-Train-Bluss -
(wie der unsterbliche Meade Lux Lewis das bereits in den
Zanziger Kahren einfach von der Schiene abgenommen hat) :
Aaach - Asch - Auw - Ayl - Besch - Bonn -
(Boogie-Woogie-Reisebegleiter)
Boms - Brest - Caan - Calw - Dens - Daun -
(hier für unsere Zwecke (Verhältnisse - - -
nun auf -
allerdings auf - umgeschrieben - - -)
umgeschnitten - zugeschnitten

Wie der unverwesliche Meade Lux Lewis
das schon Ende der Zwanziger einfach von der Schiene
abgenommen hat -

Accum - Beccum - Loccum

Accum - Beccum - Loccum

Akcum - Beccum - Loccum

Beziehungsweise nochmal mit Musik den nächsten Durchgang:

Aaach - Asch - Auw - Ayl - Besch - Bonn

(Die alte Boogiewoogie-Reise-Amplitude -

Boms - Brest - Caan - Calw - Dens - Daun -

(also wie Meade Lux Lewis das schon in den Zwnanziger Jahren

~~ganz~~ völlig naturgetreu von der Schiene abgenommen hat:

Hoky-Tonk-Train-Blues,

jetzt auf unsere bescheidenen Lokalitäten umgeschrieben):

\- - - - - - - - - - - - -

Wo schon das ganze Dingda unaufhaltsam
auf die - - zusaust,
und du merkst, wie deine Kräfte verfallen,
ja, langsam, leider,
und du findest in der gesamten auseinanderstrebenden Galaxis
nicht das passenden Mauseloch für deinen empfindsamen Schnießel -
ist doch immerhin was, wenn in dem Wahnsinnsriesendurcheinander
wenigstens drei freche Frösche akkordieren:
Accum - Beccum - Loccum -
Acccum - Beesum - Loccum -
Accum - Bessum - Loccum -

Und, weilsso schön war, nochmal mit Musik den nächsten Durchgang:
Aach - Asch - Auw - Ayl - Besch - Bonn -
Boms - Brest - Caan - Calw - Dens - Daun -
Ensch - Eich - Elz - Echtz - Erb - Falz -
Gars - Gern - Geich - Goch - Gnutz - Hals -
(Honky-Tonk-Train-Blues etwa,
so die Richtung) und so weiter)
Hau - Holm - Holt - Horb - Irl - Kaaks -
Kelz - Kirn- Kirf - Konz - Laar - Laak -
Maar - Marl - Merl - Moers - Narb - Norf -
Noer - Ohr Ob - Oed - Oy - Orb -
(also wie Meade Lux Lewis das schon Ende der Zwanziger
ziemlich naturgetreu von den Schieneabgenommen hat
und wie wir das jederzeit auf unsern kleinen
Kosmos übertragen können)

1

Borrasa – Sorasa:

Frage ist [illegible]:

Sie [illegible] sie

[illegible]

+ ...

Antwort. –

Nur [illegible] öffentlich

Canto – [illegible]

glaubte . . .

(Zwischenfrage)

[illegible]:

[illegible] ..

Antwort: [illegible]

.. ist,

ist [illegible]

[illegible] ..

2

Organisation

Wir müssen die
[illegible] [illegible]
a) [illegible] [illegible]
[illegible] - -
pp

b) [illegible] die [illegible]
([illegible] [illegible])

(Wann die [illegible]?
1 - 2 3 - 4 5 6 usw

[illegible] [illegible] Johannis[illegible]
[illegible]
+ [illegible])

3

2 Phänomenchen –

Eindrücke –

→ 10 – Kirchhof / Kirchgang ---

den Anschauungen

Einbeck – Zweibeck
Zwieback

Zweibrücken
Zwiefalten
(Zweifelscheid)

[illegible]
[illegible]
[illegible]
[illegible]
[illegible]

[illegible]

[illegible]
[illegible]
[illegible]

[illegible]

STIMMEN AUS DEM PUBLIKUM '- zunächst vereinzelt -
dann zunehemend massiert:

Wolferode - - - Ochsenwerder - - -
Bullenhausen - - - Ebern - Erpel -
Hengstey - Geislatsried - -

Niederwenigern - Nichtigghausen - Zeihgestern -
Scharfbillig - Sparwiesen - übrigshausen -
Unterbaar - Falscheid - Zweifall -

~~Gipshausen~~
Gross Karben
~~Grebling~~ / [illegible]
~~Giebelshausen~~

Giebelshausen
Giebelsberg
Liebelsbaum
Lipfeld

Ort ist da [illegible] politische [illegible] gedichtet? –
pp pp pp –

(während sich bei den letzten Takten von Honky-
Tonk-Train-Blues zunehmend Unruhe unter den
Zuhörern breitmacht, gelegentlich auch Zurufe
zu vernehmen sind , etwa : "Possenried -
Scherzheim" - "Schalkhausen" - "Schelmkappe
- " Laaber" - "Frechen" und "Klein Denkste",
erklimmt ein Glitzergreis in Anthroposophenlila
das Podium und hebt abwedelnd seinen Hut)

Als ob - wir?! - abgestiegen wären hier,
um bei Leuten, die sowieso niemand kennt,
einen vorteilhaften Eindruck zuhinterlassen?!

Vielleicht auch noch Denkanstöße vermitteln -
'n Dichter ist doch kein Zickenbock!

Nein, das will alles noch zu deiner Zeit
mit eignenen Händen
abgesegnet werden,
v e r s p i e l t ,
b e g o s s e n
a b g w r a e k t u n d   a u f g e h o b e n ,
zur Kunst erklärt, ehe der Vorhang fällt
und der Himmel sich verdunkelt . . .

verspielt
begossen
abgesegn. –

Ja und hier müßte dann praktisch schon die Musik
mit dem Thema ~~reinkommen, wißt Ihr~~,
genau an dieser Stelle,
"Honky-Tonk-Train-Blues" ~~so die Richtung:~~
Auw - Aach - Asch - Ayl - Besch - Bonn -
Boms - Brest - Caan - Calw - Dens - Daun -
(also wie Mead Lux Lewis das schon gegen Ende der Zwanziger Jahre

Ja, und hier müßte dann praktisch auch gleich
die Musik einsteigen

Ja, und hier müßte dann praktisch auch gleich die Musik
mit dem Thema einsteigen:
Auw - Aach - Asch- Ayl - Besch - Bonn -
(genau an dieser Stelle)
Boms - Brest - Caan - Calw - Dens - Daun -
(

Ja, und hier müßte die Musik dann auch praktisch sofort
mit dem Thema einsteigen:
Auw - Aach - Asch - Ayl - Besch - Bonn -
(Honky-Tonk-Train-Blues oder so auf dieser Linie)
Boms - Brest - Caan - Calw - Dens - Daun -
(als wie Mead Lux Lewis das schon Ender der Zwnziger
tongetreu von der Schiene abgenommen hat

Ja, und hier müßte dann praktisch auch gleich die Musik
mit dem Thema reinkommen, wißt Ihr,
genau an dieser Stelle,
"Honky-Tonk-Train-Blues" so die Linie :
Auw - Aach - Asch - Ayl - Besch - Bonn -
Boms - Brest - Caan - Calw - Dens - Daun -
(also wie Mead Lux Lewis das schon Ender der Zwnaziger Jahre
völlig naturgetreu von der Schiene abgenommen hat)
Ensch - Eich - Elz - Echtz - Erb - Falz -
Gars - Gern - Geich -Gosch - Gnutz - Hals -
Hau - Holm - Holt - Horb - Irl - Kaaks -
Kelz - Kirn - Kirf - Konz - Laar - Laak -
Maar - Marl - Merl - Moers - Narf - Norb -
Noer - Ohr - Ob - Oed - Oy - Orb -
Paar - Pang - Poing -Puch - Post - Prex-
Quaal - Queek - Quint - Rot - Rott - Rex -
Saal - Saas - Schuld - Schlatt - Schulp - Schier -
Soest - Sinn - Thomm- Twist - Tarp - Trier -
(nein, kein Creszendo am Schluß,
sondern einfach über die letzten Takte hinwegspielen
und danndie Sache son bißchen schmierig ausklimpern lassen)
U l m - U s c h - V a c h - V e r l - V o r s t - W e i l -
Y a c h -

Z i p s -

Z o r n -

Z e l l -

Z o n s -

Z e i l -

Ja, und hier müßte die Musik dann allerdings

schon längst mit dem Thema da sein:

Auw - Aach - Asch - Ayl - Besch - Bonn -

(Honky Tonk Train -Blues - spätestens an dieser Stelle)

Boms - Brest - Caan - Calw - Dens Daun -

8701 Au

7919 Au

8201 Au

8301 Au

8441 Au

8901 Au

Ja, und hier müßte die Musik dann allerdings schon längst mit dem Thema da sein:

Auw - Aach - Asch- Ayl - Besch - Bonn

(Honky Tonk Train-Blues, spätestens an dieser Stelle)

Boms Brest - Caan - Calw - Dens - Daun -

Ensch - Eich -Elz - Echts - Erb - Falz

Gars - Gern - Geich - Gosch -Gnutz - Hals

Hau - Holm - Holt- Horb - Irl - Kaaks

Kelz - Kirn - Kirf - Konz - Laar - Laak

Maar - Marl - Merl - Moers - Narf - Norb

Noer - Ohr - Ob - Oed - Oy - Orb

Paar - Pang - Poing - Puch - Post - Prex

Quaal - Queek - Quint - Rot - Rott - Rex

Saal - Saas - Schuld - Schlatt - Schulp - Schier

Soest - Sinn - Thomm- Twist - Tarp - Trier

Saal - Saas - Schuld - Sclatt

Schulp - Schier -

~~Seest - Sinn - Th~~omm - Twist

Tarp - Trier

Ulm - Usch

Vach - Verl

Vorst - Weil

Yach - Zips -

Zorn - Zell

Zons - Zeil

. . . .

. . . .

Womit wir, liebe Oldtimerfreunde, liebe Nostalgiefreundinnen
auch schon wieder beim Schluß von unserem heutigen
Musikexpress angelangt wären - Ciao-ciao , By-by! -
Bevor ich an die Nachrichten abgebe, verlese ich
noch kurz eineSuchmeldung der Bahnhofsmission in
Owschlag, Kreis Rendsburg. Vermißt wird seit dem
25. Oktober 1989 der Frührentner Leo Doletztki.
Er ist einmetereinundachtzig groß, schlank, und
trug zuletzt eine

U l m - U s c h - V a c h - V e r l - V o r s t - W e i l
Y a c h - Z i p s - Z o r n - Z e l l - Z o n s - Z e i l

. . . .

Womit wir, liebe Oldtimerfreunde und -freundinnen ~~dann~~ auch schon wieder am Schluß von unserem heutigen Musik-Express ~~angelangt~~ wären. Ich sage Bye-bye, meine Lieben, aber bevor ich gleich an die Nachrichten weitergebe, ~~verlese ich~~ noch kurz eine Suchmeldung der deutschen Bahnhofsmission in Owschlag, Kreis Rendsburg. Vermißt wird seit dem 25. Oktober 1989 der Rentner Leopold Doletzki. Er ist sechzig Jahre alt, einmetereinundachtzig groß, schlank, und trug zuletzt einen graubraunen Übergangsmantel und eine karierte Schirmmütze. Der alte Herr ist vermutlich geistesgestört und irrt orientierungslos in der Gegend umher. Hinweise nimmt neben dem Roten Kreuz auch jede Polizeidienststelle entgegen.

S a a l - S a a s -S c h u l d -S c h l a t
S c h u l p - S c h i e r

S o e s t - S i n n- T h o m m -T w i s t
T a r p- T r i e r

U l m - U s c h
V a c h - V e r l
V o r s t - W e i l

Y a c h - Z i p s
Z o r n - Z e l l
Z o n s - Z e i l

(wmit wir, liebe Oldtimerfreunde und -freundinnen, auch schon wieder am Schluß von unserem heutigen Musikexpress wären. Ich sage bye-bye für heute. Ich grüße ganz besonders Gina, Tina, Stina, und Angelina auf Taormina. Aber bevor wir gleich an die Nachrichten weitergeben, noch kurz eine Suchmeldung der Bahnhofsmission in Owschlag, Kreis Rendsburg. Vermißt wird seit dem 25.Oktober der Übergangsreisende Leo Doletzki. Er ist 59 Jahre alt, einmetereinundachtzig groß und trug zuletzt einen cognacfarnen Überganzsmantel und eine karierte Schirmmütze. Der alte Herr ist vermutlich geistesgestört und irrt orientierungs-

S a a l - S a a s - S c h u l d - S c h l a t t

S c h u l p - S c h i e r

S o e s t - S i n n - T h o mm m - T w i s t

T a r p - T r i e r

U l m - U s c h

V a c h - V e r l

V o r s t - W e i l

Y a c h - Z i p s

Z o r n - Z e l l

Terrnciah

Z o n s - Z e i l

Gina – Carolina
Sabina

(Womit wir, liebe Oldtimerfreunde und -freundinnen auch schon wieder am Schluß von unserem heutigen "Musikexpress" wären. Ich sage bye-bye für heute. Ich grüße besonders noch einmal unsere treuen Hörerinnen Gina, Tina, Stina, Mina und Angelina in Taormina. Aber bevor wir gleich an die Nachrichten weitergeben, noch kurz eine Suchmeldung der Bahnhofsmission in Owschlag, Kreis Rendsburg. Vermißt wird seit dem 24. Oktober 1989 der Übergangsreisende Leo Doletzki. Er ist neunundfünfzig Jahre alt, einmeterachtzig groß, schlank, und trug zuletzt einen cognacfarbenen Ledermantel undxx eine karierte Schirmmütze. Der alte Herr ist vermutlich geistesgestört und irrt orientierungslos
0692
in der Gegend um her. Hinweise nimmt jede Polizeidienststte

S e l b s t ~~p o r t r ä t~~ III/88

Mit den Jahren auch nicht mehr ganz in dem Zustand,
daß man sich
seine Liebhaberinnen noch persönlich aussuchen kann –
Wahrlich, so ist es, Freunde, keine widerspricht.

Noch Seher oder schon Spanner, das ist die Frage.
Von meinem Augenhintergrund her steh ich
unseren Herrenmagazinen
(aber)
vielleicht doch etwas näher
als den Zielen der Frauenbewegung
(Phosphoreszierende Strumpfbänder, Arschzeigehosen,
Tittenspitzen steif wie Radiergummis –)
Na, mal abwarten erst,   (rechtskräftig)
wenn der Kopf gegen Mittag ~~voll~~endgültig durch die Tabletten bricht . . .

Ich will da ja gar kein Dings, kein Drama draus machen.
Die richtigen Dramen gehn sowieso immer aus
wie der britische Bergarbeiterstreik 84:
D i e H e l d e n m ü s s e n z u K r e u z e k r i e c h e n –
Ich will damit nur sagen,
wer sein Gedächtnis schon so weit verloren hat,
daß er grad noch paar alte Meister wiedererkennt,
muß nach vorne durch.
Also los, solange die Koffergriffe noch halten,
und dann gleich mit'm Intercity Max Stirner
durch die halbe Republik!

Draufzu! Draufzu! gefeiert kann später im Himmel werden,
Patient braucht keine Ruhe, Patient braucht Reize;
dafür haben wir uns doch extra
diesen raumaufzehrenden Lebensstil zugelegt,
um der Welt auf Teilstrecken nahezukommen:
Hamburg-Altona - Bremen - Münster -
Dortmund - Bochum - Essen -
Duisburg -
Düsseldorf -
Köln -
Und in jeder vorüber~~gehenden~~ rauschenden Stadt
eine Frau wie ein aufgeschlagenes Buch -

Bahnhof Rolandseck, na du weißt schon,
diese frühvollendete Dahlie im Kieselbeton -

Bad Godesberg/Bonn :
Nur nicht aufhören darf man,
nicht solange noch die guten Jugendsäfte fließen -
Nebenbei: wer sich nicht ruiniert,
aus dem wird nichts!

Aachen, oh Aachen, ach,
mit seinen ungezählten Wassern aus der Tiefe quellend,
in die Höhe steigend, Weite strömend,
aber die Wahrheit dann komischerweise wieder ganz einfach
und deutlich aus einem Guß -

Bis alles nur noch ein Gemurmel ist, ein Gerücht,
und du gar nicht mehr weißt,
wo dein Tagebuch aufhört und deine Memos zu sprechen beginnen,
H a g e n , der introvertierte Stadtwald zur Nacht
und der Reflex eines flimmernden Buttermessers
morgens auf der Frühstücksbacke:
J a , s o s o l l e s s e i n , S i g n o r i n a ,
m e i n e t w e g e n b l e i b e n ,
allen Ernste und für ewig!

Obwohl wir die Dinge und die D-Züge hier
auf die Dauer natürlich gar nicht anhalten können,
und unsre VP immer wieder mal das Medium wechseln muß,
um zum Anfang zurückzufinden:
Paderborn - Hannover - Braunschweig - Hildesheim - Wolfsburg:
E s i s t d e r s c h a r f e s c h n e l l e S c h e i n ,
d e r u n s z u e r k e n n e n e r m ö g l i c h t !

. . . .

Meine, ziehen tut das natürlich schon son bißchen mit der Zeit
und in den Gelenken knirschen -

. . . .

Manchmal auch seufzen.
Ächzen vor Alter und Entbehrung.

. . . .

Eigentlich hinschwinden -

. . . . . .

Als ich neulich mal kurz nach Süden runtermußte,
Marbach - Kornwestheim - Bietigheim - Schwäbisch Gmünd ,
wie lag das doch alles da in irgendeiner Form
z u   F ü ß e n   m i r ,
mit einem einzigen Geloder von Sonnenblumen,
soweit das Auge sich ausließ -
nun längst verdorrt und ~~ab~~hingeflackert,
blicklos nach Osten starrend,
schwarze Fechtermasken,
leergepickt -

5.-

. . . .

Frankfurt - Wiesbaden - Idar Oberstein - Sankt Wendel +
die erloschnen Lupinen am Hang -

. . . .

Kaiserslautern - Saarbrücken:
Goldrute, verrostet -

. . . .

Bahnhof Rolandseck - Godesberg - Aachen,
na du weißt schon :
traurig fallen deine zwei Groschen
zurück in die Schüssel des Münzers;
eine Phantomliebe läßt nicht mit sich handeln;
paar abgerissene Ahornhände an den Bodenrost geklammert -

. . . .

Keine Angst, der Verfasser lebt noch,
hat inzwischen aber doch wohl ne kleine Erfrischung verdient:
Wittlingen - Warstein - Augsburg - Jever - Kulmbach -
Einbeck - Flensburg -
Was meinen Sie, was durch uns schon alles durchgeflossen ist?
g a n z e   S t r ö m e !
(aneinandergereiht kann das stimmen)

Aneinandergereiht stimmt überhaupt so allerhand,
beispielsweise Adelsheim - Blödesheim - Düdelsheim.

Aneinandergereiht können sieben verwackelte Reiseeindrücke
nämlich sofort eine eigene Sterngruppe bilden:
Einöd - Zweibrücken - Dreilinden- Vierkirchen - Fünfbrenn -
Sechshelden - Siebeneichen.

Wo schon das ganze Dingda unaufhaltsam
auf die - - zusaust -
und du merkst, wie deine Kräfte verfallen,
ja, langsam , leider,
und du findest in der gesamten auseinanderstrebenden Galaxis
nicht das winzigste Mauseloch für deinen zitternden Schniepel,
ist doch immerhin was, wenn in dem Wahnsinnsriesendurcheinander
wenigstens paar Frösche akkordieren:
Accum - Beccum - Loccum
Accum - Beccum - Loccum
Accum - Beccum - Loccum

. . . .

Allerletzten Durchgang - wer weiß - vielleicht sogar ruhig
unter nochmals reduzierten Rahmenbedingungen:
A c h t u n g , A c h t u n g ,
unser lyrischer Ich-Darsteller
(der Doyen der deutschen Drogenszene)
betritt den hinteren Bühneneingang unauffällig
und verkündet auf dem oberbimbacher Dorftanzboden
eine vollkommen neue Republik . . . .

Wieblingen - Waiblingen - Wipshausen - Weibshausen - Wiebelskirchen

Wiepenkathen - Wiebelsberg - Weibeldshausen

Frauenwüllesheim - Frauenzimmern - Wipfeld - Weibern - Kemnat -

Rockshausen - Beiningen - Strümpfelbrunn -

Hinterzarten - Fleischwangen - Leibi - Weiten Gesäß - Büchsenschinken -

Zizishausen - Tittmoning - Titting - Tittling -
Tettenborn - Tüttendorf - Busenbach - Mammendorf - Titz -

Niederhosenbach - Schambach - Liebersbach

Oberreitzbach - Wald Amorbach - Maidbronn - Lustbronn - Gailbach -
Kerben - Waldangelloch -

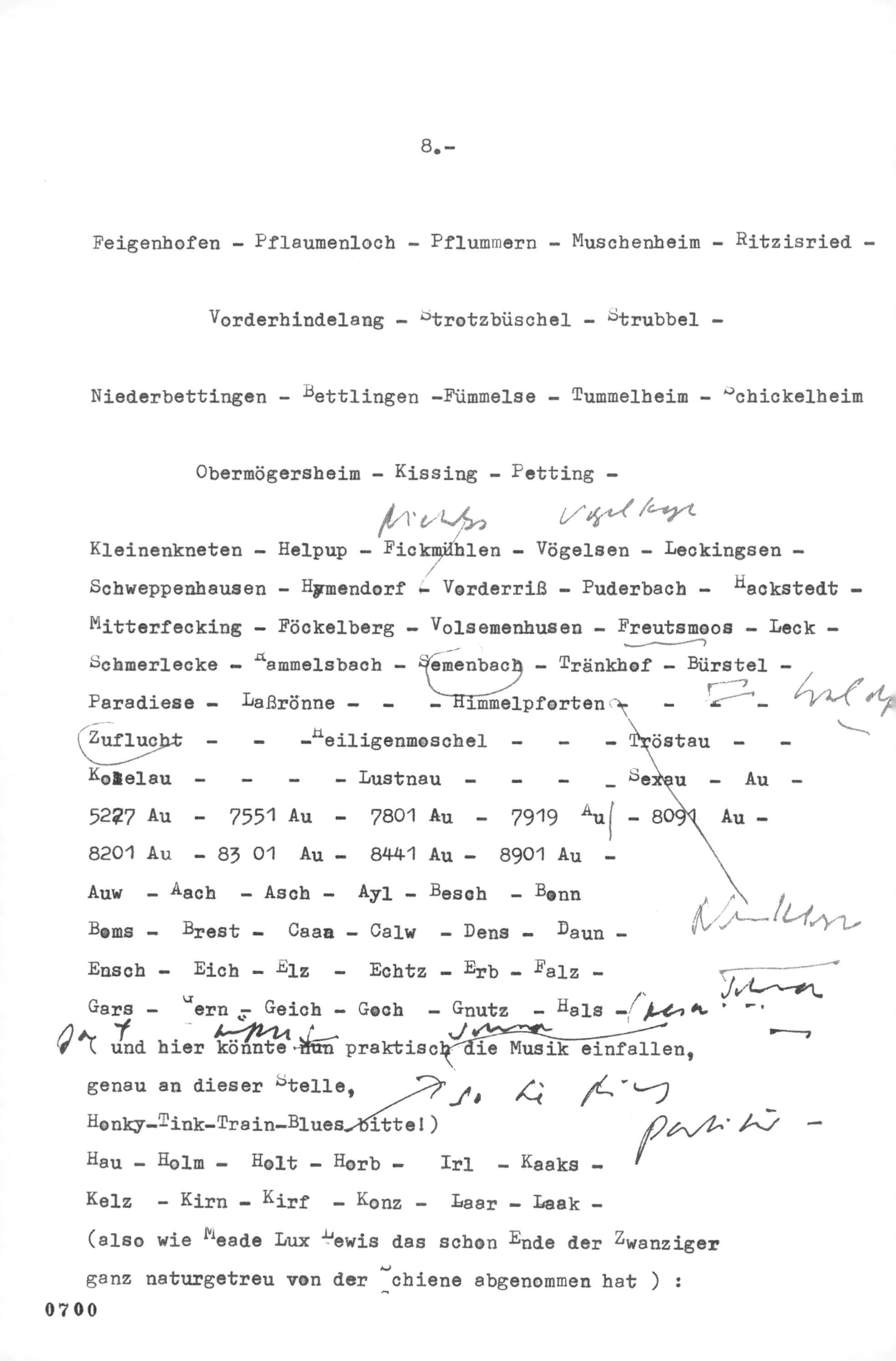

Feigenhofen - Pflaumenloch - Pflummern - Muschenheim - Ritzisried -

Vorderhindelang - Strotzbüschel - Strubbel -

Niederbettingen - Bettlingen -Fümmelse - Tummelheim - Schickelheim

Obermögersheim - Kissing - Petting -

Kleinenkneten - Helpup - Fickmühlen - Vögelsen - Leckingsen -
Schweppenhausen - Hymendorf - Vorderriß - Puderbach - Hackstedt -
Mitterfecking - Föckelberg - Volsemenhusen - Freutsmoos - Leck -
Schmerlecke - Rammelsbach - Semenbach - Tränkhof - Bürstel -
Paradiese - Laßrönne - - - Himmelpforten - - - -
Zuflucht - - -Heiligenmoschel - - - Tröstau - -
Koßelau - - - - Lustnau - - - - Sexau - Au -
5227 Au - 7551 Au - 7801 Au - 7919 Au - 8091 Au -
8201 Au - 83 01 Au - 8441 Au - 8901 Au -
Auw - Aach - Asch - Ayl - Besch - Bonn
Boms - Brest - Caaa - Calw - Dens - Daun -
Ensch - Eich - Elz - Echtz - Erb - Falz -
Gars - Gern - Geich - Goch - Gnutz - Hals -
(und hier könnte ~~nun~~ praktisch die Musik einfallen,
genau an dieser Stelle,
Honky-Tink-Train-Blues bitte!)
Hau - Holm - Holt - Horb - Irl - Kaaks -
Kelz - Kirn - Kirf - Konz - Laar - Laak -
(also wie Meade Lux Lewis das schon Ende der Zwanziger
ganz naturgetreu von der Schiene abgenommen hat) :

Maar - Marl - Merl - Moers - Narf - Norb -

Noer - Ohr - Ob - Oed - Oy - Orb -

Paar - Pang - Boing - Pmch - Post - Prex -

Quaal - Queeek - Quint - Rotkk - Rott - Rex -

Saal - Saas - Schuld - Schlatt --Schulp - Schier -

Soest - Sinn - Thomm - Twist - Tarp - Trier -

U l m -

U s c h -

V a c h -

Ve r l -

V o r s t -

W e i l -

Y a c h -

Z i p s '-

Z o r n -

Z e l l -

Z o n s -

Z e i l - - -

\- - - - - - - - - - - - - - - -

Bevor es mit unserm Musikexpress weitergeht, noch ganz kurz eine Suchmeldung der Bahnhofsmission in Owschlag, Kreis Rendsburg. Vermißt wird seit dem 25. Oktober 1989 der Frührentner Leo Doletzki. Er ist einmetereinundachzig großx und trug zuletzt einen blaugrauen Übergangsmittel und eine karierte Schirmkappe. Der alte Herr ist vermutlich geistesgestört und irrt orientierungslos in der Gegend umher. Hinweise nimmt jedex Polizeidienststelle der Polizei entggen. -

M i t d e n J a h r e n . . .

S e l b s t I I I/ 88

Mit den Jahren auch nicht mehr ganz in dem Zustand,
daß man sich
seine Liebhaberinnen noch persönlich aussuchen kann -
Wahrlich, so ist es, Freunde, keine widerspricht.

Noch Seher oder schon Spanner, das ist die Frage.
Von meinem Augenhintergrund her steh ich
unseren Herrenmagazinen
eigentlich doch etwas näher
als den Zielen der Frauenbewegung
(Phosphoreszierende Strumpfbänder - Arschzeigehosen -
Tittenspitzen steif wie Radiergummis)
Na, mal abwarten erst
wenn der Kopf gegen Mittag endgültig durch die Tabletten brich

Ich will da ja gar kein Dings, kein Drama draus machen.
Die richtigen Dramen gehn sowieso immer aus
wie der britische Bergarbeiterstreik 84:
D i e H e l d e n m ü s s e n z u K r e u z e k r i e c h
Ich will damit nur sagen,
wer sein Gedächtnis schon soweit verloren hat,
daß er grad noch paar alte Meister wiedererkennt,
muß nach vorne durch.
Also los, solange die Koffergriffe noch halten,
und dann gleich mit'm Intercity Max Stirner
durch die halbe Republik!

Draufzu! Draufzu! gefeiert kann später im Himmel werden,
Patient braucht keine Ruhe, Patient braucht Reize;
dafür haben wir uns doch extra
diesen raumaufzehrenden Lebensstil zugelegt,
um der Wglt auf Teilstrecken nahezukommen:
Hamburg-Altona - Bremen - Münster -
Dortmund - Bochum - Essen -
Duisburg -
Düsseldorf -
Köln -
und in jeder vorüberrauschenden Stadt
eine Frau wie ein aufgeschlagenes Buch.

Bahnhof Rolandseck, na du weißt schon,
diese frühvollendete Dahlie im Kieselbeton -

Bad Godesberg/Bonn:
nur nicht aufhören darf man,
nicht solange noch die guten Jugendsäfte fließen -
Nebenbei: wer sich nicht ruiniert,
aus dem wird nichts -

Aachen, oh Aaehen, ach,
mit seinen ungezählten Wassern aus der Tiefe sprudelnd,
in die Höhe steigend, Weite strömend,
aber die Wahrheit dann seltsamerweise wieder ganz einfach
und deutlich aus einem Guß.

Bis das alles nur noch ein Gemurmel ist, ein Gerücht,
und du gar nicht mehr weißt,
wo dein Tagebuch aufhört und deine Memos zu sprechen beginnen,
H a g e n , der introvertierte Stadtwald zur Nacht
und der Reflex eines zitternden Buttermessers
morgens auf der Frühstücksbacke -
J a s o s o l l e s s e i n , S i g n o r i n a ,
meinetwegen bleiben,
allen Ernstes und für ewig.

Obwohl wir die Dinge und die D-Züge hier
auf die Dauer natürlich gar nicht anhalten können,
und die Versuchsperson
immer wieder mal das Medium wechseln muß,
um zum Anfang zurückzugelangen :
Paderborn - Hannover - Braunschweig - Hildesheim - Wolfsburg -
E s i s t d e r s c h a r f e s c h ö n e S c h e i n ,
d e r u n s z u e r k e n n e n e r m ö g l i c h t !

. . . .

Meine, ziehen tut das natürlich schon son bißchen mit der Zeit
und in den Gelenken knirschen.

. . . .

Manchmal auch seufzen.
Ächzen vor Alter und Entbehrung.

. . . .

Eigentlich hinschwinden.

. . . .

Als ich neulich mal kurz nach Süden runtermußte,
Marbach - Kornwestheim - Bietigheim - Schwäbisch Gmünd -
wie lag das doch alles da in irgendeiner Form
z u   F ü ß e n   m i r ,
mit einem einzigen Geloder von Sonnenblumen
soweit das Auge sich ausließ -
Nun längst verdorrt und hingeflackert,
blicklos nach Osten starrend,
schwarze Fechtermasken,
leergepickt.

. . . .

Frankfurt - Wiesbaden - Idar Oberstein - Sankt Wendel :
die erloschnen Lupinen am Hang -

. . . .

Kaiserslautern - Saarbrücken:
Goldrute, Verrostet -

. .. .

Bahnhof Rolandseck - Godesberg - Aachen,
na, du weißt schon -
Traurig fallen deine zwei Groschen
zurück in die Schüssel des Münzers,
eine Phantomliebe läßt nicht mit sich reden;
paar abgerissene Ahornhände an den Bodenrost geklammert -

. . . .

Keine Angst, der Verfasser lebt noch,
kann inzwischen aber schon mal ne kleine Erfrischung vertragen,
Wittlingen - Warstein -Jever - Augsburg - Kulmbach -
Einbeck - Flensburg - Kölsch -
Was meinen Sie, was durch uns schon alles durchgeflossen ist? -
G a n z e   S t r ö m e !
(aneinandergereiht kann das stimmen)

Aneinandergereiht stimmt überhaupt so manches,
beispielsweise: Adelsheim - Blödesheim - Düdelsheim.

Aneinandergereiht können sieben verwackelte Momentaufnahmen
doch sofort eine eigene Reisegruppe bilden:
Einöd - Zweibrücken - Dreilinden - Vierkirchen - Fünfbronn -
Sechshelden - Siebeneichen.

Wo schon das ganze Dingsda unaufhaltsam
auf die - - zusaust,
und du merkst, wie deine Kräfte verfallen,
ja, langsam, leider,
und es tröpfelt auch nur nochmal so,
bescheiden,
ungenau wie die Gnade Gottes -
ist doch immerhin was , wenn in dem Wahnsinnsriesendurcheinander
wenigstens drei Frösche akkordieren:
Accum - Beccum - Loccum
Accum - Beccum - Loccum
Accum - Beccum - Loccum

Letzten Durchgang - wer weiß - vielleicht sogar ruhig
unter nochmals reduzierten Vortragsbedingungen:
A c h t u n g - A c h t u n g ,
unser lyrischer Ich-Darsteller,
der Doyen der deutschen Drogenszene
betritt den hinteren Bühneneingang unauffällig
und verkündet auf dem oberbimbacher Dorftanzboden
eine vollkommen neue Republik:

Relativ kleinen Schweinezirkus,
aber deshalb noch lange nicht unerbaulich:
Reimboldshausen - Versmold - Klein Flöthe - Liederbach - Lyhren
Niederleirndorf - Pansdorf Sangenstedt.

Wo der Geist mal für zehn Prozent Chance mehr hat
und du Beifall und Püppis kriegst
für jeden neuen Gedanken:
Obermögersheim - Haschbach - Koxhausen - Rauschendorf - Freudenthal.

Als ob - w i r abgestiegen wären hier,
um bei Leuten, die sowieso niemand kennt
einen positiven Eindruck zu hinterlassen!
Auch noch Denkanstöße vermitteln?
'N Dichter ist doch kein Zickenbock -
Nein, das will alles noch zu deiner Zeit
auf dieser Erde abgesegnet werden,
b e g o s s e n
h o c h g e h a l t e n
a n g e s t r a h l t
zur Kunst erklärt, ehe der Vorhang fällt
und der Staatsanwalt ermittelt.

Wiepenkathen - Rockshausen -Frauwüllesheim -Strümpfelbrunn-
Beinigen - Leibi

Hinterzarten - Fleischwangen - Büchsenschinken - Gesäß

Oberbusenbach -Tüttendorf- Tettenborn -Mammendorf - Titisee
Zizishausen -Tittmoning -Titting - Tittling - Titz

Niederhosenbach - Schambach - Wald Amorbach

Oberreitzbach - Ritzhausen - Gailbach - Kerben - Voitze

Feigenhofen - Wald Angelloch- Pflaumenloch -Datteln - Pflummern
Vorderhindelang - Ritzisried - Muschenheim - Strotzbüschel - Strubl

Niederbettingen- Tummelheim - Fümmelse

Ober-Werbe - Kissing - Petting

Kleinenkenten - Helpup - Schleckheim - Leckingsen - Leck
Mitterfecking - Fickmühlen - Vögelsen - Hymendorf - Vorderriß
Niederlangen - Rammelsbach - Hackstedt -Puderbach - Bürstel
Schweppenhausen - Ereutsmoos - Waldfeucht
Oberschwappach -Schlückingen - Lustnau
Semenhusen - Mönchsambach - Trästau
Paradiese - Laßrönne - Sexau
Himmelpforten - Neukloster - Au

5227 Au

7551 Au

8701 Au

7919 Au

8201 Au

8301 Au

8441 Au

8901 Au

Ja, und hier sollte die Musik dann eigentlich schon schon mit dem Thema dasein:

Au - Aach - Asch - Ayl - Besch - Bonn
(Honky-Tonk-Train-Blus bitte,
immer straight und ergreifend der Schiene nach)
Boms - Brest - Caan - Calw - Dens - Daun

Ensch -Eich - Elz - Echtz - Erb - Falz
Gars - Gern - Geich - Gosch - Gnutz - Hals

Hau - Holm - Holt - Horb - Irl - Kaaks
Kelz - Kirn - Kurf - Konz - Laar - Laak

Maar - Marl - Merl - Moers - Narf - Norb
Noer - Ohr - Ob - Oed - Oy - Orb

Paar - Pang - Poing - Puch - Post - Prex
Quaal - Queek - Quint - Rot - Rott - Rex

S a a l - S a a s - S c h u l d - S c h l a t t

S c h u l p - S c h i e r

S o e s t - S i n n - T h o m m - T w i s t

T a r p - T r i e r

U l m - U s c h

V a c h - V e r l

V o r s t - W e i l

Y a c h - Z i p s

Z o r n - Z e l l

Z o n s - Z e i l

. . . .

(Womit wir, liebe Oldtimerfreunde, auch schon wieder am Schluß von unserem heutigen "Musikexpress" wären. Ich sage Bye-bye für heute. Ich grüße ganz besonders noch einmal unsere treuen Hörerinnen Gina, Tina, Stina und Angelina, zur Zeit in Taormina. Aber bevor wir jetzt gleich an die Nachrichten weitergeben, noch kurz eine Suchmeldung der Bahnhofsmission in Owschlag, Kreis Rendsburg. Vermißt wird seit dem 24. Oktober der Übergangsreisende Leo Doletzki. Er ist neunundfünfzig Jahre alt, einmetereinundachtzig groß, schlank, und trug zuletzt einen cognacfarbenen Wildledermantel und eine karierte Schirmmütze. Der alte Herr ist vermutlich geistesgestört und irrt orientierungslos in der Gegend umher. Hinweise nimmt jede Polizeidienststelle entgegen)

SELBST III/88
AUS DER FASSUNG

Am Anfang des Gedichtes steht der Einfall, nicht das Wort, was ich als goldene Poetenregel nun schon einige Jahrzehnte vor mir hertrage. Daß ich sie mir und der schrumpfenden Klientel hier noch einmal in Form eines backsteindicken Buches aushändige, hat mit der Verschlissenheit gewisser Allgemeinplätze zu tun, die außer ihrem eigenen abgeriebenen Sitzleder nicht sehr viele Erfahrungsspuren vorzuweisen haben. Einerseits scheint man ja immer noch zu meinen, daß Gedichte »aus Wörtern gemacht« würden, gerade so als ob der Baustoff nur so herumläge und in der Sprachkunst jeder Laberfranz mitreden könne. Zum anderen hält man eine so hochgradige Künstlichkeit wie ein Verswerk dann wieder für ein Naturgebild aus einem einzigen absatzlosen Guß, was die für jede vergleichbare Disziplin vorrangige Frage nach der Komposition, der Fügung, Dramaturgie, dem Bildungsgang fahrlässig außen vor läßt. Poetologisch weiterführend scheint mir dabei weder das Kathederphilosophem von der Machbarkeit der Kunst noch der Köhlerglaube an ihre noktambule Selbstentfaltung. Offensichtlich handelt es sich um ziemlich beliebig verwendliche Irrwische, die den wechselhaften Entwicklungsverlauf der Lyrik eskortieren wie vertrauenswürdige Warenbegleitpapiere, doch ob der Homo-Faber-Werkbund wirklich mehr als Blaupausen produziert oder die Unbewußte-Empfängnis-GmbH etwas besseres als alraunhaftes Gekrumpel, verdichtet sich mir mit den Jahren immer dringender zur Zweifelsfrage.

Im Gegensatz zu solchen flachen Matrizen, die alles zu begreifen meinen, weil sie alles mit sich bedecken, möchte dies vorzugsweise aus Sägemehl und Hobelspänen zusammengekehrte Buch die Qualitätsfrage lieber einmal praktisch als Wie-Frage durchexerzieren. Wie arbeitet ein Gedicht sich voran, und zwar in aller Bescheidenheit vom ersten Einfall bis zum allerletzten Schlußpunkt? Wie gliedert sich ein lyrischer Organismus in die Länge und Breite und nach welchen Gesetzen verketten sich die Assoziationen überhaupt zu einem gesammelten Ganzen? Das ist als Fragestellung zwar nicht unbedingt neu, und wie wir den kritischen Werkausgaben von Friedrich Hölderlin bis zu Georg Heym und Georg Trakl entnehmen können, hat sich den Dichtern öfter schon aus vielen verlorenen Augenblicken ein Universum gebildet und aus zahlreichen vorgreifenden und nachfassenden Federzügen am Ende das Gedicht. Trotzdem weisen die Rekonstruktionen der Vergleichswissenschaften zwangsläufig die häßlichsten Baulücken auf. Was sich erhalten hat und was man dann mit Geduld und Spucke übereinander kopieren oder nebeneinander herlesen kann, sind sogenannte Entwürfe, Probierläufe, Phasen und Fassungen, aber wie ein Gedicht sich wortwörtlich, um nicht zu sagen buchstäblich entwickelt, bleibt aus Mangel an Bauabfällen meist dem bloßen Vermuten überlassen. Wir wissen ja mittlerweile besser über den sozialen Wohnungsbau von Köcherfliegen und über das Reproduktionsvermögen von Bunten Bakterien Bescheid als über den Rätselbetrieb in den Köpfen unserer Dichter, wovon zumal unsere Bildmedien ihre entsagungsvollen Lieder singen können. Um einen Poeten bei der Arbeit zu zeigen, läßt man ihn wie eine ixbeliebige Schreibkraft seine vier-fünf-sechs-sieben Takte auf der Schreibmaschine klappern, was zwar auch zum Handwerk gehört, aber doch nur seine unansehnlichste Abseite darstellt. Beziehungsweise flimmert man ihn alle Jahre wieder vor dem ewiggleichen Hintergrund seiner Bücherwände ab, als ob sich daraus ein genetischer Personalcode ableiten ließe. Das läßt sich aber nicht, und ich verstehe schon die aus Resignation geborene Entschließung von philosophischen Geistern, sich über die Dichtkunst nur vergleichsweise, heißt in poetischen Metaphern und Vergleichen auszulassen.

Da uns das immer noch bleibt, schlage ich vor, zuerst einmal einen vorurteilsfreien Blick in das hier aufgeschlagene Un-Buch zu werfen. Es verzeichnet auf 696 Seiten DIN A 4 den Bildungsgang (oder meinetwegen Entwicklungsverlauf) eines einzigen Gedichtes, eine ziemlich singuläre Wahnsinnsunternehmung, die allerdings wie jeder Wahnsinn Methode hat. Umgekehrt gründet aber auch poetische Methode wieder in einem individuellen Wahnsystem, egal ob man an erster Stelle an den bösen Hang zur Vereinzelung oder den ihm entgegengesetzten Sammlungs- und Beziehungswahn denken möchte. Möglicherweise ist ja das schon ein pathologischer Zug, daß mir die Welt als große, runde und ganze nicht mehr recht aufgehen will, und daß ich mich – statt mir die Erde als einen konkret zu bearbeitenden Klumpen Lehm vorzunehmen – lieber an die zahllosen versprengten Lichteinfälle halte, die mich in guten Stunden erreichen, und die ich mir schon in jungen Studentenjahren als »Quanten« zu bezeichnen angewöhnt habe. Wo immer ich gehe, stehe, sitze, liege oder fliege, rast, flattert, flimmert, wedelt, taumelt, fegt und schwebt so viel poetischer Leuchtstoff auf meinem inneren Wahrnehmungsschirm vorbei, daß ich ihn in der Eile weder verbinden noch zur Ordnung rufen kann, und den ich (statt ihn in den grauen Müllsack segeln zu lassen) in diesem vorläufigen Zustand einer ersten Anwehung festzuhalten suche. Man kann, wo wir schon so weit ins vergleichende Reden abgeglitten sind, natürlich auch von »Fragmenten« sprechen, »Athenäumsfragmenten« wie die Brüder Schlegel, von »Blütenstäuben« wie Novalis. Man kann sich dem Phänomen über Walter Benjamins »Kurze Schatten« nähern oder über die »Fenster«, »Fotos« und »Momentaufnahmen« Arno Schmidts. Man kann sich – wenn einem mit der Freude über die Einmaligkeit gleichzeitig deren gräßliche Hinfälligkeit zu schaffen macht – auch in die Nachbarschaft so illuminierter Augenblicksanbeter wie Sören Kierkegaard und Walter Pater und Friedrich Nietzsche begeben, bis einem das erfleht-erhoffte Einmalnoch zum rappelnden Noch-einmal-und-noch-einmal und schließlich zur »Ewigen Wiederkehr« gerät. Man kann, in ungeordneter Reihenfolge, aber auch an Lichtenbergs »Sudelbücher« denken oder an Pounds und Joyces »Epiphanien« oder an Karl Bühlers »Aha-Erlebnisse«, was in jedem Fall bedeutet, daß wir es mit scharf und unsystematisch gerissenen Erkenntnisfetzen zu tun bekommen, die uns die schwer durchschaubare Welt vorübergehend aufhellen und uns dann mit unseren lichten Ahnungen allein lassen.

Der Einfall ist die kleinste belebte Einheit des Gedichtes, fraglos seiner selbst sicher und doch zugleich der Ausdruck universaler Fassungslosigkeit. Als Lichtblick oder Begleitschatten spiegelt er die Gereiztheit des Subjektes an einem bestimmten Zeitpunkt und an einer bestimmten Stelle (siehe auch unsere vorgefügten Sammelblätter »Italienreise 4.–16. Sept. 84«), wobei allein der bewegende Moment die Flugbahn der Gedanken vorgibt und ihnen ihre unverwechselbare Gelegenheitsfarbe verleiht. An ihrer flüchtigen Verlaufsform gibt es im nachhinein meist gar nicht mehr viel zu verbessern. Was sie auszeichnet vor einer Welt geschlossener Systeme (auch dem formalen Ordungssinn von regelrechten Strophen), ist ja gerade ihre unüberlegte Sprunghaftigkeit, Leichtfertigkeit und Treffsicherheit – sie schlenkern so hin und sitzen. Woran wir uns freuen sollten, ist ihr mit Kunst allein nicht zu erwirkender Improvisationsgeist, der ihnen bleiben muß, auch wo sie sich mit unseren staats- und hüttenbildenden Kulturidealen nur schwer zusammenspannen lassen. Allenfalls gewisse statistische Regelmäßigkeiten lassen sich vielleicht zu einem Gemeinschaftsprofil hochrechnen: besondere Neigungsstereotypen oder unverwechselbare Aversionskonstanten; methodisch verbohrte Zwangsgedanken oder markant aus der Richtung weichende Hoffnungslinien; wiederholt aufgesuchte Sammelörter oder bevorzugte verrückte Rückzugswinkel: charakterologisch signifikante Massierungen also, die bei späteren verwertungstechnischen Überlegungen freilich wieder entflochten, entmischt und einem ästhetisch geordneten Ganzen zuliebe umverteilt werden müssen.

Der Romancier, der seine Figuren zielstrebig und am Faden einer vorbedachten Handlung sei es ins Weite, sei es durch die Verkaufsabteilungen von Hertie/Karstatt/KadeWe geleitet, ist hier gewissermaßen das durch perspektivisches Sehvermögen ausgezeichnete Gegenbeispiel. Er weiß, wohin er seine Helden haben will und koloriert dann die jeweiligen Entwicklungsstationen mit frisch erinnerten oder neu recherchierten Farben aus der wirklichen Welt. Derartige zweckdienliche Erkundigungen gibt es zwar auch auf der Fertigungsebene des Gedichtes, denn wer – ein Beispiel aus der eigenen Praxis – auf den Schlag die hundert auf dem Markt verfügbarer Speiseeissorten herbeten will, muß sich vorher schon mal auf den Anschauungstafeln der Firmen Schöller, Warncke und Langnese umgesehen haben. Das betrifft den Bildungsprozeß des Gedichtes aber erst in zweiter oder dritter Instanz. Womit sein Autor zunächst zu rechnen hat, ist vielmehr ein Myriadenheer von unzusammenhängenden Wahrnehmungs-, Beobachtungs- und Empfindungspartikeln, die manchmal noch nicht einmal den Qualitätsansprüchen eines Aperçus, eines Epigramms oder einer parabolischen Leuchtspurgarbe genügen. Nehmen wir als heuristischen Ahnungshauch wenigstens so viel zur Kenntnis, daß es sich um versprengte Massenteilchen aus dem Sternbild Lyra handelt (von uns ab jetzt so benannte »Lyriden«), die sich ihrer verlustig gegangenen Heimat wegen einer utopischen Sammelstätte namens Lyrik entgegensehnen. Dies nämlich läßt sich doch wohl ohne Unterstellung behaupten, daß sie der Vereinzelung entkommen und – bei Zusicherung ihrer körperlichen Unversehrtheit – zueinander in Beziehung treten möchten, alle wie sie da sind. Ihr ganzes nervöses Flimmern, ihr erregtes Pulsieren, ihre motorische Zappeligkeit hat im Letzten mit jener ungestillten Beziehungssucht zu tun, die der Vereinzelung anhängt wie die Angst dem Bewußtsein, wie der Schmerz der Wunde, nur daß sie das erforderliche technische Ordnungsvermögen leider nicht von sich aus besitzen und daß die Göttinnen/Götter vor das erhoffte Vermählungswerk immer noch das altbewährte Bindemittel, den Schweiß gesetzt haben.

Gedichte haben einen Anfang und sie haben ein Ende, und ob sie am Schluß zu einem guten Ende finden, ist bei jedem Durchgang erneut die Frage. Der Vergleich mit der rationalen Raumorientierung des Architekten ist also immer nur mit Vorbehalt anzustellen. Während der Baumeister sich zu keiner Zeit über die Größenordnung seiner Projekte im Unklaren ist, hat der Langstreckenlyriker selten eine feste Vorstellung von der Ausdehnung seines Gedankengebäudes, er weiß nur eben, was ein weiterführendes Initial ist. »Mit den Jahren auch nicht mehr ganz in dem Zustand, daß man sich seine Liebhaberinnen noch persönlich aussuchen kann« ist sogar ein besonders charakteristischer Aufmacher/Anreißer. Er entringt sich dem Überdruckkessel der Ressentiments wie ein irgend beliebiger Gedankenblitz, hat aber trotzdem sofort das deutliche Bewußtsein einer eigenen Führungsrolle, nimmt diese wahr und setzt sich ohne Zögern an die Tête eines Gedichtes, und daß er da dann überhaupt nicht mehr wegzudenken ist und auch kaum noch Korrekturen an sich duldet, spricht sowohl für seinen unternehmerischen Eigensinn wie für sein animalisch-instinktives Ortungsvermögen.

Ins Flackern gerät der Betrieb ja auch erst in der nächsten Strophe, das heißt bei der versuchsweisen Inarbeitnahme einer folgenden Sequenz. Statt ungeniert weiterzusingen wie ein sicher von seinem eigenen Atemstrom geleiteter Rhapsode (über dessen törichte Selbstüberschätzungen später) tapst oder tastet der experimentierende Poet vergleichsweise unsicher in die unterschiedlichsten Richtungen, hier kühn ins Leere stoßend, dort auf bereits bekanntem und vermessenem Gelände sich bewegend, immer auf der Suche nach einer gangbaren Passage, die nicht nur in die Zerstreuung führt. Daß wir es trotzdem mit einem Prozeß fortschreitender Desorientierung zu tun bekommen, hat bestimmte erkennbare Ursachen, von denen die sofortige affektive Polarisierung von ganzen Lyridenschwärmen noch die plausibelste scheint. Tatsächlich wirkt ein im Aufbau befindliches Kräftefeld wie der Anfang eines neuen Gedichtes augenblicklich erregend und belebend auf die gesamte Diaspora. Was je an unserem lyrischen Puppenstubenhimmel zur Aufführung gelangte und auch nur annähernd in die eingeschlagene Richtung weist, beginnt sich in Richtung auf die neue Strahlenquelle in Bewegung zu setzen, was verständlicherweise zu Friktionen zwischen qualifizierter Nachfrage und unspezifischem Überangeboten führt.

Bedenklicher scheint mir noch, daß der Lockruf, Sammelruf, Weckruf auch in andere, bereits in Sammlung befindliche Versverbände hineinwirkt und dort sogar als Appell zur Entbindung verstanden werden kann. Da auf meinem Arbeitsgebiet meist die drei, vier, fünf oder sechs Gedichte gleichzeitig um einen Lieblingsplatz an meinem Herzen streiten – mit bereits abgesegneten Verbindungen hier und scheinbar unzertrennlichen Bettgemeinschaften dort – ist es oft nur eine Frage der aktuellen Anziehungskraft, wer bei solch einem Kompetenzgerangel schließlich die Oberhand gewinnt. Das Resultat, alles andere als erbaulich: daß gesicherte Anciennitätsansprüche plötzlich wieder fraglich erscheinen und alles, was nicht wirklich niet- und nagelfest in unserer Sympathie verankert ist, auf diesen neuen Interessenmagneten fliegt.

Wer schon einige Jahre im Geschäft ist, kennt die Leiden, und er kennt zu seinem Glück auch deren Ätiologie als Adoleszenz- und Wachstumsschwierigkeiten. »Abends mit den Wolken zu Bett und morgens gleich mit den Tulpen wieder hoch« – »Daß das Leben zu kurz ist, sagt dir schließlich jeder kleine Friedhofsangestellte« – »Und am Ende sehnst du dich nach den Tagen, die du jetzt so lieblos verabschiedest«, sind nur einige signifikante Einzelheiten, die aus andern Ballungszusammenhängen gerissen und eine Weile mit uns im Kreis herumgeführt wurden; freilich auf Zeit, wie gesagt, und mit dem vielleicht nicht gänzlich törichten Zweck, als Assoziationsbeistand und Katalysator zu dienen. Aus einer deutlich als Folgeassoziation ausgewiesenen Formulierung wie »Noch so'n Ruck, und man ist mit und ohne Tabletten wirklich alt« wurden nur die »Tabletten« herausgeschwemmt und der unverwendliche Rest an eine andere Sammelstelle weitervermittelt. Von den unendlich raumgreifenden und zeitfressenden Bemühungen um die kritische dritte Sequenz blieben gar nur ein paar zu Ausrufezeichen umgeschmiedete Fragezeichen erhalten. Aber ob der erwartete imperativische Druck nicht einfach ins Leere gegangen wäre, wenn sich aus dem Gewoge undifferenzierter Aufbruchs- und Ausbruchsvorstellungen nicht ein Paar Koffergriffe als weiterführendes Leitmotiv herausgehoben hätte, weiß ich selbst nach glücklich absolviertem Weltenbummel nicht mit Sicherheit zu sagen.

Das heißt verdoppelt und verdeutlicht, daß die Tour d'horizon dem Gedicht nicht von Anfang an vorbestimmt war, auch von seinem Betreiber her nicht, der hat sich nur liebend gern mitschleifen lassen. Betrachte ich mein Leben im Längsschnitt, haben eigentlich immer schon Zeiten des dumpfen Hockens und Brütens mit anderen abgewechselt, wo die Fliehkraft auf die Gesamtverfassung einwirkte und Geschwindigkeit und

Beschleunigung den Gang der Handlung bestimmten. Meist breche ich sogar im Zeichen freudiger Erwartungen auf, um nach getaner Reise gesättigt oder doch zumindest erleichtert in meine häuslichen Sitzdellen zurückzufallen, was der Schauseite der Gedichte dann ihr wechselndes Aussehen gibt. Von meinem »Chippendale-Sessel«, von meinem »Riemerschmidt-Hocker«, meiner »Eber-Einzelbucht«, meinem »Farbbandkäfig« aus sieht mich die Welt wie ein mich umgebendes Ringgebilde an, dessen unterschiedlich leuchtende Bogensekunden die Beziehung zu ihrem ruhenden Mittelpunkt suchen. Andererseits sehen wir das Subjekt dann auch wieder als seine eigene Versuchsperson in Marsch gesetzt, »um der Welt auf Teilstrecken nahezukommen«. Das schon öfter bemerkte raumgreifende Wesen meiner Gedichte hat also in jedem Fall mit Weltumrundung/Weltumrandung zu tun, und ihr erklärter und öfter thematisierter Beziehungswahn (»Vom Einzelnen ins Tausendste«) mit dem Bedürfnis, die partikulär empfangenen Erleuchtungen noch einmal sinnvoll auf die Reihe zu kriegen – aber da sollten sie nun nicht gerade sitzen wie die Hühner auf der Stange.

Das Fließprofil von Reisegedichten bildet sich gemeinhin schon während der Fahrt; vor allem aber zehren sie von Erfahrungen, weshalb wir nicht bei jeder neuen Passage so tun können, als ob wir uns zum ersten Mal auf große Tour begäben. Mit den Jahren und nach der soundsovielten Republikdurchquerung hat sich doch eine Menge Reisestaub auf unseren Papieren abgelagert, die tausend und noch ein paar goldhaltiger Stäubchen, die nach nichts so sehr verlangen als im Gedicht in kosmisch geordnete Zusammenhänge zu treten. Daß das für ihren Jäger und Sammler nicht immer von schnellem Vorteil ist, haben wir anläßlich unserer Schwerkraftsstudien im Lyridenbereich schon hinlänglich erörtert; trotzdem scheinen die Folgerungen für den Poeten noch unklar, und wir wollen sie uns mit einem vergleichenden Blick auf den Gedichtverlauf und die ihm vorgelagerte Probierstrecke anschaulich vor Augen führen.

Nachdem das Gedicht in der dritten Sequenz allmählich in Gang gekommen ist – und das flutscht doch richtig voran und nagelt die Lust an der Beschleunigung mit den dazugehörigen Ausrufezeichen nach – herrscht auf der Vorlaufebene leider immer noch der reine Betriebsstau. Statt sich endlich einmal erlöst dem Fluß der Zeilen, Zug der Freien Verse hinzugeben, hockt der Reiseveranstalter selbst wie gebannt vor seinen Sortierbändern. Statt sich in ferne Weiten, fremde Welten zu versetzen, starrt er kühl bis ans Herz hinan auf seine vorüberwackelnden Schüttelrutschen, die für ihn der leibhaftige Clondike sind, und was er der verehrten Kund-, nein, doch wohl eher Kollegenschaft mitzuteilen hat, sind wieder nur die alten Goldwäscherwahrheiten, die der Reihe nach heißen: sieben – sieben – und nochmals sieben. Die auf den Seiten 144–163 und dann noch einmal 195–239 scheinbar zufällig eingefügten Gemengelagen sind nämlich alles andere als dies, beliebige Quantenanhäufungen oder bloße Sammelsurien, es sind – schmerzlich, es gestehen zu müssen – unter beinah schon ehrenrührigen Mühen ersiebte Spezialsortimente, über deren spätere literarische Diversifikation dann die Hieroglyphen an den Blatträndern Auskunft geben. Einige besonders hochkarätige Bröckel sollten sich zu gegebener Zeit in die Elegie vom »Fliederbusch« verlieren – aber wer konnte das damals schon ahnen. Andere haben sich in die poetologischen Lamentationen »NOCH« und »Nach der Natur« verkrümelt oder sind in der Barhockersuite »Schnellimbiß« mit aufgegangen, was auch nicht abzusehen war; und eigentlich nur die unscheinbarsten Wenigkeiten konnten schließlich in das laufende »Selbst III/88« eingeleitet werden.

Mit besonnener Dramaturgie und rational kalkuliertem Kompositionswesen hat das alles wenig zu tun. Eher zählt es zu meinem professionellen Dauerleiden, daß die voll ausgeleuchteten Ecken meines Kopfes poetisch unfruchtbar sind, licht und leer sozusagen, während die dumpf ausstrahlenden Druckstellen meiner U-Person ihre eigene triebhafte Zielstrebigkeit besitzen. Hinterher ist man klüger, das ist klar; und ich meine sogar, daß in einem zu Ende gearbeiteten Gedicht schließlich jede Stelle bewußt und keine bloß absichtsvoll sein sollte. Soweit sind wir aber noch nicht, im Gegenteil, wie die hin-und-her-scherenden Probierspuren auf unseren Unterlagen ziemlich gnadenlos belegen, handelt es sich bei unserem unermüdlichen Vorwärtsstreben eher um ein verlustreiches und von Irrtümern begleitetes Voranirren (falsche Pfade treten sich fest, und scheinbar überflüssige Phantombewegungen führen plötzlich in die Lichtung) aber natürlich, irgendwann kriegt das auch das Bewußtsein mit, und es erkennt, was mit Glück gewonnen und was gegen alle Voraussicht, zu Recht, zerronnen ist.

Wer über das Dichten Auskunft geben möchte, gerät selbst ins Dichten – auch auf dieser vergleichsweise glatt ausgelegten Interpretationsebene. Über der Bodenarbeit der Poesie und den sie überlagernden Luftschichten der Theorie wölbt sich ein gemeinsamer Vorstellungshimmel, in dem jeder noch so wissenschaftlich gemeinte Begriff auf einen poetischen

Vergleich hinausläuft, das der modernen Teilchenphysik entlehnte Bild des Quants nicht ausgenommen. Als ich es zum ersten Mal in meine poetologischen Überlegungen einbezog – wie gesagt, es ist schon sehr lange her und unzählige Massenteilchen sind inzwischen über meinen Projektionsschirm gehuscht –, schien mir übrigens auch das mit ihnen verbundene Erkenntnisparadox (ob Teilchen oder Welle) bedeutungsvoll mit meiner Meinung von den lyrischen Unteilbarchen zu korrespondieren. Während sie mir einerseits als bewegte und dem Zugriff entzogene Wellen erschienen, konnte ich sie doch auch wieder zum Bleiben veranlassen und sie als Bauteile oder Körperteile meiner Konstruktionsvorhaben in Erwägung ziehen. Wenn ich sie aber wirklich einmal praktisch in die Zange nahm und sie in Funktionszusammenhänge zu bringen suchte, mußte ich mich auf ein so überhaupt nicht auf der Rechnung gehabtes dämonisches Eigenleben gefaßt machen, dem mit einfach tüvmäßiger Erfassung nicht mehr beizukommen war. Völlig zurecht nicht, denn sie sind ihrem Wesen nach ja wirklich beides: meßbare, wägbare, berechenbare Quantitäten u n d eigensinnigst auf ihrer persönlichen Ausstrahlung beharrende Energiebündel, die nur in den lebendigen Schwingungszusammenhängen des Gedichtes zu vergesellschaften sind, und dann auch nur mit dem gehörigen Gefühl und Wellenschlag.

Ja, wenn Montage oder Collage doch noch verbindliche Zauberwörter wären und der Glotzkasten eine Beziehungskiste. Ich meine, ein normaler menschlicher Kunstkopf, dem die Zusammenhanglosigkeit seines Daseins jeden Abend neu vor der Fernsehguillotine aufgeht, und der das Rezept für die Aufhebung seiner Leiden von der gleichen Häckselmaschine entgegennimmt, hat natürlich gut lachen. Die in Bits empfangene Bewußtseinsstörung erfährt ihre ästhetische Rehabilitation durch die sinnlose Abfolge rhythmisierter Clips, und wenn man den Vorgang auch noch mit der Fernbedienung beschleunigen kann, hält der Zappelphilipp sich bald für seinen eigenen Schicksalslenker. Wem die Fassungslosigkeit vor der Welt allerdings in etwas anderen Tiefen zusetzt – weil wo die Kids noch munter den Dröhnbaß mitklopfen, hört er unverkennbar bereits Charuns Hammer an der Tür – wird sich auch die erhoffte Sammlung/Fassung lieber etwas persönlicher vorstellen wollen: als poetische Neuerfassung des zerteilten Individuums, und die ist mit Nieten, Schrauben und Nägeln so wenig zu wege zu bringen wie mit Tesafilm und Synthesizer.

Das Gedicht als ein genuines geistiges Verfassungsorgan des Ich, und der Dichter, der sich in ihm zum Zeichen setzt, billiger können wir es wohl nicht abgeben. Der gewisse Narzißmus/Subjektivismus, der sich vielleicht daraus folgern läßt, muß als Teil der Sache leider auch in Kauf genommen werden. Als der Mitschreiber seiner Freuden und Leiden und als unentwegt probierender Verfassunggeber ist der Experimentallyriker an jeder Stelle seine eigene Versuchsperson, die niemanden Zweiten zum Vorschicken hat, nicht einmal zum Werkstattausfegen, und das gilt vor der Welt wie auf dem Papier. In Friedrich Schlegels »Notizen zur Poesie« von 1802 stieß ich übrigens gerade dieser Tage auf folgende aufschlußreiche Stelle: »Das Gedicht ist ein höheres oder ein tieferes Ich, das sich aus dem Ich ablöst = $\sqrt{\text{Ich}}^{(x}$. Es ist in der That ein fast selbständig beseeltes Wesen! Sein Leib das Wortspiel (die körperliche Einheit), die Witzesform«, das scheint mir ein klassisch-romantischer Lichtblick, der auch uns auf unseren dunklen Pfaden voranhelfen könnte. Lesen wir den Aphorismus nur einmal mit der richtigen Betonung, heißt, das »Wortspiel« nicht einfach als »Witz« und den Witz nicht bloß als lachhaften Knaller, sondern als Genieblitz, als beseelten Gedanken, kommen wir unseren eigenen organologischen Auffassungen schon bemerkenswert nahe, obwohl mir das lebendige Wesen des Gedichtes beinah noch deutlicher aus seinem Werdegang zu sprechen scheint als aus der schließlich mit Glück und Tücke abgefaßten Idealfigur.

Als literarmedialer Selbstversuch ist »Selbst III/88« also alles andere als ein vor dem häuslichen Stillhaltespiegel verfertigtes Ruhebild. Das Subjekt, das sich sage und schreibe erst während der Fahrt in Erfahrung bringt und im Durchlauf zu gliedern beginnt, erarbeitet sich – so besehen – erst in und während der Arbeit, wobei die Irrfahrt der Gedanken und die Umwegigkeit der Wörter auf dem Papier als korrespondierende Wachstumsschwierigkeiten gelesen werden müssen. Schon die scheinbar wenig erhebliche Verlagerung des Geschehens von der Zimmertheaterbühne auf die öffentliche Schiene: welch eine klippenreiche und von den folgenreichsten Glücksfällen und Entgleisungen begleitete Operation! Nachdem wir Mitte der dreißiger Seiten unversehens aus dem Stand beschleunigt hatten und schon meinten, nun den richtigen frischen Fahrtwind um die Nase zu spüren, sahen wir uns schon wenige Seiten später von der Schiene aufs Fließband zurückgeworfen, ein schmerzlicher Triebaufschub, und nur um hier nicht noch einmal die Qualen der Zentimeterprogression zu durchleiden, hängen wir uns an den auf der

Seite 193 f. beigefügten Originalfahrplan an (Bahnhof Altona – Bremen – Münster – Dortmund – Bochum – Essen – Köln und so weiter): eine Ausflucht auf eingefahrenen Geleisen, was unsere sentimentalischen Mitflüchter aber nicht beunruhigen soll.

Das Befremden kommt sowieso bald, und es hat zum soundsovielten Male nichts mit atemberaubenden Ausschweifungen und dollen Aventiuren zu tun, sondern einzig mit der geisteskranken Extravaganz der dichterischen Fortschreibungsweise. Mit dem Sesamwort »Und in jeder Stadt eine Frau wie ein aufgeschlagenes Buch« eröffnet sich uns – nein, keine einfache Qual der Wahl jetzt, sondern der Bühnenraum für ein literarisches Versucherdrama, mit dem verglichen die Versuchungen des Heiligen Antonius der reine Großvaterskat sind. Stationen rauschen so an und fliegen vorbei, zufällig erinnerte oder planmäßig aus der Luft gegriffene, aber weil die amtlichen Kursbücher leider keine Verzeichnisse von idealen Kurven sind und die magischen Ortschaften nicht immer schon magische Wortschaften, verliert sich der schöne Aufbruchsgeist bald heillos zwischen der Suche nach der verlorenen Zeit und der Suche nach einem utopischen Ort. Der ganze nervschmirgelnde Betrieb auf unseren Seiten 257–332 und 346–418 hat mit diesem theoretisch wohl nie auszukämpfenden Wettstreit ungestillter Potentialitäten zu tun; aber wie die Erfahrung so lehrt: am Ende ist es in der Lyrik genau wie in der richtigen Liebe, und bei unendlich vielen Möglichkeiten entscheidet schließlich der Blitz.

Hätte Dichten einfach nur mit Ver-dichten zu tun, wie mancher manchmal so meint, wäre die Summe unserer Erfahrungen wohl nur ein Preßballen und die Wahrheit ein Konglomerat. Das ist sie aber nicht, sie heißt – was ich mit der Redundanz eines Betrunkenen nun schon zum drittenmal nachbleue – Verfassung eines lyrischen Charakters während der Durchfahrt, die freilich auch im Bogen herumführen kann und dann vielleicht sogar an ein Curriculum erinnern. Wo etwas wirklich mal war oder etwas wirklich etwas war, wird dabei immer nebulöser, schemenhafter, unbestimmter. Ob ein in Italien auf der Durchreise mitgenommener »Bauch, der beim Vorübergehen nicht wackelt, sondern flimmert« im Gedicht dann noch einmal in Dortmund, Hagen, Bochum oder Mülheim-Dümpten Revue passiert, ist für die Authentizität der Wahrnehmungsoptik absolut unerheblich. Ob ein behauchtes und im Anhauch sich drehendes Bierkrägelchen zunächst in Wuppertal oder Velbert oder wiederum in Hagen zur Kenntnis genommen wurde, tritt vor dem eher artistisch bestimmten Prioritätserwägen zurück, an welcher Stelle es den schönsten Wirbel macht; das schien mir für dieses Bild in dem Gedicht »Nach der Natur« der Fall. Da sich Einfälle normalerweise nicht am Schreibtisch erdrücken lassen (egal jetzt, ob der Appetit manchmal auch bei Essen kommt), müssen wir sie im Bedarfsfall eben aus unseren Skizzenbüchern und Allerweltskatalogen heranzitieren, und n u r ob der Einfall sich als bleibender Glücksfall halten läßt, wird dann doch am Schreibtisch entschieden.

Das lenkt unseren Blick noch einmal auf den erwähnten Rhapsoden zurück, dessen ununterbrochenen Atemstrom/Speichelfluß ich bewundere, dessen Unfähigkeit zur Ventilation des Gebläses mir der allerletzte Greuel ist. Daß sich die Erfinder des italienischen verso sciolto, des Offenen Verses (Tolomei und Trissino) noch schneller in die Vergessenheit gesungen haben als ihre reimenden Vorgänger (Dante, Petrarca) ist bekannt, bzw. auch schon nicht mehr bekannt, weil das Vertrauen auf den inspirierten Atem allein nicht durch die Jahrhunderte trägt. Daß sich die automatische Schreibweise des literarischen Surrealismus dem blinden Glauben an die unterbewußte Diktiermaschine verdankte, ist kein Geheimnis, nur daß das auf die Dauer überhaupt nicht zum Hinhören ist, und wo sich unentwegt die Disparitäten paaren, fallen uns auch bald die Augen zu. Vollkommen unerklärlich sind solche Mißverhältnisse von subjektiver Unermüdlichkeit und öffentlich-objektiver Beifallsverweigerung selbstverständlich nicht. Wer über den langen Weg nicht langweilen will, hat in ganz besonderem Maße auf Kurzweil zu achten, wozu das in allen Ausdehnungs- oder Auftriebsfragen unerläßliche Ventilationsvermögen gehört. Auch der genaueste Nerv für die optimale Fließgeschwindigkeit der zu transportierenden Texteinheiten. Auch der feinste barometrische Sinn für die wechselnden Druckverhältnisse innerhalb und außerhalb der Versverbände. Wenn ich rückblickend bedenke, wie viel kostbare Lebenszeit ich allein auf die genaueste Auskultation von sogenannten Leerstellen verwendet habe, auf die richtige atmosphärische Dichte der Zwischenräume, das weiße Rauschen der Pausen, wird mir nachträglich noch ganz blümerant zumute, aber natürlich, es sollen ja auf keinen Fall solche scheinheiligen Kunstpausen sein, wie Leonhard Cohen sie einlegt, ehe er – »I wrote this song for – – –« – den heiligen Namen Janis Joplin in die Arena seibert.

»Während er seine Verse macht, weiß er eine Zeitlang nicht, ob er ganz nah am Ziel ist oder noch nichts getan hat«, schreibt Paul Valéry über den Dichter, und er fährt fort: »Beides trifft zu; und dieser Zustand dauert oft fast so lang wie die ganze Arbeit.« Das läßt sich natürlich einerseits hören. Zum anderen lassen sich nach getaner Arbeit aber auch wieder sehr bestimmte Richtungsentscheidungen feststellen, die mit trial and error allein nicht erklärt sind. Was auf unseren Seiten 41, dann 119ff. erst richtig (pardon!) zum Tragen kommt, die schon einmal erwähnten Koffergriffe, drängt sich beispielsweise schon zwanzig Seiten früher ins Bewußtsein, bloß da liegt es dann die ganze Zeit wie bestellt und nicht abgeholt. Eine fast wortgetreue Vorwegnahme des real existierenden Gedichtschlusses (»Und am Schluß noch 1 × eine Vermißtenmeldung der Bahnhofsmission in Sowieso«) findet sich sogar schon auf der Konzeptseite 90 notiert, aber auch diese lichte Antizipation verliert sich im Folgenden gänzlich aus dem Gedächtnis und macht stattdessen den dubiosesten Kurz- und Trugschlüssen Platz. Selbst wenn wir noch einmal in Rechnung stellen, daß während des Entstehungsprozesses gleich mehrere Gedichte um ihr Ersterscheinungsdatum streiten, bleibt immerhin das Walten eines nervösen Weichensystems zu bewundern, das die passenden Stichwörter einführt, ehe die Situation schon im entferntesten spruchreif ist.

Vielleicht müssen sich die für ihre Verhältnisse etwas abrupt aus den Himmeln der Unmittelbarkeit in den Sog zusammenstrudelnder Verse geratenen Einzelheiten auch erst noch eine Weile aneinander reiben, miteinander tummeln, um die nötige Gesellungswärme zu erzielen. Oder sie müssen sich mit anderen ihresgleichen zusammenfinden, um als geballte kritische Masse den erforderlichen Entscheidungsdruck zu erzeugen. Ohne der Regie nachträglich in ihr Geschäft hineinfunken zu wollen, lassen sich die zahlreichen, nicht von oben her bestimmten Steuerungsimpulse überhaupt nicht übersehen, worüber der Kopf sich schütteln mag, woran aber auch seine Freude haben kann, wer mit uns das körperliche Sein der Gedichte immer noch vor ihr Selbstbewußtsein datiert.

Ob man das schon Methode nennen darf, die sich guten Gewissens weitervermitteln und zur Nachahmung empfehlen läßt, ich weiß es nicht so recht. Für poetologische Lehrzwecke scheint das Verfahren wohl doch etwas luxuriös, und was man jungen Dichtern im Geschwindkurs beibringen kann, hat die (nachbrechtische) Lehrpoesie alles schon auf den passenden Pups gebracht. Aber darauf wollte ich eigentlich gar nicht hinaus. Was am Einzelfall demonstriert werden sollte, war die stufenweise Entfaltung eines Subjektes im lyrischen Längsschnitt, angefangen bei unserm Schmierenhamlet in seiner Studierstube (»Noch Seher oder schon Spanner, das ist die Frage«) über die mit allen guten Wünschen auf die Bahn und in die Welt expedierte Versuchsperson (»die immer wieder mal das Medium wechseln muß, um zum Anfang zurückzugelangen«) bis zum rettenden Sprung des »Ich-Darstellers« auf den »ober bimbacher Dorftanzboden«, ein Stationendrama im Zeitraffer, dessen hindernisreicher Verlauf sich im Werkprozeß noch viel besser beweisen läßt als an der schließlich aller weltlichen Mühen enthobenen Vorführnummer. Die Frage eines Freundes, warum sich der Wortlaut dem Dichter nicht gleich so flüssig in den Mund gelegt hätte, wie er dem Leser später über die Lippen geht, kann ich auch nur mit einem bedauernden Blick auf die geleisteten Kraft-Zeit-Aufwände beantworten. Leider, so ist es, Freunde. Da überall hab ich hindurchmüssen. Das alles hat sich mir hindernd in den Weg gestellt oder mich trügerisch an der Nase herumgeführt. Aber solche Lastträgermühen sind nun einmal üblich in einem Metier, das sich die gleichnishafte Aufhebung von Lebenslasten zur Lebens-Aufgabe erkoren hat.

Der Depressive dünkt sich den tiefsten Menschen und der zu Tode Enttäuschte findet jede weltliche Freude banal, aber ein Medium heult nicht und Arbeit ist des Artisten Schmuck. Daß Verblendung und Verkennung in diesem Wettbewerbsrahmen nur zwei Seiten einer Medaille sind, darf ich aus der intimen Kenntnis öffentlichen Resonanzverhaltens vielleicht noch einmal hinzufügen. Wer sich schon ein geraumes Leben lang mit der Umarbeitung von Verzweiflungsgegenständen in Unterhaltungsanlässe beschäftigt und bei Aufbietung all seiner Fähigkeiten gerade eben in den Rang eines »Virtuosen« oder »Lyrischen Kabarettisten« vorgedrungen ist, weiß ziemlich genau, was er meint, wenn er sagt: »Und am Ende siegt – na wer? Der den Sand der Arena frißt«. Aber er weiß natürlich auch, daß das dann schon wieder Geständnisse sind, die einem lyrischen Selbstaufheber nicht anstehen (Der Schein der Leichtigkeit, der das drückende Leben nicht wieder einklagen kann), weshalb er sich unverzüglich hinter die Glassteinfassade eines sachverständigen Unparteiischen zurückzieht.

Dieser stellt mit objektiven Erhebungsmethoden fest (strukturanalytischen, motivstatistischen), daß die Absicht, »den inneren Menschen für die Bühne breitzuklopfen« und sein »Innenfutter nach außen zu krempeln«, den Entwicklungsweg des Helden von Anfang an begleitet und daß das in zahlreichen Variationen durchgespielte Thema erst auf der Hebebühne des Dorftanzbodens seine sinnliche Fassung gewinnt. Sie bedeutet auch gar nicht nur die Aufhebung von Daseinsbürden/Alterslasten allgemein. Was zum Verschwinden gebracht wird, ist ja sage und schreibe das Ich-persönlich, sein gemütliches Rühren und Fühlen, sein emotionales Hoffen und Bangen, und was mit Horrido und Kuckuck über alle subjektiven Obsessionen triumphiert, ist die rückstandlose Überführung von Privatkatastrophen in öffentliche Belustigungspiecen. Gewußt und auf einen klassischen Nenner gebracht hat das selbstverständlich wieder einmal der unauslesliche Goethe. Im »Vorspiel auf dem Theater«, wo viele Lebensweisheiten und Bühnenwahrheiten auf einer Plattform zusammenkommen, sehen wir einen Dichter (nicht gar so weit weg von dem unseren) im Disput mit einem Theaterdirektor (fast schon in der Nähe von unserem Selbstvorführer), und was sie sich wechselseitig zu sagen haben, klingt eigentlich ganz ähnlich wie das, was wir in unserem Einmannstück nacheinander gegeneinander aufführen müssen.

Der Dichter:

Gib ungebändigt jene Triebe,
Das tiefe, schmerzensvolle Glück,
Des Hasses Kraft, die Macht der Liebe,
Gib meine Jugend mir zurück.

Und der Direktor:

Gebt Ihr ein Stück, so gebt es gleich in Stücken!
Solch ein Ragout, es muß Euch glücken;
Leicht ist es vorgelegt, so leicht als ausgedacht.
Was hilft's, wenn Ihr ein Ganzes dargebracht,
Das Publikum wird es Euch doch zerpflücken.

Schrauben wir unser Licht nicht künstlich herunter und die Bedürfnisse unseres Publikums bitte auch nicht zu hoch. Ich meine, ich kenne dies »Selbst III/88« ja nun wirklich von innen und von außen. Ich habe es in monatelangem Ringen über meinen hamburger Schreibtisch gezogen und es als meine eigene Versuchsperson-hoch-drei anschließend auf den Dorftanzböden von Husum, Flensburg, Düsseldorf, Frankfurt und Saulgau vorgetragen, und ich darf nach absolvierten Mutproben vielleicht freiweg behaupten: Oberbimbach ist überall und Weimar allein nicht die Welt. »Die Wünsche des Liebhabers erfüllen sich im Artisten«, sagt der gern bemühte Goethe noch einmal in »Dichtung und Wahrheit«, und obwohl er das sicher zunächst auf den künstlerischen Dilettanten gemünzt hat, trifft es mindestens so genau auf die vielen sentimentalen Lebenskünstler und Liebesliebhaber in unseren eigenen Reihen zu. Von denen sitzt eine repräsentative Stichprobe nämlich jedes Mal in unseren unterschiedlich gemischten Versammlungen. Und sie verfolgt mit einem mehr und mehr sich entsträubenden Interesse die Kavalierstour eines Bildungsreisenden in die Welt der frühen Verheißungen, und sie teilt offenbar auch dessen späte Blütenträume, die sich bei Annäherung dann leider in Friedhofsanwehungen und Moderduft verwandeln, aber richtig in Fahrt, in Laune, richtig aus der Reserve kommt sie doch erst, wenn ihr Mann die rettenden Bretter erreicht, und die Lamentationen sich wiederum in eitel Wörterklang und Reimkonfetti auflösen.

Ich weiß nur eines nicht so ganz. Ich weiß nicht, ob es wirklich jedem klar ist, daß wir auch dieser ungenierten Entäußerung unserer Imagines uns entäußern müssen und diesen Schein von Fassung an eine höhere Erkenntnis hinopfern. Einfach als Break abschließen oder als Glissando ausklingen lassen können wir die virtuose Nummer nämlich nicht. Ja, wir dürfen vermutlich nicht einmal zum Spaß so tun, als ob die Bretter, die die Welt bedeuten, diese wirklich wären – mit einem Equilibristen in der Mitte, der in ihr das letzte Wort behält. Als nur eine Maske unter anderen Masken, eine Möglichkeitsform unter mehreren, muß auch diese Paraderolle klaglos preisgegeben werden, denn nicht dies bildet ja so etwas wie ein menschliches Gleichnis, daß der Artist sich über die Erdenschwere erheben, sondern daß er sich, ohne viel Aufhebens davon zu machen, schließlich selbst eskamotieren kann. Was sich einfach anhört, ist auf offener Bühne gar nicht so leicht in Szene zu setzen, jedenfalls mit den bisher benutzten sprachlichen Mitteln nicht. Um den Abgesang an die Kunst mit dem möglichst unfeierlichen Abgang ihres Helden zu verbinden, müßte der Artist sich gewissermaßen innovativ unter sein Niveau begeben und des einen Überflüssigkeit in der Fragwürdigkeit des anderen zu beweisen suchen. Um den Eskamotagetrick trotzdem noch als sprachlich-lautlichen Effekt vor Ohren zu führen, müßte er überleiten in einen Bereich, wo die Kunst offenkundig mit ihrer Kunst am Ende ist und das Bravourstück sinnigerweise in seinem eigenen Rückkopplungskreischen untergeht. Reicht unser Kursbuchbarde und Besinger von Postleitzahlen die hierfür zweckdienliche Sprechtüte also weiter an – wen? – nun, sagen wir einmal jenen professionellen Musenschänder und RSH-Plattenwender, der sich jederzeit per Knopfdruck zitieren läßt, und dessen grauenvolles Tina-Stina-Gina-Taormina-Geblödel der soeben verklungenen Soloarie nachhallt wie ihre allerletzte parodistische Knallschote.

So ein richtig zu Herzen gehender Epilog ist das mit Sicherheit nicht. Und wie sollte es auch, da hier endgültig Schluß der (Kunst-)Vorstellung ist und an ihre Stelle der alles begleichende Medienalltag tritt. Nur in Form einer Dritten Person geistert das zum Verschwinden gebrachte Subjekt noch einmal durch den Wortlaut einer Vermißtenmeldung/ Suchanzeige – Fragwürdigkeit ihr Name – Geistesverwirrung ihr Ausweis – Orientierungslosigkeit ihr Panier – – – immerhin, das Phantom wird uns deutlich genug als »Übergangsreisender« annonciert, und das wollen wir im Gewirr der nachfolgenden Nachrichten mal nicht gänzlich untergehen lassen . . .

Inhalt

MIT DEN JAHREN...
SELBST III/88

5

AUS DER FASSUNG

15

SELBST III/88
AUS DER FASSUNG

713

Die Erstausgabe
erschien am 25. Oktober 1989
anläßlich des 60. Geburtstags von Peter Rühmkorf
in einer einmaligen, auf eintausend Exemplare limitierten,
vom Dichter numerierten & signierten Faksimile-Ausgabe
im Format 210 x 300 mm.

Die vorliegende, von Rühmkorf noch begrüßte Volksausgabe
bringt den vollständigen Inhalt der Erstausgabe
auf 736 Seiten im Format 175 x 250 mm.

1. Auflage, Januar 2009

Gestaltung & Produktion von Urs Jakob,
Werkstatt im Grünen Winkel, CH-8400 Winterthur.
Lithos: Fotosatz Amann in Aichstetten.
Druck & Bindung: Kösel in Krugzell.
Printed in Germany.

Dieses Buch gibt es nur bei Zweitausendeins im Versand,
Postfach, D-60381 Frankfurt am Main, Telefon 069 - 420 8000, Fax 069 - 415 003.
Internet www.Zweitausendeins.de. E-Mail: info@Zweitausendeins.de.
Oder in den Zweitausendeins-Läden in Aachen, Augsburg, Bamberg,
Berlin, Bochum, Bonn, Bremen, Darmstadt, Dortmund, Dresden,
2 x in Düsseldorf, in Duisburg, Erfurt, Essen, Frankfurt am Main, Freiburg,
Göttingen, Gütersloh, 2 x in Hamburg, in Hannover, Karlsruhe, Kiel, Köln,
Leipzig, Ludwigsburg, Mannheim, Marburg, München, Münster,
Neustadt, Nürnberg, Oldenburg, Osnabrück, Speyer, Stuttgart, Trier,
Tübingen, Ulm & Würzburg.

In der Schweiz über buch 2000, Postfach 89, CH-8910 Affoltern a. A.

ISBN 978-3-86150-814-4

Peter Rühmkorf

geboren am 25. Oktober 1929 in Dortmund,
gestorben am 8. Juni 2008 in Roseburg.

Im Haffmans Verlag erschienen:

KLEINE FLECKENKUNDE
Kleckse und Reime drauf, 1982.

WERNER RIEGEL …
BELADEN MIT SENDUNG, DICHTER UND ARMES SCHWEIN
Essays und Gedichte
aus der legendären Zeitschrift »Zwischen den Kriegen«.
Herausgegeben und mit einem biographischen Vorwort
von Peter Rühmkorf, 1988.

SELBST III/88. AUS DER FASSUNG
Die Dokumentation der Entstehung eines Gedichts.
Mit einem Nachwort des Dichters, 1989.

DAS ARNO SCHMIDT LESEBUCH
Herausgegeben und mit einem Nachwort
von Peter Rühmkorf, 1998.

IN GEMEINSAMER SACHE
Peter Rühmkorf & Robert Gernhardt lesen Gedichte
über Liebe und Tod, Natur und Kunst.
2001 als Buch und als Hörbuch-CD, Raben-Records.

SELBST III/88. AUS DER FASSUNG
Die Dokumentation der Entstehung eines Gedichts.
Mit einem Nachwort des Dichters,
Volksausgabe 2008
im

Haffmans Verlag bei
www.Zweitausendeins.de